COLLECTION
FOLIO ESSAIS

Isabelle Queval

Le corps aujourd'hui

Gallimard

Isabelle Queval est philosophe, maître de conférences à l'université Paris Descartes et chercheur au CETSAH (EHESS-CNRS). Elle est l'auteur de *S'accomplir ou se dépasser, essai sur le sport contemporain*, Gallimard, « Bibliothèque des sciences humaines », 2004.

À Guillaume et nos enfants

Le jour où un homme a bâti une maison sur la terre
là où d'abord il dormit avec les vents
ce jour-là il a nommé le temps
en lui donnant séjour

il fut celui qui dit :
une éternité me manque

et désignant le seuil
où s'arrêtait le monde
il fit de chaque jour un souvenir
une absence dans la chambre

ainsi il inventa la mort connaissable
celle qui grandit avec le mur l'arbre et l'enfant
et bientôt laisse ses souliers à la porte

depuis lors nous savons que la maison est vaine
nous avons beau rentrer
dans la durée chaude et close
recompter chaque soir les visages et les années
convoquer le ciel dans nos baisers
serrer sur la poitrine une joie docile
nous sommes sans repos

un jour vient où nous voyons à la fenêtre
seuls et incertains
passer l'éclair sous les nuages
et notre cœur tombe
nous inventons la mort pour notre compte
nous résidons émus
comme à l'étape

oui la maison est vaine
mais nous pouvons passant demeurer
là où nous nous appartenons
dans un secret
sans raison sans exemple et sans but

JEAN-PIERRE SIMÉON,
Lettre à la femme aimée au sujet de la mort,
Cheyne éditeur, 2006.

AVANT-PROPOS

Les discours sur le corps, histoires, dictionnaires, sociologies abondent aujourd'hui. Ainsi se manifeste un indéniable intérêt pour le corps, dont émergent plusieurs significations. Le corps était, dans les années 1960-1970, l'objet d'une libération, sexuelle notamment. Il est devenu, à partir des années 1970, comme l'a montré Jean Baudrillard, «le plus bel objet de consommation». Médias, publicité ont mis le corps en vitrine, à mesure que l'apparence physique devenait enjeu économique et véritable marché. Le corps est aujourd'hui l'objet d'une production. Sa spécificité se situe au croisement d'un matérialisme croissant et d'une utopie technoscientifique. D'une part, nos contemporains s'immergent dans un présent confondant l'*être* et l'*avoir*, et articulé autour du *faire*. La sculpture physique de soi s'impose comme une donnée existentielle, à la fois garantie sur l'avenir et impossibilité à le penser. D'où, d'ailleurs, la dimension paradoxale de ce matérialisme, ou de ce faux matérialisme, qui renvoie toujours à un au-delà de lui-même, esquissant une transcendance. D'autre part, la technoscience, en particulier médicale, cristallise sur le corps l'effectivité de nouveaux pouvoirs.

Créer l'humain, le parfaire, le réparer, le profiler selon ses vœux sont devenus actes de focalisation d'un activisme rationnel. Le corps est un lieu d'exercice de la science nouvelle. À ces titres, il est un prisme privilégié au travers duquel étudier la société du XXIe siècle.

Corollairement, cette focalisation révèle un problème identitaire. L'effondrement des grandes transcendances — religieuses, politiques, sociales — a précipité la dispersion individualiste et la nécessité pour chacun, c'est-à-dire la responsabilité, de réussir son propre destin. Dépris d'une structuration de la société marquée, principalement dans les pays occidentaux, par l'horizon chrétien et sa doctrine d'une vie meilleure après la mort, les individus se voient sommés de réussir ici et maintenant et de donner sens à une existence précaire. Cette urgence rencontre historiquement l'occurrence de se doter d'un corps confortable, dessiné à sa guise, dont l'attention attentive à sa santé conditionne une vie longue, plus longue qu'autrefois et vécue comme palliatif d'une spiritualité en déclin. Ici et maintenant, la vie doit être meilleure et prolongée, la beauté se cultive, la « forme » est un capital, la performance gage d'une singularité triomphante. Plus encore qu'« objet de consommation », le corps est ce bolide familier qu'il faut entretenir, parer, projeter pour ses enfants, dont les pièces se renouvellent et sur lequel la multiplicité des interventions possibles le rend, en quelque sorte, inépuisable, comme une maquette indéfiniment en construction. Pour ces raisons, et parce qu'il est aussi, dans une société de l'image, de l'apparence et du spectacle, un vecteur d'insertion sociale et professionnelle, un marqueur du pouvoir d'achat et un marqueur de classe, le corps apparaît comme lieu de centration de l'identité contemporaine.

Aussi, la thèse développée par certains d'une « disparition du corps » est-elle difficilement recevable. Le corps serait, dans sa matérialité, son épaisseur, sa chair, en voie de déconsidération et de remplacement par des avatars techniques, notamment informatiques. Certes, les progrès de l'informatique, précisément, la communication à distance par Internet, l'informatisation des données, la dématérialisation des échanges, le télétravail tendent à suggérer une présence corporelle surnuméraire. Certes, encore, la prolifération des ouvrages de science-fiction décrivant une humanité déclinante et remplacée par des clones ou hybrides techniques aux pouvoirs surpuissants laisse imaginer, c'est son rôle, voire fantasmer la péremption du corps humain et de toute naturalité. Le téléchargement du cerveau humain sur disque dur informatique satisferait au vieux rêve d'immortalité. La sophistication des jeux vidéo sacrifierait le corps réel au profit d'un corps virtuel. Sans doute est-il utile de rappeler que la science-fiction comporte, comme son nom l'indique, une part de science et une autre de fiction et que, comme toujours dans l'histoire de la création littéraire ou cinématographique, certains éléments ont préfiguré une réalité future, tandis que d'autres se sont révélés totalement obsolètes. L'humanité a des ressources d'inventivité et d'adaptation qui demeurent insoupçonnées. En l'espèce, prévoir la disparition du corps serait occulter le formidable investissement collectif et individuel qui s'effectue aujourd'hui sur cet enjeu identitaire et social. C'est méconnaître que ce phénomène s'étend à des pays ou cultures hors de l'approche occidentale ou chrétienne, qui, comme la Chine, par exemple, sont entrés dans le marché du corps et l'obsession esthétique à l'occidentale. C'est interpréter la communication à distance comme une preuve de désocialisation, et donc de « décorporéisation » des relations humaines, alors qu'il est établi que les plus fidèles utilisateurs d'Internet sont aussi ceux dont la vie sociale est la plus riche. C'est ignorer que la pratique intensive des jeux vidéo développe moult qualités physiques, de coordination et de représentation dans l'espace, et que les nouveaux jeux sportifs sont des jeux de simulation procurant des sensations « réelles », ou nécessitant une « vraie » dépense physique. C'est masquer, enfin, que le travail sur le corps, artistique par exemple, ou sportif jusqu'aux dopages, y compris dans ses expériences les plus transgressives ou masochistes, que le jeu avec les malléabilités du corps ne signifient pas nécessairement « disparition du corps », mais plasticité du corps, expérimentation, évolution. Toute entreprise de négation, s'il faut formuler ainsi l'ébullition des modifications d'un corps « naturel », signale l'importance même de ce qu'elle prétend nier, et non pas son effacement ou sa disparition. Le corps change, certes, mais ne disparaît pas. Le corps se travaille, mais ne s'occulte pas. Le corps se fantasme, mais ne s'oublie pas. Des sens nouveaux se révèlent, de nouveaux langages du corps qui augmentent et transforment les usages corporels. Ainsi la thèse d'une centration de l'identité contemporaine sur le corps prime-t-elle, selon nous, sur celle de sa disparition.

Une autre thématique s'impose parmi les nombreux travaux en présence, celle de la confusion entre l'âme et le corps, de leur assimilation, de la réduction de l'âme au corps. Si la phénoménologie a pointé, avec une certaine pertinence dans sa critique du cartésianisme, la nécessité de repenser la relation de l'âme au corps et introduit la notion de « corps subjectif », le matérialisme scientifique ambiant, et notamment les neurosciences, tend à balayer toute considération des mystères d'une « âme humaine » ou d'une spiritualité intangible au profit d'une corporéisation de l'esprit. L'homme est résolument matériel, y compris dans ses expressions les plus intimes et traditionnellement les plus secrètes : la mémoire, l'imagination, le désir, les sentiments, la spiritualité. Pas une semaine sans qu'une étude scientifique dévoile un nouveau pan de notre personnalité matérialisé sur la carte du cerveau. Pas une revue de vulgarisation scientifique qui n'expose une nouvelle cause cérébrale à des maux psychologiques ou comportements. L'homme est traité sur le modèle de l'animal. L'investigation du cerveau semble absorber toute considération sur le psychisme humain. Il en résulte une conception déterministe de l'homme, puisque tout acte, y compris dit « libre », est susceptible de trouver son explication dans une localisation cérébrale. Il en résulte aussi une médicalisation accrue de l'existence, si tous les comportements sont désormais répertoriés dans un atlas, scannés, rapportés à une causalité corporelle. Cette conception holiste, dans sa systématique, pose problème à ces deux titres. Nier la liberté humaine sous l'impératif d'un déterminisme médical choque qui est attaché à l'idée d'autonomie et de construction de la personnalité par l'environnement, l'éducation et la culture ; qui est attaché aussi aux méandres de la subjectivité et de la créativité. Si l'on peut souscrire légitimement à une investigation médicale qui soigne et prévient, il y a motif à être plus réticent quant aux tentations de prédire ou de classifier les populations qui pourraient résulter de cette science matérielle des comportements humains. Mais cette classification est aussi une forme d'ordre et de sécurisation de la société répondant à une demande et la médicalisation de l'existence appartient, pour une part, à cette tendance. Une population médicalisée est une population classée, fichée. La cause des dysfonctionnements, matérialisée, est plus facilement abordable, sans doute, que perçue selon la complexité globale d'un être humain et de son histoire. D'où l'actuelle « querelle de la psychanalyse » et la tentation médicamenteuse et, à moindre titre, comportementaliste pour aborder les problèmes psychiques. Aussi, si la distinction âme/corps ne peut sans doute être maintenue dans les termes de la philosophie classique, pour autant la matérialisation du psychisme doit, semble-t-il, être abordée avec des précautions qui préservent une spécificité humaine de la liberté, de la culture et de l'action.

Beaucoup d'analyses de la société individualiste, enfin, mettent en valeur la notion d'*hyperchoix*. Au-delà du moderne et du postmoderne, l'*hypermoderne* qualifie l'éclatement des repères, la dissolution des critères de choix et de comportement, l'aplatissement des valeurs, au nom d'une singularité individuelle toute-puissante s'affirmant comme seule repère et assumant ses contradictions. Ainsi en va-t-il des comportements vestimentaires, alimentaires, de loisirs, des choix culturels ou des pratiques sportives validant la thèse d'une consommation à la carte, réversible et attestant l'indépendance de chacun. Comme figurant cet éclatement, de nombreux ouvrages collectifs ou présentant une myriade de points de vue proposent une kaléidoscopie du corps, sans réelle ligne de force. La position que nous souhaitons défendre ici est sensiblement différente. Certes, individualisme il y a, indéniablement, avec ses conséquences sur une certaine indéchiffrabilité du contemporain.

Sans doute, la palette des comportements possibles et de l'offre en tous domaines n'a-t-elle jamais été aussi riche, diversifiée et assimilée comme telle par des individus ne se sentant redevables que d'eux-mêmes. Toutefois, il semble bien que la spécificité du corps contemporain réside d'une part dans la permanence de critères qui fonctionnent comme des normes, d'autre part, dans les conditions nécessairement évaluables de sa production. Précisons. Quant au premier point, la norme du corps sain, mince et sportif demeure. Quoi qu'on dise de l'autonomie identitaire de chacun, la superposition des injonctions collectives et de l'intériorisation individuelle de ces injonctions crée la norme d'un corps contrôlé à l'aune du *paradigme médico-sportif*. Ceci est une ligne de force d'autant plus remarquable qu'elle révèle un retour de la culpabilité. Quant au second point, le corps est matière, il est objet de science, notamment pour la médecine, il répond à des modalités de soin, d'entretien, d'engendrement, de temporalité dans le modelage qui le soumettent à des points de contrôle, c'est-à-dire à des règles qui tendent vers une rationalité toujours accrue. Il n'est pas objet de consommation comme un autre, achat ou parure. À la différence du vêtement, par exemple, qui est parure interchangeable, le corps est expérience et apparence soumises aux conditions de sa matérialité, aux impératifs de la chair, et son éventuelle interchangeabilité, sa *production*, sous des effets de mode ou de thérapeutique, nécessitent de se plier à une procédure. Aussi le *corps rationnel*, et les modalités et conséquences de sa production, nous semblent-ils à la fois signer une originalité et un trait marquant du contemporain. Il est vecteur d'analyses plus larges, portant sur l'histoire du *sujet*, sur celle de la rationalité occidentale, et interroge sur le futur d'une humanité à la fois délivrée du corps et livrée à lui.

*

Un corps nouveau se dessine. Longtemps vécu sur le mode de la souffrance, du mystère et de la mort, subi, le corps est, depuis un siècle, l'objet d'une révolution. Mieux connu grâce aux progrès de la médecine, expliqué, inventorié, il est entretenu et soigné, réparé et appareillé. Cette efficacité médicale a pour conséquence un allongement de l'espérance de vie dans les pays riches et un confort accru jusqu'à des âges avancés. L'on vit mieux avec son corps. Le corps n'est plus seulement le lieu du dépérissement et de la finitude humaine, l'attention qu'on lui porte traduit autant le refus de l'idée de la mort qu'un nouveau type d'investissement identitaire. *Mieux vivre* son corps devient *être* son corps et définir, à travers lui, un projet d'existence et de nouvelles représentations du temps. Il s'agit, outre la préoccupation de santé, de sculpter ses apparences, de cultiver minceur et dynamisme de la silhouette, galbe des muscles et beauté de la peau pour parvenir au corps idéal, indéfiniment travaillé, différé aussi. La culture savante du corps a ses programmes et ses rythmes. Elle suppose la durée, l'effort, voire la douleur, autant qu'elle appelle jouissance et narcissisme. La forte attraction pour le présent de notre société matérialiste a pour corollaire paradoxal la projection renouvelée vers le futur d'une perfection jamais atteinte et d'un corps capitalisé. L'axe central est le choix, le moteur la volonté.

Ainsi le corps contemporain est-il un corps *produit*. Les progrès scientifiques et techniques suggèrent sa maîtrise. Investigué, fantasmé, le corps s'offre sous l'aspect de malléabilités inédites et d'une cartographie minutieuse. La lutte contre les maladies, le contrôle des naissances, la planification d'un *soi corporel* posent un défi à la nature et au hasard. Le corps a ses raisons que la raison s'approprie. Peu à peu, les citadelles de l'*intérieur* et de l'*extérieur* tombent. Pharmacologie, chirurgie, obstétrique, génétique, bio- et nanotechnologies, cosmétologie, diététique, sport maillent en réseaux serrés la connaissance du corps. Le fatalisme ancien succombe à des ivresses prométhéennes. S'annonce un *corps rationnel*, su, voulu, créé. Cela a deux conséquences principales : la première est une médicalisation de l'existence ; la seconde est une responsabilisation accrue du *sujet*. Prescripteur de la vie bonne et longue, le médecin est un nouveau moraliste. Ce rôle autrefois dévolu au philosophe, au prêtre, au directeur de conscience, au professeur, lui échoit à présent que le corps livre ses secrets. Au sein d'un univers prescriptif, nul ne saurait ignorer les règles de la santé, aussi celles de la mort scandaleuse. *Savoir* comment éviter la maladie, c'est *devoir* le faire, pour ne rien manquer, ni regretter. Maîtriser son corps, c'est assurer identité et destin. La responsabilité individuelle se décuple. L'erreur devient faute.

L'histoire du sujet occidental hérite, concernant le corps, de trois moments fondateurs. Le monde grec antique introduit la question du corps et le souci de soi, favorisant les pratiques corporelles. Philosophes et médecins fixent les principes, diététique, ablutions, jeux et gymnastiques érigent une culture du corps. La sculpture de soi prend valeur esthétique et morale. Radicalisant la distinction âme/corps, la pensée chrétienne, au contraire, met le corps à distance. L'heure est à l'introspection, à la culpabilité, à une conception doloriste de l'effort et à un report du bonheur vers l'au-delà d'une temporalité dont le vecteur est désormais linéaire. Le souci de soi est avant tout celui de l'âme, mais l'archétype d'une prise en charge subjective, teintée d'une culpabilité omniprésente, est posé. La nécessité d'assumer un destin individuel se prépare. Les moyens se subsument à des fins qui peu à peu s'estomperont. Le XIXe siècle, enfin, est celui des savoirs systématisés, de la technique conquérante, de la rationalité appliquée aux activités humaines. Des sciences en plein essor, inventant statistiques et machines, enserrent le corps dans un réseau de mesures, l'éduquent, le comparent, le testent, le programment pour des rendements optimisés, utiles à l'usine ou au stade. La performance corporelle se fait obsession, témoin de l'amélioration de l'espèce et d'une rationalité autosuffisante. L'existence se calcule.

Aussi une réflexion sur le corps ne peut-elle faire l'économie de ces influences, aujourd'hui conjuguées sous les traits du narcissisme, de l'individualisme, d'une culpabilité néo-chrétienne et d'une *rationalité instrumentale*. Sans cesse doté de nouveaux pouvoirs, le culte du corps s'affirme, sous toutes ses formes, comme l'un des signifiants majeurs de notre société. Cette réflexion ne peut non plus faire l'impasse sur la société individualiste et sur ses normes. Si, spécificité du culte du corps, nous avons choisi d'étudier *la production du corps rationnel*, c'est qu'il semble bien, au-delà des discours sur la disparition des normes corporelles liée aux conditions de l'individualisme et à une conception monadique des individus — chacun fait ce qui lui plaît ! —, que nous assistions, au contraire, à la conservation et au renforcement de ces normes, *via* la prééminence d'un *paradigme médico-sportif*. Chacun fait ce qui lui plaît, certes, mais ce qui lui plaît se nourrit de l'imaginaire d'un corps sain, d'une maîtrise de sa procréation, de l'utopie d'une santé parfaite censée prémunir de la mort, d'un corps mince et « en forme », d'une injonction sportive dominante. L'aplatissement des valeurs n'est qu'illusion concernant le corps. Les critères d'intégration sociale et professionnelle, les images publicitaires l'attestent. La multiplicité des choix dans les sociétés démocratiques n'obère pas l'impératif d'un corps sain, mince et sportif, sous contrôle.

Ce n'est donc pas simplement l'individu qui nous importe ici, c'est aussi le *sujet*, pas seulement l'individualisation des comportements, mais la *subjectivation* de normes. Au point d'intersection entre une prescription collective — ne pas fumer, manger fruits et légumes, éviter le soleil, faire du sport, etc. — et une volonté personnelle — œuvrer au corps qui est soi — se noue la dimension originale d'une intériorisation. Le sujet s'inscrit dans un processus, librement certes, et de manière autonome, mais conscient des valeurs incarnées par le corps, et pas n'importe quel corps. Cette persistance de valeurs tranche sur l'horizon individualiste et demeure impensable sans le retour de la culpabilité. Parce que libre et responsable, le sujet est nécessairement coupable lorsque son corps faillit, lorsque l'esthétique se dérobe, quand la maladie survient ou que la mort fauche, avant le très grand âge, l'instrument désaccordé. La liberté individuelle a cette conséquence d'être le dernier recours au destin de chacun. Aussi la culpabilité d'échouer dans la construction du corps idéal engage-t-elle une démarche volontariste, un déploiement sans précédent des moyens, ainsi que le décompte de temporalités distinctes — soins, régimes, entraînement, etc. De la sorte, en ces temps de déperdition des transcendances et de sortie du religieux, s'affirme la centration de l'identité contemporaine sur le corps.

Le corps devient capital, assurance-vie. Il fait l'objet d'investissements qui définissent une économie instrumentale de soi. À ce titre, une parenté singulière s'observe entre les descriptions wébériennes de l'*esprit du capitalisme* et de ses fondements éthiques, et les modalités actuelles d'une rationalisation du corps. Si Weber étudie une influence protestante faisant peu de cas du corps, néanmoins la dimension comptable du temps et des efforts, celle du travail, la définition d'un profil ascétique conditionnant réussite et profit sont transférables, en particulier, à la construction sportive de soi. Le corps idéal se mérite et se planifie. Cela interroge sur le rapport entre plaisir et douleur. Le corps construit est-il un corps de jouissance ? La douleur est-elle une médiation nécessaire à l'obtention du but visé ? Le « jouir à tout prix » de la société hédoniste n'est-il pas contredit par le prix de cette jouissance ? Ensuite se pose la question du rapport au temps. La production du corps est un *processus*. Au « tout, tout de suite », comme trait du contemporain, s'opposent les contraintes du modelage corporel, sa temporalité. Quand le corps idéal est-il atteint, s'il doit l'être ? Quand l'assurance d'avoir reculé le seuil de sa vieillesse est-elle acquise ? Quand les mérites de l'effort produit sur soi sont-ils reconnus ? Indéfiniment, semble-t-il, le processus rationnel s'accomplit en dépit de ses fins.

Ainsi se définit une *rationalité instrumentale*. L'application au détail précis de la production du corps, par la société ou l'individu, s'absorbe dans l'inventaire des moyens et voile ses fins. Sans transcendance, notre société s'immerge dans un présent matériel. La production d'un corps réel ou fantasmé accapare l'espace technique de la médecine, comme le quotidien des sujets. Le «pourquoi» laisse place au «comment». Autosuffisante en apparence, la rationalité assure le succès d'une technoscience en développement exponentiel. L'être humain fait l'objet d'un contrôle qualité. Égrenée en «checklists», les procédures médicales s'effectuent par étapes déshumanisées, parcellisant les zones du corps en territoires de perfectibilité. Quant au sujet, attentif à ses potentiels d'amélioration de lui-même, à ne rien laisser au hasard, il cède à la spirale d'une offre technique et commerciale décuplée, et d'injonctions normatives en constellation. Le respect de ces procédures, leur occupation de l'espace et du temps tiennent lieu de fin. La rationalité se figure en circularité fonctionnelle, en administration de soi. Le futur se projette en progrès indéfini de la science médicale, en éradication fantasmée de la maladie et de la mort, en production d'un corps rationnel contrôlé de part en part, sculpté à volonté, sans que cette projection dise ses présupposés: matérialisation de l'humain, technicisation du monde, effacement des spiritualités.

Aussi le corps contemporain est-il nécessairement un corps technique. Depuis le XVIIIe siècle et La Mettrie ou Diderot, le matérialisme a gagné sa légitimité en médecine. La maladie se localise. La géographie du corps s'affine. La question cruciale est celle qui confond l'âme et le corps. Matérialité des sentiments, de l'imaginaire, du désir, de la créativité? L'investigation moléculaire laisse supposer la percée du mystère humain. L'explication souscrit à la divisibilité à l'infini, pointant des causalités inconnues, traquant le vide, justifiant par des désignations physiques l'ensemble des comportements. Ainsi le succès des neurosciences traduit-il ces principes. Voici venu l'homme automate d'un nouveau genre, l'hygiénisme qui pathologise l'existence se double d'un nouveau mécanisme. L'intelligence elle-même a son planisphère, son double informatique, ses clones artificiels et, bientôt peut-être, ses avatars surpuissants. Le corps rationnel est un corps aux replis intimes exhibés. Ce déterminisme supposé rassure-t-il ou masque-t-il une impuissance à penser l'humain dans ses spécificités, son mystère, son *humanité* précisément? La technique favorise et encadre l'administration des corps. Elle nomme et recense, donne prise. Son activisme corrobore la croyance moderne en la volonté et la science. Par là, l'éternelle question d'une technique au service de l'homme ou d'un homme contingenté par la technique se pose.

Pourtant, nier l'humanité de la technique est un contresens. L'homme *est technique* depuis l'origine des temps. Une philosophie de la technique ne peut éluder la dimension de porosité entre le naturel et le culturel, ni dénier le potentiel d'évolution bénéfique que recèle la technique humaine. Les craintes émanant d'une administration des corps, et des individus, n'effacent pas l'amélioration des conditions corporelles de l'existence grâce à la technique. La technique permet de soigner, de compenser le handicap, de pallier la douleur. Elle appareille de l'homme et par là prolonge le naturel, tels les premiers outils prolongeant la main. Simplement, depuis le XIXe siècle et l'essor de l'autopsie, depuis la réalisation toujours plus spectaculaire de greffes et de prothèses, d'implants, l'entité corporelle humaine s'est fracturée. Non réductible à l'unicité d'un corps à jamais fermé, l'identité est en question. Le remplacement des organes, la création d'exosquelettes, la procréation médicalement assistée, le dopage même qui engage l'humanité sur la voie d'une surhumanité, interrogent sur la permanence de l'identité individuelle et sur les critères de l'identité humaine. La frontière n'est plus celle qui séparerait l'homme de la technique, mais celle que philosophie, éthique, droit peuvent (veulent) tracer entre une technique qui prolonge l'humain, et le sert, et une autre qui, peut-être, le dénature. À ce titre, le monde informationnel incarné par Internet invite à repenser la notion de « corps naturel » à l'aune de capacités nouvelles acquises par le corps humain, comme à celle du rapport entre des corps individuels et ce grand corps global immatériel et langagier.

Le recul engagé de la vieillesse et de la mort se prolonge en une invention de l'humain. À titre collectif, cette invention se manifeste dans la volonté de créer, par la science, un corps idéalement préservé de ses fragilités essentielles, mais aussi capable de performances, de prouesses, de dépassement des limites humaines. À titre individuel, chacun est placé devant son corps-œuvre, tel un artiste sommé de produire ce qui le définit. Aussi le corps contemporain suggère-t-il, enfin, de nouvelles temporalités, celles de l'esquisse et de la diversité des moyens, qui renvoient l'une à l'autre dans un ballet incessant. Ainsi, le temps de la chirurgie n'est pas celui du régime, pas plus que celui de l'entraînement, ni du traitement médicamenteux, ni de l'acceptation d'un organe greffé. Le temps du corps produit est un temps relatif par lequel s'entreprennent, en sonorités distinctes, les multiples modifications possibles, retouches, perfectionnements. Rien n'est jamais achevé dans cette quête du dessin de soi, dans ce travail d'épure grisé par ses moyens.

Un *corps hypertexte* se révèle, où s'inscrivent des temporalités différenciées. « Qui veut la fin, veut les moyens », dit l'adage. Mais quelle est la fin, là encore ? Il se pourrait que la volonté d'échapper au temps accapare le temps, et que, dans sa volonté de conjurer le hasard, la production rationnelle du corps suive un fil ténu entre liberté et aliénation.

I

Le corps rationnel : conquête sur la nature et le hasard

1
La révolution du corps

Une révolution est en marche. Jusqu'à la seconde moitié du XXe siècle, l'histoire du corps était celle du destin humain soumis à l'étroitesse d'une condition souffrante et mortelle. L'essor de la culture et des civilisations, religions, philosophies, sciences, arts, techniques, jeux, s'est ancré dans la délimitation de vies courtes, cernées dès l'origine par la précarité et la douleur. L'éthique, la liberté, le plaisir, le temps se sont vécus et pensés en référence à l'omniprésente exigence d'un corps tombeau, subi, d'un corps *fatum* nommé par ses contraintes. Finie, la vie humaine l'était d'essence par le corps. Il désignait la banalité de la mort précoce, l'exception de la vieillesse, le louvoiement nécessaire de l'existence entre les microbes, frimas, guerres ou famines. La difformité physique, sans issue, condamnait à la marginalité. Les institutions, dont le mariage, reposaient sur une espérance de vie de quelques décennies à peine, les fratries étaient décimées, les familles recomposées d'un premier genre, celui du deuil, nombreuses. Inexistante en tant que catégorie sociale, l'adolescence était aiguillonnée par l'urgence de s'affirmer avant que de décrépir, d'être utile, d'être adulte de crainte de n'en avoir le temps. La jeunesse s'achevait avec l'âpreté des travaux, avec les grossesses. L'histoire du corps était celle d'un habitat familier et exigu, constamment menacé, d'où jaillirent toujours, par éclairs miraculeux, la jouissance et la spiritualité humaines.

Le XXe siècle, en sa deuxième moitié, aura vu la concrétisation spectaculaire des efforts convergents de la médecine pour prévenir et guérir les maladies, améliorer l'hygiène, encadrer l'éducation, accompagner la vieillesse. Non pas que ces projets n'aient été ancestraux. Mais ils ont trouvé une efficacité nouvelle, inédite. L'ère des moyens s'est inaugurée par les progrès de la science, des techniques, par les découvertes médicales offrant prise, enfin, sur le destin du corps. Une effroyable mortalité infantile a été endiguée. La vie n'est pas seulement plus longue, la vieillesse un continent que rallient, en nombre croissant, les pionniers de nouveaux âges — troisième, quatrième âges —, elle est aussi moins pénible, au travers d'un corps plus silencieux, plus apte, plus performant, éprouvé dans la maximisation et la durée de ses facultés. Le corps se dénude, affirmé dans sa silhouette, il s'exerce en des pratiques qui magnifient sa plastique, sa gestuelle. Il fait l'objet de soins constants et d'une économie afférente. Les temps de l'existence s'allongent, enfance, adolescence, maturité, vieillesse, déployés dans la perspective nouvelle du projet à long ou très long terme, des aléas d'une vie affective, sociale, professionnelle souvent rejouée et d'expériences corporelles multiplement investies. Une liberté se dessine, acquise contre la mort précoce et les contraintes inévitables de la souffrance.

Cet affranchissement traduit le pouvoir indéniable qui spécifie notre époque, une appropriation du corps, une responsabilité qui questionnent notre statut de mortel. Ainsi, « certaine "immortalité" devient, non plus le rêve, mais le projet le plus assourdissant, charnel et rationnel de l'humanité[1] ». La frontière entre ce qui dépend de nous et ce qui n'en dépend pas se déplace, modifiant l'espace de la morale. La santé, l'alimentation, l'esthétique, la reproduction, la performance sportive révèlent et stimulent des savoirs évolutifs. Déverrouillé de ses impossibilités, le corps devient un potentiel, une contingence, un « virtuel incarné[2] ». L'habitat initial et précaire entame sa métamorphose. Le corps n'est plus, et de loin, cet étau intime dont l'opacité n'avait d'égale que la douleur. Élucidé, maîtrisé, il procède, désormais, d'une production propre et d'un « contrôle qualité » tout au long de l'existence. Une médecine en effervescence alimente les fantasmes d'un corps idéal, programmé, sculpté, abstrait des nécessités qui le cantonnaient autrefois à l'ignorance et au pathétique. La révolution du corps est une révolution scientifico-technique qui, cette fois de manière globale, radicale, en rupture historique avec le passé, bouleverse corrélativement notre rapport au monde, au temps, aux autres, autant qu'à soi. Les limites sont repoussées, transformées, devant être repensées. « De naturés, [...] plongés passifs dans une nature qui signifie l'ensemble de ce qui naît ou va naître sans nous, nous devenons naturants, architectes et ouvriers actifs de cette nature. [...] Nous devenons cause opérationnelle de notre vie[3]. »

Cette révolution, néanmoins, n'est ni totalement aboutie, ni également répartie de par le monde. D'évidence, affirmer la victoire d'un corps imaginé et transparent serait occulter les parts d'obscurité, nombreuses, les échecs, les injustices qui subsistent. La démarcation qui sépare les pays pauvres des pays riches marque les corps, inflige des maladies ailleurs éradiquées, des douleurs, des famines, aux plus pauvres que délaisse l'industrie pharmaceutique mondiale. L'économie, la politique, les guerres privent beaucoup de la subsistance et des soins élémentaires. Les populations sont très inégalement armées contre les microbes et les épidémies. La perspective d'un corps progressivement délié des contraintes de la souffrance et de la mort précoce se dessine essentiellement dans les pays industrialisés, dans un Occident héritier de l'idéologie des Lumières et des moyens qu'elle mit en œuvre pour confirmer la perfectibilité de l'espèce humaine. Et encore ne faudrait-il pas omettre les maladies, les inégalités sociales, les ravages de la drogue ou du crime qui, dans cet Occident favorisé, interdisent toute généralisation aveugle. La disparité des niveaux de vie distingue partout entre la production raisonnée de soi et l'urgence de survivre. L'idéal d'un corps produit, d'une corporéité régulée et optimisée, signe ainsi l'évolution des pouvoirs de la science et de la technique, c'est-à-dire celle des perceptions de l'homme, à l'échelle de l'histoire de l'humanité. Il n'absorbe pas les faillites de l'économie mondiale, de la géostratégie, ni de la misère individuelle.

Il n'en reste pas moins que la mort est devenue scandaleuse. La dimension collective, l'allongement statistique, de trimestre en trimestre, de l'espérance de vie dans les pays riches érodent les à-pics du drame individuel. Nous vivons plus longtemps, plus grands, plus résistants, plus sains, en moyenne. À cette fin, l'existence est pavée de recommandations médicales, vécue à l'aune de l'injonction scientifique, de la recension des moyens, de l'amélioration escomptée, le quotidien relié à l'information et au conseil. La prise en compte de l'hygiène publique, l'institutionnalisation de la médecine, l'internationalisation de la recherche scientifique objectivent le projet d'un homme sous contrôle, bien plus encore d'un homme inventé, produit par lui-même. Pour la première fois de l'Histoire et, sans doute, de l'évolution, l'autoformation de l'homme par l'homme quitte le statut de métaphore. La vie humaine est devenue programme. Comme tout programme, elle suppose concepts, contrôles, efficacité, résultats. Mais la dimension nouvelle est celle de possibles jamais évoqués auparavant, sinon dans les mythes ou la science-fiction : faire naître hors d'un ventre maternel, cloner des organismes vivants, sculpter des corps parfaits, retarder la mort, greffer des organes, provoquer ou inhiber chimiquement les émotions. L'artificialisation de la vie humaine se développe de manière exponentielle. Elle encadre la naissance, le handicap, la transformation physique et psychologique, la mort. Le décryptage du génome humain livre un code jadis inconnu. La vie devient anticipation de la vie, la mort une marge laissée à l'échec de la science.

Nous avons commencé de fabriquer les corps. La procréation médicalement assistée, la possible programmation génétique avant la naissance, la sculpture des apparences combinent raison et virtualité. Les territoires du corps ne cessent d'être toujours mieux conquis par la science, en même temps que s'étend l'horizon des possibles. Le corps, autrefois perclus de nécessités, devient l'espace de la contingence. Mais cette contingence s'étaie sur une rationalité accrue, sur une grammaire affinée des mécanismes corporels, sur une encyclopédie des fonctions. Dans la brèche ouverte et formulée par Descartes, « se rendre comme maîtres et possesseurs de la nature. [...] pas seulement pour l'invention d'une infinité d'artifices qui feraient qu'on jouirait sans peine des fruits de la terre [...], mais principalement aussi pour la conservation de la santé[4] », s'engouffre la science moderne qui s'approprie la nature pour la recréer. Toujours plus de savoir, toujours plus d'options. Ce qui s'assure d'une part, s'élargit de l'autre, jusqu'à l'immensité, jusqu'au vertige. Quel homme, demain ? Quel corps ? Nous n'en savons rien. Le regard tourné vers le passé atteste le progrès de la science, mais cette continuité s'effrite dès qu'il s'agit de l'histoire de l'humanité, de l'histoire des idées. Sur quels appuis sûrs pouvons-nous compter ? L'accélération des délais en laboratoire devance notre capacité à penser des modifications de l'humain, autrefois perçues à l'échelle de l'évolution. La plasticité du corps s'offre comme matériau. Maigres ou obèses, malades ou sains, beaux ou laids, nous avons la responsabilité de nos états.

La raison est sollicitée pour pallier les abîmes par elle-même creusés. La rationalité s'immisce dans l'intervalle séparant nécessité et contingence. Il nous faut impérativement savoir, mais pourquoi et pour quelles fins ? La raison produit le corps, qui dès lors excède le champ rationnel par ses virtualités, d'où le surcroît de rationalité requis en retour pour endiguer l'angoisse. Tel est le cercle de la liberté conquise. Ce cercle caractérise la production d'un corps rationnel, pour une part arrimé au savoir qui le dessine, et pour une autre tourné vers l'incertitude de nouveaux pouvoirs. La question des finalités est centrale, finalités du corps, de l'organisme, qui nourrissent la compréhension, ou finalités de l'action même de produire qui appellent la réflexion sur l'avenir. Question d'autant plus centrale que toute entreprise de maîtrise du hasard suppose, tautologiquement, puisqu'il s'agit de lui substituer des buts, la poursuite de fins. Aussi la fabrication du corps interroge-t-elle, obstinément, sur ses moyens — progression des savoirs, des techniques, artificialisation — et sur ses fins — matérialisme ou quête de transcendance. Une révolution est en marche, disions-nous, elle est celle de la production du corps par la raison.

2

Le souci de soi

TROIS MOMENTS FONDATEURS

La production du corps rationnel suppose un *souci de soi* à titre individuel — l'entretien de soi — et collectif — la santé, l'hygiène publique. Le premier se définit comme une attention portée à soi-même signant la prise de conscience d'une identité, d'une spécificité *humaine* quant aux questionnements sur le *bien vivre,* sur le *temps* et sur les *fins,* par différenciation et relation avec un environnement social. Les *idiosyncrasies* se révèlent, si chères à l'Antiquité, mais aussi la *conscience de soi* qui suggère une intériorité, une liberté et une moralité possibles, mais encore l'*individualisme,* dont le souci de rendement personnel et le narcissisme sont des cas particuliers. Ainsi se précise une attention au corps reliée à ce que nous nommerons *subjectivation,* soit un processus d'appropriation par le *sujet* d'un ensemble de normes, de comportements et de fins. Or, trois moments de l'histoire occidentale précisent une antériorité au souci de soi contemporain. Souci de soi et rationalité se rencontrent dès la Grèce antique. L'ère chrétienne infléchit l'examen de conscience et le processus de subjectivation dans le sens d'une intériorisation et d'une culpabilité dès lors centrales. L'essor du capitalisme en Occident et son effectivité, au XIXe siècle, dans une rationalisation des esprits et des corps, marque l'orientation vers une administration de soi. Ces trois horizons, indispensablement complétés de l'apport freudien quant à la *conscientisation* des conduites, préfigurent le statut du *sujet* contemporain dans son rapport au corps.

L'exercice et le style

Dans les tomes II et III de son *Histoire de la sexualité, L'usage des plaisirs* et *Le souci de soi*, Michel Foucault examine les glissements qui s'opèrent, quant au « souci de soi », de la culture grecque classique, au IVe siècle avant J.-C., aux textes grecs et latins des deux premiers siècles de notre ère. L'idée que l'on doit s'occuper de soi-même, prendre soin de soi, s'appliquer à soi est un thème ancien. Le principe du souci de soi a acquis, dès l'influence socratique, une portée assez générale et traverse des doctrines diverses. Il devient précepte, attitude, manières de se comporter, manières de vivre. Il se décline en procédures, pratiques, recettes, débats, échanges et communications, parfois même institutions. Il donne lieu à l'élaboration d'un savoir, il est un certain mode de connaissance. La culture grecque introduit à une esthétique, à une « stylisation » de l'existence qui conjugue l'acquisition rationnelle d'une sagesse et le contrôle du corps : « stylisations dans la Diététique, comme art du rapport quotidien de l'individu à son corps, dans l'Économique comme art de la conduite de l'homme en tant que chef de famille, dans l'Érotique comme art de la conduite réciproque de l'homme et du garçon dans la relation d'amour[1] ». Philosophie et médecine ont affaire à un seul et même domaine, disposant « d'un jeu notionnel commun dont l'élément central est le concept de "pathos" ; il s'applique aussi bien à la passion qu'à la maladie physique, à la perturbation du corps, qu'au mouvement involontaire de l'âme[2] ». La *paideia* se teinte de couleurs médicales.

La maîtrise de soi suppose une forme d'austérité. « Le travail que l'individu [doit] exercer sur lui-même, l'ascèse nécessaire, [a] la forme d'un combat à mener, d'une victoire à remporter en établissant une domination de soi sur soi, selon le modèle d'un pouvoir domestique ou politique. [...] Le mode d'être auquel on accède par cette maîtrise de soi se [caractérise] comme une liberté active, indissociable d'un rapport structural, instrumental et ontologique à la vérité[3]. » L'art de vivre et l'usage des plaisirs impliquent des principes exigeants. Conduite rationnelle et conduite morale se confondent dans la mise en œuvre d'une juste mesure dans l'activité intellectuelle et affective, comme dans l'activité physique, qu'elle soit sexuelle ou « sportive ». À l'*hybris*, la démesure, s'oppose la tempérance, l'usage modéré et opportun des *aphrodisia*. À l'exploit héroïque, vanté par Homère et permettant d'accéder au statut de demi-dieu, s'oppose la « médiété » aristotélicienne qualifiant la vertu. « L'exigence d'austérité impliquée par la constitution de ce sujet maître de lui-même ne se présente pas sous la forme d'une loi universelle à laquelle chacun et tous devraient se soumettre ; mais plutôt comme un principe de stylisation de la conduite pour ceux qui veulent donner à leur existence la forme la plus belle et la plus accomplie possible[4]. » Soigner son âme et soigner son corps exigent l'acuité du regard, la conversion à soi qui conditionnent la sagesse. La prise en compte des idiosyncrasies, l'harmonie individuelle comme microchimie du rapport de groupe et du rapport avec la nature, organisent chez Hippocrate, Platon, Aristote, puis chez les épicuriens et les stoïciens, les conditions de la santé et d'une économie générale de l'esprit et du corps.

Examen de conscience et direction de conscience relèvent d'une approche logique du gouvernement de soi, laquelle logique s'inscrit sur fond des trois horizons clés de la pensée grecque classique : la religion, le *cosmos* et la Cité. Autrement dit, le processus de subjectivation qui s'opère, s'il est bien d'abord processus d'individuation au sens où le gouvernement de soi est une signature individuelle dans un jeu de relations et la prise de conscience, à titre particulier, d'un ordonnancement nécessaire de l'esprit et du corps, reste néanmoins essentiellement corrélé aux perspectives enveloppant le sujet grec : l'ordre religieux, l'ordre naturel et l'ordre politique. Une relation triangulaire organise et équilibre la subjectivation dans la Grèce classique : le sujet, la loi (ou le code) et la nature. Le « soi » n'est jamais perçu hors des ordres dans lesquels il s'insère. La logique individuelle n'est jamais affranchie des logiques religieuse, cosmique et politique qui la présupposent. La culture de soi est un jeu savant de proportions et d'analogies dans lequel le sujet met en valeur davantage ses pouvoirs que ses faiblesses. Les classifications qui s'opèrent, à partir de l'examen de soi, font sens pour nous en ce qu'elles préfigurent, pour une tradition future, les éléments d'une connaissance rationnelle du corps, d'un apprentissage de ses fonctionnalités et d'une culture de l'attention portée à soi.

Dans *Le souci de soi* est décrit l'infléchissement perceptible entre la culture classique et les thèmes chrétiens. Les deux premiers siècles de notre ère font médiation entre l'Antiquité qui interroge les notions de force, de violence, d'excès, de vigueur physique, de combat et les articule avec des critères esthétiques et éthiques, et le Moyen Âge où l'intériorisation est centrale et avec elle la culpabilisation. Le thème de la faiblesse de l'individu se substitue peu à peu à celui de sa force. L'abstinence et la maîtrise qui conditionnent l'ascèse incluent l'accroissement de la connaissance de soi. « La tâche de s'éprouver, de s'examiner, de se contrôler dans une série d'exercices bien définis place la question de la vérité — de la vérité de ce qu'on est, de ce qu'on fait et de ce qu'on est capable de faire — au cœur de la constitution du sujet moral[5]. » Dans cette posture qui se modifie du sujet par rapport à soi, la question du mal commence à travailler le thème ancien de la force. Une inquiétude croît quant aux effets de l'activité sexuelle, sa parenté avec les maladies, qui justifie une austérité plus grande et une centration sur le rapport à soi, la jouissance de soi et les dangers qui proviennent des écarts de conduite. Chez Sénèque, Plutarque, Marc Aurèle, Épictète, le raffinement des arts de vivre se combine à l'inquiétude qui concerne autant le pouvoir sur soi que le pouvoir sur les autres, affinant le thème de la maîtrise. Ainsi, « la rationalité du gouvernement des autres est la même que la rationalité du gouvernement de soi[6] ».

Dans ce contexte hellénistique et romain s'ancre une culture du corps dont l'axe est la connaissance et la maîtrise de soi. Le sujet se constitue comme sujet moral par référence à cette capacité d'ordonnancement du corps qui ménage la jouissance, préserve la santé et donne sens à l'interaction sociale et politique. Le processus de subjectivation, s'il accentue l'examen de conscience et annonce la question du mal au début de l'ère chrétienne, s'effectue toutefois dans les limites d'une interrogation sur l'équilibre des plaisirs et des peines, sur une esthétisation de l'existence qui inclut des dimensions corporelles que nous connaissons aujourd'hui — beauté, force, jouissance, exercice physique, diététique, érotique — et sur les aptitudes à « vivre bien », hors de l'impact ultérieur de la culpabilité. Aussi l'examen de conscience demeure-t-il apparenté à la logique. La rationalité à l'œuvre, le calcul des plaisirs se distinguent du travail d'introspection qui pourra conduire le sujet chrétien dans le déni du présent et celui du corps. La notion de faute ne se substitue pas encore à celle d'erreur dans l'appréhension quotidienne et individuelle de l'existence et du destin. D'un côté l'ascèse et ses effets, bientôt l'ascèse et ses peines, la faute et son rachat.

L'intime et la faute

Pour autant qu'on puisse, sans contresens, décrire les traits principaux d'une aussi vaste emprise, la culture chrétienne, et en particulier celle du corps, se distingue par le rôle central accordé à la culpabilité. Les modalités du rapport à soi s'organisent à partir de la finitude, de la chute et du mal. Le sujet s'identifie non par sa force, mais par son défaut d'être. Le plaisir est ourlé du péché qu'il recèle. Le corps est un danger parce qu'il focalise le manquement et la perte, non pas seulement le risque de l'excès, comme dans la culture antique, mais celui de la déviation, non pas la force incontrôlée qui conduit à la maladie, mais la dérégulation qui signale la faute. La sortie de soi, toujours, menace, quand elle n'est pas sublimation mystique. D'où l'importance accrue de la conscience, de ce processus d'autocontrôle qui transforme l'examen de conscience antique, empreint d'une logique rationnelle, en une entreprise affective de déchiffrement de l'âme et de renoncement à soi. Les désirs ne sont plus l'objet d'un calcul, susceptibles de procurer jouissance et santé, esthétisation de l'existence et extraversion d'une créativité à destinée sociale. Ils doivent être purifiés. Et dans cette purification réside l'originalité d'une *personnalisation*. L'appropriation par le sujet d'un code propre, marqué par un approfondissement sans fin dans l'examen de soi, durcit les critères d'austérité et procède à une individuation par la faute.

Lorsqu'il décrit l'importance du pastorat dans la compréhension du rapport politique développé par le christianisme, Michel Foucault fournit des clés pour l'analyse de cette *personnalisation*. Dans la littérature chrétienne des premiers siècles, chez Chrysostome, Cyprien, Ambroise, Jérôme, Cassien ou Benoît, les thèmes de la responsabilité, de l'obéissance, de la connaissance individuelle et de la mortification dominent. Dans la description d'un individu non plus comme rendant des comptes à un collectif, à la Cité, à la science ou à la nature, mais à un chef en particulier, dans une relation de pouvoir centralisée et spiritualisée, l'universalité de la vérité prend la coloration d'une subjectivation toujours plus grande des moyens et des fins et d'une assomption sous plusieurs formes : dévouement, abandon de soi, autodiscipline. Cela vaut pour l'organisation politique, la vie religieuse, l'enseignement, les trois étant étroitement mêlés. S'établit alors un lien entre l'obéissance totale, la connaissance de soi et la confession à quelqu'un d'autre. La relation triangulaire qui s'organisait en Grèce entre le sujet, la loi et la nature se transforme en relation duelle entre le sujet et le pouvoir, ou entre le sujet et la vérité. La loi générale, celle de la Cité, comme celle de la nature, devient la volonté d'un dieu personnel qui justifie l'obéissance, c'est-à-dire l'as*sujet*tissement. Ainsi se constitue une subjectivation d'un nouveau type, dans l'apparition d'une *subjectivité* précisément, et non pas seulement d'un *sujet*, qui met en scène une *réflexivité intériorisée*. La culpabilité accompagne cette intériorisation, sanctionnée par la désignation du péché et dans l'attente du salut.

Du coup, c'est la conception du temps qui est changée, puisque, à la notion grecque, cyclique du temps, se substitue une conception linéaire dans laquelle le salut vient après la mort. La mort est censée donner la vie dans un autre monde, un au-delà sans retour, un monde surgi du sacrifice de soi par soi, purgé des fautes présentes, matérielles et charnelles. Là encore, uniformiser sur une aussi longue période une conception générale du temps et une théorie du salut propres au christianisme dans ses différentes variantes a ses limites. Mais on retiendra l'introduction de cette linéarité d'un report de soi vers soi au travers d'une temporalité dans laquelle la vie ne se suffit pas à elle-même. Il faut lui donner sens par l'effort, la mortification, l'oubli de soi, l'examen de conscience devenu tribunal. Aussi, paradoxalement, cette deuxième forme de subjectivation se fait au prix de l'intérêt porté à soi. Ou, plus exactement, cet intérêt porté à soi prend des traits bien distincts de ceux qui marquaient l'Antiquité, puisque la vie ne peut être sa propre fin, puisque le bien vivre inclut la douleur nécessaire et le plaisir toujours suspecté, puisque l'intériorisation d'un rapport personnel au guide ou au dieu induit un jugement de soi par soi. Si la tradition chrétienne n'apporte pas d'antériorité « positive » à la culture du corps, mais seulement au travers du fréquent raccourci d'un « déni du corps », du moins introduit-elle à cette notion centrale : la responsabilité/culpabilité de qui prend acte du gouvernement de soi.

La science et l'instrument

Au XIXe siècle, une économie du rendement humain fait converger politique, économie, anthropologie et médecine. Le temps est à l'« effectivité » d'idéaux. Le cartésianisme avait affirmé la confiance de la raison en elle-même, les Lumières, fortes de l'élan scientifique des XVIe et XVIIe siècles, la croyance dans le progrès humain, le XIXe siècle fournit les moyens scientifiques et techniques de ces idéaux. Le nouvel ordre est celui de la machine qui, dans le monde du travail, assujettit les corps pour en extraire la force, machine régissant production et transports, rapport machinal de la médecine au corps dans l'invention de la clinique. Le XIXe siècle crée une positivité, un « positivisme », là où une maîtrise de l'homme et de la nature avait été jusqu'alors virtuelle. Le projet, les moyens pour l'accomplir et le langage *ad hoc* forment un entrelacs inédit et produisent de nouvelles catégories. Plus exactement fusionne ce qui était autrefois distinct — l'*existence* et la *science* —, tandis que se distingue, par l'invention de critères, ce qui était ignoré ou mêlé. Le corps rationnel se dessine, à la fois dans l'exploitation politique, institutionnelle et scientifique qui en est faite, et dans la perception de soi. Le souci de soi s'augmente de la production de soi. Des territoires se conquièrent qui créent de nouvelles délimitations, entre le normal et le pathologique, le fonctionnel et la dysfonction, la performance et la débilité, la conformité et la marginalité. Cette positivité du corps rationnel crée ainsi un clair-obscur entre le *dit* du corps su et connu, et le *non-dit* du corps à connaître.

L'essor du capitalisme, l'industrialisation du travail, des espaces et du temps, la scientifisation croissante engagent un volontarisme dans le rapport à soi. La question de la production est centrale. La perspective des progrès possibles dans tous les champs du savoir implique la maîtrise des processus. Les fins sont repoussées, mais se rejoignent dans une commune visée de l'amélioration de l'humain. Une analytique se crée, qui s'applique à la fragmentation du travail comme à la décomposition du mouvement, à l'investigation clinique comme à la rationalisation des conduites. « Un ensemble de règles, un travail quotidien des apparences, de complexes rituels d'interaction, la liberté dont chacun dispose de jouer avec le style commun, avec les postures, les attitudes enjointes, les façons habituelles de regarder, de se tenir, de se déplacer, composent la fabrique sociale du corps[7]. » La conscience de la gestion sociale du corps s'impose peu à peu, révélant la matière modelable, l'enjeu de pouvoir et, du fait, la construction de types corporels, un éventail esthétique et symptomatique. Le siècle est à la statistique et à la répertoriation. Cette dernière s'inscrit, pour l'heure, dans une perspective essentiellement collective — sociale et politique —, dont la rationalité prépare le terreau de la violence et de la transgression, comme de l'individualisation du XXe siècle.

Le XIXe siècle émet des codes de la rationalité que le sujet des siècles suivants va s'approprier. Dans l'intervalle s'effondrent les idéologies, les apparentements à des transcendances qui fédèrent, les références identitaires collectives où prédomine le social sur l'individu. La psychanalyse attire l'attention sur le sujet et la conscientisation de soi. Vient l'ère de la psychosomatique et du langage libérateur, de l'introspection qui explique, de l'inconscient qui individue les histoires et les identités. Le corps *parle*, l'histoire individuelle se réécrit. Le processus individualiste qui marque la seconde partie du XXe siècle est un processus de déprise qui conserve, néanmoins, des savoirs acquis quant à la maîtrise du corps. Une économie instrumentale se transfère des idéologies de contrôle des masses au projet futuriste de contrôle de soi. Les codes de la rationalité — connaissance, investigation, maîtrise, fabrication, production, analytique du corps —, autant que ceux des sociétés, deviennent ceux du sujet. Ou, plus exactement, s'instaure une dialectique entre le social et le sujet dont le moteur est le balancement des normes, leur effritement puis leur retour, leur continuité, leur *psychologisation*. Le processus de subjectivation au XXe siècle est un long travail de délégation de la norme collective à l'exigence individuelle, de la rationalité des corps à celle *du* corps, et par là même du *soi*, du *projet*, du *temps*. La construction permanente de soi est une composante majeure, inspirée par une idéologie du progrès comme jamais outillée. Ainsi le processus de subjectivation dans le rapport au corps ne va pas sans son imbrication étroite avec l'évolution technique.

*

Premier arrière-fond de l'analyse, le souci de soi contemporain, dans cette particularité que constitue la production d'un corps rationnel, puise à ces trois ordres de subjectivation : la Grèce antique développe une éthique de la maîtrise dans la culture de soi ; le christianisme promeut une éthique de la culpabilité ; le XIXe siècle voit l'essor d'une économie instrumentale de soi. Ces trois aspects n'épuisent pas les interprétations de l'individualisme, pas plus que celles d'une histoire du sujet. Néanmoins, les traits mentionnés signalent des axes forts. Dans la Grèce antique, point de subjectivation intériorisée, *existentielle*, mais une connaissance et une maîtrise de soi passant par une considération équilibrée des forces et dangers du corps. Ce dévoilement premier situe l'origine d'une tradition dans l'examen et le contrôle de soi. Ce qu'apporte la culture chrétienne, c'est l'intériorisation et la culpabilité. Aujourd'hui, cette dimension fait l'ordinaire de l'homme contemporain confronté au vertige de la création de soi : *je me crée/librement/responsable de cette création/dont les erreurs/transmuées en fautes/m'incombent*. Or la perspective chrétienne d'assomption d'une singularité en lien avec une dimension normative morale — celle de la faute — façonne ce projet et cette solitude. Plus encore qu'au siècle des Lumières, enfin, le XIXe siècle rend effective une rationalisation de l'humain. Et si, dans cette perspective, la subjectivation induite n'est pas encore comparable à ce qu'elle est aujourd'hui, c'est-à-dire, notamment, pas totalement *individualiste*, ou *privée*, une « technologie du corps » apparaît. D'où une composition plurielle : *culture de soi, intériorité, rationalité technique*, émergeant sur le terrain de l'*individualisme*, pour appréhender ce rapport spécifique du sujet à son corps.

UNE CULPABILITÉ NÉO-CHRÉTIENNE

La mondialisation des échanges, dont celle des sciences et techniques, la prise en charge de l'hygiène publique par les gouvernements, la réflexion éthique qui s'instaure font du corps rationnel une production globalisée, une étape de l'évolution. De ce point de vue, les virtualités se multiplient, les problèmes aussi touchant à l'humanisme et à ses horizons. Corrélée à cette perspective, la production individuelle du corps fait surgir, de manière également inédite, la possibilité pour chacun d'intérioriser normes et contraintes, ou de refléter au contraire leur affaiblissement, pour s'approprier son destin corporel. Dès lors, comment concilier la rationalité des moyens et l'individualisme des pratiques, les avancées scientifiques et les pouvoirs singuliers ? Comment s'articulent dimension objective et dimension subjective, pouvoir des normes et choix particuliers ? La culpabilité joue ici un rôle central, une culpabilité *néo-chrétienne* servant de *schème* à cet emboîtement. Sans elle, l'individualisme ne peut s'accorder avec le déploiement d'un univers prescriptif, ni la sculpture de soi avec une recommandation collective.

Héritière des projets de rationalisation collective des corps du XIXe siècle, la scientificité triomphante des XXe et XXIe siècles, notamment médicale, trahit l'emprise croissante d'un pouvoir normatif et coercitif de la société sur l'individu. Ces composantes n'obèrent pas les effets positifs : la médecine guérit ; l'affinement d'une prise en charge de l'hygiène publique a contribué, sans conteste, à l'amélioration de la qualité de vie et à l'augmentation de l'espérance de vie en bonne santé. L'accompagnement technique des naissances, la prévention relayée par les différents moyens d'information, la notion de « suivi médical » participent de l'organisation d'un « système de santé », lequel, pour exister à des fins prophylactiques, n'en reste pas moins, cependant, un « système ». La question du « pouvoir médical » se pose. Aussi, un bilan du XXᵉ siècle de ce seul point de vue, celui de la rationalisation collective, opposerait comme deux versants d'une même origine d'une part les tragédies de l'administration des corps et de l'humain, la technicisation outrée des processus de contrôle qui ont entaché le siècle, d'autre part l'éclaircie provoquée par un progrès scientifique qui a effacé des maladies, réduit la douleur, repoussé la mort et offert à l'existence humaine des horizons meilleurs.

Mais la question du corps contemporain s'enchâsse aussi dans celle de l'individualisme. L'individu se construit aujourd'hui dans la perspective d'un monadisme social, *monadisme* et *nomadisme* au travers desquels, d'ailleurs, il se projette par sa liberté seule et des choix indépendants. Comment se constitue cette individualité ? Comment s'opère le processus de subjectivation ? Quels liens s'établissent, autour de la production du corps, entre l'individu/sujet et la société/normes ? La parcellisation des identités et modèles déplace la perspective première d'*un corps objectivé* d'après une compréhension *extériorisée* d'un processus, vers celle d'*un corps subjectivé*, dont la rationalisation réfère à l'*intériorisation* de ce même processus pour constituer une dimension spécifiquement contemporaine du sujet. L'*objectivation* suggère un corps objet de science et/ou enjeu politique, la *subjectivation* une réflexivité et une appropriation par le sujet d'un projet existentiel — relié néanmoins au social — centré sur le corps. Or, ce qui permet le transfert de l'*objectivation* à la *subjectivation*, ou du *collectif* à l'*individuel* — ce qui n'est pas strictement équivalent, car le processus *individuel* de *subjectivation* inclut lui-même une *objectivation* du corps (*le corps-instrument*) —, c'est l'activation d'une culpabilité. Ce transfert suppose une « délégation de pouvoir », soit une responsabilisation du sujet quant à son propre corps, un glissement de la société vers l'individu. L'appropriation par le sujet des moyens et fins s'articule autour du triptyque *liberté/responsabilité/culpabilité*. C'est parce qu'il y a liberté qu'il y a responsabilité, et donc faute possible, c'est-à-dire culpabilisation.

Ainsi, analysant la psychologisation de la folie au XIXe siècle, Foucault oppose deux types de médicalisation : médications physiques et médications morales. Cet écart contribue, selon lui, à scinder l'âme et le corps, plus encore que la distinction cartésienne entre substance pensante et substance étendue. La culpabilisation réfère à un *sujet responsable*, le déterminisme au *corps objectivé*. De la sorte, « la distinction du physique et du moral n'est devenue un concept pratique dans la médecine de l'esprit qu'au moment où la problématisation de la folie s'est déplacée vers une interrogation du sujet responsable. L'espace purement moral, qui est défini alors, donne les mesures exactes de cette intériorité psychologique où l'homme moderne cherche à la fois sa profondeur et sa vérité[8]. » La question du découpage clinique se pose. Plus avant, cette partition, en confondant « psychologique » et « moral », désigne le lieu d'une responsabilité de l'action. Elle distingue entre le corps étalé sur la table d'examen et l'univers privé du psychisme. Elle pointe l'intériorité individuelle source de la folie. Par là, elle anticipe sur l'amplification du rôle attribué à chacun dans la responsabilité de ses états, celui d'une « liberté fautive[9] ».

Or, si l'on déplace les lignes de cette partition pour en garder la conséquence, pour nous la culpabilité assure le relais entre pouvoir collectif et pouvoir individuel acquis sur le corps et sur soi. Ce n'est pas tant les *territoires* de la clinique qui importent, que la désignation d'une responsabilité individuelle, nommée, *personnalisée*. L'espace privé est cause de la réalisation de soi. L'intimité du vouloir préside à ce que l'on est. Ce lieu de la culpabilité que Foucault appelle « moral » est aussi celui de la subjectivité. Or cette culpabilité apparaît aujourd'hui comme *schème de présentation* de la norme sociale et de la fabrique collective des corps à destination du sujet. Elle est assomption individualisée. D'une part, elle assure l'articulation du *social* à l'*individu* et/ou de l'*objectivation* à la *subjectivation*. D'autre part, et en cela elle n'est pas qu'une simple conséquence, elle permet la consolidation, et donc en un sens l'*avènement*, de la subjectivation, en ce que, illustration type du processus d'intériorisation des normes, elle concourt à l'autonomisation du sujet. D'où ce qui apparaît comme un trait spécifique du contemporain : un sujet autonome *et* coupable. Second arrière-fond, il est remarquable, en ces temps de « sortie du religieux[10] », qu'une culpabilité réinvestie joue ce rôle central dans l'élaboration du souci de soi.

LE CORPS EXCLU

L'évocation de *territoires* suggère l'exclusion. Une production rationnelle et techniciste suppose des *territoires* identifiés et nommés, ce qui, d'une part, désigne un *corps objet* parce que *objectivé*, d'autre part appelle un corps supposé moins ou non rationnel. Lequel est-il ? Le corps du laisser-aller, de l'oubli de soi, du renoncement à la maîtrise ? Le corps de la difformité, du handicap, de la « laideur », de la vieillesse subie ? Se peut-il qu'il soit aussi celui de la jouissance, de la transgression, de l'effusion sensible ? Toujours est-il que le corps rationnel « se découpe » sur un horizon qu'il n'absorbe pas tout entier, laissant place à un « corps exclu ». La médecine contemporaine entretient le préjugé selon lequel malades et infirmes ne pourraient mener une vie pleine et épanouie, se justifiant ainsi, subtilement, de corriger « anormalités » ou « déviations » et d'anesthésier toute douleur y étant liée. Or « qu'est-ce que l'on *perd* d'un point de vue existentiel lorsque l'on fait tout pour diminuer ou, à la limite, pour éliminer la souffrance liée à une maladie ou à une infirmité[11] ? ». Sans doute une certaine réalité du corps, marquée par la subjectivité d'expériences qualitatives, plus que quantitatives. C'est ainsi que s'affirme un positivisme scientifique, voire un scientisme, soit à la fois la croyance dans l'opérationnalité de l'investigation savante du corps, et celle dans la réduction possible des problèmes humains à cette investigation, en l'occurrence médicale et technique.

Or cette investigation s'envisage doublement. Tout d'abord, elle définit le corps rationnel par des savoirs, des apparences, des modelages, créant, *de fait*, des délimitations exclusives : la jeunesse, la beauté, la minceur, la santé excluent leurs *autres*, rejetés d'un certain système de valeurs, *médico-sportif*. Comme tout système de valeurs, celui-ci peut justifier des appréciations morales. Une société tranche ainsi, en fonction des contextes et des normes, entre le corps acceptable et l'inacceptable, entre l'intégration et l'exclusion. L'obésité illustre aujourd'hui ce système de valeurs qui peut déprécier la valeur professionnelle, voire personnelle, d'un individu, à partir de critères de manquement à certains signaux de rationalité, la volonté, par exemple. Ce découpage est partout, dans toutes les sphères de la société, et s'apparente à d'ancestraux critères de normalité physique ou de bienséance conditionnant la reconnaissance sociale. En ce sens, le corps rationnel produit par l'investigation savante et tout un processus de mise en œuvre volontaire et d'auto-engendrement opère un découpage qui fait sens dans une société donnée, à une époque donnée, créant par contraste l'ombre d'un corps exclu.

Mais l'investigation savante ne se contente pas de tracer des délimitations. En les créant, elle influe également sur la nature du corps exclu. Il ne suffit pas de définir un *corps rationnel* pour définir du même coup, par une parenté logique, un *corps irrationnel*. En réalité, c'est parce que le corps rationnel est *celui-ci* que le corps irrationnel est *celui-là* et, plus avant, à mesure que progresse l'investigation savante dans la maîtrise du corps, la matière mouvante du corps irrationnel impose de nouvelles normes et obligations, irréductible à elles, contrairement à ce que l'on pourrait croire. C'est donc probablement une illusion de penser que le corps rationnel pourrait, par la progression technoscientifique, finir par absorber totalement le registre du corps. Car le corps, en quelque sorte, résiste. Le corps rationnel est un *découpage de fait* sur l'horizon des expériences et représentations du corps, mais peut-être aussi *de principe*, tant ce qui lui résiste change de nature à mesure que la conquête progresse. La part de fantasme qui l'habite n'est pas négligeable. Dans l'exemple précédent, la scission de la *folie* ancienne crée les territoires de la *maladie mentale* et de la *maladie physique*, multipliant du même coup ceux de la pathologie, tout en en changeant la nature, du moins perceptible et scientifique. Aujourd'hui, l'appréhension radiographique et médicamenteuse des processus mentaux produit une démultiplication du registre de la maladie mentale. La médicalisation des grossesses et des naissances, enfin, crée une forme d'intolérance au handicap, à la malformation d'un fœtus ou d'un nouveau-né contre laquelle, autrefois, on ne pouvait rien. La fatalité appelait une acceptation plus ou moins douloureuse. L'erreur médicale, réelle ou supposée, provoque la révolte et l'action en justice. Du coup, c'est le regard même sur les handicapés qui risque d'en être changé. Insidieuse, la question se précise : *comment un enfant peut-il encore (sous-entendu « de nos jours, avec les progrès accomplis »), naître comme « ça » ?* La tolérance à l'erreur n'équivaut pas à la tolérance au hasard. L'éradication possible du handicap congénital modifie le handicap lui-même, à commencer par son statut social. D'une manière générale, il en va progressivement ainsi des maladies dont la médecine est censée prendre le contrôle.

Plus l'investigation est pointue, plus lui résiste une myriade de définitions nouvelles d'un vécu pathologique ou *pathologisé*. Plus la science progresse, plus ses manques sont criants, intolérables. Est-ce à dire que le progrès médical crée ses zones d'ombre au fur et à mesure qu'il s'affirme ? Ou que l'humain est irréductible à la science ? Les deux probablement. Mais surtout, troisième arrière-fond, le corps rationnel est bien un « découpage » sur un ensemble avec lequel il est en interaction. Il n'épuise pas l'ensemble des représentations du corps, mais fait sens par ses attendus. Son élaboration conceptuelle et pratique pointe des processus individuel et collectif de contrôle, emblématiques du monde occidental.

3
Le corps rationnel : un oxymore ?

On comprend que le corps ancien, dans sa précarité et sa douleur, ait appelé, par contraste et salut, la nécessité d'une âme, d'une entité, essence, substance, affranchie — sous conditions, néanmoins — du naufrage corporel annoncé. Âme, intellect, ferment d'immortalité, la raison est traditionnellement posée comme l'*autre* du corps, l'idée face à la chair, l'abstraction face à la matérialité sensible, le concept face au vécu. La distinction raison/corps suggère la différence substantielle, l'extériorité de nature. La raison raisonne, calcule et légifère. Elle est le *logos* confronté à l'impulsion, au désir, à l'instinct, le réfléchi à l'irréfléchi. Pouvoir général de connaissance, interne au sujet humain, ou contenu même de la connaissance, tels que le Moyen Âge la définit, la raison classifie, appréhende, s'approprie ses objets, quand le corps pâtit ou exulte. Les sens brouillent les données de l'existence, irréductibles au rationnel. Discursive, la raison dévide le procès logique. Elle objective ses démarches et contenus, vise universalité et pérennité, quand le corps est livré au devenir, à la vie, à la maladie, au dépérissement et à la mort. Dès lors, peut-on strictement parler de *corps rationnel* sans risquer l'oxymore et si oui, en quels sens ?

Le dualisme et l'indépendance ontologique de la raison sont contestés par les matérialismes, dont la psychanalyse, et par la phénoménologie. Pour les stoïciens, la pensée est un corps ; pour les épicuriens, la raison naît des sens, pour Diderot, l'existence de l'âme, ne pouvant être expérimentée et expliquée scientifiquement, est infondée. La tradition matérialiste explique l'esprit par autre chose que lui-même et rend compte de tel ou tel phénomène mental, culturel ou psychique par des processus matériels, qu'ils soient d'ordre atomique (Lucrèce), cérébral (La Mettrie), économique (Marx) ou sexuel (Freud). Lénine affirme que « c'est la matière [...] qui pense[1] ». Freud oppose à la transparence du moi les mystères de l'inconscient et l'empire des pulsions. La distinction de la conscience et de l'objet pose à la philosophie du corps une difficulté fondamentale que la phénoménologie tente de résoudre avec la notion de « corps propre ». « Le corps est un être ambigu : c'est une chose, mais une chose qui est mienne, ou plutôt que je suis[2]. » Dès lors, comment comprendre la subjectivation de la sensibilité corporelle ou l'incarnation de la subjectivité dans ce qui est matière, mais ne peut jamais, *pour moi*, n'être que cela ? Comment saisir l'identité si personnelle que révèle le *sentir*, sans réduire le corps à une *pensée du corps* ? Comment lier l'intériorité et l'extériorité comme manifestations consubstantielles du corps ? Ainsi s'ébauchent les notions de « corps subjectif[3] » ou de « moi naturel[4] », pour corréler l'expérience psychologique à la matérialité du corps et expliquer cet être-au-monde si spécifique qu'est le corps.

Aussi, hors du projet phénoménologique, toute pensée du corps oscillerait donc entre matérialisme et dualisme, avec ces deux risques : faire équivaloir l'âme et le corps ; ne pas saisir la spécificité du corps. Et, en effet, celui-ci peut être manqué, à vouloir le saisir au travers d'une rationalité qui divise. Il peut l'être à double titre, d'abord d'être simplement *pensé*, puisque la pensée classifie et ordonne ; ensuite, de l'être au travers de sa représentation *rationnelle*. Au-delà de ces difficultés, inhérentes au demeurant à toute pensée du corps, il nous faut donc imaginer une rationalité applicable au corps, c'est-à-dire à la fois une cohérence et une objectivité qui n'occultent pas la dimension sensible. C'est donc un corps visé dans l'inventaire de ses formes modelables, de ses aptitudes perfectibles, de son destin programmable qui sera notre objet. Mais non pas seulement, précisément, un *corps objet*, qui ne serait que l'instrument docile d'une volonté toute-puissante, bien aussi le lieu d'expression d'une subjectivation originale : créer ce corps qui est *soi*. Comment cela est-il compatible ? Le corps nouveau n'est-il pas celui qui contredit la nature et le hasard, comment pourrait-il être autre chose que l'objectivation d'une volonté, que l'effet d'un *programme* ? Comment penser le corps rationnel sans oublier les dimensions charnelle et personnelle ? Sur ce point, la phénoménologie nous enjoint de ne jamais écarter la dimension d'incarnation du sujet qu'est le corps. Là résident à la fois la complexité et l'intérêt de penser le *corps rationnel*. Car s'il est, indéniablement, le corps du futur (au sens temporel et scientifique du terme), il est aussi celui d'un présent surinvesti, la matière sensible par laquelle se fait mon existence et, plus que jamais, sur laquelle se centre mon identité. S'il est le corps de la science, il est aussi celui du sujet qui lui confère sa teneur existentielle. Le *corps rationnel* est donc un corps *fait par la raison*, conforme à ses caractéristiques supposées ou fantasmées, mais avec cette première spécificité *d'être moi*, donc non distancié, non étranger, en perpétuelle incarnation de *ce que je suis*, la seconde spécificité étant d'interroger, dans une perspective technoscientifique, sur l'*identité humaine*. Il s'agit donc bien de cerner la dimension contemporaine d'un projet d'appropriation et de production du corps par la rationalité, qui est aussi projet de construction identitaire.

CORPS FINALISÉ, CORPS EXPLIQUÉ, CORPS CONSTRUIT

Plus avant, l'expression interroge, d'abord parce que le « corps rationnel » suppose des finalités. Quelles sont les fins, leur nature et leur cohérence ? La rationalité du corps peut être, en premier lieu, ce que Kant appelle « finalité interne », celle d'un « être organisé et s'organisant lui-même[5] ». Dans cette optique est établie, dans la *Critique de la faculté de juger*, la distinction entre la machine et l'organisme vivant, la montre et le corps humain. La vie est en ce sens, de par sa conservation même, l'expression d'une rationalité opérante, celle de la survie des espèces et de l'individu. La nature, animée par ce principe de finalité, traduit, à titre d'*Idée*, de « fil conducteur[6] », le langage d'une raison à l'œuvre, celle qui organise les fonctions et prévoit les organes. Aussi, le corps s'entend-il comme « rationnel » en premier lieu parce qu'il fonctionne et survit, parce qu'il est « un produit organisé de la nature [...] en lequel tout est fin et réciproquement aussi moyen[7] », et dans lequel « il n'est rien [...] qui soit inutile, sans fin, ou susceptible d'être attribué à un mécanisme naturel aveugle[8] ». À cet égard, la création des automates n'aura jamais eu d'autre ambition que de reproduire ou d'imiter cette finalité interne, spécifique de la *vie*. Cette rationalité assimilable à une finalité, à une « perfection naturelle interne[9] », fonde une téléologie, le cas échéant une théologie. « Rien n'arrive *au hasard*[10]. » Elle peut aussi fonder une *normativité*, celle qui définit, chez Georges Canguilhem, la santé comme capacité adaptative ou « capacité d'institution de nouvelles normes biologiques[11] ».

Le premier sens d'un « corps rationnel » est donc un principe interne d'organisation de la vie. Il introduit à un second sens, dérivé mais amenant progressivement la contradiction, celui d'un corps dit « rationnel », parce que explicable et objet d'investigations scientifiques et techniques, c'est-à-dire « rationnel » parce que connaissable et connu. Ce deuxième sens est celui d'une discursivité du corps, en somme d'un *logos* corporel. Un corps appréhendé par la science, *objectivé*, rapproche les termes de la distinction kantienne et en infléchit le sens. L'organisme naturel rejoint conceptuellement et pratiquement la machine. Le souci de scientificité et de technicité de la médecine moderne, en particulier, procède depuis deux siècles à une « machinisation » du corps, nécessaire à l'efficacité technique. Cette « machinisation » implique le rejet progressif de toute métaphysique ou téléologie. Elle conduit, par exemple, à l'effacement de la *personne* ou à un éclatement du rapport *sujet/patient*. Elle écarte la question de la mort, prétend maîtriser techniquement la vie et confirme, au travers du don d'organes, la matérialisation irréductible de l'humain. Le corps de la médecine est un territoire conquis par la rationalité et, à ce titre, emblématique de l'appropriation par l'homme de la nature et de sa volonté de la transformer. Dit autrement, le « désenchantement du monde[12] » est aussi désenchantement du corps et la conquête du corps par la rationalité accompagne, à titre d'effet, le processus historique d'« élimination de la magie comme moyen de salut[13] ». Pour autant, la question des fins n'est pas éludée, puisque toute lutte contre le hasard la suppose. Parfois cantonnée au statut de méta-discours, elle n'en est pas moins prépondérante, *de droit*, dans la perspective d'un corps *voulu*.

Le corps moderne est un corps exploré. Il est aussi, troisième sens, un corps construit. À l'investigation savante qui repère et inventorie, à l'opérationnalité qui accroît ses territoires, s'ajoute le projet, spécifiquement *contemporain* si l'on tient compte des efficiences techniques nouvelles, d'un corps produit par l'homme et selon sa volonté. Il s'agit de faire du corps *ce que l'on veut*, selon ce « geste cartésien[14] » qui connaît, programme, maîtrise et calcule. Aussi la rationalité vient-elle également de ce constructivisme. L'imaginaire contemporain se projette dans le fantasme d'un corps sous contrôle. La connaissance ne suffit pas. Il faut qu'elle préside à l'engendrement de soi par soi ou du corps idéal par la société. Nous cherchions le sens du « corps rationnel » et la pertinence de la formule. Plus encore qu'un corps finalisé ou expliqué, le corps produit selon des codes scientifiques, sociaux et individuels comble au mieux cette attente. Point d'oxymore dans la notion de « corps rationnel », mais le dessein actuel d'une production éclairée et volontaire d'un corps par ailleurs déchiffré. Le corps désenchanté de la médecine suggère sa production offerte à chacun, démocratisée en un sens et bien que cette démocratisation ait de nombreuses limites. Ce qui n'empêche pas, au contraire, un processus de réenchantement par le fantasme, dont celui précisément d'un corps rationnel.

La science au service de la production du corps et/ou le corps subsumé aux ambitions scientifiques, tel est à présent l'enjeu. Les moyens se multiplient sans toujours prévoir leurs fins. Néanmoins, la capacité humaine à produire aujourd'hui le corps selon des schémas précis, des savoirs augmentés et une puissance technique en développement constant est l'une des novations les plus propres à bouleverser nos sociétés.

4

Le statut du corps rationnel

L'argument est triple. Premièrement, le corps rationnel est un cas particulier des représentations contemporaines du corps, si l'on entend par là que toute perception, toute création, toute expérience, toute jouissance corporelle ne réfère pas nécessairement ni exclusivement à la raison. Toutefois, il révèle, de manière très spécifique, et c'est là l'important, la centration de l'identité contemporaine sur le corps. Deuxièmement, le corps rationnel illustre le processus de rationalisation et de technicisation à l'œuvre dans l'histoire occidentale. S'il est un produit de l'histoire des sciences, il est de fait celui de l'histoire de la rationalité et décrit, en cela, des traits caractéristiques de notre société. Troisièmement, le corps rationnel occupe un statut particulier, original, au travers de son *dessin* et de son *dessein* mêmes, au cœur d'une époque qualifiée d'individualiste, a-normative et hédoniste, *hypermoderne*[1]. Face à l'éclatement et à la subjectivation des choix, il découpe une silhouette normative, affirme des critères et se définit dans la durée.

L'IDENTITÉ CONTEMPORAINE CENTRÉE SUR LE CORPS

La déperdition des transcendances et des grandes idéologies politiques caractérise la société occidentale contemporaine. L'identification individuelle s'effectuait autrefois par l'appartenance, le ralliement au collectif, l'inscription dans un groupe, une communauté, une famille ou une ascendance elles-mêmes transcendées dans la *res publica*, par des apparentements qui traçaient les contours d'une personnalité et des modèles qui nous choisissaient plus qu'on ne les choisissait. « On était soi, ou plutôt on devenait soi dans la mesure où l'on parvenait à se dégager de ses particularités, à rejoindre l'universel en soi[2]. » Ainsi la religion, le parti, le syndicat, la corporation, ainsi les idées, salut, démocratie, citoyenneté, révolution, libération, émancipation, cristallisaient-ils l'énergie des individus en une identification au travers de la règle valable pour tous et de par une extériorité fondatrice. L'identité individuelle s'accomplissait dans la reconnaissance de valeurs communes, éclairantes, de repères guidant le choix d'une existence, imposant une orientation morale. Le *soi* n'existait qu'en étant progressivement, par l'insertion sociale, l'école, la prière, l'engagement politique ou professionnel, dépouillé de particularismes et de déterminations intimes. Ainsi « c'est en m'éloignant de l'immédiat de moi-même pour m'élever au point de vue de ce qui vaut en général ou universellement que je [devenais] véritablement moi, en relativisant les déterminations extrinsèques qui me [constituaient] à la base, mais dont je [pouvais] me libérer[3] ». On accédait à soi en se libérant de soi, y compris par un affranchissement des déterminations inconscientes.

La conception de l'identité contemporaine est aux antipodes de cette perception. L'effondrement des repères extérieurs, des prétentions à l'universalité de schémas sociaux, religieux ou politiques, renvoie l'individu à son statut de monade. L'identification ne s'opère plus par une libération de soi — libération des déterminations intérieures, comme des déterminations extérieures, du *dedans*, comme du *dehors* — pour accéder à un *lieu commun* du sens ou à une *res publica* comme clé de voûte de l'identité. Elle se fait par un retour sur soi, une introspection, une sorte d'invagination du moi subjugué par lui-même. Le monde, l'*extérieur*, ne se dissout pas pour autant. La vie publique, relationnelle, civique demeure. Les critères de comportement, de *normalité*, d'apparence, d'intégration sociale perdurent et se renouvellent, ô combien. Toutefois, « on voit s'affirmer un nouveau rapport des individus à ce qui relève du *donné* dans leur condition, à ce qu'ils ont *reçu* en partage avec l'existence, qu'il s'agisse de la communauté dont ils font partie, de la tradition où ils s'insèrent ou de l'orientation sexuelle qui les singularise[4] ». L'identité se subjective. L'individu est, avec le monde, dans un rapport d'appropriation subjective. « Vous avez à rejoindre intérieurement ce qu'il vous est donné d'être extérieurement. [...] Le vrai moi est celui qui émerge de l'appropriation subjective de l'objectivité sociale[5]. » Autrement dit, le moi est livré à la divisibilité à l'infini de son autoconstruction, à l'originalité supposée, requise et/ou revendiquée de sa *personnalité*, à son interprétation des normes, en une formule, au vertige de son autonomie.

Que signifie ici *autonomie* ? Certainement pas une

autocréation de soi, ou une *autoposition*[6], si celle-ci signifie une création *ex nihilo* du sujet, position intenable. L'autonomie s'articule sur la responsabilité individuelle, ce qui laisse tout son poids à la notion de norme sociale ou à celle d'interaction avec le social, tout en accentuant la dimension d'appropriation subjective des choix. Précisons cela à l'aide de la conception sartrienne de la liberté. En affirmant le caractère absolu de la liberté humaine, Sartre ne prétend pas confondre la liberté et le pouvoir (*je suis totalement libre, mais et même si je ne peux pas tout*), pas plus que la liberté et le bonheur (*j'ai toujours le choix, même entre des options douloureuses*)[7]. Par là, il donne à la liberté une dimension interprétative : être libre, c'est interpréter le monde à ma manière, d'une manière dont je suis, en dernière instance, responsable, même si mon pouvoir physique d'affecter le cours des choses se réduit à presque rien. *Je suis libre de l'interprétation que je fais du monde, c'est-à-dire des «situations».* Dans cet espace interprétatif inviolable, ou dans cette *subjectivité*, réside la liberté. La vision du monde et des événements est *la mienne*, quoi qu'il advienne et quelles que soient les pressions subies. Ou, pour dire les choses au risque de la tautologie, *je suis le sujet de ma subjectivité.* Là se forge ma liberté. Aussi, lorsqu'on évoque l'autonomie du sujet contemporain, et dans la perspective d'une production du corps rationnel, on peut admettre que cette autonomie n'est ni une création *ex nihilo* de soi ni une déprise irréversible du social, mais la prise de conscience proprement *moderne* d'une *assomption subjective* des choix, assortie d'une responsabilité, c'est-à-dire, le cas échéant, d'une culpabilité : avoir manqué ce qui ressortissait à soi, à sa liberté, à un projet *subjectif* mais nourri de critères *objec-*

tifs, avoir manqué la nécessité impérieuse puisque *individualisée* et librement choisie de *réussir sa vie*. L'autonomie est ici une injonction diffuse, autant qu'une revendication.

Ce vertige est source de fragilisation identitaire. Le nivellement démocratique des valeurs conduit chacun à l'obsession de la singularité, à la performance infinie et finalement à la « dépression nerveuse généralisée[8] ». La prise en compte de l'individualisme comme point d'ancrage des comportements, l'éclatement des valeurs et leur subjectivation par tout un chacun, la surenchère identificatrice engendrée par la société de consommation — être soi au travers d'objets, de marques, d'idoles — aboutissent à la perception fragmentée à la fois de l'*extérieur* — la société occidentale et ses complexités — et de l'*intérieur* — soi, la personnalité, l'intime. On n'accède plus à soi en se libérant de soi, mais en se nourrissant de soi, jusqu'à la nausée d'un trop-plein d'*être*, trop de choix, trop d'injonctions contradictoires, trop de caducité — et trop rapide — des référents identitaires, trop de responsabilité dans la génération de soi. Cet éclatement et cette accélération des perceptions interrogent, dans sa version actuelle, sur un type d'individu nouveau et sur une possible « mutation anthropologique[9] ». Le rapport au corps s'inscrit indéniablement dans cette mutation, parce qu'il ancre l'identité dans de nouvelles *sensations*, dans un nouveau rapport à la technique (à la technologie en particulier) et dans de nouvelles perceptions du temps.

Le corps contemporain est le vecteur d'une vie plus longue, de meilleures sensations qu'autrefois, et d'*apparences* dans une société de l'image et de la consommation. Il est pris dans un réseau d'injonctions, en particulier médicales, par lesquelles il médiatise, sous une forme nouvelle — tout au moins renouvelée, si l'on estime que la responsabilisation de l'individu quant à sa santé remonte à Hippocrate —, la relation normative de la société au sujet. Cette relation normative est ambivalente en ce qu'elle déplace la responsabilité de la société vers l'individu et, tout en révélant le basculement de l'hétéronomie vers l'autonomie qui est la marque des temps actuels, impose à cette autonomie le poids de la responsabilité. Car les temps du « jouir à tout prix » n'en excluent pas pour autant, bien au contraire, la hantise de l'erreur, ni l'obsession de la vie réussie, ou le devoir d'*euphorie perpétuelle*[10]. Le corps est enjeu et projet. Il s'agit de ne pas les manquer, de ne pas *se* manquer. Tous les choix sont possibles, mais il m'est impossible de ne pas choisir. Partant, toujours libre, je suis toujours responsable ; responsable, je suis toujours possiblement coupable, déçu, manqué, traître.

Or le corps est ce sur quoi j'ai prise à la fois de manière immédiate et au présent, tout au moins en première lecture. Que signifie ici « immédiat » ? Mon corps est « mien », il est sensation et source de sensations depuis la naissance, les plus intimes que je puisse avoir. Il m'identifie aux yeux des autres. Il nécessite des soins quotidiens qui rappellent sa matérialité, sa malléabilité. Manger, ne pas manger, lorsque j'ai faim, procurent des sensations immédiates et différenciées. Mon corps est toujours là. Même pensé, conceptualisé, projeté dans un temps futur de son amélioration ou de son dépérissement, même nié dans l'ascèse ou relié à des machines, mon corps est là. Et il est là « au présent », le présent étant ce temps de l'intimité précisément, impossible à saisir et qui, pourtant, me donne la certitude d'exister. Que les sensations soient sources d'illusions, que le présent ne prenne sens qu'en lien avec un passé et en projection vers le futur, est indéniable. Il n'en reste pas moins qu'au travers de cette intimité du corps, il me semble « tenir » une réalité mienne, une réalité sur laquelle j'ai davantage prise que sur le monde extérieur, sur laquelle mon identité, malmenée par les aléas de ma vie sociale, professionnelle ou affective, trouve un ancrage narcissique à ma portée et qui puisse être investi. Les expressions « avoir prise », « tenir », « investir » sont le parti pris sémantique d'une investigation d'un corps rationnel supposé pensé, où la volonté joue un rôle et pour laquelle la *sensation* importe ici en tant que *psychologisation*. Il existe, toutefois, de toute évidence, un impensé du corps, un corps de la jouissance extatique, un corps physiologique, support silencieux ou non de l'existence, un corps de la sensation infinitésimale, comme un corps de la souffrance et de la maladie qui rend étranger à soi.

Sentir, faire, voir et être vu

Le corps suggère les trois catégories : *sentir, faire, voir et être vu*. La compréhension d'un corps maîtrisé privilégie le nœud problématique reliant *sentir* et *faire*. La question du corps esthétique (*voir et être vu*) est néanmoins fondamentale en ce qu'elle révèle, dans la tradition européenne et, plus largement, occidentale ou occidentalisée, la nécessité ou la permanence de *canons*. Cette tradition, héritée de la beauté formelle des Grecs, visible notamment dans la statuaire, conduit à voir et rechercher la beauté dans la *forme* du corps. Si les plastiques corporelles évoluent, l'idée de modèle, d'incarnation de la beauté dans une harmonie visible du corps, perceptible, mesurable, archétypale, demeure en traversant les époques et les styles. Ce qui permet, entre autres, de comprendre l'importance accordée aujourd'hui à une chirurgie esthétique censée pouvoir produire cette *forme* idéale et rapprocher de ces archétypes. Aussi la question esthétique importe-t-elle en ce qu'elle résulte de cette production, de ces intentions de *modelage de soi* et des critères qu'elles révèlent. Mais la vaste étude « des représentations du corps esthétique dans notre société » déborderait très largement du cadre posé.

La subjectivation des valeurs par l'individu et la psychologisation croissante des conduites accompagnent l'intérêt porté aux *sensations*. Cela est vrai dans le domaine médical comme dans le domaine sportif. Les sensations guident le soin, comme elles guident l'effort. Le sportif ne cesse de se référer à des sensations qui, « bonnes » ou « mauvaises », déterminent l'entraînement et la compétition. Les sensations servent de boussole à un individu dont les sources de désorientation personnelle et sociale sont, par ailleurs, multiples. Elles accréditent le postulat d'une société de l'immédiateté, en ce sens que « se fier à ses sensations », c'est privilégier la perception immédiate, l'instinct, le réflexe, ce qu'aucune médiation *externe*, serait-ce même la pensée, ne vient troubler ou différer, interférant dans l'intimité originaire du rapport au corps. La sensation est un savoir qui occupe, sur l'instant, le champ de la décision. La douleur ou l'extase happe la réflexion, au risque d'être « totalitaire[11] », quand la comparaison des états, l'examen *interne* de soi l'étayent ou l'infléchissent. L'émotion est célébrée. Elle est explorée dans ses nuances et raffinements, jusqu'à jouer le rôle ordinairement dévolu à la pensée, jusqu'à dévoiler, dans l'expérience du témoignage télévisé, le nombrilisme de chacun. Un «corps subjectif[12]» se dessine, qui n'est plus perçu sur le mode strictement physiologique de la fatalité, mais sur celui de la connivence. L'existence prolongée l'est dans des conditions de confort, d'agrément de soi, de concordance avec des besoins et fonctionnements à la fois plus observés, davantage pris en compte, mieux connus et mieux pourvus. Ainsi le corps sensible est-il un corps subjectivé, source d'identification. «Je pense avec mon corps et au travers des émotions que je ressens dans mon corps[13].» Il est un corps renarcissisé, point focal, plus que jamais, de l'appréhension de soi et du monde. Sans doute est-ce là, note Marcel Gauchet, «une date majeure dans l'histoire de la psychologie humaine[14]».

Dans l'activisme médical et sportif, dans la volonté de produire un corps idéal, selon des paramètres connus et optimisés, s'originent des couples dialectiques centraux: *plaisir/douleur, immédiat/médiat*. La sensation est recherche de bien-être, de plaisir, de jouissance. Comment s'obtient-elle? Si c'est comme projet, ce qui nous intéresse ici, est-ce dans l'instant, est-ce dans la durée, transférant à l'analyse ce qui est censé relever du «pur sensible»? Le corps rationnel est, en réalité, un corps analytique, puisque décomposé, connu, programmé. Comment ce corps analytique peut-il être compatible avec la *sensation immédiate* de plaisir et, si le corps analytique procure un *plaisir médiat*, quel est le «prix» de ce plaisir, c'est-à-dire peut-on envisager que le plaisir s'obtienne par la médiation d'un *non-plaisir*, soit une douleur? La question peut être aussi formulée ainsi: comment *construire le plaisir*, formule sans doute la plus adéquate au projet de corps rationnel, mais qui révèle une contradiction interne possible entre *sentir* et *faire*? L'hédonisme supposé de notre société appelle la critique. Comment concilier le «corps subjectif» de la sensation et de la psychologisation des conduites, et le «corps objectif» qui résulte d'une production concertée de soi, étalée dans le temps, *rationnelle* au sens de *discursive*? Dans le rapport *sentir/faire* se révèle un *processus* dont l'essence peut être foncièrement distincte selon qu'on s'attache au primat de la *sensation* ou à celui de la *construction*. La notion même de *processus*, d'ailleurs, interroge sur la temporalité du corps, ainsi que sur le rapport entre moyens et fins.

Le *faire* est au cœur du corps rationnel. Si le projet de cultiver son corps est un projet de la modernité, celui de le transformer, de le fabriquer, de l'artificialiser à des fins de performance est un projet *contemporain*. Il nécessite une connaissance avancée du corps et une prise en compte des technologies adaptées ou inventées pour son optimisation. Le *faire* suppose la volonté et le projet, et exclut, à titre individuel comme d'un point de vue collectif, la dolence ou la croyance dans le hasard, ou encore dans la nature. À la différence de l'esthétisation du corps, entendue au sens large — mode, arts —, dont la multiplication et la personnalisation des modèles et des styles caractérisent des formes d'«individualisme hédoniste», la production du corps rationnel s'ancre constitutivement dans la matérialité physiologique du corps. Il ne s'agit pas ici, simplement, de «décorer» le corps, de se composer une apparence, de se parer, de manière toujours réversible. Il s'agit de faire naître, de réparer, de soigner, de modeler, de faire mincir, de muscler ce soi matériel qu'est le corps. À ce titre, la production du corps rationnel selon le *paradigme médico-sportif* ne peut s'abstraire totalement de principes et de règles qui organisent la procréation ou le métabolisme. D'où ce rapport particulier entre la volonté et la matière-corps qui nécessite la médiation de savoirs. Du point de vue du *faire* se pose aussi la question des moyens — comment produire le corps rationnel — et des fins — selon quels buts, critères, normes. Se dessine l'appropriation d'un corps soumis à la volonté, à la science et à la technique, non plus seulement « subjectif » — bien que celui-ci soit impliqué pleinement dans la connaissance de soi —, mais aussi « objectif », analytique, *produit*.

Ce corps nouveau, subjectif et objectif, *subjectivé* et *objectivé*, est le support de l'identité. L'intimité du corps et sa malléabilité favorisent l'appropriation et le développement d'un projet personnel. Les catégories de la compréhension du corps, *sentir, faire, voir*, entrent en résonance avec des catégories fondamentales de la société et du sujet contemporains.

Concernant le *sentir*, la psychologisation des conduites ne réfère pas exclusivement au corps. Elle traverse le monde du travail — « coaching », « motivation » —, du sport — préparation mentale, recherche de « sensations —, de l'école — conseillers d'orientation, psychologues, aide individualisée —, de la santé — diversification des psychothérapies en écho à la répertoriation croissante des pathologies mentales —, etc. ; elle trouve son emblème négatif dans la dépression nerveuse, comme pathologie type de notre société. La quête de médecines parallèles, de gymnastiques « mentalisées » ou de techniques de relaxation — yoga, tai-chi-chuan, sophrologie —, le recours à des « coachs » plus ou moins privés, le développement des revues ou des rubriques de magazines consacrées à la psychologie, la focalisation des médias sur le témoignage personnel, attestent également la réalité et l'extension du phénomène. Néanmoins, la psychologisation des conduites manifestée dans l'intérêt porté aux *sensations* arrime, en un premier sens, l'identification par le corps.

Concernant le *faire*, l'« hyperfonctionnement », l'« incandescence de soi[15] » vont de pair avec la volonté de maîtrise. L'urgence se conjugue, paradoxalement, avec la programmation. La jouissance de la suractivité fait face, en miroir, à l'épuisement nerveux. Il faut « faire » ou « avoir fait » : des voyages, des performances, du chiffre, des régimes. Cet activisme injecté dans l'existence sociale l'est aussi dans l'existence privée : faire (ou re-faire) sa vie, ses comptes, son plan de carrière, du sport, un enfant. La volonté d'accomplissement personnel se prête peu, semble-t-il, à l'abandon, à la paresse, à ce que les psychologues appellent le « lâcher prise ». Aussi la fabrication du corps croise-t-elle cet effroi devant le hasard, le temps qui passe, la perte de sens. Elle en est emblématique. *Se faire* un corps est une assurance-vie, une réassurance identitaire. Dans le domaine médical, le *faire* absorbe parfois l'appréhension de la maladie : « que peut-on faire ? », plutôt que « qui êtes-vous ? ». La chirurgie esthétique traduit la fébrilité devant son propre corps : se faire *re-faire* (le nez, les paupières, etc.). Selon cette catégorie encore, l'identité se centre sur un corps multiplement malléable dans le temps, *infiniment soi*, objet de contrôle et de créativité.

La catégorie du *voir*, enfin, est celle de l'apparence, de l'image, de la consommation, de l'individualisation ou du rattachement au groupe — chez les adolescents, par exemple —, révélateur du milieu socioculturel, de la personnalité, de la volonté. Dans cette société de l'image, l'identification par l'apparence corporelle paraît évidente. Elle n'est pas contredite par l'observation des nouveaux modes de communication *a-corporels*, pourrait-on dire — Internet, par exemple —, qui sont aussi de nouveaux rapports à l'espace et au temps. L'hypothèse d'une « disparition du corps[16] », basée sur ces nouveaux modes de communication, mais aussi, paradoxalement, sur l'extraordinaire malléabilité du corps humain, comme sur son possible remplacement par la machine, son artificialisation, sa programmation génétique ou le contrôle de la reproduction, manifestations du développement technologique, paraît ainsi, selon les trois catégories du *sentir*, du *faire* et du *voir*, peu fondée à contester l'omniprésence du corps dans la construction du sujet contemporain. Transformation n'est pas élimination. La « virtualité » du corps ne signifie pas sa disparition. La multiplication des possibles n'engage pas la dissolution du corps en eux. La centration de l'identité contemporaine sur le corps ne suppose pas un corps figé. Si elle ébranle la notion de « corps naturel », cela n'implique pas l'évanescence d'un corps au contraire surinvesti.

UN MODÈLE RATIONNEL DANS UNE SOCIÉTÉ INDIVIDUALISTE

Sujet versus *individu*

Le problème est le suivant : comment lier l'effectivité de l'individualisme et la prégnance d'un modèle rationnel dans la production du corps ? Ou encore, comment coordonner égoïsme et hédonisme avec un projet systématique qui paraît dominant ? La question même confère à la notion d'individualisme un sens « néo-tocquevillien[17] », celui d'un repli de l'homme-individu sur la croyance en l'idée qu'il ne vaut ce qu'il vaut que par lui-même et ses propres choix, organisés autour de la sphère privée, et non par un partage de valeurs avec la « grande société[18] ». Une conception de la liberté comme stricte indépendance induit une conception monadique de l'individu qui, libre de toute attache et de toute contrainte, évolue dans une société peuplée d'*alter ego*, exerçant un choix souverain sur tout type de contenus qui pourraient leur être transmis et sur tout type de production impliquant leur identité, en l'occurrence, ici, le corps. Alain Renaut parle d'« individualisme désocialisant[19] ». Dans cette perspective, la description d'une société hédoniste se conçoit comme le libre choix pour chacun d'exercer le bon vouloir de sa consommation, guidé par le paradigme du « tout, tout de suite » et du « jouir à tout prix ». Une économie du plaisir immédiat, aménageable au travers d'un parcours *personnalisé*, conforte l'idée d'une fragmentation des identités et d'une parcellisation des modèles. L'individu-monade paraît délesté de toute référence à des normes de comportement et de choix. Ce qui suggère plusieurs contradictions : dans l'idée même de normes ; dans la nature du projet de production du corps rationnel. Ainsi, figurée en termes d'indépendance, la liberté individuelle est un absolu.

D'un autre côté, si la liberté est conçue comme autonomie, nous ne sommes plus en présence d'un individu libéré de toute entrave, mais d'un *sujet* en relation avec d'autres *sujets*, c'est-à-dire en présence d'une *intersubjectivité*, comme limite imposée à la liberté. Dans cette dimension, la capacité à exister en relation avec autrui, dans le regard d'autrui, en comparaison avec lui, est restaurée, la capacité de référence également, à une culture, à une éducation, à des principes, à des normes et, pourquoi pas, à une certaine forme d'universalité. Or, la confusion des termes dans ces deux couples de concepts, *autonomie/indépendance, sujet/individu,* conduit à une vision univoque de la modernité contemporaine ou de l'*hypermodernité* en réduisant la *subjectivation des conduites* à l'individualisme et la perte des repères à l'hédonisme. Autrement dit, si *sujet* et *individu* sont substituables l'un à l'autre, la liberté se réduit au vertige a-normatif, ou *anomique* de l'indépendance. Partant, la capacité de comprendre l'émancipation individuelle autrement que comme un aplatissement des catégories au nom de l'individualisme devient problématique. La vacuité de références sociales, politiques, institutionnelles, saturant le discours qui tente de la cerner, ne peut, en particulier, expliquer la production du corps rationnel. Le « tout et son contraire » de l'« hyperchoix[20] » occulte la dimension de rationalité qui est au cœur du problème posé.

On entrevoit ce qu'apporte la notion de *sujet* à cette perspective et pourquoi ne pas se contenter de ramener l'individualisme à des *individus*. Si l'individu est monade, on perçoit mal ce qui pourrait l'enjoindre à se rallier à un modèle, à des normes que par contextes historique et sociologique, il rejette. « Un homme qui se pense comme un *individu* est quelqu'un qui se veut indépendant et peut s'imaginer asocial. En revanche, l'homme qui se conçoit comme un *sujet* se veut discipliné par une raison impersonnelle[21]. » D'un côté, l'éclatement des valeurs et des comportements, de l'autre, la subsomption à un ordre qui transcende le social et l'individuel. Or, ce n'est pas tant à « une raison impersonnelle » que nous voulons ramener ici le *sujet* qu'à une capacité à prendre conscience de dimensions normatives globales et à les assumer en propre. Non pas seulement l'indépendance face aux valeurs, mais une capacité à s'approprier certaines d'entre elles, pour les admettre comme normes. Or la spécificité du corps rationnel comme modèle est de révéler cette dimension *subjectivante*, c'est-à-dire cette assomption singulière de critères et d'obligations faites siennes par un *sujet* qui, dès lors, reconnaît des valeurs. Un projet commun se distingue dans une société de monades, y compris si l'on admet que cela s'effectue, éventuellement, par une « ruse de la raison », soit : un projet s'impose quand bien même les individus poursuivent et revendiquent des fins éclatées ; ou un projet s'impose quand l'individu pense l'avoir lui-même engendré.

D'évidence, l'hypothèse d'une « ruse de la raison » n'est pas très éloignée de celle de l'« aliénation » au sens marxien du terme, dans la mesure où le tout perçu comme modèle pourrait sembler échapper, comme système, aux parties. « À la base, nous avons des individualités indépendantes, radicalement séparées, qui poursuivent chacune un intérêt égoïste [...]. Ces individus ne sont pas des sujets [...]. Ils sont incapables de porter ensemble, volontairement et consciemment, un projet commun. Et cependant, leurs actions apparemment désordonnées se coordonnent automatiquement comme mues par une "main invisible", comme obéissant à une "harmonie préétablie"[22]. » Or le projet de production d'un corps rationnel est un projet commun, qui transcende les singularités, même s'il n'est pas perçu comme tel par les individus. Mais il est aussi, et c'est là son originalité principale, le révélateur d'une position de *sujet* revendiquée : *je fais mien ce corps construit grâce à des critères précis ; je le construit pour le faire mien.* En cela s'expriment à la fois une rationalité globale imposée — d'où l'aliénation possible — et l'assomption subjective — d'où la revendication de singularité. Cette position médiane et originale du *sujet producteur de son corps* tranche, semble-t-il, sur le fond de difficultés à déchiffrer les comportements d'après le seul prisme de l'individualisme.

Il s'agit donc bien ici d'envisager de manière critique une théorie de l'individualisme qui serait question et réponse à la fois. Le processus de *subjectivation* est davantage qu'un processus d'*individualisation.* Il est un processus médian d'*appropriation/intériorisation* de normes ou valeurs, d'*assomption subjective,* assumées *et individualisées* par un *sujet.* Pourquoi médian ? Parce qu'il place en miroir deux hypothèses. Soit l'individu s'inscrit dans une totalité sociale qui l'instrumentalise et rend impossible *a priori* et de l'extérieur une distinction entre la contrainte et le libre choix de la contrainte. Dans ce cas, la mise en œuvre rationnelle représente l'aliénation. Soit le rôle de la culpabilité révèle et le triptyque liberté/responsabilité/culpabilité, comme marque de la subjectivité, et la possibilité même de la liberté comme dimension du sujet. Le sujet révèle ici sa liberté dans sa capacité d'intériorisation. D'un côté, une aliénation sociale, de l'autre une subjectivation des valeurs reposant sur une liberté. Si les deux sont confondues, la notion de sujet se perd dans celle d'individu, puisque la capacité d'émancipation est indiscernable ; si elles sont radicalement opposées, alors la capacité émancipatoire du sujet est peut-être surestimée, puisqu'il apparaîtrait tout-puissant. Si, enfin, elles s'articulent l'une à l'autre, le sujet est apte à *s'approprier/intérioriser* un processus de production rationnelle et individuelle du corps. Le lien précédent entre la fabrique collective des corps et la fabrique individuelle de soi — rôle central de la culpabilité — trouve ici écho dans cette articulation entre l'aliénation sociale d'un individu instrumentalisé et l'individu lui-même éparpillé dans un social incompréhensible. Tel est le rôle de la subjectivation des valeurs, c'est-à-dire de la reconnaissance d'un sujet capable d'intérioriser le processus d'instrumentalisation.

Moyens et fins du corps rationnel

Rationalité des Lumières et idée de progrès

La notion de rationalité suppose un rapport de causalité entre des moyens et des fins. La raison calcule et projette, cela en fonction d'objectifs. Dans cette optique, si le corps rationnel est calculé, dessiné et programmé, il l'est *a priori* en fonction de fins relativement identifiables, à partir de moyens non moins identifiables. Formulée de cette manière, la hiérarchisation des moyens et des fins réfère à une première définition de la rationalité globalement inspirée de l'*optimisme des Lumières*, c'est-à-dire *moderne*: la raison orientée vers le succès, ou la raison guidée par le progrès et aidée en cela par la technique, ou encore les fins ontologiquement supérieures aux moyens, tout au moins, dira-t-on enfin, l'*homme* supérieur aux moyens. Cela pose au premier abord deux questions qui, par ailleurs, en un point au moins — le rapport à la temporalité —, se rejoignent: la question de la nature de ces fins et celle de ce qu'on appellera le *principe de linéarité.*

Les fins visées par le calcul d'un corps parfait

sont-elles des fins immédiates ou indéfiniment projetées? Le terme «immédiat» suggère une double approche: l'immédiat est, au sens large, le «présent», l'indéfinissable de ce que je nomme «aujourd'hui»; il est, au sens strict déjà évoqué, ce qui ne connaît pas de médiation. En l'occurrence, la question de la nature des fins du corps rationnel réfère davantage au premier sens: l'idéal du corps est-il accessible, voire «consommable», au présent ou est-il toujours projeté dans un lendemain susceptible de parachever l'œuvre? L'analyse des nouvelles temporalités du corps mettra en lumière à la fois la spécificité technique de la production du corps rationnel dans son rapport à la temporalité — le temps de la chirurgie esthétique n'est pas le temps du régime alimentaire, ni celui de l'entraînement sportif, etc. — et le possible report indéfini dans le temps du résultat escompté. Quand suis-je sûr d'être en bonne santé, bien entraîné, suffisamment beau, suffisamment rajeuni? Comment juge-t-on, d'un point de vue subjectif, que son propre processus de vieillissement a été ralenti ou différé? La production du corps rationnel est-elle, sous cet éclairage, une quête infinie? C'est, en somme, la notion de *corps absolu*, de corps fixé, figé, un *en-soi*, contradictoire dans les termes, qui interroge.

Par ailleurs, la production du corps rationnel doit-elle se comprendre comme la (re)définition d'une sorte d'«humain idéal» qui, notamment sous ce dernier aspect d'une quête infinie, tiendrait le rôle d'une recherche de transcendance, d'un renouvellement de la transcendance, sous la forme d'*un idéal de soi*? L'investissement «matériel» — soins, lotions, aliments, sports, chirurgie, etc. — n'est peut-être, après tout, *matérialiste* que dans la forme. Il pourrait être une quête de transcendance dans ses *fins*, une forme de *transcendance dans l'immanence*. Corrélativement, cela introduit à la distinction entre des fins *pour soi* et des fins *en soi*, entre le point de vue du sujet et celui de la société. La question de fins *en soi* pose deux problèmes majeurs. Elle pointe, premièrement, la différence des cultures, et des capacités économiques et techniques, notamment entre pays *riches* et pays *pauvres*, qui limite notre étude à une représentation *occidentale* du corps. Elle nécessite, deuxièmement, l'adhésion des points de vue éthique et juridique à la notion de *nature humaine*, notion toujours complexe dans son principe philosophique et dans ses implications scientifico-techniques et morales. Quant à la distinction entre le sujet et la société, elle réfère, elle, de manière explicite, à la question cruciale des *critères* applicables à la production du corps. Peut-on, et si oui, sous quelles modalités, considérer que la production du corps répond à des normes qui influencent les manières de *sentir*, *faire* et *voir* son propre corps ?

La question des fins porte, de manière essentielle, sur *la croyance* en des fins. Une rationalité de premier type, celle des *Lumières*, qui affirme le lien moyens/fins suppose l'identification de ces fins et le projet de les atteindre. Or, nous appellerons *principe de linéarité* ce qui désigne l'avancée linéaire, et en ce sens évaluable, d'un processus vers son aboutissement. Inspirée d'une vision moderne de la science et du monde, la rationalité de premier type s'appuie sur la croyance dans le progrès indéfectible des entreprises humaines, sur l'appropriation et la transformation de la nature par l'homme. De ce point de vue, illustrant un évolutionnisme tout au moins de structure, l'histoire du sport atteste, par exemple, la convergence des différents moyens humains — matériaux, matériels, techniques, médecine, science des entraînements, diététique, psychologie et... dopage — vers un but unique : l'amélioration des performances. Le principe de linéarité anime le sport — du moins entendu ici dans sa version *sport de haut niveau,* dont l'essence est la compétition et l'amélioration « statistique », chiffrée, des performances — sur la base d'une comparaison des performances établies, par exemple sur cent ans. Le projet rationnel épouse l'idée de progrès. Sciences et techniques sont sollicitées à titre de *moyens,* en vue de *fins* plus ou moins clairement énoncées, mais qui ressortissent toujours à la même représentation *linéaire* des aptitudes humaines : leur progrès objectif. Peu importe que ce progrès objectif contredise un progrès subjectif ou moral — même si, dans ce cas de figure, un idéal humain est malgré tout revendiqué dans sa « globalité » —, ou que les considérations sanitaires ou psychologiques remettent en question le *sens* de cette quête. L'évolutionnisme sportif incarne, dans sa représentation objective, une rationalité de type *Aufklärung,* dans le rapport des moyens et des fins.

Toutefois, le pouvoir contemporain de produire son propre corps se complique de deux perspectives : les fins sont devenus virtuelles, toutes les possibilités s'ouvrent, collectivement et individuellement ; les fins supposent un processus qui les désigne, en l'occurrence *le progrès.* Dans les deux cas, ces perspectives sont susceptibles d'ébranler la notion de rationalité dans son essence même. D'une part, elles suggèrent que la production puisse être rationnelle dans son principe sans que les fins le soient ou, tout au moins, soient *raisonnables* : créer une population exclusivement masculine, par exemple, par le biais de la programmation génétique des naissances, dans un État quelconque. D'autre part, elles présupposent que toute rationalité aboutisse, logicise la réalité, la transforme, l'améliore, ce que la réflexion actuelle sur notre monde conteste largement. Ainsi le progrès ne serait pas le seul trait caractéristique du rapport causal entre moyens et fins. Du coup, l'idée d'une « finalité sans fins », à partir de quoi Kant définissait la beauté, d'une finalité sans « causes finales » pour reprendre un terme philosophique, réapparaît, dans un contexte tout autre que celui des Lumières. Et l'humanisme contemporain se trouve posté devant une double ouverture : celle d'une rationalité qui s'aliène elle-même ; celle d'une liberté, d'une libération qui surgit de cet éventail de possibles, lui-même issu de la rationalité.

Aussi le principe de linéarité est-il remis en cause, dans un premier temps par le concept de *postmodernité*, forgé en particulier par Jean-François Lyotard, et par celui d'*hypermodernité* issu, il y a une trentaine d'années, des travaux de chercheurs dirigés par Max Pagès. Le projet de la modernité, posant la maîtrise et la domination de la nature comme projet de progrès et d'émancipation, présupposant un sens synthétique possible et une universalité de ce progrès, est remis en question par ce que Lyotard appelle « la fin des grands récits », c'est-à-dire des grandes idéologies comportant une dimension explicative du monde. La postmodernité désigne la dissolution de la référence à la raison comme totalité transcendante dans les sociétés contemporaines occidentales. Les structures institutionnelles d'encadrement social et spirituel de l'individu s'effritent, voire disparaissent. Sous l'influence notamment de la consommation de masse, on assiste à l'émergence d'un individu libéré de toute entrave, et soucieux avant tout de sa jouissance et de son épanouissement personnel. L'identité se fragilise, l'individu se fragmente, les références temporelles éclatent. Un certain principe de non-contradiction se délite dans le choix d'attitudes, de styles, de projets de vie, en apparence opposés. La rationalité du premier sens, coordonnant les moyens et les fins, s'affaiblit de par l'indistinction de fins désormais parcellisées, brouillées, opaques.

Cette indistinction semble s'accentuer avec l'*hypermodernité*. Ce n'est plus tant la rupture avec les fondements de la modernité qui est soulignée par ce concept, que l'exacerbation des traits de la modernité, « la surabondance événementielle du monde contemporain[23] ». La dimension courante devient celle de l'excès, dans la réalisation de soi, comme dans l'effondrement nerveux, dans la multiplicité et la diversité des expériences, des performances, comme dans le recours aux conduites addictives, dans l'hyperactivité, comme dans la perte des repères et l'exclusion sociale. « La surmodernité soumet à l'excès. Elle ne cesse de multiplier, de diversifier les formes de l'expérience humaine, de la lancer dans l'inédit en la contraignant à se l'approprier, sans répit. Elle la conduit sur les chemins brouillés où l'espace et le temps ne sont plus définis par des repères familiers, ils deviennent ensemble des générateurs de dépaysement ; le moment et son lieu, le *hic et nunc*, entretiennent une sorte d'alliance dans la discontinuité, au prix d'une fragmentation de la vie, d'une incertitude quant à la définition de soi[24]. »

Hypermodernité ou *surmodernité*, la rupture avec le progressisme occidental semble consommée, dans la description d'un individu en quête d'intensité à tout prix, y compris à celui de sa propre destruction, et dans un éparpillement des fins qui ruine leur convergence. Le principe de linéarité, comme moteur d'une rationalité de premier type, est contredit par le nivellement des références temporelles, l'*hypertextualité* temporelle devrions-nous dire, tellement le renvoi incessant à des projets, programmes, procès, inscrits dans des temporalités distinctes, définit le mode d'être *relatif*, toujours *relatif*, de l'individu d'aujourd'hui. À la notion de *corps absolu*, comme universalité d'un projet corporel humain, à la fois dans sa santé, ses aptitudes, sa beauté même (malgré ce que l'étude historique révèle évidemment de la contextualisation et de la diversification des modèles au cours du temps), se substitue un *corps relatif*, ouvert sur de multiples possibles, d'innombrables choix techniques et esthétiques, d'innombrables reflets de lui-même. Cette notion de *corps relatif* a deux sens : le premier, ci-dessus, celui des multiples représentations du corps ; le deuxième, celui d'un corps inscrit dans des *temps relatifs*, toujours perfectible et référant à des techniques distinctement temporalisées.

Rationalité instrumentale et perte des fins

Si les concepts de *postmodernité* ou d'*hypermodernité* sont propres à remettre en question une rationalité de type *Aufklärung*, subordonnant les moyens aux fins et faisant du progrès un principe axiologique, un autre agencement du rapport moyens/fins révèle un second sens : ce que les penseurs de l'École de Francfort, et en particulier Theodor Adorno et Mark Horkheimer, ont appelé la *rationalité instrumentale*. La *rationalité instrumentale* désigne une activité rationnelle qui ne s'intéresse qu'aux moyens et non aux fins, et à l'optimisation de ces moyens. À la perspective d'une finalité externe concernant le devenir de l'humanité s'oppose une autonomisation, une obsession des moyens en lieu et place des fins. En somme, il s'agit de *faire pour faire*, dans le respect de protocoles dont le but ultime passe au second plan, voire est ignoré. « Ce que la raison philosophique a longtemps traité comme des fins est devenu des moyens au sein d'un monde instrumentalisé ; moyens de quelle fin ? De la fin autoréférentielle de la science expérimentale et de reproduction des conditions de valorisation des capitaux[25]. » La progression d'un ordre social chosifié et administré révèle une « dialectique négative » mettant en œuvre les forces de désagrégation et de déclin du sujet. « Horkheimer parle du règne de la *raison formalisée*, c'est-à-dire d'une raison qui ne voit dans toute fin ultime (par exemple, l'épanouissement affectif de l'individu) qu'un instrument en direction d'une fin qu'elle n'interroge pas (par exemple, l'efficacité de cet individu dans son entreprise, en tant que générateur de profit) et cette absence d'interrogation se drape dans un relativisme radical à l'égard de toute fin ultime, sous couvert d'un rejet de l'idée même de vérité : il n'y a que des buts pragmatiques, donnés immédiatement par le "réel" (par exemple, nous sommes dans une société capitaliste et il faut jouer le jeu) et, comme tels, non *réfléchissables*[26]. »

Ainsi le corps produit peut l'être selon les exigences de la minceur, de la beauté, de la musculature, de la « santé parfaite », exigences ayant chacune leurs modalités. Mais à quelle(s) fins ultime(s) ce corps mince, beau, musclé, sain ? Un renversement des valeurs s'opère, centré sur la méthode. Pourquoi « dialectique négative » ou « dialectique des Lumières » ? Parce que le mouvement bascule en son contraire. L'idée d'une raison universelle, initiée chez Descartes et se prolongeant dans le mouvement des *Lumières*, se donnait pour projet, par le biais de la connaissance scientifique et technique, de rendre les hommes plus heureux et plus libres. Or, ce mouvement aurait produit le contraire de ce qu'il visait : la raison est devenue tyrannique, oppressive, muée en raison dominatrice et quasi totalitaire. Le processus de rationalisation de la société, décrit par Max Weber et ayant donné lieu à de nombreuses analyses après lui, aboutit à un monde administré, quadrillé par la raison instrumentale dont la substance est constituée par l'activité scientifique et technique au service des intérêts privés. La fascination pour les moyens conduit à une perte de lisibilité des fins. Dit très schématiquement, à une « raison raisonnable » se substitue une « raison raisonnante », subjuguée par ses propres fonctionnalités et pouvoirs, une rationalité sédimentée, parce que éblouie, sur le processus même qu'elle figure.

L'idée d'une circularité de la rationalité, d'un autre type d'agencement moyens/fins que celui qui désigne, sous les auspices du progrès, des fins idéales pour l'humanité, interroge la nature du processus qui régit la production du corps rationnel. Nous disions : deux perspectives, selon les virtualités nouvelles, pour la rationalité du corps, aliénation ou libération. En réalité, la problématique se constitue ici de plusieurs paramètres qui se croisent. D'un côté, on trouve la lisibilité de fins — amélioration de l'humanité, santé parfaite, bien-être universel, silhouette idéale — ou leur opacité — refus de l'idée de progrès, éclatement des modèles, scientisme plat, culte de l'immédiateté. De l'autre, on repère la rationalité des moyens — utilisation maximisée des sciences et des techniques, planification du corps — ou leur « irrationalité » — individualisme hédoniste, absence de critères, relativisme. À l'option de « viser le progrès de l'humanité dans une culture du corps » s'oppose celle de « produire pour produire, ce que la science permet ». À celle d'« optimiser le corps par tous les moyens possibles », celle du « chacun fait ce qu'il veut avec son corps ». Ou, dit autrement, à la rationalité de premier type, celle des Lumières, s'oppose la *rationalité instrumentale* décrite comme la sclérose de l'idée de progrès. À l'amélioration du corps à fin de performance s'oppose l'hédonisme individualiste. Plusieurs configurations sont possibles, d'ailleurs probablement non exclusives l'une de l'autre. Le projet de viser le progrès de l'humanité en optimisant le corps par tous les moyens possibles est, par exemple, conforme à l'idéal des Lumières, et encore à celui du XIXe siècle qui s'en donne les moyens techniques. Le scientisme plat conjugué à la rationalité abusive des moyens peut conduire à une déshumanisation, à une vision orwellienne de l'avenir de l'humanité. L'idée de renoncer au progrès de l'humanité et de jouir de son corps, individuellement, dans un présent repu de lui-même, serait assez conforme à une représentation contemporaine du corps. Ou plutôt, devrait-on dire, à *l'une* des représentations contemporaines du corps. Car le *corps rationnel* suggère, *a contrario*, la permanence d'une production systématisée.

Une liberté est donc possible par le processus de subjectivation. De la sorte, la production du corps rationnel se fait appropriation des moyens et fins. Mais l'aliénation guette, au cœur même du processus, quand l'administration de soi se fait mécanique, en une systématique du rendement et de ses moyens. Aussi, si la *rationalité du corps rationnel*, si l'on peut dire, implique, en premier lieu, de dégager l'originalité du corps rationnel dans le paysage contemporain des représentations du corps, elle exige aussi de bien comprendre le processus en œuvre et ce qu'il est en tant que processus. Une hypothèse se précise : l'originalité de la production du corps rationnel traduit davantage que l'éparpillement des modèles possibles. Elle réaffirme des critères dans une période supposée sans. Elle révèle également l'articulation subtile entre une rationalité de second type, *instrumentale*, et la subjectivation du processus de production du corps.

LA SILHOUETTE NORMATIVE DU CORPS RATIONNEL

La perception du corps est toujours contextualisée, qu'elle soit objective ou subjective. Marcel Mauss a montré comment les « techniques du corps » constituaient une appartenance identifiante à une société donnée. Michel Foucault a décrit le réseau de pouvoirs et de significations enserrant le corps et résultant d'une construction culturelle historique. Marqueur culturel, le corps réfère toujours à son environnement, à son époque, à son lieu. Il est le tissu d'une inscription politique, scientifique, technique. Dès lors qu'il existe, le corps existe « en situation », bien sûr, tout comme le sujet. Il est un texte dont la nature varie en fonction du contexte : corps policé, opprimé ou réprimé de l'ordre social, corps objet de la médecine, corps paré ou scarifié du rite, corps bolide du sport, corps marchandisé des marques, dans un maillage étroit et méticuleusement codifié. Perception objective, il est *visible* et doit s'inclure dans les critères de cette visibilité. Perception subjective, il est *ressenti* et *construit* en fonction d'un psychisme, en interaction avec un milieu. De ce point de vue, affranchir le corps d'un ensemble normatif paraît un non-sens — comme en affranchir le sujet, d'ailleurs —, ce qui reviendrait à l'affranchir de la société dans laquelle il vit. Aussi conviendra-t-on de la dimension normative de l'insertion sociale du corps, norme de son *objectivation* et de sa *subjectivation*, dans la mesure où la norme signifie ici condition d'existence, de relation à autrui et d'intégration.

Néanmoins, cette question des normes est elle-même indissociable de la compréhension historique qui peut en être faite, notamment au travers des concepts de *postmodernité* et d'*hypermodernité*. Si la notion d'inscription culturelle sur le corps paraît incontestable, bien que très largement renouvelée selon les époques, le concept de *postmodernité* insistant sur l'abandon des métarécits, de la croyance en la science et dans le progrès de l'humanité, instruit naturellement l'interrogation sur la libération des contraintes et la contestation des normes. Le courant postmoderne théorise sur le décentrage du sujet et la fragmentation du moi, sur la libération et la multiplication des choix, sur le refus d'une idéologie productiviste et d'une culture du corps engendrant l'imposition de modèles et des rapports de domination : le masculin sur le féminin, l'obligation d'une certaine perfection plastique, de la minceur, des régimes. En un mot, il rejette un ordre moral et scientifique unifié du rapport au corps. Dans cette perspective, les libérations de l'ordre social, des contraintes, des mœurs, de la sexualité, des apparences convergent pour initier le processus d'individualisation du moi en accord avec un certain essor du narcissisme. Chacun, affranchi des contraintes et traditions, se positionnant par rapport aux institutions, aux rapports de pouvoir, de sexe, de consommation affirme la réflexivité d'une identité construite pour soi et à partir de soi.

L'*hypermodernité*, quant à elle, accentue l'impression d'indéchiffrabilité du présent. La multiplication des références et modèles, leur renouvellement accéléré, l'effet de singularisation recherché accompagnant l'essor démocratique — pourquoi pas moi ? —, l'importance accordée à la visibilité sociale sous ses formes les plus caricaturales — la célébrité à tout prix — exacerbent la perspective d'une myriade incandescente d'identités possibles. À la différence des années 1960-1970, années de la contestation des valeurs établies et de l'ordre social, où se manifeste la revendication hédoniste — elle est *économiquement* ancrée avant, avec notamment le développement du crédit dans les années 1930 —, le monde contemporain se déleste de toute posture de la contestation — c'est-à-dire, au fond, aussi, dialectiquement, de la reconnaissance — autre que rapportée à l'intérêt personnel et ponctuel. « À mon gré ! » semble être le leitmotiv qui préside à l'abord du soin, de l'esthétique, du régime alimentaire, de l'activité sportive et, d'une manière générale, aux manières d'être et de consommer. Si l'excès en tout sens est un paradigme de l'*hypermodernité* — et encore faudrait-il relier cet excès type, celui autant de la performance que de l'effondrement nerveux, à la revendication, par contraste, du « bien-être », de la modération dans les pratiques, etc. —, le caractère *hypertextuel* des choix et attitudes déroute les catégories. L'individu *hypermoderne* est *mobile* par définition. Les analyses sociologiques se confrontent à la contradiction, devenue comme la nouvelle essence des comportements.

Présenté comme « un hypermarché des styles de vie[27] », le monde contemporain ouvre, quant au corps rationnel, à la question des normes. Quel est le rapport aux normes du corps rationnel ? Qu'en est-il de l'hédonisme comme paradigme ? Voyons tout d'abord le premier aspect et reportons le second à l'examen du rapport plaisir/douleur.

« La notion de norme désigne la règle ou la loi ou la fin, mais aussi le modèle ou l'idéal. Le statut de la médecine, de l'esthétique, de l'éthique, de la grammaire, de la logique, se comprend par référence à elle, et se modifie selon la variation du rapport du fait au droit, de la nature et de la liberté[28]. » Les normes ne sont pas absolues, mais contextualisées quand il s'agit de l'humain. Parfois difficiles à saisir, elles sont alors perçues au travers de l'anormal qui les distingue, qui crée la démarcation. Ainsi Michel Foucault interroge-t-il la marginalisation sociale à partir de ce qui est hors les normes. Ainsi Georges Canguilhem établit-il le rapport dialectique du « normal et du pathologique » à partir de ce qui déroge à la santé. Les normes évoluent, dans la constitution physique et psychique de l'homme comme dans le social. Elles sont des conventions. Elles sont aussi des références qui entretiennent un rapport dialectique avec ce qui les contredit. Par ailleurs, si la norme est régulatrice, elle est également source et crainte de sanction. À ce titre, on distinguera trois facteurs fondamentaux de conformité aux normes : la peur de la sanction et de l'exclusion sociale ; l'intériorisation de la norme ; l'identification à un groupe, à une communauté, à un réseau. Ou, dit autrement, la norme peut apparaître comme une contrainte, comme un processus de socialisation par intériorisation des modèles normatifs ou comme la volonté, pour l'individu, d'apparaître comme un membre exemplaire du groupe. Relativement à la représentation du corps, on pourra donner, pour exemple du premier cas, les contraintes comportementales, vestimentaires ou posturales qui encadrent l'exercice d'une profession ; pour exemple du second cas, l'intériorisation d'une discipline corporelle et de l'impératif de minceur ; pour exemple du dernier cas, les tatouages, piercings, comportements langagiers ou vestimentaires qui rallient notamment les jeunes (ou moins jeunes) à des marques ou à des sports, à l'usage d'objets technologiques comme le téléphone portable ou le lecteur de musique de format MP3, contribuant ainsi à la constitution de « tribus[29] ».

Les temps actuels problématisent la notion de norme puisque, à une période de forte contestation des normes, succède une période prétendument *a-normative*, en particulier dans le domaine de l'apparence corporelle. Il semble que chacun soit à même de composer son « look », ses goûts, ses pratiques et d'en changer si bon lui semble. Néanmoins, on comprend bien, de par les exemples précités, que la théorie de l'individualisme *anomique* est, en réalité, traversée de toutes parts par l'existence, la création et la résistance d'une constellation de normes, régissant la vie de multiples points de vue : social, professionnel, économique, générationnel, esthétique, sexuel, vestimentaire, médical, des loisirs, etc. Or, il n'y a pas d'apparentement ni d'identification sans normes, puisque la norme, y compris lorsqu'elle est niée ou *subjectivée* dans une revendication de choix « strictement » personnels, est inhérente au choix même effectué parmi de multiples possibles et donne sens à ce choix de par ses signifiants. Elle est pétrie du social dans lequel elle advient. La spécificité du monde contemporain n'est donc pas la disparition des normes, mais leur multiplication et leur diversification, leur connexion originale entre elles, leur dilution parfois dans la complexité du réel, jusqu'au brouillage de leur interprétation. L'individualisme relativiste — chacun fait ce qui lui plaît — ouvre donc bien à deux lectures distinctes. Soit le relativisme est complet et alors le monde contemporain est indéchiffrable. Soit ce relativisme masque une représentation, un être-au-monde nouveau de la norme, et suppose une interrogation sur le rapport hétéronomie/autonomie. Ici précisément, les distinctions *liberté/indépendance, sujet/individu* sont pertinentes.

La notion de norme est fondamentalement dialectique et ce à deux titres. Premièrement, enchâssée dans le contexte, elle signifie autant par ce qu'elle délimite que par ce à quoi elle s'oppose. Les frontières du normal ne cessent de se déplacer, entraînant avec elles celles de l'anormal, du pathologique, du marginal, du monstrueux. Et inversement, la mutation des conduites, l'invention des comportements, le nouveau visage des déviances obligent l'éthique, le droit, la médecine à repenser sans cesse la notion de normalité. Dialectique par essence, la notion de norme est donc, on l'aura compris, également toujours *relative*. Mais, deuxièmement, la spécificité du monde contemporain est d'avoir opéré un basculement de l'hétéronomie — la loi, les modèles, l'identité viennent *d'ailleurs* que de soi-même — vers l'autonomie — *je* construis, à partir de la *subjectivation* de l'objectivité sociale, mon identité, ma *personnalité*. Or ce basculement est, en réalité, *aussi* (et peut-être surtout) une injonction. De ce point de vue, Alain Ehrenberg a très bien expliqué, d'une part, le fonctionnement du couple singularité/performance (sommé d'être «à part», tenu d'être «au top»)[30], d'autre part, le poids et les conséquences (la fatigue) de l'obligation *d'être soi*[31].

Ainsi se présente donc cette forme dialectique de la norme, propre à notre époque: basculement de l'hétéronomie vers l'autonomie, effacement et/ou pulvérisation des normes anciennes, mais retour de l'injonction d'autonomie comme norme. Et nous pourrions ajouter: multiplicité des modèles et des choix, mais normativité du corps performant (entendu ici dans sa construction *rationnelle*) et du corps performant seulement. «D'où cette constatation: *l'autonomie augmente, mais l'amplitude des choix est réduite*. L'individu est délié, affranchi de contraintes anciennes, proches ou disposant d'agents proches, mais invité à se couler un peu plus loin dans des filières de comportement social et idéologique en nombre restreint, à se *déconformer* pour se *reconformer*[32].» Autrement dit, nous sommes devant deux nouvelles représentations de la norme. Premièrement, l'obligation *pronominale* historique devant laquelle est le sujet d'être *soi*, de *se* construire, de *se* créer, de *se* projeter, de *s'*éclater, de *s'auto*-discipliner, de *se* sculpter, etc., apparaît comme un impératif catégorique. Deuxièmement, le corps rationnel révèle une normativité spécifique qui tranche sur fond d'un individualisme qui serait finalement perçu comme un nihilisme.

À cet égard, lorsqu'il décrit ce qu'il appelle le «néo-narcissisme[33]», Gilles Lipovetsky insiste bien sur le processus de *subjectivation* et de *psychologisation* de l'ordre social et, d'une manière générale, de l'ensemble des valeurs, présidant à cette révolution intérieure qu'est la constitution d'un nouveau Moi, absolument central et émotionnellement surinvesti.

Aboutissement du processus de démocratisation de la société occidentale, initié avec la Révolution française, et conformément au processus de libération des transcendances et de « désertion généralisée des valeurs et finalités sociales[34] », l'émergence d'un Narcisse contemporain correspond à l'individuation des conduites et à l'investissement massif du territoire *personnel*. Ainsi, « la vague du "potentiel humain" psychique et corporel n'est que l'ultime moment d'une société s'arrachant à l'ordre disciplinaire et parachevant la privatisation systématique déjà opérée par l'âge de la consommation[35] ». Toutefois, l'auteur souligne le paradoxe d'un Moi à la fois surinvesti, d'une identité centrée sur l'investigation psychologique et la démultiplication des registres de la sensibilité, et d'un Moi « désubstantialisé », « décapé », « vidé de son identité[36] », corollaire du désengagement social et de la « déterritorialisation[37] » postmoderne.

Une ambivalence de même nature surgit à l'évocation du principe hédoniste. « C'est à la même dissolution du Moi qu'œuvre la nouvelle éthique permissive et hédoniste : l'effort n'est plus à la mode, ce qui est contrainte ou discipline austère est dévalorisé au bénéfice du culte du désir et de son accomplissement immédiat, tout se passe comme s'il s'agissait de porter au point ultime le diagnostic de Nietzsche sur la tendance moderne à favoriser la "faiblesse de la volonté", soit l'anarchie des impulsions ou tendances et, corrélativement, la perte d'un centre de gravité hiérarchisant le tout[38]. » Par là, on perçoit bien le principe axial de l'individualisme contemporain, tel que le décrit l'auteur et rappelé, malgré une nuance, dans sa postface : « À coup sûr, le narcissisme radical et le tout-hédonisme marquent-ils le pas, mais le virage culturel en cours ne signifie pas bifurcation de fond dans la dynamique individualiste[39]. » Au centre, donc, l'hédonisme, autour duquel s'articule une dialectique *subjectivation* du monde/*dépersonnalisation* du Moi, dont l'un des ressorts est l'équivalence apparente entre *sujet* et *individu*. Il s'agit de « se faire plaisir », avant toute chose et sans règle, sans unité. Une certaine forme du principe de non-contradiction est battu en brèche, celle qui vaudrait dans le champ moral et comportemental.

Toutefois, rappelle Lipovetsky, lorsqu'il aborde la question du corps, « ne pas omettre que, simultanément à une fonction de personnalisation, le narcissisme accomplit une mission de *normalisation* du corps : l'intérêt fébrile que nous portons au corps n'est nullement spontané et "libre", il obéit à des impératifs sociaux, tels que la "ligne", la "forme", l'orgasme, etc. Le narcissisme joue et gagne sur tous les tableaux, fonctionnant à la fois comme opérateur de déstandardisation et comme opérateur de standardisation, celle-ci ne se donnant jamais du reste comme telle mais se pliant aux exigences minimales de la personnalisation : la normalisation post-moderne se présente toujours comme l'unique moyen d'être vraiment soi-même, jeune, svelte, dynamique[40] ». Et il ajoute, en note à ce passage : « Le procès de personnalisation a annexé la *norme* elle-même comme il a annexé la production, la consommation, l'éducation ou l'information. À la norme dirigiste ou autoritaire s'est substituée la norme "indicative", souple, les "conseils pratiques", les thérapies "sur mesure", les campagnes d'information et de sensibilisation par films humoristiques et publicités souriantes[41]. » Autrement dit, la notion de norme est complètement soluble dans l'interprétation des choix individuels. Elle est vidée de sa substance. Ce n'est pas seulement le narcissisme qui « joue sur tous les tableaux », mais la lecture qu'on en fait.

Personnalisation/dépersonnalisation, normes/« souplesse » de la norme, hédonisme/impératifs sociaux, sont ici pointés la plasticité et le relativisme de l'individualisme permettant de lier, dans la même description de l'individu/sujet tout et son contraire. Le problème est réel. L'analyse n'échappe pas au risque de la contradiction. La fragilisation identitaire se corrèle à la versatilité des choix, la norme à son appropriation subjective. L'investissement massif, du moins en apparence, sur le présent implique l'urgence et le caractère éphémère des choix. Être celui-ci aujourd'hui, un autre demain. Être ce qu'il me plaît d'être. Ne rien perdre, ne rien compromettre des choix possibles, consommer, produire, se mirer dans l'œuvre accomplie. Et, pourtant, ce n'est pas tant le récit de Narcisse, souligne Michel Serres[42], qui sert ici de paradigme, que celui, plus artificialiste, de Pygmalion : « Ce statuaire, si amoureux de son œuvre qu'il voulait l'animer, quitte le mythe pour devenir, tout bonnement, une histoire vraie ou une fin réalisable[43]. » La constructibilité du corps n'est pas concevable sans l'arsenal technique qui la conditionne. Si toute représentation du corps ne réfère évidemment pas exclusivement à la raison, la production du corps rationnel, la prise de conscience de ce pouvoir ne peut s'affranchir de la *connaissance* du corps, la subjectivation de la responsabilisation. Un espace de liberté s'ouvre, immédiatement investi par la surenchère des moyens.

Qu'est-ce à dire ? Que cette interprétation de l'individualisme comme indéchiffrabilité du présent serait contredite par la normativité d'un corps fabriqué, normatif précisément de par les conditions techniques, *rationnelles*, de sa fabrication ? Que l'hédonisme débridé de l'« hyperchoix » trouverait sa limite dans la finalisation d'un corps produit en fonction de buts et selon la durée ? Pour une grande part, oui, et même si la dimension de rationalité se brouille par la saturation des perceptions et représentations du corps. Le corps de l'art, de la mode, le corps individuel sollicité par les attraits de la beauté, du bien être, de la séduction optimisée, du charisme social ou professionnel, de la différence affichée ou du ralliement à des codes, le corps du plaisir livré à ses obscurités et fulgurances, tous ces corps sont susceptibles de s'affranchir, de la logique programmatrice d'une raison calculante, de la planification normée à prétention universelle. Mais il faut rappeler, dans le même temps, qu'à l'impératif social du corps performant s'adjoint l'irréductible matérialité du corps. D'une part, être ce que l'on veut, oui. Mais être principalement mince, en bonne santé, « en forme ». Voilà des critères qui perdurent, des figures qui se détachent sur fond d'« hyperchoix ». Voilà des impératifs qui traversent la société d'aujourd'hui. D'autre part, être mince, en bonne santé et « en forme », performant, réfère aux apports de la diététique, à des connaissances médicales accrues, affinées, diversement divulguées. Être ou non bronzé, fumeur, drogué, médicamenté, sportif ou sédentaire renvoie aux prescriptions et jugements médicaux afférents. Les pratiques sexuelles sont inventoriées, avec leurs risques sanitaires. Les comportements relationnels sont investigués à l'aune de la science. Les neurosciences ne cessent d'accroître leur territoire, prenant dans leurs filets des aspects autrefois propres à la liberté ou aux mystères de la *personnalité* humaine : désir, émotions, imagination, mémoire, intelligence. La rationalité, dans ce domaine, traduit d'abord son couplage avec la science.

Aussi est-ce au travers de ce double statut — un impératif social qui s'affirme, une matérialité qui a ses lois — que le corps rationnel s'impose comme une silhouette normative. L'individualisme n'efface pas l'histoire qui le porte. La contestation et le refus des normes, la perte des repères, engendrent l'*individu* comme point focal des représentations. Toutefois, en trois décennies, un processus s'est accéléré. Le développement spectaculaire des connaissances et pouvoirs médicaux, la responsabilité de soi, l'interrogation sur le futur, la pression de marchés stimulent une impatience inédite de produire les corps, une fabrication de soi qui suppose des critères, au moins *techniques*. L'interprétation de l'individualisme comme dispersion et aplatissement des valeurs ne peut occulter cette dimension normative nouvellement échue au corps rationnel. D'ailleurs, « on se tromperait complètement si l'on pensait que les sociétés individualistes sont des sociétés instaurant un libre choix liquidant la contrainte sociale. Leur but n'est absolument pas de rendre l'individu indépendant de la société, il est de faire émerger le moi de chacun, le moi attendu et unique de chacun, et c'est seulement en ce sens qu'il faut comprendre l'expression d'une "autonomie pleine et entière" de l'individu — en quoi réside l'individualisation[44] ». Or, dans cette construction d'un « moi attendu et unique », ce que nous appellerons le *paradigme médico-sportif* est un horizon permanent, et du point de vue des moyens — *comment modeler le corps idéal* — et de celui des fins — *obtenir ce corps performant qui a valeur de reconnaissance sociale et d'autres valeurs*.

Ainsi, les conditions et présupposés de la production du corps rationnel relativisent l'éparpillement individualiste en donnant du relief à quelques aspects forts : centration de l'identité contemporaine sur le corps ; modalités de fabrication et *processus* en cours. Voilà des repères qui s'imposent dans une époque supposée sans, à tort, semble-t-il, concernant les normes corporelles. Voilà une profusion de moyens à questionner dans leur fonctionnalité, selon le rapport du plaisir à la douleur, selon le rapport au temps. Un paradigme se profile, ni unique ni univoque, le *paradigme médico-sportif* : si la rationalité n'est pas nécessairement la fin de toute production du corps, la production du corps ne peut s'exempter ni des normes corporelles traversant notre époque, ni ici, en l'occurrence, de la rationalité *médico-sportive*.

II

Le paradigme médico-sportif : être sain, beau et « en forme », un impératif catégorique

5
Produire le corps

L'histoire des représentations du corps occidental, depuis l'Antiquité, est aussi celle de ses usages. Le corps antique de la statuaire et de l'exploit sportif, de la guerre et de l'esclavage, de la déclinaison des plaisirs, est aussi celui de la douleur quotidienne, compagnon de l'avènement des morales et de la philosophie. Le corps médiéval, enserré dans la sujétion, pétri par l'autorité d'un christianisme omnipotent, peu libéral avec les plaisirs charnels, s'adonne parfois aux jeux et fêtes populaires. Le corps de la Renaissance, promis à l'individualité, à la rectitude, à la prestance et, pour la première fois, à la figure, aux expressions, ce corps modelé par l'humanisme naissant place l'homme au centre du monde. Voici le corps du roi Louis XIV, au XVIIe siècle, dont le « Journal de santé[1] » en dit long sur l'excès prohibé par les médecins, la mesure nécessaire, la douleur quotidienne, encore. Puis, emporté dans le tourbillon idéologique d'une amélioration de l'humain, d'une démocratisation des mœurs, d'une égalité des âmes et des corps, enfiévré par une pédagogie nouvelle, le corps des Lumières voit apparaître une « éducation physique[2] ». Rationalisé au XIXe siècle, le corps des gymnastiques et de l'ergonomie, du travail et des statistiques, est aussi celui des sciences humaines et de la psychiatrie où se révèlent l'inconscient, la somatisation. Ce corps urbanisé dans de nouveaux espaces, une nouvelle hygiène, prépare le corps du sport, enfin, qui lègue au XXe siècle le sport spectacle et le culte du corps. Art, littérature, sexualité, métier, folie, maladie, mais encore extermination, famine ou fanatisme illustrent autant d'empreintes historiques et sociales, religieuses, politiques et scientifiques sur le corps.

Continuité de l'histoire, mais rupture dans l'évolution, le siècle qui vient de s'écouler ajoute au maelström des représentations du corps l'activité de le produire. Le corps était un donné naturel, irréductible, en lui la nature se combat, comme la fatalité. Il était un profil identitaire, à peine perfectible par les soins cosmétiques, le voilà génome décrypté et mécanique transformable. Il s'agit d'une dimension neuve qui spécifie notre époque, sans doute comme les révolutions de Copernic, Darwin et Freud ont spécifié les leurs. Ce tremblement de terre reconfigure l'ensemble des perceptions du corps. Comme en d'autres temps forts, mais pour d'autres raisons — l'apparition du christianisme, par exemple, et sa conception du temps —, rien ne sera plus comme avant. Des dimensions inconnues se profilent. La maîtrise de la nature, jadis rêvée par Descartes, se fait maîtrise du corps, non plus seulement dans la vie, mais dans la création de la vie, ni selon les contours d'une enveloppe familière, mais au-delà d'elle, vers des formes futuristes. Produire le corps, c'est s'emparer d'une matière malléable, déchiffrée, mais cette matière est l'humain et ce que l'on construit ou dénature réfère à l'*identité humaine*. Aussi la distorsion est-elle flagrante entre la rationalité des moyens et la virtualité des fins.

La scientificité du pouvoir affronte l'effritement des repères et la mouvance des pratiques. Sa dimension prométhéenne s'enchâsse dans l'écrin « kaléidoscopique[3] » des perceptions du corps. Pourtant, elle offre une forme axiale à des formes variables, une clé de voûte à l'appréhension d'une réalité complexe, entre application de processus et variabilité de leurs fins. Le corps devient rationnel parce que issu de cette scientificité et de ses instruments.

Indéniablement, la production du corps rationnel tranche avec un possible nihilisme, tant du point de vue des principes que des moyens. Elle pose des conditions. Les possibles ont leurs règles. Ainsi, permettre une procréation médicalement assistée est une activité scientifique, travailler sur le génome, diagnostiquer et soigner un cancer également, de même opérer, greffer, radiographier et ainsi de l'ensemble des actes médicaux. Figure de proue d'une entreprise d'administration des corps, la médecine ouvre des champs, les multiplie, en ce sens elle est création. Mais elle est création rationnelle, concertée, contrôlée. Le corps qu'elle investigue l'est selon des lois, en dépit des hasards, échecs et obscurités qui demeurent. Elle pose des jalons toujours plus nombreux sur les voies de l'élucidation du corps. Pour ces raisons et parce qu'elle organise les modalités de la vie et de la mort, acquérant une prédominance morale, la médecine préside aux représentations contemporaines du corps. Elle tranche entre le sain et le malsain, la sécurité et le risque, conjecturant sur l'avenir de chacun. Elle œuvre à la beauté, la jeunesse éternelle, la « forme », contribuant à des exigences sociales prioritaires. Son discours, abondamment relayé par les médias, pénètre dans toutes les sphères de l'existence et suggère que la vie est contrôlable, programmable, pour peu que l'on satisfasse aux critères indiqués. Aussi la production contemporaine du corps est-elle essentiellement médicale, articulée autour du savoir et des techniques médicaux, prescrite par la médecine et suppose l'articulation entre gestion collective et prise en charge individuelle du corps. L'influence médicale agit comme garant du discours, fusion même du discours et du métadiscours : le corps, *comment* et *pour quoi* ?

Néanmoins, il nous semble pertinent d'adjoindre à ce paradigme médical dominant la dimension sportive. Non pas que la médecine n'absorbe pas déjà la sphère sportive dont elle ponctue méticuleusement les pas, en particulier dans le sport de haut niveau. Non pas que la physiologie, la psychologie ou la diététique sportives ne soient pas, déjà, et subsumées à leur champ d'origine, des spécialités médicales. Néanmoins, outre une « sportivisation » de la société qui s'observe dans la consommation d'images, de produits vestimentaires, de loisirs ou dans le langage même qui connote positivement tout ce qui est « sport », il y a une spécificité de la construction sportive de soi. Celle-ci s'exprime dans une subjectivation particulière, celle qui s'attache à l'importance des sensations, à la méthodicité de l'effort, à l'élaboration quotidienne de la sculpture de soi. Le corps idéal de la médecine est aussi le corps particulier de chacun, dont l'expérience sportive donne une version *individualiste*, éminemment psychologisée. Faire du sport, c'est viser le bien-être, la « forme », la performance, bien sûr, mais c'est aussi intérioriser les conditions de l'effort (*plaisir et douleur*), ses bénéfices, et ses effets dans le temps. Si *santé* et *sport* se complètent, l'un facteur de l'autre, mais aussi son icône supposée, c'est que, au-delà d'une conformité (si ce n'est un conformisme) physique à laquelle ils contribuent, ils illustrent au mieux le procès volontariste en cours. *Produire* le corps, c'est également le *vouloir*. C'est percevoir, et pour la première fois dans l'histoire, malgré de nombreuses préfigurations antérieures (*ascèses, corsets, abstinence sexuelle, etc.*), que l'homme (des pays industrialisés, redisons-le) possède enfin les instruments de ses volontés. *Le corps que l'on veut* : le rêve est désormais à portée, de médicaments, de régimes, d'entraînement sportif, de bistouri.

Aussi est-ce à partir d'un paradigme *médico-sportif* que nous aborderons à présent la production du corps rationnel, tenant compte du discours social dominant et des moyens mis en œuvre, mais aussi de cette imbrication particulière entre un projet collectif (*l'hygiène publique*) et une assomption singulière (*la sculpture de soi*). La production du corps sain, beau et « en forme » s'organise autour de trois injonctions : *se soigner, bien manger, faire du sport*. Nous serons en mesure, alors, d'explorer ce projet si contemporain d'une *capitalisation sur soi*, puis d'examiner en quoi le corps produit est nécessairement, aussi, un *corps technique*.

6

Soigner, se soigner *ou de la médicalisation de l'existence*

En 1949, l'Organisation mondiale de la santé a doté le XXe siècle d'un nouveau droit de l'homme : le droit à la santé reconnue comme préoccupation universelle. Autant le maître mot du XVIIIe siècle fut le bonheur, celui du XIXe siècle la liberté, autant celui du XXe siècle est la santé. La médecine est devenue l'oracle de nos vies. Son champ d'investigation n'a cessé de croître à mesure que se développaient les différents savoirs qui la constituent. Entamée au milieu du XIXe siècle avec le soutien des pouvoirs publics, la médicalisation a fait des médecins les intermédiaires obligés de la gestion des corps. Entrée à l'école, service militaire, voyages, choix d'un métier, aucun événement clé de la socialisation n'échappe à leurs filets. Toutefois, historiquement et constitutivement liée à la définition du normal et du pathologique, la médecine occupe aujourd'hui la béance créée, dans le monde occidental, par l'effondrement du pouvoir structurant des religions et la désillusion politique. L'essor de la science croise la trajectoire inversée de la perte des repères moraux. À l'exaltation de la liberté individuelle fait à présent écho l'angoisse, non moins individuelle, mais socialement partagée, de s'agencer une assurance-vie au travers de la santé. La médecine est devenue à la fois préoccupation collective légitime, espace social, mais aussi émergence de la singularité du corps et mise en face-à-face du sujet et de son espérance de vie.

L'appropriation du corps par une dialectique *intérieur/extérieur* consiste à inventorier non seulement les maladies, mais tous les *habitus* : sexualité, comportements de la vie quotidienne, affective, sociale, professionnelle, alimentation, loisirs. La connaissance médicale excède désormais les symptômes pour englober organes et fonctions silencieuses. Elle investit tous les secteurs de l'existence, émiettant les registres — les *spécialités* —, et augmentant son pouvoir global quand l'unité de l'humain, simultanément, se dissout. Cette médecine experte et conquérante s'adosse aux statistiques, numérise les données et orchestre « la manipulation anxieuse et perfectionniste de la fonction/signe du corps[1] ». Dans l'horizon brouillé de notre quête de sens, elle procède par cercles concentriques allant de l'urgence du soin à la planification générale d'une vie, du confort à la programmation des naissances. L'ère du tout médical, si elle améliore indéniablement les conditions d'existence — malgré des inégalités frappantes —, promeut aussi la santé comme devoir être et instille de nouvelles culpabilités. « Nous portons en nous-mêmes un nouveau péché originel, un risque multiforme initialisé dans nos gênes, modifié par notre environnement naturel et socioculturel et par notre mode de vie[2]. » Nul n'est censé ignorer les règles de la santé ! Notre espérance de vie, notre intégration sociale, comme notre séduction s'associent dans cet indicateur de conformité.

L'action de la médecine a plusieurs volets : le soin,

bien sûr, dans le cadre duquel s'adjoignent, à la restauration de la santé, son artificialisation et la *production* de conditions d'existence, de naissance, de compensation du handicap ; la prévention des maladies, vocation historique d'une ampleur sans pareille, de par la dimension sécuritaire de notre société et l'espoir de longévité conforté par les statistiques ; le travail des apparences où, là encore, l'artificialisation chirurgicale et cosmétique permet la production d'un corps réparé, greffé, remodelé et embelli. Le point commun, au-delà de l'ambition légitime d'améliorer la vie — vivre plus longtemps, « mieux », moins malade, moins dans la douleur —, est la transformation de la nature et l'éviction du hasard. Si l'on admet que la médecine antique a consisté dans la prévention et la restauration de l'ordre naturel, que l'époque des Lumières a initié l'idée de « cultiver l'humain », pour améliorer ses performances, posant de manière nouvelle la question du bonheur, force est de reconnaître que l'âge contemporain ajoute à ces dimensions celle d'une « transformation de l'humain » par la nouvelle ingénierie médicale. Nous sommes désormais placés à la fois devant le pouvoir scientifique grandissant de la médecine, ce qui rassure, devant son pouvoir moral omniprésent, ce qui interroge, et devant l'extraordinaire ouverture des possibles d'une « création continuée de soi » pour emprunter à Descartes, ce qui fait fantasmer. La médecine moderne ne cesse de dérouler le ruban programmatique d'un corps *exploré* et *produit*. D'où ce paradoxe : jamais le pouvoir explicatif de la médecine n'a été aussi étendu, confinant parfois au déterminisme, lorsqu'il s'agit, par exemple, de décrypter le génome humain, et jamais autant, dans le même temps, la certitude que nous sommes acteurs de notre santé, que nous sommes, en quelque sorte, « maîtres de notre corps », n'a été aussi affirmée.

L'UTOPIE D'UNE SANTÉ PARFAITE

D'une certaine manière, Lucien Sfez le rappelle, les grandes utopies ont toujours inclus dans leurs récits la fiction d'une santé parfaite. « Toutes proposent des solutions au gouvernement des hommes, toutes prétendent à soigner les corps et les âmes, toutes se situent en des pays imaginaires[3]. » L'auteur dénombre cinq marqueurs de l'utopie : le lieu isolé de l'intrigue ; la toute-puissance du narrateur ; des règles de vie hygiéniques ; l'imaginaire technique ; le retour à l'origine. La forte concentration des utopies à certaines périodes signale le refus d'un état de choses, une angoisse par rapport au présent, la volonté d'un remède, dont il serait aisé de trouver le parallèle aujourd'hui. C'est « l'Angleterre de More et ses guerres de religion sanglantes [...] ; pour Rabelais, l'état religieux des abbayes, leurs prébendes et leurs exactions hypocrites, c'est pour la Cité du soleil, la ville et sa pesante structure qui écrase les pauvres et donne toute licence aux riches[4] ». Il faut relever, de nos jours, l'immense vacuité idéologique où s'engouffrent ces rêves. L'utopie de la santé parfaite répond à l'éloignement des grandes questions métaphysiques et tient lieu d'idéologie de substitution aux morales défaillantes. Elle est le substrat privilégié pour le narcissisme individualiste des temps contemporains. Elle témoigne, enfin, du télescopage de deux représentations du temps : tout miser sur le présent, pour faire du corps son œuvre, son *soi*, mais cela de par une paradoxale idéalisation du futur, la jeunesse éternelle, la mort abstraite et repoussée. Deux dimensions en une, tantôt aplaties et confondues, tantôt si distanciées que l'achèvement de l'œuvre semble hors de portée.

Pourtant, autant que par ses progrès, la médecine est interminablement définie par ses manques. Elle témoigne ainsi, par contraste, des missions toujours plus globales dont elle est investie. La vieillesse, la souffrance et la mort effraient nos sociétés. On meurt désormais à l'hôpital et non plus chez soi, ce qui contribue à l'abstraction croissante de l'événement. Chargée de recueillir la quintessence de la douleur humaine, la médecine est aussi chargée de l'isoler du monde, de l'éradiquer en dressant des remparts, d'où l'illusion possible d'une disparition ou d'un retrait du social. La mort abstraite devient scandaleuse, surtout lorsque c'est celle d'un enfant ou d'un adolescent. Plus avant, dans les pays développés, l'obsession de la santé parfaite est devenue une facteur pathogène prédominant. Dans un monde imprégné de l'idéal instrumental de la science, le système médical crée sans cesse de nouveaux besoins de soins. Or, plus grande est l'offre de santé, plus les individus se découvrent des problèmes, des besoins, des maladies. Le culte de la performance, l'effacement de la frontière entre les médicaments et les drogues, l'usage constant du paradigme médico-sportif dans la production de la « forme » encouragent cette sollicitation. « Médiée par la représentation du corps comme bien de prestige, [la santé] devient une exigence fonctionnelle de statut[5]. » La médecine introduit le soin dans le souci ordinaire de soi. Ou, plus exactement, le souci de soi a pris une coloration médicale, curieusement dans un contexte où l'efficacité médicale tend à l'exclure. C'est que le sujet exclu du soin, rejeté à la marge, apparaît comme caution de scientificité d'une médecine prédictive et administrative. Il est logique, alors, que la « désintrication des régions de la connaissance et de celles du "souci de soi" et du sujet éthique[6] » révèle une éthique fonctionnalisée et instrumentalisée. La demande d'éthique, loin de précéder ou de prévenir, provient de la nécessité de combler l'espace vide surgi de la dissociation entre le sujet vivant et éprouvant, et la technicisation de sa santé et de son corps. Elle porte donc le soupçon sur la disparition du sujet au cœur de l'utopie médicale.

Transmué en *mieux-être*, le bien-être requiert les outils de la performance, outils inventés par la médecine. De la sorte, si l'utopie a rapport à la politique, elle est aussi indéniablement un discours technique. Elle tend à remplacer la nature par une surnature, l'ordre naturel par un ordre artificiel. L'utopie moderne de la santé, assortie du rêve d'immortalité, est donc une utopie technologique, sans doute le fantasme le plus achevé du technoscientisme. Elle pose, depuis cent ans, des jalons toujours plus précis, étayant ses ambitions des progrès médicaux accomplis. Si leur inventaire détaillé et précis dépasse le cadre de notre étude, on peut toutefois en évoquer des points forts. Ainsi, de nombreuses maladies infectieuses ont été vaincues grâce aux vaccins, aux antibiotiques et à l'amélioration des conditions de vie. La mortalité infantile (enfants de moins d'un an) est passée, en France, de 16% en 1900, à 5,2% en 1950 et à 0,36% des naissances en 2005[7]. Toutefois, l'espérance de vie progresse surtout en raison des succès de la lutte contre la mortalité adulte, en particulier aux âges élevés où se concentrent de plus en plus les décès. En particulier, le recul des maladies infectieuses a entraîné une augmentation sensible de l'espérance de vie à soixante ans. Et, comme pour les enfants, leur proportion dans la mortalité totale a beaucoup régressé. Les maladies cardio-vasculaires et les cancers sont désormais les principales causes de décès à ces âges, les succès rencontrés dans la lutte contre ces maladies ayant, à leur tour, fait reculer la mortalité des personnes âgées à partir des années 1970 et progresser l'espérance de vie.

La procréation médicalement assistée a diversifié et aguerri ses pratiques, combattant notamment la stérilité et congelant des embryons. L'échographie informe la future mère de la bonne marche de la grossesse. Elle permet aussi, conséquence parfois perverse, de connaître — et donc de choisir — le sexe de l'enfant. La chirurgie réparatrice a bénéficié de microscopes opératoires grâce auxquels les chirurgiens peuvent suturer et raccorder nerfs et vaisseaux. Dans un grand nombre de cas, on n'opère plus à ventre ouvert. L'exécution de gestes chirurgicaux s'effectue à l'aide d'endoscopes adaptés aux organes creux (vessie, estomac) et apparaît sans limites, presque sans danger, car sans effraction, puisque passant par les orifices naturels. Des organes à bout de course sont remplacés. Les prothèses en plastique ont connu des avancées spectaculaires. Ainsi, des articulations synthétiques de la hanche permettent aux arthritiques de marcher à nouveau, soustrayant peu à peu le handicap au regard. L'insuffisance rénale, autrefois fatale, est couramment traitée, par une transplantation de rein ou un traitement par rein artificiel (dialyse). L'ophtalmologie utilise désormais des traitements au rayon laser. Certains cas graves d'épilepsie sont guéris en résorbant la région cérébrale responsable avec une sonde réfrigérante à l'azote liquide. Les années 2000 ont vu la réalisation d'opérations remarquables constituant chacune dans leur domaine des premières mondiales. Ainsi, en juillet 2001 a été greffé sur un patient aux États-Unis le premier cœur artificiel autonome puis, en septembre 2001, a eu lieu la première opération chirurgicale effectuée à distance par l'intermédiaire d'un robot. Pour cette ablation de la vésicule biliaire, le chirurgien se trouvait à New York, à 7 500 kilomètres de sa patiente, hospitalisée au CHU de Strasbourg. En novembre 2005, une greffe partielle de visage (nez, lèvres, menton) a été réalisée au CHU d'Amiens sur une patiente défigurée par une morsure de chien. Près d'un an plus tard, un patient atteint de la maladie de Von Recklinghausen, une grave déformation du visage, a bénéficié à Paris d'une greffe comparable (nez-bouche-menton et une partie des joues).

Outre les questions relatives à la naissance, deux disciplines suscitent aujourd'hui les fantasmes les plus actifs : la génétique et les neurosciences. La première éclaire les bases de la transmission des caractères héréditaires, en donnant accès à la structure invisible du corps. Le « Projet génome humain », lancé dans les années 1980 aux États-Unis, a permis, en 2001, la réalisation de la première carte complète du génome humain. Cette carte a bouleversé les conceptions de la différence entre l'homme et l'animal. Elle ouvre à des espoirs justifiés concernant la prévention de maladies génétiques et de handicaps invalidants, tout en interrogeant sur les limites à poser au contrôle des naissances, à la programmation éventuelle d'êtres humains et, d'une manière plus générale encore, sur ce que sont la normalité, ainsi qu'une vie qui vaut (ou non) la peine d'être vécue. Elle relance, enfin, la question de la frontière entre santé et maladie, puisque l'on peut être porteur d'une maladie génétique à déclenchement différé, comme la maladie de Huntington. Sur cette lancée, les biotechnologies étayent de nombreux projets — fantasmes ? — de réparation, modification, dopage d'un corps humain idéalisé.

L'exploration des mécanismes chimiques et physiologiques du fonctionnement cérébral accroît, quant à elle, l'intervention possible sur les maladies neurologiques et les troubles psychiques. La notion de langage chimique du corps justifie l'étude ambitieuse du cerveau et du système nerveux. La scintigraphie, outre des progrès récents qui pourraient offrir une « lecture » du corps en prospective, suggère la transparence de ce dont le lien avec le corps reste mystérieux : la pensée. Néanmoins, la localisation dans le cerveau de l'intelligence, de la mémoire, des émotions, l'identification des comportements rapportés à des causes biochimiques, de même qu'une « génétique des troubles psychiatriques[8] » alertent sur les présupposés d'un matérialisme psychique. En effet, l'idée d'une personnalité déchiffrable à partir des mécanismes corporels se corrèle à l'investigation d'une hérédité génétique perçue comme un déterminisme.

Ces deux approches, génétique et chimie du cerveau, ont en commun l'objectivation du sujet humain dans toutes ses dimensions. Elles ont une prétention totalisante, confinant au réductionnisme. Ainsi, « l'imagerie médicale manifeste l'ambivalence de l'image, à la fois double du réel et fondamental leurre, porteur d'information et d'équivoque entre l'objet donné et construit. L'oubli de sa construction, joint à la fascination prométhéenne de la médecine et de son public pour son objet, fait que ces images, au lieu d'offrir des points de vue à intégrer aux autres connaissances, tendent à s'imposer comme des données irréfutables : certains neurophysiologistes voient dans les nouvelles techniques un authentique détecteur de mensonges[9] ». Le succès de la génétique et des neurosciences a, de surcroît, des horizons économiques et politiques : rationaliser les coûts, par le biais de traitements médicamenteux, à délais maîtrisables, au contraire des psychothérapies d'orientation psychanalytique, à délais imprévisibles ; permettre aux industries pharmaceutiques et aux nanotechnologies de prospérer ; inventorier une population en décelant, aussi précocement que possible, ses prédispositions[10]. Ainsi se profilent la déshumanisation possible du soin, le dressage de l'âme, la classification des conduites par des pouvoirs politiques et économiques.

La production du corps rationnel génétique ou neuronal cède à l'idéal, qu'il faut bien qualifier de totalitaire, d'une transparence des fonctions et d'une administration du vivant. Toutefois, deux remarques s'imposent. D'une part, la matérialisation du soin psychique, pour les raisons susdites, n'empêche pas les maladies psychiques de croître et la dépression nerveuse, en particulier, de connaître des pics statistiques dans les pays industrialisés. Ce qui réintroduit d'une manière indirecte et cruciale la question du sujet. D'autre part, de même que se corrèlent la production collective des corps et la fabrication individualiste de soi, le quadrillage technoscientifique du soin, s'il tend à ignorer la prise en compte globale de la *personne*, stimule d'une manière qu'on pourrait juger paradoxale, mais qui a trait à d'autres facteurs comme la prévention, de nouvelles formes de subjectivation de la santé. Le sujet en crise fait face à la matérialisation croissante de ses maux et à une perte de repères le sommant de s'identifier. Contraint de subjectiver toujours davantage ses choix, il se doit d'être à l'écoute de lui-même et de se responsabiliser. Un hiatus survient, né avec le développement de la médecine clinique, entre l'efficacité technique et l'appropriation d'un projet d'existence. L'objectivation du soin fait scission avec la subjectivation progressive des sensations et du corps. Un méta-discours est alors requis, portant sur l'humain et sur le sujet.

Ainsi, la médecine moderne est-elle pourvoyeuse de normes et vecteur d'un nouvel hygiénisme. La vision morale du monde n'est plus dispensée par le philosophe, le prêtre, le directeur de conscience ou le professeur, mais par le médecin. Le déploiement dans les médias — presse, télévision, radio, sites Internet — des rubriques médicales, du discours médical dans son ensemble, témoigne de cet impératif moderne d'en référer à la médecine, comme de l'inclure en caution des manières de vivre. D'où le décalage qui s'instaure entre le traitement des pathologies et la *pathologisation* de l'existence. La médecine n'a plus seulement vocation à réparer le corps, à soigner l'âme, à transformer quand elle le peut les données naturelles, instaurant le corps comme fait de science et de culture. Elle répond et/ou provoque la demande d'un encadrement de l'existence, d'un « contrôle qualité » permanent des manières de vivre. Elle s'immisce dans le quotidien en multipliant les préceptes et en déployant une pharmacologie toujours plus sophistiquée dont l'intérêt économique n'est pas moindre. Par là se télescopent, en ses missions, la lutte contre les maladies, l'inventaire existentiel, la perspective économique et la production de performance.

Cependant, d'autres obstacles sanitaires se dressent dès lors que certains se résolvent, ou tout au moins se circonscrivent. L'augmentation de l'espérance de vie a contribué logiquement à l'accroissement de la médicalisation de l'existence, augmentant les statistiques de maladies liées à la vieillesse comme les maladies d'Alzheimer ou de Parkinson. Le sida pose incontestablement un problème sanitaire mondial, « mêlant, comme aucune épidémie jusque-là, le sang, le sexe et la mort[11] ». La greffe d'organes engendre le trafic d'organes. Le principe de précaution préside à de nouveaux rites sacrificiels où sont brûlées des milliers de bêtes : vaches, moutons, porcs, volailles. « Quel homme, demande Michel Serres, vit jamais de telles hécatombes sans but nutritif, depuis que l'homme devint homme[12] ? » La pauvreté des uns contraste et s'accentue avec l'enrichissement des autres. Le défaut d'accès aux soins et à la prévention désigne les intérêts économiques et la parcimonie des grands laboratoires pharmaceutiques. Des millions d'individus dans le monde sont ainsi démunis face aux épidémies, à la famine, aux déplacements dus aux guerres, ainsi qu'aux phénomènes géoclimatiques. La judiciarisation globale de la société pointe, enfin, l'exposition de la médecine à ses propres imperfections, contradictions, acharnements ou aveuglements parfois.

Il n'en demeure pas moins que s'esquisse une trajectoire qui caractérise l'Occident et impose peu à peu le modèle occidental à d'autres cultures, asiatique, par exemple. Le monde privilégié a pris possession du corps comme d'un vecteur de sens, un pourvoyeur d'identité. Une idéologie marque les silhouettes, créant déjà apparentements et discriminations et en laissant supposer d'autres à venir, en fonction de l'accès aux soins, à la diététique, à la chirurgie. Le corps idéal a ses critères : *perfor-*

mant, bien sûr, les analyses ne manquent pas de la diffusion de l'idéologie de la performance dans toutes les strates de la société, en particulier le travail, l'école, le sport; *soigné,* et il faut entendre par ce terme les deux sens de « soin » et de « souci de soi », « souci des apparences »; *bien nourri,* la diététique illustrant, entre autres, cette médicalisation du « mieux vivre »; *bien entraîné,* car il n'y aura pas de corps performant sans une pratique sportive, témoignant de la maîtrise et de la sculpture de soi. La demande de soins s'étend jusqu'aux détails les plus infimes de notre être, saisissant le corps comme emblème d'une optimisation de soi dont la planification méticuleuse garantit le succès. La santé est la réussite escomptée, non pas une santé *minimaliste,* celle de l'économie des souffrances — déjà tellement noble en soi —, mais une santé *maximaliste,* construite, apte à décupler sensations, estime de soi et maîtrise du temps imparti.

LA PRÉVENTION, UNE NOUVELLE IDÉOLOGIE

L'inscription de la perspective médicale dans la vie quotidienne et le projet de vie a pour conséquence la responsabilisation de chacun quant à sa propre santé et quant à la santé collective. Il faut ici distinguer: premièrement, les progrès objectifs de la médecine, l'horizon d'une fabrication possible du corps et la technicisation, ou le *technicisme,* impliqués; deuxièmement, la médicalisation de l'existence, soit l'entrée de la médecine dans tous les secteurs de l'existence, et son corollaire, la *pathologisation de l'existence*, comme tendance à la multiplication des maux et au recours médical ; troisièmement, le surgissement d'un nouveau souci de soi, pétri de l'individualisme, du narcissisme et de la subjectivation du vécu corporel. Ces trois dimensions expliquent comment la déshumanisation du soin peut s'exercer simultanément à l'obsession du souci de soi et comment le développement d'un matérialisme techniciste ne contredit pas le retour de la subjectivité. La vision de la médecine contemporaine n'est pas univoque. Elle rend compte d'un univers complexe où des techniques et moyens de communication mondialisés s'adressent à des individus singularisés dans leur projet d'existence, mais reliés incontestablement à un pouvoir normatif.

Du coup, les points de vue de la prévention se complètent, à l'échelle sociale — épidémie du sida, risques liés au tabagisme ou à l'alcoolisme, progression de l'obésité et des maladies afférentes, par exemple — et à titre individuel. Les moyens modernes d'information et de prévention, ainsi que le rôle spécifique tenu par l'État dans la pédagogie, contribuent à donner au souci de soi individuel un écho social et à la recommandation collective le poids d'une injonction personnalisée. Il ne s'agit plus seulement alors de *soigner*, mais aussi de *se soigner*, c'est-à-dire de prendre en charge, à titre individuel ou familial, le projet d'une *bonne* ou d'une *meilleure* ou d'une *durable* santé. La santé apparaît comme une préoccupation sociale, individuellement intériorisée, à laquelle il est suspect, voire répréhensible de se soustraire. Elle acquiert valeur de norme. Les messages de prévention relayés par les médias et adossés à une connaissance scientifique en évolution permanente ont force de loi morale. La prévention de la santé est devenue un « tu dois » auquel, pour les trois raisons susdites — constitution d'une idéologie médicale, référence scientifique et poids médiatique — il est difficile de déroger.

En outre, plusieurs paramètres s'ajoutent à ces conditions, confortant la dimension sécuritaire des sociétés avancées. D'une part, le contrôle et donc la réduction des naissances ont accru l'exigence d'enfants sains, pour lesquels la maladie et la mort ne sont quasiment plus tolérées. Autrefois, dans des fratries de huit ou neuf, il était admissible, et presque inévitable, qu'un enfant au moins disparaisse en bas âge. Plus rien de tel aujourd'hui où la prévention des risques dès la grossesse n'a cessé de s'étendre, traduisant la focalisation d'une famille, et son intolérance à l'« échec », sur des enfants beaucoup moins nombreux. La dimension affective elle-même s'en est trouvée changée, immanquablement. D'une certaine façon, d'ailleurs, cet aspect se corrèle à la perception que les pays occidentaux ont des pertes liées aux guerres. La technologisation extrême des guerres modernes va de pair avec ce « recul de la mort ». La « guerre rationnelle » se doit d'écarter autant que faire se peut la perspective de la mort des « siens ». Pour preuve, la guerre des États-Unis en Irak, où la barrière des 3 000 morts est apparue comme un seuil inacceptable pour l'opinion publique américaine, révèle le fantasme d'une guerre « où l'on ne mourrait plus » grâce à la puissance technique. On doit signaler, enfin, l'ambivalence économique de la prévention. D'un côté, l'industrie pharmacologique est un formidable marché que certains encouragent au détriment, parfois, de la déontologie et de l'humanisme les plus élémentaires. De l'autre, les États comptabilisent les coûts liés aux maladies graves et leur poids sur la société, pour justifier une prévention toujours plus fine des risques et le financement de la vieillesse. Marché florissant et réduction des dépenses ne cessent ainsi de se répondre, la peur du risque le disputant au profit économique[13].

On peut imaginer, à l'avenir, que les rapports intermittents que l'individu entretient avec la médecine — encore essentiellement « thérapie » — évoluent en une médecine préventive universelle dont les capacités de prédiction, par la localisation des gènes défectueux ou par une imagerie médicale sophistiquée sur le long terme, seraient immenses. Une prévention systématique sera engagée. Elle pourrait aboutir, par le biais notamment d'une informatisation des données, à un rapport constant de l'individu avec le diagnostic médical, une sorte de « suivi » total, totalitaire. Ainsi seraient conditionnés non seulement l'accès aux soins, mais aussi l'insertion sociale ou professionnelle, selon le « profil » de chacun initialement défini, « configuré ». Il est à noter, d'ailleurs, que l'un des secteurs en pointe dans la production d'un corps rationnel est le secteur professionnel où les exigences de sécurité et de rentabilité se conjuguent pour engendrer la performance technique. En outre, le projet de certaines compagnies d'assurances de rembourser des aliments reconnus pour leurs propriétés anti-cholestérol témoigne de l'imbrication entre les facteurs économiques et le pouvoir normatif de la santé[14]. La loi morale se mue en loi économique quand des incitations sponsorisées facilitent ou annulent la signature d'un contrat d'assurance, une embauche. Le bilan médical requis par les banques pour l'obtention d'un crédit s'inspire de ce principe. On n'ose imaginer d'autres primes, non plus seulement accordées à des consommations

« conformes », mais aussi, pourquoi pas, à des modes de vie « sains », des vacances « santé », des plannings maîtrisés, une vie sexuelle régulée. Le *Big Brother* médical n'est pas loin qui, par le biais d'un « dossier patient » ou de l'un de ses descendants plus sophistiqués, aurait accès, dans ses moindres détails, au parcours médicalement correct de chacun d'entre nous !

Ce principe de prévention continue n'interroge pas seulement les rapports entre le collectif et l'individuel, entre les savoirs et le sujet. La norme ici n'est plus tant celle que la rationalité scientifique pourrait produire quant au corps, quant à la frontière entre santé et maladie. Elle est une norme comportementale qui pose la question de l'intégration sociale et économique. Elle fait surgir de nouvelles culpabilités, dont on peut rappeler le principe : la transformation de l'erreur en faute, l'attribution et/ou l'intériorisation de la responsabilité de cette faute, et la désignation d'un coupable. Or il est indéniable que la médecine de prévention introduit dans l'information offerte à tout un chacun des risques et moyens de conserver la santé, dans la responsabilité collective et individuelle induite, la dimension de culpabilité comme clé de voûte. Trois éléments interviennent : la judiciarisation globale de la société ; le recours possible auprès des instances responsables ; l'intériorisation de la culpabilité vécue comme un drame personnel.

La science au risque du droit

« Les sociétés de l'individualisation sont marquées et se signalent par le prurit *législateur* et la *prolifération juridique, jurisprudentielle et réglementaire.*

Le droit, dans tous les pays individualistes, est une activité prolifère et en expansion continue, voire monstrueuse. [...] La société devient une coalition de situations particulières qu'il s'efforce de recouvrir. Ce sont maintenant des centaines de milliers de pages de lois et de règlements qui s'emploient à régir de façon minutieuse un nombre sans cesse croissant de rapports sociaux[15].» Dans le domaine de la médecine, comme dans d'autres domaines, la judiciarisation de la société consiste dans «la multiplication des procès et des procédures pénales, le refus des citoyens de se satisfaire de solutions indemnitaires, transactionnelles et non contentieuses, d'un côté; le renforcement de la pénalisation à la fois dans la demande sociale et dans l'exercice de la justice par les juges, la création de nouvelles infractions (comme celle de mise en danger) d'un autre côté; l'apparition de nouvelles catégories pour penser la responsabilité, comme celle de "précaution", désormais omniprésente dans le domaine infiniment vaste de l'environnement et de la sécurité sanitaire enfin[16]».

Cette judiciarisation implique que, tout effet ayant une cause, l'identification juridique de cette cause puisse permettre un dédommagement de ses effets. En ce sens, elle repose sur un principe de rationalité et de transparence causale qui n'exclut pas, là encore, une certaine exigence totalitaire. On assiste à une nouvelle perception du risque, à une redéfinition des conditions de son acceptabilité. La procédure explicative a ses critères, elle est aussi une exploration de la faute. De plus en plus calquée sur le calcul des risques qu'effectuent les assurances, la judiciarisation de la responsabilité détaille et expose les paramètres, s'efforçant de débrouiller l'écheveau parfois très complexe de la cause. Elle est aussi une matérialisation de la culpabilité qui permet d'identifier, de nommer et de résoudre. Elle instaure enfin un rapport particulier du citoyen à la justice, à l'État et aux instances de pouvoir. « C'est au droit, pénal en particulier, que le citoyen consommateur [...] demande à la fois réparation, vengeance et la définition des règles qui devraient encadrer la prise du risque technologique[17]. »

Responsable, donc coupable

De cette judiciarisation de la société, le recours pour faute médicale est un cas particulier dont l'usage au cours des trente dernières années s'est développé de manière considérable. Ainsi, l'affaire dite « du sang contaminé », qui éclate en France au milieu des années 1980 et durera une quinzaine d'années, le procès des hormones de croissance contaminées par la maladie de Creutzfeld-Jacob sur une période comparable, illustrent-ils la disjonction qui s'opère entre la sophistication médicale et la vigilance nécessaire à la mise en pratique des évolutions techniques. Dans le même temps s'inaugure l'ère d'une concrétisation possible du recours des citoyens devant une faute médicale d'ampleur collective. Elle interroge sur le calcul des risques qu'une société dont la science progresse est prête à admettre ou, plus exactement, elle sollicite une philosophie du risque révélant qu'une science conquérante ne doit pas masquer la nécessaire humilité devant la maladie et ses modes de propagation. Autrement dit, dans la marge d'erreur existant entre la médecine et la maladie résident à la fois la déontologie et l'usage du recours.

En ce sens, on peut dire que la science, en l'occurrence la médecine, devient coupable à hauteur de ce qu'elle promet et que, puisqu'il n'y a pas de responsabilité sans culpabilité[18], il est logique dans ce processus — si ce n'est toujours légitime — que les citoyens se retournent contre les instances qui incarnent la prise en charge de leur santé. À ce titre, le recours pour « faute médicale » signale, de manière plus précise, la nature des relations entre le grand public et le « pouvoir médical » ; la notion de « prévention » suggérant celle d'un « savoir », vécu comme un « pouvoir » auquel on demande des comptes. Elle ouvre aussi à un questionnement éthique d'un nouveau genre, si l'on prend en considération que le contrôle des naissances, lorsqu'il dysfonctionne, comme ce fut le cas dans l'« affaire Perruche », par exemple (enfant né avec des malformations dues à une rubéole non décelée de sa mère pendant la grossesse), expose les médecins à d'éventuelles actions en justice au motif que la vie handicapée « ne vaut pas la peine d'être vécue ». Ce qui ouvre ici à des perspectives innombrables et, pourrait-on dire, *incalculables*.

« *Votre corps se souvient de tout !* »

Le troisième aspect de la culpabilité instillée par la prévention médicale consiste dans l'intériorisation de la « faute ». La nouvelle responsabilisation, postulant à la fois l'individualisme des conduites et le statut de consommateur de celui qui est autant « patient » qu'« acteur » de sa propre santé, suppose un autocontrôle et une vigilance à l'égard des paramètres de la santé. Cette attitude requiert une information aiguisée auprès des médias — revues généralistes ou spécialisées, émissions de télévision ou de radio, sites Internet, campagnes d'affichage publicitaire, campagnes de prévention développées sur les lieux professionnels, dans les écoles, sur les stades. Elle suppose une ingénierie d'autodiagnostic, de consommation courante, composée entre autres de tests, cardio-fréquencemètres, compteurs caloriques et bientôt de puces greffées dans l'organisme et assurant le suivi de tel ou tel organe, de tel ou tel paramètre de la santé. Elle suggère enfin une extension constante du domaine de la santé puisque, au-delà du champ accru des maladies répertoriées, figure la liste sans cesse plus longue d'un ressenti physique ou existentiel s'adressant à la médecine : ronflements nocturnes, peines de cœur, problèmes sexuels, difficultés d'intégration professionnelle, etc. Elle révèle ainsi la réalité d'un souci de soi perméable aux injonctions médicales et, par réciprocité, entretenu par elles. Chaque instantané de l'existence se voit ressortir à la compétence médicale, avec cette double conséquence : d'une part, un gain progressif de conscience qui sert le dépistage des maladies, comme le cancer, par exemple ; d'autre part, la multiplication des maladies et celle des registres existentiels identifiés comme « pathologiques », témoignant de l'acuité grandissante de chacun à ses propres « états ». Ainsi, la vigilance sur soi s'est accrue, comme s'est déplacée la frontière entre santé et maladie, expliquant, d'une part, le succès des pratiques consommatoires, d'autre part, l'accentuation d'un narcissisme tendant parfois à l'hypocondrie.

L'utilisation du slogan « Votre corps se souvient de tout[19] ! » dans le cadre de la lutte contre l'alcoolisme est un bon exemple de la diffusion — et accessoirement de la banalisation — de cette culpabilité. Le corps est ici supposé avoir une « mémoire » qui enregistre nos comportements tout au long de la vie, ce qui est une manière non scientifique de traduire l'influence des modes de vie sur le dépérissement corporel. Raccourci saisissant, néanmoins, qui tient bien peu compte de la variabilité de ces modes de vie, précisément, au cours d'une même existence, ou des paramètres génétiques propres à chacun et, d'une manière générale, des conditions qui font qu'une maladie se déclare ou non à prédispositions ou comportements égaux. Le fait statistique — l'alcool nuit à la santé — est pris dans son acception linéaire et simplifiée, privilégiant une vision cumulative qui pourrait s'exprimer ainsi: *un jour, au terme de la vie, il faudra bien faire les comptes*... Autant dire que cette vision du jugement dernier n'est pas nouvelle. Elle s'inscrit sur un fond d'une culpabilité néo-chrétienne déjà évoquée et relève de la subjectivation du souci de soi. Ce qui est plus nouveau, toutefois, tout au moins dans ce registre de la médiatisation, c'est l'attribution au corps de ce pouvoir comptable des «péchés» de la consommation. L'idée est, finalement, que «rien n'échappe au corps»! Lui, le support de l'identité, est bien à même de pénaliser — par la maladie ou la mort, s'entend — ceux qui dérogeront à ses règles. Au-delà de la peur suscitée — qui a sa légitimité —, la prévention vise donc bien la culpabilisation de qui craint d'être ainsi responsable de ses pathologies.

Ainsi, s'il est vrai qu'«au classique travail qui protège du mal s'ajoute un interminable et obscur travail qui quête le bien-être[20]», la culpabilisation diffuse que suggèrent information et prévention questionne les normes et les fins. La tension certaine entre revendication individuelle et soumission à des critères collectifs croise la «contradiction culturelle[21] » entre un hédonisme comme argument de vente — « faites-vous du bien », « prenez soin de vous » — et l'impératif du corps performant. La norme de la santé excède largement le strict champ sanitaire, elle conditionne l'intégration sociale et professionnelle, s'évalue dans l'apparence et désigne pour finir, et fondamentalement, le rapport du sujet à sa mort. Ces critères définissent une nouvelle et paradoxale normalité, supposant qu'être en « bonne santé » dépend de nous, à l'époque où le programme de détermination génétique n'a jamais été aussi ambitieux. Ils excluent aussi, de fait, celui qui ne peut — ou ne veut — s'y inscrire. D'où le poids moral des campagnes de prévention sanitaire. D'où le travail d'introspection induit, exigence d'une connaissance de soi articulée sur le présent et le futur. « La chute des "au-delà", l'effacement des grands messages livrent à vrai dire le corps à une rigueur accrue des normes, imposant un déplacement de l'exigence, une raideur particulière sur cet ultime objet de valorisation. Ce qui fait du bien-être une "servitude nouvelle[22]"[23]. »

Si le principe de prévention introduit un axe informationnel et théorique dans la planification de l'existence, il suggère qu'on puisse anticiper, c'est-à-dire choisir. Il suppose qu'« on sache ». « Supposé savoir », tel est le consommateur de santé, de « forme » et de performance, un individu apte à décrypter le maillage complexe et parfois contradictoire des prescriptions de santé, saturé d'informations au point que celles-ci parfois s'annulent, sommé à la fois de prendre acte et de choisir, de croire dans le discours de la science et d'exercer une liberté intacte devant le tri et l'interprétation des données, rendu à une sagesse entièrement à bâtir et qui saurait distinguer entre le *trop* et le *trop peu* des Anciens. Avec cette spécificité que la prescription collective prend la forme d'un discours intime, chacun étant libre d'adhérer, chacun étant libre, croit-il, de sa santé, d'où le vertige. « L'autonomie instaure de nouvelles dépendances[24]. » La généralisation et l'extension de la délégation médicale au sujet sont perçues comme une (ré)appropriation de son bien le plus cher, la santé. Elles peuvent aussi signifier l'aliénation larvée de toute une population de *singuliers,* tous distincts dans leur projet d'existence, mais unanimement liés par la norme médicale, ancrée dans la caution scientifique. La culpabilité agit comme ressort de la transmission et de l'intériorisation de la norme sociale. La subjectivation du projet sanitaire quant à soi s'opère à partir et autour d'elle.

La prévention promeut en outre des couples de notions se renvoyant en miroir leur incomplétude. Le *bien-être,* paradoxalement, n'est pas un état stable, mais requiert un *accroissement,* une *amélioration,* c'est-à-dire un *mieux-être.* L'*intériorisation,* la *sensation* sont sollicitées en vue d'une *meilleure connaissance de soi,* mais l'intériorité se double d'une extériorité des savoirs et techniques constamment requis. La *jouissance* elle-même fait l'objet d'une procédure calculée — *bien* être, *bien* vivre, mais pas sans savoir *comment,* à défaut de savoir *pourquoi,* ni *pour quoi.* L'immédiateté du *jouir* croise la temporalité du *prévoir,* la *recherche de sensations,* celle de leur compréhension et de leur reproductibilité. La médecine de prévention est à la fois médecine du pouvoir et de l'abandon de pouvoir, inscrivant l'individu dans des normes dont il est immédiatement sommé de discuter le menu. Ainsi l'automédication et son encouragement par certains gouvernements, ainsi que la paramédicalisation en croissance constante, témoignent-elles du muet glissement du souci de soi vers la production du corps performant. Elles dressent aussi la scène sur laquelle chacun joue le drame de la création de soi, multiplement régulée, puis livrée en définitive à la solitude du choix et au poids de ses conséquences. *Il dépend de moi de savoir comment vivre, pour ne pas mourir.*

LA BEAUTÉ EN ACTES

Le corps, matière plastique

Que la beauté ressortisse aujourd'hui, en partie, à la médecine est une évidence. Son lien avec le soin et la prévention témoigne du cadre médical qui préside au *bien-être* au sens le plus général. C'est, en somme, une nouvelle *kalokagathia* qui est ici réinventée, dans ce lien entre le *beau* et le *bon*, le *beau* et le *sain*. Les pratiques d'embellissement du corps ont d'autres sources et d'autres moyens, bien sûr. La mode, dans ses diverses déclinaisons, vestimentaire en particulier, y prend sa large part. On signalera toutefois, en préambule, la conjonction de ces deux registres, *médecine* et *mode*, dans l'exemple des vêtements dits « intelligents ». Leur tissu procure des effets médicaux ou de prévention : petites culottes parfumées, collants hydratants, T-shirt à la vitamine C, robe-massage, soutien-gorge électronique facilitant le dépistage du cancer du sein, pyjama visant à prévenir le syndrome de mort subite du nourrisson, pansements recouverts d'argent pur et vêtements de compression pour les grands brûlés, vêtements anti-pollution confectionnés à partir de tissu imprégné de charbon actif, etc.[25]. Si la parure reste encore du domaine de l'esthétique à strictement parler, force est de reconnaître la perméabilité croissante de cette dernière à la pharmacologie et à la cosmétique, et le recours de l'apparence, en général, à la chirurgie. Les techniques se croisent, qui concourent au confort, à la prévention, au soin, à la beauté. Dans ce registre, la diététique et le sport complètent la production d'une beauté calculée, voulue et nourrie du paradigme médical.

Comme pour ce qui concerne la santé, l'esthétisation de l'apparence corporelle est devenue conquête sur la nature et le hasard. Elle procède de la très longue histoire conjuguée de l'hygiène, des représentations du corps et des pratiques physiques, de l'interaction entre le corps et le social. Le contrôle de soi, de sa silhouette, les inflexions de celle-ci vers les rondeurs ou la minceur, le déplacement des courbes, l'importance accordée au teint, à la peau, aux cheveux n'ont pas toujours été le fait autant revendiqué du sujet. Les institutions, la mondanité, l'appartenance sociale, l'identification à son rang ont désigné les contraintes de rectitude du corps, sa blancheur aristocratique, son muscle laborieux, relevant là un inventaire des codes sociaux et le registre des pouvoirs imposés au corps, marqués sur lui. L'emmaillotement des enfants jusqu'au XVIIe siècle, le souci d'une orthopédie physique en écho d'une orthopédie morale, la réflexion sur l'ergonomie au travail, l'invasion du sport dans la culture du corps, l'impact de l'image — revues, cinéma, télévision — dans la définition de la beauté, ont affirmé l'enchâssement du corps dans des contraintes historicisées, politisées, en même temps que celui-ci suscitait des interrogations renouvelées et diversifiait les enjeux.

La spécificité de l'esthétique corporelle contemporaine réside à la fois dans la subjectivation apparente du projet, dans la multiplication des moyens de le réaliser et dans l'inscription de cette esthétique dans des temporalités distinctes, en miroir les unes des autres.

La croyance en la malléabilité du corps humain est une idée-force depuis les Lumières, toujours encadrée par l'hygiène. Elle s'est amplifiée depuis un siècle, grâce à la démocratisation et à l'inflation des médias, alternant la caution scientifique et la référence à des modèles — stars, mannequins, vedettes de la télévision, champions sportifs, « people » —, encourageant l'individualisation d'une sculpture de soi. Sensible à une pluralité d'influences et d'aspirations personnelles, « un modèle psychologique se creuse, où l'individu des sociétés démocratiques rêve d'innombrables transformations : soumettre l'ensemble de l'apparence, en particulier, au seul exercice de la volonté[26] ». Le corps idéal s'inspire du polychromatisme de la mode et puise au creuset de l'offre médicale ou sportive. Ce qu'on pourrait appeler *le paysage corporel* distille en variations impressionnistes des modèles composables et recomposables, que traversent cependant des axes forts : la minceur, la tonicité, la jeunesse des traits, la « bonne santé » apparente, la « sportivisation » du corps. Et encore, il faudrait moduler ces axes en distinguant les catégories d'âge, les sexes, les milieux socioculturels, les appartenances ethniques ou religieuses, qui génèrent des disparités ou des oppositions notables. Les magazines spécialisés se chargent, en particulier, de par leur positionnement commercial, de cibler ces catégories de population.

Mais il faut surtout dissocier, dans ce travail des apparences, ce qui relève de la mode et du «look», et ce qui ressortit à proprement parler au «corps». Car le corps est ici matière, composition complexe d'une articulation sujet/objet définissant le *soi*. L'élaboration du corps idéal s'inscrit dans un processus, dans la construction lente et quotidiennement assumée d'un rapport *intérieur/extérieur* dont le matériau est subjectivé et la chair, temporalité du sujet. Aussi la temporalité du vêtement et celle du corps sont-elles différentes, les métamorphoses qu'elles accompagnent aussi. Le vêtement s'acquiert, le corps se conquiert, le «look» se compose, le «physique» se construit, même si les artifices offerts, notamment par la médecine, supposent, comme pour les vêtements, maquillages et autres parures, un marché et des coûts. Le processus volontaire engagé s'articule sur la plasticité du corps et celle-ci n'est pas totalement soluble dans la multiplicité des possibles. La fabrication du corps impose sa résistance matérielle à l'évanescence des modes. On ne change pas de corps comme on change de style. On peut «se faire», «devenir qui on veut», mais la réversibilité de la construction corporelle suppose l'effort et le temps. Elle s'inscrit dans une durée. Maigrir ou grossir ne se fait pas en un jour. La chirurgie esthétique elle-même exige le calcul, la réflexion, le temps de cicatrisation, celui d'adaptation psychologique à sa nouvelle apparence. Or cette durée du corps matériel et, par voie de conséquence, aussi du corps *psychologique* suggère un processus de subjectivation original, puisqu'il est la construction et l'appropriation d'une identité, non plus seulement dans et par la singularité, ce qui n'empêche pas, mais dans la temporalité d'un projet. Une forme de règle est réintroduite là où elle semblait avoir disparue: le corps a ses lois.

Aussi, outre la mode vestimentaire et le «look»,

c'est sur le fond des lois matérielles — *physiques* — du corps, et bien que les soumettant à toute l'inventivité, à la technicité, à la transgression propres à la modernité médicale, que la production du corps esthétique a usé des progrès effectués en un siècle. Ces progrès multiplient à la fois l'offre et la demande. Une dynamique *intérieur/extérieur* s'opère, dans l'approfondissement savant des mécanismes hormonaux, du rôle des vitamines ou des facteurs génétiques, comme dans la virtuosité chirurgicale qui conquiert de nouveaux territoires : opérations du visage — nez, bouche, oreilles, paupières, pommettes, menton, cou —, liposuccion du ventre, des cuisses ou des fesses, réparation ou transformation des organes génitaux, allongement des jambes. Le « pétrissage modificateur[27] » qu'évoquait Georges Vigarello à propos du pouvoir pédagogique se généralise au souci de soi dans sa dimension esthétique. Chimie et chirurgie se combinent, le médicament complète l'aliment ou le complément alimentaire pour un travail « de l'intérieur », quand l'huile, la crème, le shampooing, l'injection de silicone ou de toxine botulique, le lifting œuvrent « de l'extérieur ». À l'offre cosmétologique et chirurgicale en évolution constante répond l'appel à une meilleure connaissance de soi, à une compréhension des fonctionnements internes du corps. Le mérite d'une beauté travaillée devient le bénéfice de cette collaboration entre le sujet et la science, entre l'intériorité et l'extériorité, entre l'intime et les codes.

Puisque la psychologisation des conduites signe à la fois leur appropriation et leur responsabilisation, le sujet libre de sa beauté en est aussi le promoteur. Cela a pour conséquence non seulement l'*angoisse* de l'erreur, du mauvais programme, des mauvais produits, mais aussi la *stigmatisation* de l'erreur. Ainsi se recoupent, en certains points, la préoccupation sécuritaire liée à la santé, comme pour les médicaments « coupe-faim », à l'alimentation, concernant les bonnes ou mauvaises graisses, ou à l'environnement, pour ce qui est des effets nocifs de certains cosmétiques. Sur fond de paysage optimiste d'accessibilité pour chacun à sa propre beauté, le contraste de la « laideur » — avec la restriction d'usage du jugement subjectif — est d'autant plus saisissant qu'un procès volontariste est induit. Le cadeau offert d'un étal bariolé d'artifices en tout genre est parfois empoisonné lorsque, incapable de satisfaire aux injonctions dominantes concernant sa maîtrise corporelle, un individu se voit reprocher de n'être point assez « volontaire » et d'apparaître sous les traits de la mollesse ou de la négligence de soi. « Une ère naît où convergent le sentiment de pouvoir maîtriser l'apparence et celui de pouvoir la transposer en signe le plus marquant d'un soi individualisé[28]. » La dynamique *intérieur/extérieur* croise alors les paradigmes précédents : choix individuel/codes sociaux, contrôle de soi/culpabilité.

« *Parce que je le vaux bien*[29] ! »

La personnalisation des conseils esthétiques prodigués par les magazines, supports vidéo ou émissions spécialisées a pour *autre* dialectique le versant collectif de leur diffusion. Comme dans l'automédication, une « délégation de pouvoir » s'opère, qui transfère en apparence de la société à l'individu l'application des règles, le choix des normes et codes, et l'arbitrage des styles. Les emprises économique et sociale pèsent d'un poids conséquent sur l'orientation des conduites. Les magazines féminins ou masculins se font les relais publicitaires des grandes marques et adoptent à cet escient un vocabulaire sophistiqué et qui se renouvelle, mettant en exergue précisément ces deux facteurs : la responsabilisation devant sa beauté, ou son vieillissement (souvent perçu comme le contraire de la beauté) ; le modelage d'un corps-matériau.

Ainsi, le site Internet d'observatoire des médias, Acrimed (Action-Critique-Médias) repère-t-il un « petit vocabulaire de la pub », utilisé dans les pages des magazines *Marie-Claire, Elle, Votre beauté, Cosmopolitan* et autre presse féminine dite « haut de gamme », et en propose l'analyse. « ANTI-ÂGE — Depuis quelques années, les crèmes ne sont plus désignées par le terme "anti-rides", mais "anti-âge". L'ennemi désigné n'est plus la manifestation concrète du vieillissement, la ride, mais une notion vague, embrassant une angoisse fondamentale, celle du temps qui passe. On ne vise plus le symptôme, mais son substrat existentiel, la vie même. Avantage pour les annonceurs : si l'on peut faire abstraction d'une ride, on ne peut pas se guérir du temps. Le concept "anti-âge" crée donc une demande infinie. [...] LIFT — Dans les pubs récentes pour crèmes, on assiste à une inflation galopante du terme "Lift". [...] "Teint rénergie lift" de Lancôme, qui "lifte votre visage avec confort ; un voile micro-aéré permet de retendre votre peau sans figer les traits — technologie haute précision micro-lift". Dans un publi-reportage récemment vu dans *Marie-Claire,* une "lectrice" de 37 ans parle ainsi de "Rénergie intense lift" du même Lancôme : "elle a un effet lift, mon visage se redessine, effet lifting assuré avec le tenseur peptidique qui dépose sur la peau une sorte de maillage qui, en se rétractant, la retend". Les visuels qui illustrent ces pubs suggèrent également l'idée de lifting : scialytique de bloc chirurgical pour Sysleÿa contour des yeux, gros plans de stars qui, les mains plaquées sur les oreilles, impriment à leur peau un mouvement ascendant pour le fond de teint "visible lift" de L'Oréal. Avant-après en pâte à modeler pour "Protient lift" de Roc, où un visage miraculeusement rajeuni succède à son double décati. [...] ÉPONGE — À en croire le discours publicitaire de l'industrie cosmétique, la peau de femme est une substance souffrant perpétuellement d'asphyxie, de soif et de faim. Elle est comme une terre fragile menacée de craquellement et de stérilité, qu'il faut constamment gorger d'eau, d'engrais, de sève, de principes actifs, de sérums et d'élixirs. Elle est atone, faible, sans tenue, et a besoin pour survivre d'apports quotidiens de "concentrés de vie", "de bio-sève encapsulée" de "fuel vital". Pour accroître sa capacité d'absorber les fluides essentiels dont elle manque tellement, il faut la doter de "réactivateurs de micro-éponges cutanées". [...] RE — Cette peau si problématique, il convient avant tout de la "réparer" comme un objet cassé, d'essayer de lui faire retrouver l'apparence, la cohésion et la force de la jeunesse. Les pubs abondent en verbes précédés du suffixe "re" : régénérer, redynamiser, repulper, renouveler, retendre, retisser, renforcer, restructurer. Avec sa crème ultra-correction restructurante, Chanel propose par exemple de "resolidariser le derme et l'épiderme, de renforcer les molécules d'ancrage avec l'adhésioderme". La logique du "Re" culmine avec le terme "reprogrammation", qui évoque à la fois l'informatique et le génie génétique[30]. »

Les termes, comme leur analyse, outre l'évident

caractère publicitaire des « informations » transmises, témoignent de l'immersion du discours de la beauté d'une part dans une scientificité médicale ou paramédicale présentée comme une nouvelle déesse, d'autre part dans la matérialité la plus malléable, mais en même temps la plus triviale du corps. On notera le recul de la notion de maquillage, au profit d'un « naturel » entendu comme « authentique » et sur lequel il y aurait beaucoup à dire ; dominent les notions de protection, purification, revitalisation. L'argument de vente, la terminologie pseudo-scientifique s'appuient sur la croyance en une constructibilité du corps, comme contrepoids à un potentiel de destructivité décrit, et déploré depuis toujours. Au corps périssable, au corps-tombeau de Platon, au corps indéfiniment mortel, s'oppose à présent un corps, certes toujours et plus que jamais substrat, mais substrat d'un projet identitaire, indéfiniment modelable, répertorié par une science inventive et sécurisante, objet d'investissement narcissique et d'inscription dans la durée. Aux XVIIIe et XIXe siècles, l'effervescence intellectuelle concernant l'amélioration de l'espèce humaine avait ouvert la brèche au spectre de la *dégénération* (XVIIIe), puis de la *dégénérescence* (XIXe). Par une curieuse analogie inversée, aux XXe et XXIe siècles, l'effroi devant l'immensité et la virtualité des progrès annoncés, leurs dérapages possibles, leurs déviations et la perte des repères idéologiques — du coup une forme de non-sens du temps — laissent place à la croyance dans le corps.

La liberté est invoquée, de même que la singularité, le ludisme, le bien-être. Chacun « fait son choix ». En réalité, la stimulation et la sollicitation sont telles qu'il est évidemment impossible « de ne pas choisir » et que la pression exercée sur l'individu, et supposée s'être dispersée dans l'effritement des identités collectives, revient en force et de manière subliminale quand l'impératif de choix scelle une décision personnelle. D'où la prégnance de modèles et en même temps leur déni. D'où l'ambivalence des injonctions : se faire plaisir, mais sans omettre qu'un corps mince et en bonne santé, une allure harmonieuse, des traits réguliers et une peau entretenue, outre les bénéfices du bien-être — selon les critères médico-sportifs — et la satisfaction narcissique, restent les plus petits communs dénominateurs de la séduction et de l'approbation collective. Au « tout est permis » de la singularité esthétique contemporaine répond donc un « à vos risques et périls » en forme de rappel à l'ordre. Au « chacun a son charme », versant de l'égalité comme argument de vente et présupposé démocratique, se superpose un diktat de certaines formes privilégiées, la minceur en particulier. Le « zapping » esthétique est à la fois réalité et illusion : réel, parce que chacun invente son manteau d'Arlequin ; illusoire, parce que médecine, diététique et sport symbolisent la maîtrise du corps comme valeur contemporaine et l'esquisse principielle de nos apparences, dont les « looks », coiffures, cosmétiques et autres artifices de la beauté ne sont que contingences.

Chacun se veut, encouragé en cela par les médias, créateur de sa propre beauté. Là s'instille la culpabilité, encore, de ne pouvoir maîtriser l'apparence. La société n'impose presque plus d'uniformes, l'esthétisation de l'apparence est l'uniforme de chacun. Pour employer le terme en son sens artistique, elle est sa *performance*. Et, comme toute performance — nous admettrons ici le glissement du sens vers l'acception sportive ou professionnelle —, celle-ci requiert la prise en compte de paramètres, l'anticipation, l'entraînement. Le tissage culturel de la beauté nouvelle est un calcul d'effets. La production du corps esthétique a pour moteur et pour fin la construction identitaire autour d'un *moi corporel* idéalisé, *intériorisé* et *extériorisé*, constitué de *peaux* — des *tissus*, au deux sens du terme — dont les structures superposées sont autant de textes de savoir et de pouvoir. L'individualisation du processus ne change rien à son impératif, malgré les apparences, et contribue, au contraire, au fantasme d'appropriation des fins. Comme nous l'avons déjà souligné, l'esthétisation de l'existence ne signifie pas nécessairement le recul de la performance, de même que l'hédonisme n'exclut pas la mise en œuvre ascétique. La production du corps performant suppose le recours à des modèles, le projet d'adéquation à eux et la mise en œuvre d'un travail sur soi. Toute apparence qui trahirait un défaut d'inscription dans ce processus peut se payer alors d'une culpabilité et « le mal-être [...] surgir du coup là où le bien-être s'impose en critère ultime[31] ».

7
Bien manger
ou de la diétocratie scientifique

Le fantasme de la perfection corporelle suppose un « savoir alimentaire », une diététique. Celle-ci n'est évidemment pas une invention récente, puisque la médecine hippocratique définissait déjà, dans l'Antiquité, la prescription alimentaire conforme à une bonne santé. L'histoire occidentale, sous ses formes grecque et médiévale, est d'ailleurs marquée par cette perspective, qu'on pourrait qualifier d'holiste, liant, au travers du prisme médical, nourriture, personnalité, environnement et santé. Et, si cette perspective a reculé devant la constitution d'une médecine de spécialités, le XXe siècle a vu toutefois renaître, en particulier dans sa seconde moitié, un discours diététique autonome. Ainsi la perspective holiste conserve-t-elle, dans le domaine alimentaire, une valeur, au moins symbolique, forte.

L'aliment, ou plutôt, les diverses combinaisons d'aliments, furent remèdes ou poisons dans une pensée médicale ancienne qui, au cours des siècles et pénétrant l'univers profane, marqua durablement les représentations populaires. Les populations ont toujours subi diversement le manque, disette ou famine. Il faut attendre le XIXe siècle, la révolution industrielle et la naissance du capitalisme, pour que les gouvernements des pays industrialisés se préoccupent des conditions d'une main-d'œuvre rentable, productive, par conséquent en bonne santé pour assurer le développement de la richesse nationale. La notion de « potentiel humain » occupe alors les économistes, physiologistes ou ergonomes et commence à se creuser l'écart entre l'imaginaire profane et le savoir scientifique en ce qui concerne la nourriture. Ce qui n'empêche pas l'imaginaire, le symbolique, de poursuivre leur travail fantasmatique en parallèle de la nouvelle science. La médecine humorale, la « théorie des signatures » mise en forme par Paracelse et selon laquelle les plantes indiquent — signent — ce qu'elles soignent, perdurent dans les représentations populaires[1]. Les découvertes de Pasteur n'annulent pas la croyance dans les vertus de l'ingestion de sang frais pour combattre l'anémie ou la faiblesse. La viande rouge et le vin sont censés fortifier le travailleur, et les blancs de poulet font du bien aux natures délicates ou aux convalescents. Pour avoir des forces, il faut beaucoup manger et les gros mangeurs sont admirés. La valeur symbolique, si ce n'est magique, des aliments demeure, alors même que la rationalité diététique ne cesse de s'étoffer de connaissances affinées des composants physiques et chimiques des organismes.

DE LA RATIONALITÉ ALIMENTAIRE COMME IDENTITÉ

La spécificité du XXe siècle en matière alimentaire, et de la seconde moitié du siècle en particulier, est l'ambition d'une rationalité alimentaire sur fond d'absence de pénurie dans les pays riches — les mêmes qui se préoccupent de la minceur — et d'obsession sanitaire et sécuritaire. Cette obsession repose sur une double utopie : exiger de connaître la composition des produits, soit l'« utopie américaine » ; exiger leur traçabilité, ou l'« utopie française ». Cette double utopie se fonde, à son tour, d'une part, sur l'angoisse générée par des produits dont les filières de production se sont complexifiées et éloignées sensiblement des consommateurs — « on ne sait plus ce qu'on mange » —, d'autre part, sur une forme de « pensée magique » — concept emprunté aux anthropologues — selon laquelle « on est ce qu'on mange ». Il s'agit ici d'un « principe d'incorporation », de la réactivation d'un ressort imaginaire ou fantasmatique en ces temps de scientisme, selon lequel « si je mange quelque chose, ce quelque chose va me transformer de l'intérieur. Je vais ressembler à ce que je mange[2] ». Demande d'information et croyance magique se combinent, la publicité usant abondamment du registre de la métaphore (*pureté de la nature, énergie des animaux, puissance des moteurs automobiles*) pour suggérer l'identification à des qualités supposées être celles des aliments. Dès lors, savoir ce qu'on mange est un impératif, une exigence fondamentale, un enjeu identitaire. Ce qui revient à dire que « "si je suis ce que je mange et que je ne sais pas ce que je mange", ergo, "je ne sais pas ce que je suis, qui je suis". C'est-à-dire que j'ai perdu la maîtrise sur moi-même que me confère l'alimentation[3] ». Or, dans toutes les civilisations humaines, le contrôle et la maîtrise de l'aliment constituent la première médecine, la première modalité d'intervention sur le corps et même sur l'esprit.

Par suite, le « principe d'incorporation » réfère à

la construction de l'identité autour et à partir d'un corps alimenté, perçu en visée d'une apparence extérieure et d'un bien-être intérieur, mais essentiellement ici *constitué de l'intérieur.* « Dis-moi ce que tu manges, je te dirai qui tu es ! » La volonté de transparence s'exprime dans le souci de rationalité, comme dans celui de « lire » la personnalité au travers des consommations.

Plusieurs significations se superposent. Premièrement, arrière-fond commun à tous les modes de production du corps rationnel médico-sportif, la mise en scène de soi à partir du corps est le point focal d'une quête identitaire. Dans la diététique, comme dans la médecine ou le sport, elle relie en un maillage étroit des investissements narcissiques, sociaux, scientifiques, esthétiques, signes de l'investissement de soi sur soi comme marque du contemporain. Le choix des aliments en est une illustration, le choix de « marques », par exemple, ou celui de nourritures à forte connotation, comme les produits « bio ». Il s'agit d'atteindre à la sensation d'agir sur soi, de dessiner son profil et d'en maîtriser la sculpture quotidienne. En insistant sur les quantités d'eau contenues par le corps et leur renouvellement complet en quelques semaines, les publicités pour l'eau minérale imagent à merveille cette décision dont dépend la constitution d'un *soi physique*, sous-entendu *le corps étant constitué à 80 % d'eau, le choix d'une eau est déterminant pour bonifier ce corps ou le détériorer, c'est-à-dire se détériorer soi-même.* L'identité fusionne avec la corporéité.

Deuxièmement, il y a une spécificité symbolique de cette « incorporation ». Acte vital s'il en est, l'acte de manger est lié, dès l'origine, aux investissements libidinaux que la psychanalyse a mis en exergue : relation à la mère nourricière, au plaisir ou au déplaisir, à la plénitude et au manque, au contrôle de soi, à l'autonomie, à l'autorité, à la représentation affective du monde. Pour exemple l'anorexie, si elle est bien « une pathologie de l'individu autonome et maître de lui-même[4] », est aussi un refus de l'« incorporation » de l'autre, de la mère, du plaisir, de la vie, autant qu'un refus de son propre corps. Le fantasme d'incorporer le bon et le mauvais, la santé et la maladie, de se confondre avec ce que l'on absorbe jusqu'au point d'une dissolution du moi joue ici, comme il joue sur le terrain sociopolitique dans la revendication de pureté et le refus d'être, en quelque sorte, « nourri malgré soi ». Ce que j'absorbe est mon rapport au monde, lui aussi me dessine, lui aussi décide — c'est-à-dire *je décide* — de ce que je suis.

Troisièmement, et comme la version littérale de la précédente, se révèle la « matérialité de l'intérieur ». Se nourrir suppose le fonctionnement d'un métabolisme, quelques principes physico-chimiques et l'adaptation physiologique à son environnement. Il s'agit bien ici d'œuvrer de façon matérielle et intime à la survie autant qu'à l'élaboration d'un moi physique. Le « principe d'incorporation » réfère alors à l'agencement programmé du corps humain pour maintenir en vie, alourdir ou alléger, muscler, assouplir, purifier, dynamiser, embellir, ce qui est (et/ou n'est que) un agrégat de matière. L'intérieur, comme l'extérieur, se modèle, se sculpte, s'entretient ou se néglige. Le corps est à la fois matière et matériau, rempli et vidé, plié, rompu, engorgé, gangrené. L'exemple de l'eau minérale vaut ici sur le registre organique. Ce que nous exprimions plus haut : le corps a ses lois et, par certains aspects, déterminants dans la diététique, ces lois sont des lois *physiques* (*physiologiques*). D'où ce rapport utilitaire, créatif — *poïétique* au sens aristotélicien — et inquiet, tout en même temps, à la nourriture. D'où les fantasmes à l'égard d'une alimentation supposée pouvoir faire ou défaire la composition matérielle du corps. Saurons-nous tenir ensemble tous les principes, maîtriser les critères ? Une nouvelle intériorité, symbolique *et* matérielle, se constitue donc, dans ce que nous pourrions appeler non pas seulement la consommation, mais la *créativité* diététique comme pouvoir.

En réalité, une nouvelle fois le rationnel se combine à l'irrationnel. L'irréductibilité d'une part d'irrationnel, son déplacement, son cheminement au travers de champs symboliques propres aux cultures et histoires personnelles, conditionne une aspiration au rationnel qu'essaient de combler information et prévention des risques. Y parviennent-elles ? Il semble que, comme c'est le cas pour le progrès médical, on assiste plus à un déplacement qu'à une résorption de l'anxiété. Celle-ci est constitutivement impliquée, salutaire même, dans le choix vital de ses aliments par un individu omnivore. Elle est un gage de survie, puisqu'elle suppose la curiosité et la méfiance, comme le choix et la variété. Cette marge d'indétermination, c'est-à-dire la variabilité des régimes et des goûts, explique, toutefois, la demande accrue de rationalité comme réassurance. L'offre scientifico-technique s'accroissant, l'utopie d'une alimentation parfaite et contrôlée reflète d'autres inquiétudes : comment être sûr (*responsabilisation de soi*) de manger *ce qu'il faut* (*devoir-être*) ? Si le paradigme de la santé conditionne la perception des facteurs anxiogènes — et pas nécessairement leur réalité d'ailleurs, car il faut interroger le rôle déterminant joué d'une part par les médias, d'autre part par les gouvernements et intérêts économiques, par la rumeur enfin, toujours vive à se saisir de l'imaginaire —, il suggère également la signification morale induite par la maîtrise de soi. La science et l'information concourent à un idéal fantasmé : l'alimentation rationnelle, pour une santé rationnelle, pour un corps rationnel. Dès lors, la spécificité de l'acte de se nourrir, qui, plus encore que « l'intérieur », suggère « l'intime », réfère à ce triangle notionnel moderne déjà vu dans la perspective médicale : 1) progrès de la science — et la sécurité alimentaire n'est pas en reste sur ce point, si l'on tient compte de l'augmentation de l'espérance de vie comme l'un de ses indicateurs ; 2) information et relais de pouvoir politico-économique exercés par les médias ; 3) appropriation de la responsabilité par le sujet libre et autonome.

La figure familière du sujet contemporain se retrouve : libre et responsable de ses choix. C'est-à-dire, *libre* et *en charge de cette liberté*, placé face au devoir de définir sa propre silhouette, ce qui n'est pas qu'une métaphore. Le passage d'un monde donné à une identité choisie se corrèle à l'injonction d'autonomie comme paradigme d'un individualisme plus subi que voulu. Le sujet sans transcendance, ni repères collectifs, est livré au vertige de l'édification de soi, traduit ici : *de quoi se nourrir ?* Le relativisme est en apparence complet : faire ou être ce qu'on veut (*à chacun ses goûts ; on ne discute pas des goûts et des couleurs !*), avec le risque de basculer dans la dépression ou les addictions. Chacun n'en est pas moins soumis à des injonctions qu'il intériorise et fait siennes : être sain, beau, mince, « en forme ». Ces injonctions peuvent constituer un espace commun, une sorte de retour du collectif ; espace commun qui est aussi espace de la norme, avec ce qu'elle suggère de culpabilisation et de prise en défaut. La rationalité alimentaire illustre, à son tour, la figure peut-être la plus essentielle de ce rapport sujet/corps dans un espace démocratique : elle révèle l'autonomie comme norme et, au sein de la pluralité des choix, la normativité du corps performant.

La « magie » des Oméga 3

La saturation d'informations contribue à leur abstraction. Tel un talisman propice à l'effet placebo, la molécule alimentaire — vitamines, sels minéraux — certifie la bonne marche vers la construction du corps performant. Encore faudrait-il, au passage, que l'usage et l'information relative à la présence de ces molécules dans les aliments ne trahissent pas davantage d'intérêt commercial que de réel apport nutritif. La santé, la beauté, la « forme » respectent un cahier des charges. La prévention, ici encore, joue son rôle de planification rationnelle. Elle s'organise autour de catégories phares : les « allégés », les « enrichis en... », les « anti-cholestérol », toutes auréolées du label « scientifiquement prouvé ». Ce qui n'empêche pas la plupart des consommateurs d'ignorer à quoi ressemblent ces molécules. Certaines sont, de manière assez cyclique, érigées au panthéon des valeurs nutritionnelles. Ainsi en va-t-il par exemple des Oméga 3, à la suite, notamment, de la parution d'un best-seller, *Guérir le stress, l'anxiété et la dépression sans médicaments ni psychanalyse*[5]. L'auteur, adepte des neurosciences, et en particulier de la neurobiologie des émotions, exerçant aux États-Unis, prétend révolutionner la médecine des émotions en préconisant la consommation systématique de ces fameux Oméga 3. Relayée dans les médias, et notamment dans les revues et sites Internet grand public, l'information mêle à loisir l'explication rationnelle et la représentation magique.

Ainsi, « les Oméga 3 sont devenus incontournables. Les vertus pour le cœur de ces matières grasses pas comme les autres ne sont plus à démontrer. Ils seraient même indispensables à l'équilibre émotionnel ! Mais où les trouver ? Comment en tirer tous les bénéfices ? Devez-vous prendre des compléments alimentaires ? » alerte ainsi Doctissimo.fr[6], site Internet grand public consacré à la santé, dans un dossier qui propose par ailleurs : « La vérité sur les matières grasses », « Dopez votre cerveau », « Faut-il avoir peur des antidépresseurs » et « Mangez anti-déprime » ! Mais, pour « manger santé », il faut bien sûr une information préalable. L'article se plie alors aux lois du genre, multipliant les précisions, expliquant sur plusieurs pages que les Oméga 3 font partie des acides gras polyinsaturés — point commun avec les Oméga 6 —, qu'ils se divisent en acide alpha-linolénique (ALA), acide éicosapentaénoïque (EPA) et acide docosahexaénoïque (DHA), que ce sont des acides gras « essentiels » devant être fournis à l'organisme pas l'alimentation, ce qui les distingue évidemment d'autres catégories de lipides, moins « essentiels » et relevant de la « lipophobie » ordinaire. S'ensuit la description complexe et documentée des effets des Oméga 3 sur l'organisme, ainsi que de leur combinaison avec les Oméga 6. « Attention, précise l'article, les enzymes qui permettent de synthétiser les Oméga 3 à partir de l'acide alpha-linolénique servent également à fabriquer d'autres acides gras indispensables, les Oméga 6 (à partir de l'acide linoléique ou LA cette fois). Si nous avalons trop d'ALA, les enzymes en question vont être trop occupées par les Oméga 3 pour participer à la synthèse des Oméga 6, et inversement. C'est pourquoi les apports nutritionnels conseillés ne sont pas tout ! Il faut aussi que le rapport entre Oméga 3 et Oméga 6 soit équilibré dans notre alimentation : la règle est de consommer 5 fois plus d'Omega 6 que d'Omega 3. » On apprendra également que les Oméga 3 se trouvent dans le colza, le soja et le poisson. Mais c'est encore insuffisant. « Il faut regarder le rapport entre acides gras saturés et insaturés du produit : inutile de prendre des aliments contenant une grande quantité de graisses polyinsaturées telles que les Oméga 3 et 6, si le produit contient une grande quantité de graisses saturées, dont il faut limiter les apports. Et n'oubliez pas de regarder la teneur globale en lipides de l'aliment et sa valeur énergétique : il ne sera pas vraiment un allié santé s'il vous apporte trop de calories ! »

À moins d'être médecin, nutritionniste ou biologiste, l'information est évidemment inutilisable comme telle, sauf à se plonger, étiquettes, calculatrice et dictionnaire Vidal en main, dans l'examen de la composition de nos aliments. On retrouve le triangle : savoir scientifico-technique (les Oméga 3 existent)/pouvoir politico-économique (il faut en consommer au titre de la santé publique et du confort individuel, et des intérêts commerciaux qui les affichent en bonne place sur les étiquettes des produits)/responsabilité individuelle du consommateur (s'informer pour s'améliorer), augmenté d'un effet médiatique évident contribuant au développement de l'imaginaire, voire le créant. S'il est indéniable que la connaissance accrue des principes diététiques contribue à l'amélioration des comportements alimentaires — mais elle est finalement loin de pouvoir les rationaliser —, la multiplication à l'infini des paramètres compliquent le choix.

Les effets escomptés s'annulent même parfois, du moins tant qu'on ne possède pas la science exacte du parfait dosage et du moment favorable à l'absorption, et encore. Ainsi en va-t-il du vin, par exemple, dont on sait les propriétés anti-oxydantes, mais consommé dans des quantités qui altèrent presque à coup sûr le foie. Autant dire qu'il faut être sage ou chanceux.

Le rôle des médias dans la manière de véhiculer l'information scientifique est primordial. Souvent, l'information mal présentée, détournée, voire erronée ou mal comprise saisit l'imaginaire collectif et réactive la spirale des croyances, au bénéfice, le cas échéant, des médecines parallèles. L'effet magique guette au détour de l'explication rationnelle. Le pouvoir préventif, voire thérapeutique des aliments est outré. Ainsi le concept controversé d'« alicament[7] » — aliment auquel ont été rajoutées des substances médicinales, des vitamines ou autres principes actifs — atteste-t-il la volonté d'investir l'alimentation d'une mission médicalisée d'optimisation. La rhétorique publicitaire emprunte le plus souvent deux voies, celles de l'*abondance* et de la *pureté*. Elles valent pour l'alimentation, comme pour les cosmétiques. La première s'articule autour d'expressions comme « bourré de » ou « gorgé de ». Elle s'applique à des molécules — vitamines, sels minéraux, anti-oxydants, protéines, micro-nutriments, collagène — ou à des métaphores — soleil, fruits — et balaie, du vin au bain moussant, des aubergines aux crèmes anti-rides, tout le spectre de l'incitation diététicocosmétique. Dans le cas des Oméga 3, l'abstraction même de l'appellation scientifique laisse le champ libre à une communication sur le thème absence/présence du produit qui simplifie à l'extrême son rôle réel et ses apports, conditionnés par plusieurs facteurs. Ce qui importe est qu'il y ait « abondance de », même si, de toute évidence, l'abondance est parfois contraire à l'efficacité. La rationalité sert de caution à une extrapolation.

Dans le cas de la pureté, on touche à une simplification — à un simplisme même, non exempt de contresens — relayée par les médias et les représentations sociales : dans les domaines alimentaire, cosmétique, sportif, esthétique, le « pur » serait préférable au « composé » ou au « chimique, c'est-à-dire à l'« impur », et le « naturel » au « culturel ». Cette réduction est symptomatique d'une volonté de pureté caractéristique de notre société (elle vaut pour la politique, les médias, le pouvoir économique, la justice, etc.). L'emploi du blanc, le thème de « la sensation pure », l'insistance pour rattacher le « pur » à du « moral » et à du « sain » dans la publicité, en dépit bien sûr de toute observation de la nature — qui est elle-même éminemment « composée » — ou de toute pertinence philosophique, scientifique ou politique, attestent ce point. Souvent, le label « pur » est rattaché à celui de « naturel », la nature jouant ici le rôle d'une caution (et accessoirement d'une réassurance affective : le « terroir »), notamment dans le registre alimentaire où vaut communément l'opinion selon laquelle l'alimentation, autrefois plus « naturelle », était aussi « meilleure ». Or on sait que dans ce registre, l'apport « culturel » — agronomie, procédés de conservation (pasteurisation, chaîne du froid, conservateurs) et de commercialisation, diététique, etc. — a considérablement contribué à l'augmentation de l'espérance de vie, ainsi qu'au recul de certaines maladies. On notera au passage l'ambiguïté d'une critique du chimique au nom du biologique — le prétendument « naturel » — et du biologique à son tour à cause des manipulations génétiques (les OGM, par exemple). Par où l'on voit le caractère à la fois *naturel* et *culturel*, et donc inutilisable au sens d'une stricte démarcation *bien/mal* (tentation moralisante pourtant fréquente) de ce même « biologique ».

Les médias, en particulier dans le registre publicitaire, ont donc leurs *totems* et leurs *tabous*. Parmi les totems, l'énumération des composants (l'utopie américaine) et l'utilisation de labels sémantiques ou visuels : « bien-être », « pureté », « purifiant », « drainant », « blancheur », « naturel », « équilibre », « performance », « soleil », « allégé », « minceur », « vitalité », « bourré de », « gorgé de ». Parmi les tabous : le « gras », la « fatigue », l'« exclusion », l'« obésité », le « dilettantisme ». Ainsi se profile un nouveau « cogito » alimentaire — « je mange, donc je suis » —, partagé entre la conformité avec la finalité publicitaire, l'attrait indéniable pour la rationalité et l'irréductibilité de son imaginaire. Il est emblématique de cette relation entre rationnel et imaginaire que ce soit un médecin adepte des neurosciences et donc de l'explication mécaniste, physiologique et neurologique des émotions — principes supposément rationnels —, qui apporte sa contribution à la mythification d'une molécule alimentaire — principe magique. Malgré le fantasme d'une alimentation scientifique, le rationnel n'exclut donc pas l'imaginaire, mais le déplace, tandis que l'imaginaire se nourrit du rationnel pour se reconstituer, de manière plastique, inventive, non résorbable, attestant la nécessité des croyances. La quête de rationnel construit un nouvel espace alimentaire, qu'elle peuple d'une sémantique, d'images qui rassurent autant qu'elles créent de nouvelles inquiétudes : comment « *bien* faire » équivalant à « comment *bien* être » ? La science a ainsi, paradoxalement, provoqué un envol sans précédent des croyances magiques autour des vertus ou des dangers des nourritures humaines.

La subjectivation du processus de construction de soi fait son nid dans la culpabilité. Il faut « bien manger » pour écarter les risques, lesquels risques confrontent chacun à sa finitude. « Se tromper » signifie : ne pas s'inscrire dans un bien-être supposé accessible, dans une santé techniquement possible, dans un allongement d'une durée de vie statistiquement prouvé. En somme, « n'être pas de son temps », selon les normes du temps : santé, beauté, jeunesse, « forme », etc. Plus encore, le corps *est* mon rapport au temps. Il *est* mon expérience de la temporalité et *je* mange en ayant à l'esprit, aujourd'hui, cette durée. Que cette expérience identitaire se conjugue et *soit organisée* par le processus rationnel, c'est-à-dire que se télescopent la fragilité du « corps propre » et l'impérieuse rationalité du destin personnel qui lui est confié, est un trait significatif du contemporain.

« VOTRE BEAUTÉ SE NOURRIT DE L'INTÉRIEUR »

L'ambition d'une rationalité alimentaire a pour second volet un volet esthétique. Pas plus que pour le volet sanitaire et sécuritaire, la quête de rationalité n'annule ici les représentations fantasmatiques. En dépit du « principe d'information » ou peut-être à cause de lui, les qualités nutritives des aliments sont transformées en qualités magiques, voire morales. Leur consommation, censée nous garantir jeunesse, vie longue, résistance aux maladies, vitalité, assure aussi le (re)modelage ou l'entretien ciblé de certaines parties du corps: molécules « drainantes » pour l'élimination des graisses et la réduction de la « culotte de cheval », vitamines adaptées au renforcement des ongles et des cheveux, tonicité de la peau, clarté du teint, compléments alimentaires pour le muscle, etc. Le facteur alimentaire invoque les paramètres médicaux, l'*intérieur* s'imbrique à l'*extérieur*, au point que l'on pourrait qualifier les molécules alimentaires de *cosmétiques de l'intérieur*. Ainsi la marque Topnivo affirme-t-elle sur son site Internet que « sa nouvelle méthode biocosmétique de revitalisation naturelle de la peau » est susceptible d'« agir en synergie de l'extérieur et de l'intérieur[8] ». « Cette méthode, assure la publicité, associe TROIS FACTEURS EXTERNES et UN FACTEUR INTERNE. [...] Les trois préparations cosmétiques (à usage externe) stimulent et augmentent le métabolisme de la peau. Suite à cette action, les cellules cutanées ont besoin d'une quantité supplémentaire de vitamines, oligo-éléments et acides aminées nécessaires à leur activité spécifique. Ces substances arrivent dans la peau, apportées par le sang. La peau se nourrit de l'intérieur. Ce supplément est apporté par le Complément Alimentaire LENAVITAL® Spécial peau[9]. »

De même, la marque Danone a lancé, en 2007, un « yaourt aux propriétés cosmétiques[10] », d'ailleurs proposé dans certains magasins dans les rayons cosmétiques et inaugurant, en France, le marché de la « dermonutrition » ou de la *cosmetic ou cosmeto-food*. L'emballage est « rose fuchsia flashy », les lettres argent, le marketing annonce « une fusion entre cosmétique et alimentation positionnée sur l'axe de la santé » ! L'attractivité du produit doit résider dans cette conjonction d'intérêts. Ainsi, la rhétorique de l'abondance, du « comblement des manques» rejoint le thème de l'entretien et du façonnage corporels par l'alimentation et les cosmétiques. L'idée selon laquelle nous construisons non seulement notre santé, mais aussi notre beauté par l'alimentation — les deux étant ici intimement liées — est l'idée dominante. Le glissement qui s'opère dans les représentations du corps, d'un modèle à un autre historiquement (*l'embonpoint signe d'opulence; la minceur signe de maîtrise*), d'un sexe à l'autre aussi (*une certaine androgynie qui veut que le corps masculin puise désormais aux mêmes sources «techniques» de la beauté que le corps féminin*), atteste la malléabilité du corps humain dans sa visée d'identification personnelle et sociale. L'exemple de la minceur est à ce titre emblématique d'une confusion des discours: le corps rationnel *sain, beau* et «*en forme*» doit être mince, requérant parfois une instrumentalisation qui perd ses fins.

La volonté de minceur

Le thème de la minceur n'est pas l'apanage du registre alimentaire; il relève aussi de la médecine, de l'élaboration des critères esthétiques, de la mise en œuvre de l'activité physique. De même, la beauté n'est pas la préoccupation exclusive de la médecine, évidemment. Les trois registres, médecine, diététique, sport, s'interpénètrent, mêlant leurs sous-ensembles que sont la production de la beauté, celle de la minceur, celle de la «forme». Les magazines féminins, et masculins à présent, jouent sur ces registres et proposent régulièrement et de façon saisonnière des articles portant sur «comment être — ou rester, ou devenir — mince».

L'apparition de thématiques relativisant l'impératif de minceur ou de publicités — rares — présentant des «rondes» n'occulte aucunement l'obsession généralisée du régime, souvent d'ailleurs vanté en parallèle. La minceur est la norme et beaucoup sont «prêt(e)s à tout» pour y parvenir. Sans doute plus encore que la santé, dont les facteurs aléatoires en fonction du patrimoine génétique et de l'influence des conditions de vie laissent des parts d'incertitude importantes, elle apparaît comme dépendant de la volonté. Certes l'hérédité est invoquée, en particulier par ceux, désireux de minceur ou médecins, qui constatent l'impossibilité de se conformer aux canons en vigueur. Il est d'ailleurs tout à fait remarquable d'observer la disjonction qui s'opère entre les canons esthétiques et les critères de santé. La définition de la norme échappe aux professionnels de la santé, et se radicalise indépendamment d'eux. La minceur ancre sa production dans le champ médical, mais s'en affranchit dans ses critères. Beaucoup de femmes — car le phénomène est essentiellement féminin — recherchent une minceur qui tend à la maigreur et requiert des efforts confinant à la souffrance. Certes, également, le mode de vie est stigmatisé, c'est-à-dire un contexte général, les campagnes contre l'obésité lancées dans les différents pays industrialisés en témoignent. Il n'en reste pas moins que la minceur demeure l'exemple type du «gouvernement de soi» appliqué au corps et, à ce titre, d'un idéal de fabrication de son identité à travers la plasticité corporelle.

L'impératif de santé conforte l'objectif de minceur, mais ne l'absorbe pas. Il le cautionne et l'étaye, visant la production d'une *minceur performante,* alliant «santé», «beauté» et «maîtrise de soi». Toutefois, il ne suffit plus de s'identifier à telle ou telle actrice ou mannequin, il importe de connaître les efforts fournis par elles pour garder la ligne. Une dimension méritocratique est introduite. Ces icônes, d'ailleurs, parmi lesquelles les vedettes américaines Jane Fonda, Madonna ou Demi Moore, incluent leur régime minceur et la description de leurs efforts sportifs intensifs dans le récit promotionnel de leur réussite. La minceur est une production personnelle. Elle atteste l'emprise de la volonté. Dans ses formes extrêmes, la démarche diététique peut déboucher sur un recours à la manipulation physique (courant galvanique avec ionisation d'un principe actif, mésothérapie, laser...), voire sur un acte strictement chirurgical (liposuccion). À la beauté mystérieuse des stars des années 1950 succède à présent la beauté sportive et diététique, au besoin médicalisée, calculée et entretenue au prix de critères et d'un rythme quasi obsessionnels. Au hasard ou à la nature, qui présidaient aux déterminations métaboliques, se substituent des actes précis et objectifs qui organisent un « programme minceur ». Cela ne garantit pas la réussite, d'où le succès commercial de ces programmes. Cela n'élude pas non plus la coexistence étroite, au contraire, entre le corps rationnel *œuvré* et le corps rationnel *fantasmé*.

Ce principe de distinction, toutefois, qui voudrait qu'en période de surconsommation alimentaire la sveltesse devienne un signe distinctif de soi, une figure finalement élitiste d'une mode qui ne s'offre pas à tous et requiert information et volonté, n'épuise pas le sens ni le motif de la minceur. L'idée selon laquelle les médias produirait l'idéal, non plus. Car les médias n'ont pas la toute-puissance de créer des idéaux et, quand bien même ils iraient dans ce sens, encore faut-il qu'il y ait une demande, en l'occurrence une demande de minceur, de régimes, d'images, de femmes prototypes les illustrant jusqu'à l'excès. C'est un mode d'être plus souterrain qui travaille ce rapport au corps mince, un mode d'être inhérent à la production de soi par soi et dont l'ambivalence traverse tous les champs du corps performant. L'allégement commande, comme la souplesse ou le dynamisme, en métaphores d'une légèreté sociale, d'une réactivité aux événements, d'une adaptabilité salutaire au monde moderne. Il faut un corps transparent, modélisé, *design*, presque, comme un écran d'ordinateur, lieu de toutes les virtualités. L'idée de légèreté, en outre, voisine celle d'immortalité : pour preuve les incitations récentes (scientifiques et sectaires, d'ailleurs, dont certaines puisent à des origines fort lointaines, par exemple au Japon) à « la restriction alimentaire » (pas plus de 1 500 calories par jour, au lieu des 2 000 habituellement présentées comme un minimum) comme source de longévité. La minceur se propose comme remède au relâchement, symboliquement la chair flasque signe le dépérissement corporel. Maigrir, c'est maîtriser sa vie. Aussi l'hédonisme se combine-t-il au souci fonctionnel, le plaisir fétichiste à la sollicitude répressive. La compulsion hygiéniste n'est pas loin qui ordonne l'épurement des formes et la pureté alimentaire. En ce sens, la lutte contre l'obésité rebaptisée, par euphémisation, « surcharge pondérale » illustre ce nouvel hygiénisme.

La raison pure anorexique

La polémique suscitée par le décès récents de plusieurs mannequins a relancé le débat sur leur anorexie mentale supposée et sur l'extrême minceur comme modèle. Certaines grandes « places » de la mode, comme Londres ou Madrid, ont voulu instaurer des normes « encadrant », c'est-à-dire « chiffrant » la minceur des mannequins. D'autres, comme Paris ou Milan, les ont refusées. À cette occasion, l'IMC, ou *indice de masse corporelle*, est devenu le nouveau grigri brandi par tous comme critère prétendument exclusif de ce (ou *celle* en l'occurrence) qui est « trop mince » ou ne l'est pas, sous-entendu, de ce qui est sain ou ne l'est plus. Sans rentrer dans cette polémique, sans préjuger de l'anorexie mentale *réelle* de ces jeunes femmes, et surtout sans confondre des facteurs sociaux ou historiques déterminant des contextes propices au développement de comportements, avec les paramètres individuels qui sont l'affaire du suivi psychiatrique, il est intéressant de questionner la valeur symbolique de cette anorexie au regard d'une société obsédée par la minceur.

L'anorexie mentale se présente comme une surveillance de soi refusant l'animalité du corps, surveillance allant jusqu'au contrôle de son rapport aux autres par des rituels d'évitement ou des refus de communiquer. Au travers de l'anorexie s'observe le processus extrapolé de la rationalité, l'une de ses versions extrêmes, pathologiques, mais d'une pathologie qui, bien évidemment et comme souvent, est signifiante dans le champ philosophique et social. L'anorexie est, en somme, une pathologie de la rationalité appliquée au corps. Elle consiste en une programmation rigoureuse de l'alimentation à fin de régime alimentaire et le plus souvent sur le motif de « manger sain ». Manger sain signifiant ici « manger léger », « dégraissé », « pur », mais aussi manger de façon calculée, planifiée, organisée dans l'espace et le temps, dans la quantité comme dans la qualité. La maîtrise du corps visée est, en certains aspects, une « décorporéisation », puisque c'est la notion même de « matière » qui est niée, à la fois dans ce qui est absorbé et dans la matérialité triviale du corps évoquée plus haut. Sont visées aussi, de manière concomitante, une maîtrise du temps, de l'activité intellectuelle, une économie des postures, de l'habillement, de la « dépense » de soi d'une façon générale.

L'idéal de la minceur anorexique est une transparence, une pureté, laquelle pureté a cette propriété de valoir autant du point de vue de la chimie des aliments, que symboliquement du point de vue moral. En cela, elle incarne la dernière limite atteinte par un processus de contrôle, dans une société qui valorise la volonté exercée sur soi. L'anorexique (le plus souvent une jeune fille ou une femme) fuit l'épaisseur : celle de son corps, qu'elle ne perçoit plus que selon le prisme déformant de la graisse à réduire ; celle de la chair, qui devient matière effaçable, y compris lorsqu'il s'agit du muscle, des rondeurs anatomiques, de l'épaisseur de la peau ; celle du monde, qui stimule la sensation paranoïaque d'être « tentée », cernée par de l'irrationnel, de la profusion, de l'incalculable, du déprogrammé, de l'anarchie alimentaire ; celle de la sexualité, enfin, qui suppose un rapport à l'autre immaîtrisé et susceptible de provoquer le plaisir, par essence effusif et irrationnel. L'anorexie est une crispation de la raison sur sa pure effectivité et c'est en cela que, dans sa version médicale et non pas seulement comme « tendance », elle signale une pathologie, car ce processus suppose une infinie progression vers la suspension de la vie tout simplement, c'est-à-dire la mort.

Difficile à déceler en ses débuts — et avant que la maigreur extrême n'en soit un symptôme —, cette pathologie repose sur un motif en apparence irréprochable et reconnu socialement : soigner sa ligne et manger sain. L'anorexique mange peu et bien, selon les critères de la diététique, à heures régulières, elle fait du sport. Puis un glissement s'opère quand le processus est amorcé. Il n'est pas systématique. Elle mange de moins en moins et ce pour trois raisons : d'abord, parce que, compte tenu des efforts consentis, elle voudrait « maigrir à vue d'œil » ; ensuite, parce que la volonté exercée sur le corps, mais plus largement sur le mode de vie en général et la relation aux autres, s'enivre peu à peu de sa toute-puissance ; enfin, parce qu'un masochisme qui n'est pas étranger à certains aspects de l'effort corporel et de l'effort sur soi (notamment sportif) joue ici, comme il a pu jouer à certaines époques du mysticisme religieux, avec une valeur sacrificielle. La référence à la diététique devient obsessionnelle : lecture d'ouvrages et d'articles, examen de la composition des aliments et de leur valeur calorique, addition notée des calories ingérées au cours de la journée, recension permanente de ce qui a été mangé et le sera, de façon à se prémunir de l'écart qui menacerait l'édifice. Par souci de n'être pas divertis de ce programme, les repas se prennent de plus en plus clandestinement. Cette clandestinité couvre également les accès de boulimie auxquels sont confrontées tou(te)s les anorexiques. Il s'agit alors de se faire vomir, pour expulser l'infâme, c'est-à-dire l'abandon de soi, ou de multiplier les efforts physiques jusqu'à l'épuisement, pour se punir d'avoir transgressé la règle. L'anorexique a le plus souvent une activité physique et intellectuelle intense. Elle multiplie les signes de bonne santé, d'énergie, privilégiant les activités de longue durée — en sport, celles qui « brûlent » les graisses — qui exigent une mobilisation de la concentration et de la volonté. Puis, dans les cas les plus graves, le processus bascule dans une mise en danger de la vie, une réversibilité complexe et nécessairement médicalisée de l'amaigrissement, une perte des repères familiaux et sociaux, une destruction du moi auparavant si performant. L'anorexie exige alors un suivi médical et psychiatrique, souvent sur le long terme.

La raison anorexique est une raison qui ne se nourrit plus que d'elle-même, devenant malade d'elle-même. Elle est la version pathologique et extrapolée d'une maîtrise de soi saturée d'injonctions, la tétanisation jusqu'à la sclérose d'un projet d'existence centré sur le corps, un corps à la fois nié et adulé. L'inventivité des débuts du régime a laissé place à une raison obsessionnelle, compulsive, à une volonté exercée jusqu'au délire. Contrairement à l'idée première, l'anorexie n'est pas la seule volonté de détruire son corps pour, en quelque sorte, s'absenter du monde. Car ce corps soumis, réduit à la volonté, en apparence honni au travers des refus multiples qui lui sont opposés, est aussi un corps reconnu — malgré la perversion de cette reconnaissance — comme unique trait d'union entre le moi et le monde. S'il n'en était pas ainsi, l'anorexique attacherait moins d'importance au regard des autres, ainsi qu'au sien propre. Elle ne poserait pas comme condition de sa possibilité d'existence la maîtrise d'un corps désiré et construit. Elle n'opposerait pas à la sollicitude extérieure la violence de sa maigreur, comme réduction provocante de sa personnalité. Car la maigreur est une estampille identitaire, une figure de proue, comme toute autre composition de l'apparence. Elle est le signe d'une douleur voulue qui en masque d'autres. Aussi un rapport subtil s'établit-il, dont le déséquilibre est parfois tragique, entre la volonté de destruction et celle de construction, entre le dégoût pour soi et le rêve d'une perfection. En un sens, l'anorexie signe autant une pathologie de la rationalité qu'une pathologie du narcissisme.

L'ALIMENTATION-PERFORMANCE

« Chaque repas est un entraînement invisible », dit l'entraîneur de Laure Manaudou, la nageuse française en mal de diététique. Que l'alimentation concourre à la « forme » est une tautologie, y compris, et peut-être surtout, lorsque cette « forme » est entendue comme une performance. Il s'agit non seulement de manger pour aller « bien », mais de manger pour aller « mieux », thème du passage du *bien-être* au *mieux-être* observé dans le registre médical. D'où l'importance ici, une fois encore, de la publicité qui orchestre ce glissement. Elle le fait d'autant plus facilement que nous sommes à l'ère de l'aliment enrichi, de l'adjuvant[11], et que la recherche agronomique et l'inventivité des marques étayent cette ligne éditoriale. Pas une eau, un jus de fruits, un potage, un thé, des céréales, du beurre dont on ne vante les propriétés nutritionnelles au travers de leurs adjuvants : « enrichi en... » calcium, magnésium, vitamines, oligo-éléments, Oméga 3, etc. Les barres énergétiques font florès, de même que toute une paramédecine, à commencer par les compléments alimentaires, censée optimiser le quotidien. Même les « vêtements intelligents » seront voués, dans le futur, à diffuser *silencieusement* des

8

Faire du sport

ou de l'activisme kinétique

L'appropriation subjective d'une production rationnelle de soi suppose l'intériorisation par chacun d'une injonction devenue leitmotiv : faire du sport. L'expression est à prendre, dans un premier temps, en son sens le plus large : l'exercice physique. Nous emploierons alors le terme sans guillemets ni italique : sport. Le sens strict, lui, révèle une apparition du *sport* au XIXe siècle, dans un contexte éducatif, compétitif et fédératif qui restreint le champ et impose des distinctions. L'emploi de l'italique distinguera, pour le présent chapitre, cette compréhension spécialisée et historicisée d'un domaine d'activités précis : le *sport*, par opposition aux *gymnastiques*, ou à l'*éducation physique*. Pour l'heure, la fabrication possible du corps, des corps, vers laquelle s'achemine la médecine, la dimension sociale acquise par l'information et la sollicitation médicales ont leur modélisation individualiste dans le développement des pratiques sportives et la sportivisation des corps.

Trois remarques préalables s'imposent. Il n'est pas question, premièrement, de décrire le sport comme activité *exclusivement* individualiste. À l'évidence, d'une part la dimension de prise en compte d'autrui et

substances bénéfiques *pour* et *dans* le corps. Tel est l'idée-force : un aliment « bon pour la santé », certes, mais surtout un aliment « plus », de ceux qui font « mieux » grandir les enfants, « mieux » supporter l'hiver, la fatigue au travail, le stress des examens, le vieillissement.

La publicité des « goûters BN », les fameux « quatre heures à moteur » des spots télévisés, propose, sur les emballages des boîtes de biscuits, un discours éloquent, le programme du « 4 heures sportif[12] » : « Pour être au top de ta forme, prends un goûter sportif qui te donnera un max d'énergie ! » ; ou encore : « Sais-tu que boire de l'eau peut améliorer ta performance ? Un sportif doit boire avant d'avoir soif, régulièrement et par petites gorgées. » Outre l'omniprésence du thème de l'oralité dans la « mise en forme » sportive (les spécialistes parlent d'ailleurs à ce sujet de prédisposition possible à des addictions, dont l'alcoolisme et le dopage), les notions de compétition, de dépassement, de performance s'insèrent constamment au cœur de l'énoncé des valeurs nutritionnelles. « Tu rentres de l'école ? Pose ton cartable dans l'ascenseur, passe par l'escalier et regarde qui arrive le premier ! » ; ou encore : « Tu vas sortir ton chien ? Profites-en pour lui envoyer la balle le plus loin possible et fais la course avec lui ! » : enfin, « BN, expert du goûter depuis 1933, t'apprend à bien choisir ce que tu manges et à bouger ton corps pour être au top de ta forme ! » La fatigue, la fragilité, l'échec sont toujours implicitement niés dans des publicités qui incitent à *se dépasser*. Ce sont des valeurs « négatives », en ces temps où l'injonction est de « positiver ». L'aliment est l'achat miracle qui permettra de satisfaire cette attente.

Les thèmes de l'« équilibre » et de la « minceur » complètent très largement le tableau des incitations à « manger sain ». De manière plus ou moins ludique, détournée, mise en scène, mêlant la connotation scientifique et la référence au « bien-être » ou aux médecines douces, assurant toujours les liens sémantiquement — et commercialement — précieux entre « santé », « minceur », « beauté », « forme », « vitalité », « équilibre », « nature », etc., la publicité trace la ligne directrice de l'alimentation-performance. Plus avant, la thématique du dopage affleure dans cette incitation constante à supplémenter notre alimentation et à consommer des aliments adéquats pour l'optimisation de nos performances ou le comblement de nos défaillances. Le mariage de l'alimentation « ordinaire » — pour autant que ce terme ait encore un sens — et de sa supplémentation systématique interroge sur le compagnonnage de l'homme moderne avec les molécules chimiques, y compris les médicaments, dont les psychotropes. Le terme « consommation » est à prendre ici non pas seulement dans sa dimension commerciale, mais aussi dans celle qui réfère aux « attitudes dopantes » ou aux addictions à la drogue : *consommer les bons produits*, voire *être accro à...* La thématique de l'*intérieur* est à l'œuvre, qui suggère que le corps s'optimise par l'absorption de substances à la représentation fantasmée. La liste des composants nutritionnels et des adjuvants se décline comme un certificat de garantie et une ode au progrès. Dans les magasins spécialisés, de diététique ou de parapharmacie, les produits sont parfois classés selon les effets produits sur l'organisme, renforçant le sentiment de choisir son « profil », de sculpter son corps, de planifier, selon les saisons, ses aptitudes ou ses besoins. Ce grand carrefour s'articule sur une *dialectique de la norme* déjà évoquée : la liberté et l'autonomie résident dans le choix, mais la superstructure du choix décide de ses modalités. La « forme » affiche, en apparence, la diversité de ses acceptions, sa personnalisation par chacun. En réalité la performance suppose la maximisation des capacités comme critère ultime.

de collaboration éventuelle avec lui étaye une vision historiquement éducative du sport. D'autre part, des valeurs d'altruisme sont impliquées par les sports dits collectifs, même si, dans les sports professionnels les plus médiatisés, où certains champions stars gagnent des salaires attisant les convoitises, cette dimension d'altruisme peut être parfois contestée. Néanmoins, on qualifiera d'individualistes l'appropriation des consignes et la construction quotidienne d'un corps sportif nécessitant effort, autocontrôle, attachement porté aux sensations, plaisir et douleur, calcul des effets, programmation dans une temporalité singulière, etc.

Deuxièmement, la fabrication des corps sportifs a été historiquement d'essence *collective*, lorsqu'il s'est s'agi, en particulier aux XIXe et XXe siècles en Europe, d'une part d'inclure le *sport* et/ou les *gymnastiques* dans les préparations militaires et de faire du militaire le cadre structurel du développement du *sport*, d'autre part d'introduire progressivement l'*éducation physique et sportive* dans le système scolaire, les deux étant en partie corrélés. Par ailleurs, le projet *collectiviste* s'est, lui, exprimé dans les pays du bloc communiste, encore aujourd'hui en Chine, où la réussite sportive d'une élite ressortit à une planification d'État, tout comme le dopage, et où la massification des pratiquants — souvent des enfants — sert de substrat à un élitisme implacable. Dans ce sens, le *sport*, dans sa version *sport de haut niveau*, est la vitrine de projets politiques qui tablent sur le nombre, et non sur l'individu, pour parvenir à leurs fins.

Troisièmement, on ne limitera pas au sport, en retour, la dimension individualiste de la construction de soi. L'automédication, la personnalisation de l'esthétique et de la sculpture de soi, l'intérêt porté à la diététique et à toutes les formes du *souci de soi* attestent la présence de cette dimension dans la subjectivation des fins. Toutefois, le scientisme et le moralisme qui caractérisent aujourd'hui l'effectivité médicale dans le social, et officialisent le projet médical comme projet social, se manifestent différemment dans le sport. Ils sont, l'un comme l'autre, subjectivés, intériorisés de manière originale. Cela appelle deux conséquences. La première est la faible considération institutionnelle de l'*éducation physique et sportive* dans le cadre scolaire, réduisant en quelque sorte à néant les projets ambitieux confiés à cette discipline dans les textes de lois eux-mêmes. Une distorsion importante sépare les visées de lutte contre la violence ou l'obésité, d'initiation à l'hygiène et à la diététique, de découverte des milieux naturels et de l'environnement, de connaissance d'autrui et de soi, d'apprentissage de la citoyenneté, etc., et la réalité de l'enseignement secondaire en France. Deuxièmement, la spécificité du *sport* moderne est précisément son éclatement dans une multiplicité de pratiques et l'apparition de nouveaux *sports* qui nécessitent la distinction de catégories de l'exercice physique. Ainsi se dégagera la spécificité du sport dans le paradigme médico-sportif.

LES FINALITÉS TRADITIONNELLES DE L'EXERCICE

« Bouger » est devenu un leitmotiv, le ferment d'un « activisme sportif » qui sert autant les visées hygiénistes que celles, esthétiques, du dessin d'un corps œuvré par soi. Imbriquées les unes aux autres, les différentes finalités de l'exercice physique n'en exigent pas moins d'être identifiées. Depuis l'Antiquité, l'exercice physique s'est partagé entre quatre finalités : militaire, médicale, pédagogique et, précisément, *sportive,* si l'on entend par là — d'une manière très générale — les jeux et compétitions anciens[1]. Ces finalités préfigurent une attention portée, tout au long des âges, à l'effort dans la variété de ses formes, à laquelle s'ajoute aujourd'hui le pouvoir scientifico-technique appliqué au corps. Une analyse plus poussée du sport fait apparaître, toutefois, d'une part que « tout n'est pas *sport* », d'autre part que toute pratique sportive n'est pas nécessairement bénéfique. De l'exercice physique, préconisé pour la conservation de la santé, au *sport de haut niveau,* dont l'évolution semble plutôt la compromettre, l'éventail des pratiques est large qui produit, quant au corps, le meilleur et le pire. Il n'en reste pas moins qu'outrepassant ces distinctions, le rapt sémantique fait par le *sport* de toute la sphère de l'exercice physique, ancre l'idée qu'il est l'outil nécessaire d'une production rationnelle de soi. Voyons cela.

La guerre

La finalité militaire projette des corps formés au combat, elle éprouve l'*excellence* (*arêtê*), chez Homère par exemple, ou encore chez Platon, elle forge les vertus morales, autant que l'endurcissement physique. Elle signe aussi la *mise en ordre* corporelle d'une jeunesse nourrie par la patrie et missionnée pour elle. Ainsi les guerres entre les Cités dans la Grèce ancienne, ainsi la chevalerie rompue aux joutes et experte à l'épée au Moyen Âge, ainsi, au XIXe siècle en Allemagne, le *Turnen* nationaliste de Jahn, en France la gymnastique d'Amoros, puis l'École de Joinville. De la proximité des guerres naît la nécessité d'une jeunesse aguerrie à l'effort, aux armes, au combat, aux éléments naturels. Après la défaite de 1871, la France crée des *bataillons scolaires*, afin d'amplifier l'embrigadement de la jeunesse et d'envisager le renouveau national. « Le thème est celui du "citoyen-soldat[2]", la référence "l'esprit des hommes de la Révolution[3]", chacun devant acquérir à l'école "un dressage préliminaire spécial" et une "instruction militaire et civique[4]".[5] » Les moyens mis en œuvre pour développer les gymnastiques et les gymnases sont empreints d'une perspective militaire. Outre l'aspect médical, cette perspective cautionne l'exercice physique à vocation utilitaire. Ainsi en va-t-il de la natation, par exemple, qui fait, au XIXe siècle, l'objet de traités militaires[6]. Étroitement mêlées, les vertus corporelles et morales, la force physique et l'honneur, la police des corps et la défense de la patrie justifient cette filiation. D'ailleurs, jusqu'en 1927, en France, l'éducation physique scolaire dépendra du ministère de la Guerre.

La sportivisation du corps guerrier épouse logiquement l'ordonnancement rationnel des *corps d'armée*. Car toute expérience de guerre est, avant tout, expérience du corps. Pour autant, la corporéité de la guerre n'est évidemment pas réductible à la préparation sportive. La posture combattante dépend des techniques et des stratégies. Par là, elle historicise un corps debout, redressé, rehaussé, au début du XIXe siècle, quand l'arme est le fusil à poudre, un corps accroupi ou couché, quand l'exigence de protection individuelle s'impose face à la puissance de feu des armes modernes, un corps recroquevillé par la terreur physique du bombardement, lors des deux guerres mondiales ou de la guerre du Vietnam, un corps partout aux XXe et XXIe siècles, épuisé, blessé, mutilé, torturé. S'il détermine un corps indéniablement *entraîné*, dans des institutions nationales ou dans des *camps*, l'exercice physique militaire excède le champ sportif en ce qu'il est préparation aux conditions extrêmes, à la survie, à la douleur, à la torture, aux armes dont la complexité s'accroît, y compris aux armes chimiques. En cela le corps militaire est un *corps technique*, technicisé, expérimental, comme l'était déjà au XIXe siècle le corps exploré des gymnastes, territoire de la rationalité scientifique. Il est un prototype du corps rationnel de par les inventions instrumentales et les progrès médicaux qu'il suscite. Avec cette évolution, dont la formule paradoxale contraste avec les faits, vers une guerre « chirurgicale », électronique. Les frappes aériennes, commandées par des images satellites, suggèrent une hypothétique virtualisation du corps de la guerre, des « ordinateurs-vêtements », équipés de système de navigation GPS, micros et caméras miniatures, accroissent la dangerosité des combattants, virtualisation et distanciation inégalitaires, on s'en doute, en fonction des moyens économiques et techniques induits.

L'exercice physique analytique, cet alphabet du corps, la collectivité, l'exhortation à l'effort, le culte de la force et du muscle signent le rapprochement traditionnel entre le sport et la guerre. Parmi les vertus sportives, l'habileté motrice, l'intériorisation des consignes, le dépassement de soi, la collaboration avec autrui. La production du corps rationnel militaire, si elle transite aujourd'hui par la médiation technique qui vise à réduire, pour certains seulement, redisons-le, la mortalité de masse, reste attachée à la nécessité quotidienne d'un entretien de soi. En ce sens, la «forme» est ici autant la garante de la performance au combat et de l'acuité des aptitudes qu'un très logique apprentissage de l'ordre. Elle suggère aussi qu'on puisse éviter la mort dans des sociétés qui ne la tolèrent plus et comptabilisent, à l'unité près, les pertes de leurs soldats. Ainsi s'exprime un fantasme de la rationalité: l'effacement de la mort. La «forme» est donc bien dépendante, pour finir, de l'idéologie qui la commande, tout autant qu'elle éclaire la dimension *collective*, mentionnée plus haut, et *politique* d'une production des corps à des fins étatiques.

La santé

Les recommandations d'un sport-santé en vue de l'allongement de la durée de vie et de l'évitement de certaines maladies, diabète, maladies cardiovasculaires, hypercholestérolémie, obésité, cancer du sein, ostéoporose, dépression nerveuse, sont aujourd'hui familières. Elles s'enrichissent régulièrement de nouveaux étais scientifiques. Elles associent le sport et la préoccupation diététique, et multiplient les registres. Sans doute plus que dans tous les autres domaines d'impact du sport et servie là encore par les médias, la santé est celui où la prescription de mouvement («Bouger, c'est la santé ![7] », www.mangerbouger.fr[8]) est le plus récurrent. Elle marque le relais entre la prévention de l'hygiène publique et la responsabilité individuelle, intériorisée, d'une mise en œuvre, ici véritable-

substances bénéfiques *pour* et *dans* le corps. Tel est l'idée-force : un aliment « bon pour la santé », certes, mais surtout un aliment « plus », de ceux qui font « mieux » grandir les enfants, « mieux » supporter l'hiver, la fatigue au travail, le stress des examens, le vieillissement.

La publicité des « goûters BN », les fameux « quatre heures à moteur » des spots télévisés, propose, sur les emballages des boîtes de biscuits, un discours éloquent, le programme du « 4 heures sportif[12] » : « Pour être au top de ta forme, prends un goûter sportif qui te donnera un max d'énergie ! » ; ou encore : « Sais-tu que boire de l'eau peut améliorer ta performance ? Un sportif doit boire avant d'avoir soif, régulièrement et par petites gorgées. » Outre l'omniprésence du thème de l'oralité dans la « mise en forme » sportive (les spécialistes parlent d'ailleurs à ce sujet de prédisposition possible à des addictions, dont l'alcoolisme et le dopage), les notions de compétition, de dépassement, de performance s'insèrent constamment au cœur de l'énoncé des valeurs nutritionnelles. « Tu rentres de l'école ? Pose ton cartable dans l'ascenseur, passe par l'escalier et regarde qui arrive le premier ! » ; ou encore : « Tu vas sortir ton chien ? Profites-en pour lui envoyer la balle le plus loin possible et fais la course avec lui ! » : enfin, « BN, expert du goûter depuis 1933, t'apprend à bien choisir ce que tu manges et à bouger ton corps pour être au top de ta forme ! » La fatigue, la fragilité, l'échec sont toujours implicitement niés dans des publicités qui incitent à *se dépasser*. Ce sont des valeurs « négatives », en ces temps où l'injonction est de « positiver ». L'aliment est l'achat miracle qui permettra de satisfaire cette attente.

Les thèmes de l'« équilibre » et de la « minceur » complètent très largement le tableau des incitations à « manger sain ». De manière plus ou moins ludique, détournée, mise en scène, mêlant la connotation scientifique et la référence au « bien-être » ou aux médecines douces, assurant toujours les liens sémantiquement — et commercialement — précieux entre « santé », « minceur », « beauté », « forme », « vitalité », « équilibre », « nature », etc., la publicité trace la ligne directrice de l'alimentation-performance. Plus avant, la thématique du dopage affleure dans cette incitation constante à supplémenter notre alimentation et à consommer des aliments adéquats pour l'optimisation de nos performances ou le comblement de nos défaillances. Le mariage de l'alimentation « ordinaire » — pour autant que ce terme ait encore un sens — et de sa supplémentation systématique interroge sur le compagnonnage de l'homme moderne avec les molécules chimiques, y compris les médicaments, dont les psychotropes. Le terme « consommation » est à prendre ici non pas seulement dans sa dimension commerciale, mais aussi dans celle qui réfère aux « attitudes dopantes » ou aux addictions à la drogue : *consommer les bons produits*, voire *être accro à*... La thématique de l'*intérieur* est à l'œuvre, qui suggère que le corps s'optimise par l'absorption de substances à la représentation fantasmée. La liste des composants nutritionnels et des adjuvants se décline comme un certificat de garantie et une ode au progrès. Dans les magasins spécialisés, de diététique ou de parapharmacie, les produits sont parfois classés selon les effets produits sur l'organisme, renforçant le sentiment de choisir son « profil », de sculpter son corps, de planifier, selon les saisons, ses aptitudes ou ses besoins. Ce grand carrefour s'articule sur une *dialectique de la norme* déjà évoquée : la liberté et l'autonomie résident dans le choix, mais la superstructure du choix décide de ses modalités. La « forme » affiche, en apparence, la diversité de ses acceptions, sa personnalisation par chacun. En réalité la performance suppose la maximisation des capacités comme critère ultime.

8

Faire du sport
ou de l'activisme kinétique

L'appropriation subjective d'une production rationnelle de soi suppose l'intériorisation par chacun d'une injonction devenue leitmotiv : faire du sport. L'expression est à prendre, dans un premier temps, en son sens le plus large : l'exercice physique. Nous emploierons alors le terme sans guillemets ni italique : sport. Le sens strict, lui, révèle une apparition du *sport* au XIXe siècle, dans un contexte éducatif, compétitif et fédératif qui restreint le champ et impose des distinctions. L'emploi de l'italique distinguera, pour le présent chapitre, cette compréhension spécialisée et historicisée d'un domaine d'activités précis : le *sport*, par opposition aux *gymnastiques*, ou à l'*éducation physique*. Pour l'heure, la fabrication possible du corps, des corps, vers laquelle s'achemine la médecine, la dimension sociale acquise par l'information et la sollicitation médicales ont leur modélisation individualiste dans le développement des pratiques sportives et la sportivisation des corps.

Trois remarques préalables s'imposent. Il n'est pas question, premièrement, de décrire le sport comme activité *exclusivement* individualiste. À l'évidence, d'une part la dimension de prise en compte d'autrui et de collaboration éventuelle avec lui étaye une vision historiquement éducative du sport. D'autre part, des valeurs d'altruisme sont impliquées par les sports dits collectifs, même si, dans les sports professionnels les plus médiatisés, où certains champions stars gagnent des salaires attisant les convoitises, cette dimension d'altruisme peut être parfois contestée. Néanmoins, on qualifiera d'individualistes l'appropriation des consignes et la construction quotidienne d'un corps sportif nécessitant effort, autocontrôle, attachement porté aux sensations, plaisir et douleur, calcul des effets, programmation dans une temporalité singulière, etc.

Deuxièmement, la fabrication des corps sportifs a été historiquement d'essence *collective*, lorsqu'il s'est s'agi, en particulier aux XIXe et XXe siècles en Europe, d'une part d'inclure le *sport* et/ou les *gymnastiques* dans les préparations militaires et de faire du militaire le cadre structurel du développement du *sport*, d'autre part d'introduire progressivement l'*éducation physique et sportive* dans le système scolaire, les deux étant en partie corrélés. Par ailleurs, le projet *collectiviste* s'est, lui, exprimé dans les pays du bloc communiste, encore aujourd'hui en Chine, où la réussite sportive d'une élite ressortit à une planification d'État, tout comme le dopage, et où la massification des pratiquants — souvent des enfants — sert de substrat à un élitisme implacable. Dans ce sens, le *sport*, dans sa version *sport de haut niveau*, est la vitrine de projets politiques qui tablent sur le nombre, et non sur l'individu, pour parvenir à leurs fins.

Troisièmement, on ne limitera pas au sport, en retour, la dimension individualiste de la construction de soi. L'automédication, la personnalisation de l'esthétique et de la sculpture de soi, l'intérêt porté à la diététique et à toutes les formes du *souci de soi* attestent la présence de cette dimension dans la subjectivation des fins. Toutefois, le scientisme et le moralisme qui caractérisent aujourd'hui l'effectivité médicale dans le social, et officialisent le projet médical comme projet social, se manifestent différemment dans le sport. Ils sont, l'un comme l'autre, subjectivés, intériorisés de manière originale. Cela appelle deux conséquences. La première est la faible considération institutionnelle de l'*éducation physique et sportive* dans le cadre scolaire, réduisant en quelque sorte à néant les projets ambitieux confiés à cette discipline dans les textes de lois eux-mêmes. Une distorsion importante sépare les visées de lutte contre la violence ou l'obésité, d'initiation à l'hygiène et à la diététique, de découverte des milieux naturels et de l'environnement, de connaissance d'autrui et de soi, d'apprentissage de la citoyenneté, etc., et la réalité de l'enseignement secondaire en France. Deuxièmement, la spécificité du *sport* moderne est précisément son éclatement dans une multiplicité de pratiques et l'apparition de nouveaux *sports* qui nécessitent la distinction de catégories de l'exercice physique. Ainsi se dégagera la spécificité du sport dans le paradigme médico-sportif.

LES FINALITÉS TRADITIONNELLES DE L'EXERCICE

« Bouger » est devenu un leitmotiv, le ferment d'un « activisme sportif » qui sert autant les visées hygiénistes que celles, esthétiques, du dessin d'un corps œuvré par soi. Imbriquées les unes aux autres, les différentes finalités de l'exercice physique n'en exigent pas moins d'être identifiées. Depuis l'Antiquité, l'exercice physique s'est partagé entre quatre finalités : militaire, médicale, pédagogique et, précisément, *sportive*, si l'on entend par là — d'une manière très générale — les jeux et compétitions anciens[1]. Ces finalités préfigurent une attention portée, tout au long des âges, à l'effort dans la variété de ses formes, à laquelle s'ajoute aujourd'hui le pouvoir scientifico-technique appliqué au corps. Une analyse plus poussée du sport fait apparaître, toutefois, d'une part que « tout n'est pas *sport* », d'autre part que toute pratique sportive n'est pas nécessairement bénéfique. De l'exercice physique, préconisé pour la conservation de la santé, au *sport de haut niveau*, dont l'évolution semble plutôt la compromettre, l'éventail des pratiques est large qui produit, quant au corps, le meilleur et le pire. Il n'en reste pas moins qu'outrepassant ces distinctions, le rapt sémantique fait par le *sport* de toute la sphère de l'exercice physique, ancre l'idée qu'il est l'outil nécessaire d'une production rationnelle de soi. Voyons cela.

La guerre

La finalité militaire projette des corps formés au combat, elle éprouve l'*excellence* (*arêtê*), chez Homère par exemple, ou encore chez Platon, elle forge les vertus morales, autant que l'endurcissement physique. Elle signe aussi la *mise en ordre* corporelle d'une jeunesse nourrie par la patrie et missionnée pour elle. Ainsi les guerres entre les Cités dans la Grèce ancienne, ainsi la chevalerie rompue aux joutes et experte à l'épée au Moyen Âge, ainsi, au XIXe siècle en Allemagne, le *Turnen* nationaliste de Jahn, en France la gymnastique d'Amoros, puis l'École de Joinville. De la proximité des guerres naît la nécessité d'une jeunesse aguerrie à l'effort, aux armes, au combat, aux éléments naturels. Après la défaite de 1871, la France crée des *bataillons scolaires*, afin d'amplifier l'embrigadement de la jeunesse et d'envisager le renouveau national. « Le thème est celui du "citoyen-soldat[2]", la référence "l'esprit des hommes de la Révolution[3]", chacun devant acquérir à l'école "un dressage préliminaire spécial" et une "instruction militaire et civique[4]".[5] » Les moyens mis en œuvre pour développer les gymnastiques et les gymnases sont empreints d'une perspective militaire. Outre l'aspect médical, cette perspective cautionne l'exercice physique à vocation utilitaire. Ainsi en va-t-il de la natation, par exemple, qui fait, au XIXe siècle, l'objet de traités militaires[6]. Étroitement mêlées, les vertus corporelles et morales, la force physique et l'honneur, la police des corps et la défense de la patrie justifient cette filiation. D'ailleurs, jusqu'en 1927, en France, l'éducation physique scolaire dépendra du ministère de la Guerre.

La sportivisation du corps guerrier épouse logiquement l'ordonnancement rationnel des *corps d'armée*. Car toute expérience de guerre est, avant tout, expérience du corps. Pour autant, la corporéité de la guerre n'est évidemment pas réductible à la préparation sportive. La posture combattante dépend des techniques et des stratégies. Par là, elle historicise un corps debout, redressé, rehaussé, au début du XIXe siècle, quand l'arme est le fusil à poudre, un corps accroupi ou couché, quand l'exigence de protection individuelle s'impose face à la puissance de feu des armes modernes, un corps recroquevillé par la terreur physique du bombardement, lors des deux guerres mondiales ou de la guerre du Vietnam, un corps partout aux XXe et XXIe siècles, épuisé, blessé, mutilé, torturé. S'il détermine un corps indéniablement *entraîné*, dans des institutions nationales ou dans des *camps*, l'exercice physique militaire excède le champ sportif en ce qu'il est préparation aux conditions extrêmes, à la survie, à la douleur, à la torture, aux armes dont la complexité s'accroît, y compris aux armes chimiques. En cela le corps militaire est un *corps technique*, technicisé, expérimental, comme l'était déjà au XIXe siècle le corps exploré des gymnastes, territoire de la rationalité scientifique. Il est un prototype du corps rationnel de par les inventions instrumentales et les progrès médicaux qu'il suscite. Avec cette évolution, dont la formule paradoxale contraste avec les faits, vers une guerre « chirurgicale », électronique. Les frappes aériennes, commandées par des images satellites, suggèrent une hypothétique virtualisation du corps de la guerre, des « ordinateurs-vêtements », équipés de système de navigation GPS, micros et caméras miniatures, accroissent la dangerosité des combattants, virtualisation et distanciation inégalitaires, on s'en doute, en fonction des moyens économiques et techniques induits.

L'exercice physique analytique, cet alphabet du corps, la collectivité, l'exhortation à l'effort, le culte de la force et du muscle signent le rapprochement traditionnel entre le sport et la guerre. Parmi les vertus sportives, l'habileté motrice, l'intériorisation des consignes, le dépassement de soi, la collaboration avec autrui. La production du corps rationnel militaire, si elle transite aujourd'hui par la médiation technique qui vise à réduire, pour certains seulement, redisons-le, la mortalité de masse, reste attachée à la nécessité quotidienne d'un entretien de soi. En ce sens, la « forme » est ici autant la garante de la performance au combat et de l'acuité des aptitudes qu'un très logique apprentissage de l'ordre. Elle suggère aussi qu'on puisse éviter la mort dans des sociétés qui ne la tolèrent plus et comptabilisent, à l'unité près, les pertes de leurs soldats. Ainsi s'exprime un fantasme de la rationalité : l'effacement de la mort. La « forme » est donc bien dépendante, pour finir, de l'idéologie qui la commande, tout autant qu'elle éclaire la dimension *collective*, mentionnée plus haut, et *politique* d'une production des corps à des fins étatiques.

La santé

Les recommandations d'un sport-santé en vue de l'allongement de la durée de vie et de l'évitement de certaines maladies, diabète, maladies cardio-vasculaires, hypercholestérolémie, obésité, cancer du sein, ostéoporose, dépression nerveuse, sont aujourd'hui familières. Elles s'enrichissent régulièrement de nouveaux étais scientifiques. Elles associent le sport et la préoccupation diététique, et multiplient les registres. Sans doute plus que dans tous les autres domaines d'impact du sport et servie là encore par les médias, la santé est celui où la prescription de mouvement (« Bouger, c'est la santé ![7] », www.mangerbouger.fr[8]) est le plus récurrent. Elle marque le relais entre la prévention de l'hygiène publique et la responsabilité individuelle, intériorisée, d'une mise en œuvre, ici véritablement *mise en action*. Elle rejoint les préoccupations de bien-être qui, dans le souci de soi médical ou diététique, émergent à la frontière d'une quête de *mieux-être*. Elle engendre, enfin, la prise en compte d'une dimension programmatrice, parce que préventive, de l'existence, dimension à la fois prosaïquement horaire — «trouver le temps» — et *existentielle* — projeter son corps dans une temporalité, un avenir.

Ces préconisations ne sont pas récentes sur le fond, si l'on se réfère à la longue tradition des gymnastiques médicales, elles le sont dans la précision de leurs motifs et l'activisme qui en découle. Elles suggèrent par ailleurs, pour notre époque, une représentation du temps inédite. L'Antiquité, avec Hippocrate, puis Galien, avait répertorié durablement des catégories de mouvements, «naturels» ou «forcés», et théorisé la prévention et la restauration de la santé par le moyen de bains, massages, régimes et exercices susceptibles d'harmoniser le microcosme humain avec la nature. Cette médecine humorale, où la santé est évaluée selon le *trop* et le *trop peu*, a perduré, plus ou moins sous sa forme galénique, jusqu'à la fin du Moyen Âge. À l'époque classique, en plein mécanisme, l'effort physique doit encore être tempéré, les exercices limités, le contact avec le plein air et les frimas, modéré. À partir des Lumières et dans le sillon creusé par le rousseauisme, le projet de cultiver l'humain accorde à l'enfance une place inédite et réinvente l'éducation «médicinale[9]», ou «corporelle[10]», ou encore «physique[11]». Le but est de perfectionner l'espèce humaine et d'offrir à chacun la perfectibilité de son destin personnel, physique comme intellectuel. Les médecins et pédagogues désemmaillotent les plus jeunes et leur font découvrir les bienfaits de la nature, de l'endurcissement par l'effort et les jeux « physiques ». « Du corset préventif appliqué lourdement au XVIIe siècle, pour imposer ses lignes baleinées modelant les contours dans une contrainte immobile, aux pratiques jouant sur le mouvement pour imposer au contraire un renforcement musculaire, c'est le registre des représentations portant sur l'être même du corps qui a changé[12]. » S'opère une transformation rationalisée, un attrait pour la mesure chiffrée, une vigilance dans l'enseignement des postures.

Le XIXe siècle, fort de l'essor des sciences et techniques, et soucieux des statistiques attestant la normalité humaine, son amélioration possible et le refus de sa dégénérescence, systématise les gymnastiques variant les finalités. Il installe l'hygiénisme au croisement de l'éducation, de l'économie et du politique. Le travail des corps se mécanise. La physiologie, puis l'énergétique, assorties de l'invention d'appareils de mesure — « kymographes », « myographes », « sphygmographes », « polygraphes », « thermographes », chronomètres et dynamomètres —, permettent de comprendre le fonctionnement du muscle à l'effort, l'accroissement des capacités respiratoires, l'économie d'un organisme aux aptitudes décuplées par l'exercice. Les gymnases se multiplient et, outre la gymnastique militaire et médicale, naît une « gymnastique civile et industrielle[13] ». La Station physiologique du Parc des Princes, dirigée par Marey et Demenÿ, modernise l'étude de « la machine animale » et pose « les bases scientifiques » d'une « éducation physique rationnelle ». D'une façon générale, cette tentative ne peut se concevoir sans une extension de l'hygiène à l'humanité tout entière ; mais cette intention, fondamentalement scientifique, s'inscrit aussi sur un autre registre, celui de la lutte contre les inégalités, revendiquée notamment par les Idéologues. À l'inégalité naturelle des corps, à l'inégalité sociale des conditions, s'opposent la conquête du mouvement, l'apprentissage des gestuelles comme bouleversement politique. Au nouveau monde d'un travail *taylorisé* s'offre l'architecture savante d'un corps fonctionnalisé. Par ailleurs, au XIXe siècle, comme au début du XXe, la santé de la jeunesse et sa force sont aussi l'enjeu des nationalismes.

Le XXe siècle aura été celui du *sport*, né à proprement parler au milieu du siècle précédent, et s'affirmant comme «fait social total[14]». La dimension «hygiéniste» du sport ne cesse de se renouveler, épousant avec une étonnante plasticité les tendances du moment. Ce sens large du terme exige, toutefois, dès la fin du XIXe siècle, la distinction — non sans des conflits théoriques — entre le *sport* proprement dit, issu des jeux anglais et d'une tradition à la fois éducative et compétitive, et les *gymnastiques*. Le *sport* est jeu, éducation, formation, compétition, palmarès, clubs, fédérations. Du point de vue médical, «le *sport* parvient plus encore à suggérer une nouvelle représentation du corps : la place faite au principe "énergétique", le privilège donné aux échanges physiologiques sur les fixations anatomiques des gymnastes[15]». Avec la diffusion de la théorie de l'équivalent «travail» de la «chaleur», au milieu du XIXe siècle, son extension dans les milieux techniques et industriels, les pratiques évoluent, le thème de l'entraînement acquiert son originalité. «Le corps n'est pas seulement une morphologie "fermée", simple architecture limitée à un agencement de leviers dont la clé est à trouver dans la mécanique et l'anatomie fonctionnelle (ce qu'illustrerait la gymnastique du XIXe siècle), il est un lieu de passage où se convertissent des énergies dont la clé est à trouver dans la thermodynamique et une science biologique attentive aux travaux des chimistes (ce qu'illustrerait l'entraînement *sportif*[16])[17]. » À une vision mécanique de la gymnastique, le *sport* ajoute une vision énergétique. À la dimension collective des gymnastiques nées avec les nouveaux espaces urbains, au principe d'ordre et d'autorité adapté à l'exiguïté des écoles, le *sport* oppose le *self-government*, le jeu libre, la créativité.

Pour autant cette distinction entre *sport* et *gymnastique*, ou *sport* et *éducation physique* dans le milieu scolaire, ne bride pas l'expansion de ce qu'on pourrait appeler *un principe général de mouvement comme vecteur de la santé*. En marge des *sports* académiques, profitant de leur succès et des progrès scientifiques — techniques et médicaux —, liés à la performance humaine, mais aussi parfois en opposition à eux, de multiples théories ou techniques corporelles se sont développées, visant la santé, le bien-être et, d'une manière très générale, la maîtrise du corps par la pratique sportive. « Méthode naturelle[18] », héliothérapie, naturisme, jogging, fitness ou aérobic, « méthode Pilates », techniques de relaxation et arts martiaux égrènent ainsi, au XXe siècle, des influences philosophiques ou médicales, ou plus simplement des modes. À l'instar des régimes alimentaires, les régimes « sportifs », puisés à l'inventaire des activités physiques, ne cessent de se renouveler.

Mais l'évolution la plus marquante du siècle est indéniablement l'individualisation progressive des conduites, l'apparition d'un *sport pour soi*, à *faire chez soi*, aujourd'hui devant sa télévision, ou dans un club de fitness ou de musculation, où le *programme* sera *personnalisé*. Le jogging est une activité qui peut se pratiquer seul, librement, hors de tout cadre fédératif. Cette tendance accompagne la psychologisation du rapport au corps, la naissance d'un corps *intérieur, intime,* dont les *sensations* guident l'effort. Le succès récent des *sports de plein air* reflète le destin psychique de l'hygiène. La prise en charge de soi est aussi une libération apparente des collectifs. Là où les siècles précédents avaient marqué l'inscription de l'exercice physique dans des projets d'État et d'institutions militaires, médicales et/ou pédagogiques, là où la naissance des *sports anglais* atteste autant leur projet collectif que la naissance du *self-government,* l'ère contemporaine affirme une intériorisation d'un sport, paradoxalement *recommandé,* et par là *normatif,* mais pratiqué *à la carte.* Le *coaching sportif,* privé et à domicile pour ceux qui le souhaitent — et en ont les moyens —, est ainsi le dernier avatar de cette orchestration personnelle, de cette privatisation du corps entraîné.

La préoccupation médico-sportive, si elle est d'évidence, comme son nom l'indique, à visée médicale, croise donc ce que la santé elle-même suggère dans notre société. La longévité, l'existence sans douleur, la mort abstraite, tout autant que le culte de la performance, l'obsession du *faire,* la sculpture de soi, la psychologisation des conduites justifient l'équivalence sport/santé. « Bouger » semble le gage d'une existence maîtrisée. La sédentarité est stigmatisée, symbole de laisser-aller, de passivité, de mollesse. Faire du sport est la signature de la volonté. Par là, l'osmose se crée entre des thèmes déjà mentionnés, *se soigner, bien manger,* articulés autour de couples dialectiques : *scientificité croissante* — et par là *désubjectivation* — *de la médecine moderne/intériorisation du souci de soi ; injonctions à valeur normative/individualisation des choix.* Devenu pour beaucoup un horizon souhaitable, une échappée ludique, l'exercice physique devient aussi, pour certains, un impératif catégorique, une obsession, marquant le glissement vers une santé/performance. Le temps, là, est alors happé, aliéné par un effort quotidien supposé libérer d'un autre temps, celui de la vieillesse. Liberté ou servitude, la question se pose de l'addiction à l'exercice physique, comme elle se pose de l'addiction aux drogues. L'équivalence sport/santé interroge ainsi sur la juste mesure, sur le rapport plaisir/douleur dans la construction de soi et sur la temporalisation de la santé. L'héritage de l'hygiénisme ancien trouve sa coloration moderne dans les variantes de l'exercice physique, instrumentalisant le corps au profit d'une santé leitmotiv.

La pédagogie

La finalité pédagogique des exercices physiques perdure, elle aussi, depuis l'Antiquité. Platon la mentionne dans la *République* et dans le *Timée*. Les Romains l'incluent comme mode de socialisation dans leur cursus scolaire et la fréquentation des thermes. L'art de la guerre implique toujours la fusion des enjeux et l'ambiguïté des stades. Toutefois, l'*éducation physique*, à proprement parler, avec ses répertoires d'exercices spécialisés, son affranchissement progressif du médical et du militaire, est une invention du XVIIIe siècle. L'Antiquité et surtout le Moyen Âge ont trop peu d'intérêt pour la spécificité de l'enfance, trop peu de pédagogie, trop peu de notions d'un corps éducable pour lui-même, et non pas subsumé à des fins qui le dépassent — métaphysiques, politiques, militaires, religieuses — pour avoir légitimé l'éducation corporelle des enfants. Le corps est, le plus souvent, un mystère souffrant, l'enfant un inconnu. Le christianisme fait longtemps peser une chape de plomb sur la réalité vivante et désirante du corps, comme sur l'institution scolaire qu'il organise. À peine les jésuites introduisent-ils quelques récréations au sein de longues journées d'étude. Aussi Érasme, Rabelais, Montaigne, au XVIe siècle, puis les grands éducateurs du XVIIe siècle, du père de Jouvancy à Fénelon et à Jean-Baptiste de La Salle, sont-ils à cet égard des précurseurs, même s'ils partagent le pessimisme de leurs contemporains sur la condition de l'enfant. Sans doute, les trois minorités royales que connaît la France, entre 1610 et 1723, avec Louis XIII, Louis XIV et Louis XV, contribuent-elles à attirer l'attention sur les problèmes de l'enfance et son éducation adaptée. Et encore, le *Journal de la santé du roi Louis XIV*[19] témoigne-t-il des préventions de l'époque contre toute forme d'exercice physique trop excessif, tout risque de compromettre la santé par les efforts corporels.

C'est donc bien le XVIIIe siècle qui marque l'entrée de l'éducation physique dans l'agencement des exigences et l'option prise sur le futur. L'influence de Rousseau avec l'*Émile* est déterminante, celle de John Locke, avec ses *Pensées sur l'éducation des enfants*, également. « La posture "naturelle" proposée à la fin du XVIIIe siècle, l'insistance sur son aspect libérateur par rapport à des pratiques antérieures jugées coercitives, confirme, sans doute et par exemple, ces nouveaux discours sur l'enfance où à une plus grande sensibilité envers sa spécificité s'associe une pédagogie plus soucieuse de son autonomie[20]. » Trois traits majeurs dominent : le prolongement de l'influence médicale et sa jonction quasi systématique avec la pédagogie, d'où l'importance récurrente accordée aux bains, frictions, remuements, exercices et à l'aération; l'affranchissement progressif de la pédagogie avec l'apparition d'exercices et de finalités spécifiques; l'emprise éminente du social sur le destin des corps, leur modelage, leurs postures, leur conformité. Avant de réinventer des contenus, la pédagogie du XVIIIe siècle a surtout cherché à susciter des vigilances, ordonner des catégories d'âge, dresser des ensembles. Les premières théories, en France, comme celles de Coyer ou Verdier, font écho à des systèmes qui, en Allemagne, avec Guts Muths ou Basedow et son *Philanthropinon* dont parle Kant, ou en Suisse avec Pestalozzi, tentent déjà de rationaliser la gymnastique.

Georges Vigarello a magistralement éclairé l'histoire du pouvoir pédagogique sur le redressement des corps et, lors des trois derniers siècles, le développement concomitant des sciences et techniques d'une part, et des exigences quant au perfectionnement corporel d'autre part. Le corps est un enjeu pédagogique, mais aussi un enjeu de pouvoir. Il est modelé par des contraintes qui dénotent des connaissances et ambitions historicisées. Les jeux, *sports* et exercices pratiqués dessinent une apparence qui détermine le destin social de l'individu. La gymnastique est imaginée comme pratique scolaire, lorsqu'un décret de 1869 l'officialise dans tous les ordres d'enseignement en France. Toutefois, l'apprentissage de groupe ne peut être conçu autrement ici qu'à travers celui de l'ordre. L'accroissement collectif d'énergie ne peut être conçu qu'à travers celui de l'utilité nationale. La discipline l'emporte. L'épisode des *bataillons scolaires* illustre tristement l'embrigadement visé, la militarisation latente de toute gymnastique scolaire. Néanmoins, l'idée se diffuse d'une culture du corps globale et régulière.

Elle entre dans les mœurs. Les gymnastiques fédèrent, qui organisent et stimulent le collectif, qui ambitionnent le prestige de la tenue du corps, de sa rectitude encore, comme miroir et support de sa droiture morale.

Mais l'innovation la plus marquante est le projet rationnel. La rationalisation est à l'œuvre, dès lors que s'imposent des systématisations, des méthodes, un approfondissement des fonctionnements mécaniques, physiologiques et énergétiques du corps. « La raison tranche dans l'espace corporel comme dans l'espace neutralisé d'une nature destinée à être maîtrisée[21]. » Du coup, les finalités, moins que jamais, ne peuvent être éludées. « Ici se matérialisent, avec intensité, et quasi mécaniquement, des processus de conformation. Ici [affleurent] sans nuance les approches auxquelles a successivement recouru la pédagogie, et plus fondamentalement, les modes de pouvoir qu'elle a successivement mis en jeu[22]. » L'ordre militaire, l'exigence d'une stature physique, l'emballement des groupes dans des mouvements mécaniques et rythmés, agencent durablement la production d'un corps rationnel scolaire. Puis, à l'orée du XXe siècle, l'émergence du *sport* oblige à reconsidérer les enjeux, à repenser quasiment dans son intégralité les fonctionnements du corps à l'effort. C'est alors que, partagée entre ses finalités *sportives* et *éducatives*, désignée par la spécificité de son champ — le corps, pour schématiser — et ses héritages complexes et anciens, statutairement ballottée de ministère en ministère, l'*éducation physique et sportive* scolaire ne cessera d'être, à partir du XXe siècle, un enjeu politique, institutionnel, mais aussi le terrain de conflits pédagogiques entre les différentes finalités de l'exercice.

Et précisément, l'émergence du *sport* et son succès

exponentiel, issus du contexte scolaire anglais du XIXe siècle, renouvellent en les bouleversant les missions pédagogiques de l'effort. Le jeu plutôt que l'austère gymnastique, la libération des attitudes et la variété des contextes, la spécialisation du geste plutôt que son développement global, la compétition, l'émulation, comme essences du jeu *sportif*, l'internationalisation des épreuves, leur médiatisation, leur impact sur une jeunesse trouvant là de nouvelles idoles, la psychologisation des pratiques avec l'apparition du « schéma corporel » dans les années 1950-1960, marquent une rupture avec toute une tradition médico-pédagogique « organique », ainsi qu'avec le collectif militaire. Le *sport* s'impose à l'école. Il semble se régénérer sans cesse, introduisant l'escalade, la course d'orientation, le tir à l'arc, le roller, le VTT, le dériveur ou le ski selon les milieux, dans un univers jadis limité au gymnase et au stade. L'ambition coubertinienne était aussi, par ailleurs, outre l'olympisme, une ambition scolaire. Concurrent, autant que complément, de l'*éducation physique*, le *sport* a multiplié les formes scolaires de l'exercice, autant que ses finalités.

Mais c'est dans sa version *sport de haut niveau*, invention de la seconde partie du XXe siècle et laboratoire expérimental de la performance humaine, qu'il incarne le projet d'une production d'un corps rationnel. En ce sens, les expérimentations des XVIIIe et XIXe siècles, les enseignements de la zootechnie, les ressources graphiques, la physiologie de l'effort, les recherches ergonomiques, la technicisation croissante d'un corps devenu « machine informationnelle[23] » aboutissent deux siècles plus tard à la définition d'un *sport* objet et projet de science, emblème d'une extrapolation des savoirs quant au corps. Sur le plan strictement pédagogique, la question se pose de la fabrication des enfants champions, de leur précocité excessive dans certains sports — la gymnastique, le patinage artistique, le tennis —, de l'intensité de leurs «charges de travail» et de la liberté individuelle de développement qui leur est laissée par des parents ou entraîneurs «gourous» projetant sur eux des ambitions excessives. À cet égard, la différence jadis posée par les anciens Grecs s'actualise, entre la mesure et la démesure (*hybris*), entre la santé et la performance, entre l'équilibre et l'excès.

Le sport, les sports

Le *sport* est le quatrième axe de ces finalités traditionnelles de l'exercice. L'évoquer implique toujours un exercice de définition, tant le vocable est surdéterminé. Nous ne referons pas ici, dans son complet détail, ce que nous avons déjà fait par ailleurs[24]. Néanmoins, il faut signaler l'impossibilité de parler du *sport* au singulier, tellement les pratiques sont diverses, la difficulté même à historiciser le *sport*, quand s'oppose à la vision d'un *sport* invention du XIXe siècle[25], celle d'un *sport* déjà romain, antique, et dont hérite le *sport spectacle* contemporain[26]. La tradition *sportive* de l'exercice physique s'observe dans les jeux de balle ou de ballon, dans des activités ancestrales telles que courir, sauter, lancer, lutter, pratiquer l'équitation ou l'escrime, mais les contextes et les enjeux diffèrent. La violence des jeux panhelléniques excède largement celle des jeux Olympiques modernes, les cultes religieux anciens se distinguent de ceux, profanes, de la société de consommation, l'effervescence médiévale et classique pour les jeux populaires et aristocratiques suggère d'autres mœurs et un autre espace/temps. L'institutionnalisation des *sports* fédératifs modernes, enfin, la multiplication des clubs et des compétitions ont signé le succès du sport au XXe siècle.

Le *sport* de compétition essentialise la performance. Son histoire permet la jonction de deux périodes de la production d'un corps rationnel. D'une part, il hérite directement de la scientifisation croissante de la fin du XVIIIe siècle et du XIXe, et des expérimentations faites sur et à partir du corps humain, dont l'application gymnique est à la fois usage et terrain. Entré dans le champ des enjeux politiques, techniques, médicaux et pédagogiques dans la période qui précède la Révolution française, le perfectionnement corporel, la *performance* physique puisent aux sources des *sciences* et des *sciences humaines* en plein essor. L'espèce est en question. Et c'est bien d'abord dans cette perspective que les efforts sont portés sur l'amélioration de l'humain, que les États se mobilisent, que les normes s'établissent, que les collectifs, scolaires ou militaires, s'organisent. Aussi, si le *sport* se démarque bien, à ses débuts, en tant que *jeu*, des *gymnastiques*, il n'en reste pas moins qu'il bénéficie très vite et au même titre des apports du *training* des chevaux, par exemple, de l'analytique du mouvement produite par les planches photographiques, puis de la chronophotographie — ancêtre du cinéma — de Marey et Demenÿ, des progrès de la physique énergétique, puis de la biologie, de la chimie, etc. De même qu'il s'ancre dans un contexte indéniablement scientifico-technique, le *jeu compétitif* est aussi une formidable stimulation pour l'expérimentation, un laboratoire privilégié où les athlètes, doués, volontaires, archétypes, en un sens, d'une humanité conquérante, sont susceptibles de *tester* — en conscience ou non — les dernières découvertes. Le sport devient ainsi l'univers de la mesure chiffrée.

Mais, d'autre part, le *sport* connaît également son essor le plus spectaculaire à cette charnière du XXe siècle, après la Seconde Guerre mondiale, dès lors que croît l'individualisme, dès lors que s'affirme, dans une société concurrentielle et au profil de plus en plus économique, le culte de la performance individuelle, émergée de la démocratisation des mœurs et du capitalisme. La performance sportive devient alors le paradigme de la réussite personnelle et méritocratique, la concrétisation d'un rêve bourgeois lointainement hérité des Lumières, où la technique permet de capturer le corps selon son principe économique. La performance *sportive* attire à elle, avec une force d'inertie devenue pivot des représentations du corps efficace, du corps en « forme », du corps opérationnel, un maelström toujours croissant d'innovations. Elle illustre aussi la capacité d'intériorisation du sujet contemporain, apte à se projeter dans une construction de soi, à temporaliser le progrès de par un processus d'autoengendrement quotidiennement renouvelé, à rationaliser, si ce n'est les fins, au moins les moyens. Le souci de soi *sportif* est souci de maîtrise. Il est projet d'exploration des limites, de par cette conjonction spécifique du *sentir* et du *faire*, des *sensations* et du *mouvement*, de l'*immédiateté des réflexes* et de la *projection dans le temps de leur perfectibilité*.

L'évolution du *sport* épouse celle de l'individualisme, mixte d'hédonisme et de célébration de l'effort. *Sentir, se sentir, se sentir bien*, et *construire*. *S'affirmer* dans l'effort, la maîtrise, le résultat, qu'il soit une victoire ou un corps sculpté, et *jouir* de l'effusion présente de ce même effort, comme une dilatation du moi, l'évidence d'exister. D'où l'imbrication complexe du plaisir et de la douleur, du présent et du futur. En marge des fédérations, parfois loin des clubs et des compétitions se sont développés, depuis les années 1970, à la fois de nouvelles pratiques et de nouveaux *sports*, illustrant à la fois l'ambivalence des attentes, des moyens, et la polysémie du *sport :* sport ou *sport* ? Pour exemple des premières, l'effort solitaire ou en petits groupes, tel le jogging, qui échappe pour une très grande part à la Fédération française d'athlétisme ; le *sport* en « tribus », qui rassemble jeunes et moins jeunes autour d'activités à revendication ludique ou « fun », souvent (pas toujours) loin des compétitions, tels le surf ou le roller ; le sport à faire chez soi ou en salle de fitness, à l'aide d'appareils adaptés, vélos d'appartement, cyclorameurs, etc. ; le *sport* de rue, football ou basket, roller, skateboard ; les *sports* de plein air, à visée de découverte, tels la course d'orientation ou le trekking, à visée de dépassement de soi, tels les raids en nature sauvage ou le canyoning, les traversées du désert à pied ou avec engins mécaniques ; les *sports* extrêmes, comme le ski extrême, l'alpinisme à mains nues, le vol libre, la vitesse sous toutes ses formes, l'apnée, le saut à l'élastique, etc. Pour exemple des seconds (parfois les mêmes), les *sports* de glisse, qui se sont multipliés en quelques années, surf, bodyboard, windsurf, kitesurf, kayak-surf, waveski, speedsail, snowboard, wakeboard, skysurf, skateboard, roller, etc., et pour lesquels il semble que l'utilisation de l'élément naturel — eau, neige, air, sable —, celle des espaces urbains — rues, trottoirs, rampes d'escaliers, bancs — et celle de planches, voiles et roues donnent lieu à des combinaisons inépuisables.

La diversification ne se limite pas à cette inventivité technique du *sport*, dont certains traits, par ailleurs, se recoupent. Elle est aussi celle des contextes — organisés ou individuels —, celle des ambitions — ludiques, compétitives, hygiéniques, d'intégration sociale — et des intensités. Ainsi le *sport de masse* n'est pas le *sport d'élite*. Ainsi le *sport-santé* contredit-il l'excès de la performance de haut niveau, celle qui exige la grande précocité, les cadences infernales d'entraînement, le dépassement constant de limites supposées, la quête essentielle des records, le dopage. La recherche du bien-être, de la « forme », de la « ligne », la lutte contre l'exclusion ou la solitude, enrichissent encore l'inventaire des pratiques. L'*éducation physique et sportive* scolaire trace une ligne méconnue, sous-estimée, mais aux ancrages historiques et théoriques fournis, dans le paysage des modalités sportives. Le *sport* inspire de multiples significations sociales et la production de modes, objets, habillement, langage, images. La distinction historique et théorique posée au départ, entre sport et *sport*, entre l'exercice physique et les *sports* institutionnels, fluctue tant les déclinaisons du sport sont nombreuses dans les domaines de la santé — *Faites du sport !* —, des comportements — *être sport* —, de l'éducation — 2004 a été l'Année européenne de l'éducation par le sport, 2005, celle de l'Année internationale du sport, votée par l'assemblée générale des Nations unies —, de la publicité — boissons, matériels, champions et égéries de marques —, du design — des voitures *sport* —, etc. Et, rappeler, néanmoins, que « tout n'est pas *sport* », au sens strict, ni le jardinage, ni la promenade, ni la baignade, bien qu'étant de l'*exercice*, et donc du sport, au sens médical du terme, n'affaiblit pas l'aura du sport dans la société ni les multiples rôles qu'on veut lui faire jouer.

*

Ainsi la pratique physique, en son sens le plus large, s'inclut-elle, de fait et de droit, dans le registre du souci de soi. L'influence de savoirs croissants sur la dimension constructive du corps s'affirme au croisement des normes sociales et de leur contestation subjective, de l'effervescence technique et de l'exploration d'un *corps intérieur*. Le sport ajoute une dimension ludique et individuelle, toujours enrichie d'une myriade de représentations et prise dans le tournoiement de la société de consommation, à la préoccupation sanitaire ancrée sur l'impératif moral, les statistiques et le recul de la mort. Le paradigme médico-sportif domine, de par l'inventaire quasi exhaustif qu'il opère des prises en charge de soi, de la programmation toujours plus savante du destin du corps comme destin personnel, des registres de l'intervention technique dans le modelage d'un corps fonctionnel.

Bien sûr, certains registres échappent, de prime abord, à cette captation du corps par une rationalité scientifico-technique : la sexualité, le corps artistique, par exemple. Il faut, toutefois, souligner l'importance de la performance, y compris dans ces secteurs de l'existence et de l'expression humaines. Elle se matérialise diversement. Ainsi, la « tyrannie du plaisir[27] », l'emprise des statistiques et des normes, l'influence des médias ont inscrit la sexualité dans la performance et le recours médical, dans la pathologisation des comportements alors que, paradoxalement, la revendication médiatisée de ceux-ci les banalise. Les revues, les émissions de télévision, sous le prétexte de démocratiser le discours sur la sexualité et de montrer qu'au final « tout est possible », entretiennent, en réalité, soit une présomption de normativité, soit des modes ou stéréotypes qui brouillent la perception individuelle que chacun a de ses désirs. De même, les « niches » de pratiques qui sérient, sur les sites Internet dédiés à la pornographie, les « races », goûts, déviances, en catégories fragmentées et systématisées, proposent une vision stéréotypique de la sexualité. De par la référence même au discours des médecins, sexologues, psychanalystes ou psychologues, des normes implicites sont induites qui sont celles de l'investigation savante, de l'apologie d'un mieux-être, d'un accroissement des performances. Ainsi la sexualité n'échappe-t-elle pas à des modes de pratiques sexuelles, à la caricature de la pornographie, dont l'accessibilité aujourd'hui aux plus jeunes pose précisément la question des codes, à l'emprise d'une société marquée par le souci d'optimisation, au fantasme d'une maîtrise de son corps. Au même titre que le sport et dans une intention prescriptive, le sexe est dit « bon pour la santé ». La sexualité comme épanouissement de soi l'est donc aussi dans un contexte où cet épanouissement suggère de nouveaux repères, la santé, la longévité, la relecture des catégories d'âge, l'entretien d'un corps désirable, la stimulation médicalisée du désir, la liberté des choix, toujours, plaçant le sujet face à ses abîmes.

La libération des femmes, notamment au travers de la contraception et, le cas échéant, de l'IVG, et sous le slogan « Un enfant, quand je veux, si je veux », personnalise le choix des naissances et offre une liberté par la maîtrise. Associé au progrès médical en la matière, *désirer* est ainsi devenu synonyme de *décider*. Cette libération par la rationalisation peut aussi, *a contrario*, conduire certains couples à l'exigence d'avoir un enfant « coûte que coûte », par tous les moyens médicaux possibles et en oubliant que le slogan féministe avait, avant tout, une valeur limitative et non pas nécessairement prospective. Ces fantasmes de maîtrise absolue sur la procréation tendent à soumettre le corps à la seule dimension du besoin et du fonctionnement physiologique, en faisant fi de l'inconscient qu'il exprime et de la dimension symbolique dans lequel il s'inscrit. Le registre de la maîtrise se substitue ici aux composantes narcissiques et ludiques. Par ailleurs, en transférant aux femmes, plus que jamais, la responsabilité du conflit psychique lié à tout enfantement, le pouvoir de vie et de mort sur l'embryon, l'individualisation d'une anxiété correspondante se manifeste. Là encore, plus les progrès de la médecine s'affirment, plus les moyens se multiplient, avec une efficacité dont il n'est pas question de remettre en cause les bénéfices, plus la « tentation médicale » est grande d'une part, mais aussi plus la responsabilisation du sujet s'accroît avec ses pathologies afférentes. La résistance du désir, ses formes originales, personnelles ou pathologiques, à la fabrication rationnelle du corps apparaissent alors comme un mode symptomatique de conflit entre un corps inconscient « obscur » et le processus d'éclairage discursif et systématique des fonctionnements du corps.

Dans le domaine artistique, on pourrait supposer que priment l'expression, l'expressivité, le talent du corps montré, du corps comédien ou danseur. On pourrait aussi évoquer la déformation du corps qui marque les arts visuels au début du XXᵉ siècle, chez Picasso, De Kooning ou Bacon, ou certaines créations de l'art contemporain. L'originalité compte, parfois l'atypisme. Le corps-œuvre devient aussi le corps souffrant, le corps blessé, le corps médium d'une *performance* artistique qui exhibe l'intime et banalise la pornographie. À la frontière de la science-fiction et des biotechnologies, les contours du corps artistique semblent avoir été élargis, brouillés. « Body-builders, performers ou acteurs aux marges de l'underground et du monde de la pornographie et de l'art promeuvent des pratiques artistiques et de modifications corporelles plus ou moins radicales, qui vont du tatouage ou du piercing au transsexualisme, à la production de monstruosité ou d'anomalies[28]. » Si tous les physiques sont permis, de même que tous les talents, tous les extrêmes aussi, « à côté de ces images de corps calibrés, monstrueux ou défigurés, l'art du XXe siècle n'aura en même temps cessé d'être hanté par la séduction et obsédé par la beauté[29] ». La beauté, dans ses significations les plus larges, demeure, malgré tout, le fil conducteur. La photographie, le cinéma, « monde du glamour, de la séduction et du rêve[30] », la contribution du pop art ayant introduit l'iconographie populaire de la beauté dans « le monde du grand art[31] », mais aussi des sources éthiques associant le beau au bien, peuvent expliquer ce retour et cette continuité de la beauté comme valeur de l'art contemporain.

La beauté, quels que soient ses codes, d'ailleurs, au fil de l'histoire, semble évoluer à la marge de la production d'un corps rationnel, par exemple calqué sur celui de la performance *sportive* : tantôt ramenée au centre lorsqu'il s'agit de la beauté d'un danseur ou d'un acteur ; moins essentielle, peut-être, au regard du « look », lorsqu'il s'agit d'un chanteur, d'un mime, d'un magicien ou d'un *performer* artistique. Et encore, il faudrait ici s'assurer de distinguer la beauté de la grâce, de l'harmonie, de l'allure, du charisme, du « jeu », de la « présence » nécessaires à la qualité de l'expression corporelle, au-delà de la beauté dite « classique ». Et ne pas écarter, par ailleurs, la perspective du « travail » qui, dans tous les domaines, préside à la création et suppose *a minima* la conscience aiguë de soi et de son corps. Si la beauté est un « tout », la conscience même du travail d'expression suppose, là encore, le calcul des effets, le dessin de soi, la geste étudiée qui communique et émeut. Il semble évident que l'usage de la chirurgie esthétique chez les acteurs ou chanteurs, leur pratique du sport ou du « coaching » privé à des fins de remise en forme, tendent à introduire de plein droit le paradigme médico-sportif dans la construction du corps artistique. Si le corps esthétique est l'un des cas particuliers de la production du corps rationnel, force est de constater, sans généraliser le phénomène, que la construction du corps artistique, si elle ne peut se résumer à la fabrication purement technique, ni à l'usage des moyens médico-sportifs, puise néanmoins à ces sources, celle de l'entretien de soi, de l'entraînement, du modelage du corps et, si besoin est, de la chirurgie.

L'exemple de la danse est, à ce titre, éloquent. Discipline artistique où l'entraînement quotidien est aussi rigoureux que celui des sportifs de haut niveau, discipline artistique à la frontière du *sport*, donc — il existe même une *danse sportive* —, la danse illustre le corps esthétique et artistique construit. L'histoire de la danse est d'ailleurs marquée par la recherche non seulement sur le mouvement, mais aussi sur la perception — vision, audition, sensations kinesthésiques — et sur la mentalisation de l'exercice. La danse induit une véritable transformation du vécu corporel. Si le danseur s'invente en dansant, s'il ne cesse de fabriquer sa propre matière, il travaille aussi le spectateur *au corps*.

Et, si priment d'autres paramètres de la qualité d'un danseur, sa grâce, sa fluidité, son rythme, son expressivité, les paramètres *sportifs*, et notamment, techniques, sont constamment sous-jacents. Le corps du danseur est un corps maîtrisé. L'usage de techniques de visualisation graphique permettant de dessiner le mouvement idéal — rationnel —, à l'instar du mouvement *sportif* étudié en laboratoire, ou le développement d'une analyse fonctionnelle par laquelle appui, rythme, plasticité et distribution permettent d'expliciter la construction du mouvement attestent ce point. Néanmoins, « à l'heure où un certain nombre de danseurs cherchent, à travers les technologies numériques, le moyen d'une hybridation des sens qui pointerait vers l'horizon "posthumain" d'un "cybercorps", un autre pan de la danse contemporaine centre plus que jamais sa recherche sur l'affinement de la perception à partir des seules ressources de la présence. Silence, lenteur, immobilité sont fréquemment convoqués[32] ». Le corps artistique se double d'une virtualité technique, d'une intériorisation psychologique et kinesthésique, et d'une construction *sportive*. La grâce obtenue entretient, par ailleurs, non seulement avec la douleur, mais avec l'instrumentalisation du corps, un rapport d'intrication similaire à celui noué dans la performance *sportive*. Ainsi, dit la danseuse Sylvie Guillem, parlant de son corps-outil, « il faut faire reposer la bête pour qu'elle dure. [...] Mon rôle est de faire tourner la machine le mieux possible, pas de jouer la *prima donna*[33] ». Et l'artiste d'évoquer le travail inlassable et le surpassement psychologique et physique nécessaires aux grands rôles.

*

Ainsi se dessine un *profil* : celui d'un corps *intérieur* et *extérieur* aux territoires identifiés, d'un corps inséré dans un processus de fabrication concertée, d'un corps qui quitte le mystère pour rallier la volonté. Le paradigme médico-sportif révèle un corps *pensé*, une réflexivité du corps, une inscription du corps dans un processus qui n'est plus celui de la seule nature. L'exigence sociale de l'*image du corps*, et le lien direct de celle-ci avec la société de consommation, le marché du travail, celui des assurances, sont traversés par cette emprise et son ampleur. À des degrés d'intensité divers, les modalités contemporaines des présentation et représentation corporelles confortent la nécessité de construire ces présentation et représentation de manière consciente et informée, programmée. Aussi l'investissement sur le corps se révèle-t-il non seulement *capital*, au sens d'*essentiel*, mais *capital* aussi en ce qu'il se projette comme *constitution d'un capital*, au sens économique du terme. Or, comme nous l'avons déjà souligné, toute rationalisation, en ce qu'elle est lutte contre la nature et le hasard, projette par définition des fins. Il nous faut donc à présent, d'une part, approfondir la compréhension du processus de rationalisation à l'œuvre dans la construction d'un *corps capital*, d'autre part envisager son rapport au temps, c'est-à-dire la question des fins.

III

Le corps capital : une économie instrumentale de soi

9
Le corps instrumenté

L'empreinte d'une attention ancienne portée au corps, l'activation des ressorts de la culpabilité, favorisant la subjectivation d'un processus de contrôle, concourent au profil contemporain : capitalisation sur soi et instrumentalisation du corps. L'héritage des avancées scientifico-techniques du XIXe siècle se conjugue aux principes économiques inspirés du capitalisme. Réinventé par la clinique, appareillé pour le dévoilement de ses fonctionnements à l'effort, le corps du XIXe siècle est un corps exploré, optimisé et archivé. Comparé aux puissances animale et machinale, il emprunte à ces deux univers qui le délimitent et préfigurent l'ère d'une *biotechnique*. Rationalité et rentabilité président à l'organisation du travail, à la productivité, à un utilitarisme qui absorbent les pouvoirs du corps. Ainsi devient-il non seulement le lieu d'une *culture*, d'où la multiplication des gymnases, l'enjeu d'une réflexion sur le normal et le pathologique, pointant la faute dans la difformité ou le psychisme, mais aussi celui d'une *arithmétique politique*. Par là s'accentuent les contours d'un *corps objet* dont médecine, marchandisation, production révèlent l'instrumentalisation. Qu'est-il ? Il est avant tout un corps *objectivé*, soit mis à distance et distingué, par exemple d'une âme, sur le modèle cartésien. Il est pensé comme chose, substance ou instrument susceptible d'une technicité. Ainsi Marx note-t-il, dans le livre I du *Capital*, que le corps est le premier instrument de l'homme. Le corps objet est donc un corps matière, matériau, possiblement outil, acteur et produit à la fois.

Cela n'exclut pas les valeurs symboliques : le corps instrument est vecteur de sens. Ainsi les « techniques du corps » sont-elles « les façons dont les hommes, société par société, d'une façon traditionnelle, savent se servir de leur corps[1] » et cet ensemble historicise les cultures. Chaque société possède une totalité d'habitudes et de mœurs, selon le sexe, l'âge, le rang, permettant aux individus, jusque dans les ritualités les plus sacrées ou mystiques, de moduler leurs rapports au corps, à travers des techniques incarnant un système de valeurs symboliques. Techniques d'accouchement, du sommeil, de l'alimentation, de l'accouplement, de communication avec Dieu, la matérialité du corps sert ici la création de symboles. De même les postures, silhouettes, modes vestimentaires, coiffures, les processus langagiers ou la gadgétisation du quotidien au travers d'objets référents qualifient-ils l'inscription des individus dans des contextes culturels en créant des appartenances. Cette symbolisation du corps, et par le corps, n'empêche pas la caractérisation d'un corps-machine. Ainsi la performance physique nécessite-t-elle, par exemple, l'effort de domestication, le contrôle sur soi, l'exploitation des forces qui supposent l'objectivation du corps. Le corps rationnel a part liée, alors, quels que soient les symboles qui le transfigurent, à la méthodicité et à la technicité par lesquelles il advient.

Cette technicisation du corps révèle son inscription dans un *processus*. Plus précisément, de par une circularité, l'*instrumentalisation* se fait *processus*, et le *processus, instrumentalisation*. Ce *processus* semble absorber moyens et fins, devenant, en soi, sa propre fin. Produire le corps est autosuffisant. La rationalité s'engage dans un processus d'autocohérence, de fonctionnalité opérante, une *logique*. Les fins s'opacifient. L'idée de *rationalité instrumentale* suggère la dépossession pour l'individu des fins de la science par exemple, au profit d'une rationalité mécaniste de plus en plus développée. C'est l'hypothèse de l'aliénation. Dans ce cas, la totalité sociale impose, de manière relativement indéchiffrable, des valeurs échappant aux individus. Toutefois, il est possible aussi d'imaginer un processus d'appropriation subjective de cette *rationalité instrumentale* et, en ce sens, d'*individualisation* ne relevant pas (ou plus) exclusivement de l'aliénation. S*e construire un corps*, par les moyens de la médecine, de la diététique, du sport, etc., réfère indéniablement à un conditionnement social dont les fins restent obscures — si elles ne sont pas strictement économiques —, et la *rationalité instrumentale* joue là comme déterminant politique et économique enserrant l'individu dans un maillage de contraintes. Néanmoins, les comportements observés dans cette construction de soi suggèrent une mise en œuvre personnelle, *subjective*, une appropriation individualisée de ce processus de contraintes, dans lequel la représentation que chacun se fait de sa propre temporalité est centrale. Ou encore, le processus de *rationalité instrumentale subjectivée* ne se comprend qu'en référence à *un rapport à la temporalité*. La dimension du *présent* devient essentielle, sans jamais oublier qu'elle réfère pourtant, incessamment, à celle d'un *futur*. Le corps construit est un corps *pour*... Présent et futur s'articulent d'une manière inédite, *non linéaire*, susceptible de questionner une *mémoire du corps*.

La production du corps rationnel interroge donc d'une part le statut d'un corps objet marchandisé et capitalisé, d'autre part les procédures de subjectivation et de temporalisation de ce corps objet.

UN « MARCHÉ DU CORPS »

Le corps marchandisé est l'un des enjeux d'un corps productible et produit. Il convient de distinguer entre un *commerce des corps* qui suppose une interchangeabilité des organes ou l'utilisation d'autrui à titre de moyen et non plus de fin, et un *commerce identitaire* inscrivant le corps comme produit consommable et objet narcissique. À cet égard, le corps est entré dans la société de consommation pour acquérir le statut d'une propriété privée, d'un bien marchandable et qu'on peut faire fructifier, d'un « gisement à exploiter pour en faire surgir les signes du bonheur, de la santé, de la beauté, de l'animalité triomphante sur le marché de la mode[2] ». Dans une version hédoniste à discuter, le corps est un masque révélant un certain nombre de signes extérieurs de richesse, ou de culture, ou d'originalité, une manière d'être soi qui suit la tendance et qu'on exhibe avec la griserie qu'engendre sa plasticité. Et, de fait, les industries médicale, cosmétique, agroalimentaire, les marchés de la mode ou du sport s'ingénient à inventer et renouveler les produits de l'embellissement de soi, selon un processus inépuisable. On est bien là dans une situation de marché, qui propose ce dont l'individu dispose, mais qui s'adapte aussi, réciproquement, aux exigences des consommateurs.

Le corps en pièces : don d'organes et trafic d'organes

La notion de *commerce des corps* évoque la prostitution et l'internationalisation de ses trafics, ce qui, pour poser des questions éthiques et juridiques cruciales, déborde du cadre de notre propos. Elle suppose aussi, quant à l'objectivation d'un corps machine, de nouvelles effractions du corps. La possibilité d'ouvrir le corps, de pratiquer des auto-, allo-, voire des xénogreffes, de lui adjoindre des prothèses, d'y intégrer des nanotechnologies, le bouleversement de la perception de la naissance humaine, les thèmes de la programmation génétique, du choix du sexe, du clonage thérapeutique ou reproductif, orientent la médecine vers des perspectives futuristes, dont certaines sont déjà expérimentées. Elle étend et renouvelle sans cesse la notion de « don d'organes ». Elle suppose aussi une mondialisation inédite des échanges dans laquelle les organes des uns peuvent être commercialisés à des fins économiques et au profit de ceux qui peuvent les acheter. Le corps objet est un corps réparable, objet centre d'un nouveau mécanisme. Il peut aussi, dans certains contextes, n'être plus un *corps pour soi*, mais un quasi exclusif *corps pour autrui* dont le statut scientifique se corrèle à un statut éthique difficile à universaliser et à contrôler. Les législations internationales peinent ainsi à s'accorder, certaines directives nationales en contredisant d'autres. Partant, il semble toujours possible de s'engouffrer dans les brèches pour ceux qui le souhaitent, d'autant plus que le marché sur Internet complique la tâche des instances de contrôle.

En France, les premiers textes de lois relatifs au don d'organes datent de 1887. Les dispositions législatives en la matière ont rapidement évolué après la Seconde Guerre mondiale et la transplantation d'un rein en 1952, pour aboutir en 2004 à la loi relative à la bioéthique, complétée par une série de décrets publiés en 2005. Cette loi reprend un certain nombre de grands principes quant à l'utilisation des organes : principes du consentement du donneur, de la gratuité, de l'anonymat, de l'interdiction de publicité ainsi que de sécurité sanitaire et de biovigilance. Elle précise également les règles relatives aux prélèvements d'organes et les modalités d'organisation administrative des activités relatives au don d'organes. Ces modalités font l'objet de questionnements éthiques actifs et renouvelés. Elles s'adaptent aux nouvelles compositions familiales, lorsque la loi du 6 août 2004, par exemple, « ouvre le don entre vivants aux parents, enfants, frères et sœurs, cousins germains, oncles et tantes, conjoints, conjoints du père et de la mère, ainsi qu'à toute personne faisant la preuve de deux ans de vie commune avec le receveur[3] ». Mais elles n'évitent pas certaines difficultés. « En particulier, comment garantir la liberté du donneur potentiel confronté à la mort possible d'un proche et en mesure de lui venir en aide au prix d'un risque pour lui[4] ? » En outre, on notera que les campagnes d'incitation au don d'organes, à la détention d'une carte de donneur en cas de décès, balaient de fait, si ce n'est de principe, tout questionnement métaphysique sur l'entité corps dans son lien avec la *personne*. Toute connotation religieuse ou philosophique autre que la solidarité avec autrui est effacée. La société a admis progressivement la matérialité démembrable du corps et l'interchangeabilité des organes, comme signes de progrès.

La question du droit de disposer librement de son corps révèle toutefois des contradictions présentes dans le droit, justement, à l'égard du corps et de son statut[5]. Comment classer le corps — personne ou chose — sans que s'ensuive, respectivement, soit l'impossibilité de disposer du corps, même en vue du don d'organes, soit la possibilité d'en disposer du fait qu'il peut être objet de convention dans la perspective d'un « intérêt thérapeutique pour autrui[6] » ? Le premier terme de l'alternative, qui pose le problème de justifier un prélèvement sur un donneur, comporte un certain dualisme, si l'on s'en réfère à Kant. « D'une part, le corps ne peut pas être utilisé car son utilisation correspondrait à l'utilisation de la personne qui n'est pas utilisable. D'autre part, le corps est le signe de l'imperfection humaine : il doit être protégé et soigné afin de permettre à la personne de survivre, mais il doit aussi être discipliné afin de ne pas lui permettre d'empêcher la personne d'être un agent moral[7]. » Est posée, sous les angles philosophique et juridique, la question des moyens et fins. Le corps est alors, à la fois, *personnalisé* et *objectivé*. Le deuxième terme de l'alternative non seulement présuppose « une représentation dualiste des entités *corps* et *personne* qui transforme le corps en un instrument à la disposition de la personne qui en est le propriétaire[8] », et qui peut user, profiter et abuser du corps comme d'une chose, mais soulève également les problèmes suivants : qui peut se qualifier comme « propriétaire », *a fortiori* si l'on ne peut être à la fois « propriétaire » et « propriété » ? En quoi un choix autonome du « propriétaire » entraîne-t-il une action de disposer de son corps moralement justifiée ? Dans quelle mesure l'autonomie de la personne doit-elle être privilégiée par rapport au respect du corps ?

La question est aussi de pouvoir justifier le don d'organes et non la vente d'organes, le rapport de personne à personne et non le rapport marchand, ce que Maria Michela Marzano Parisoli définit comme la structure « gratuité/gratitude ». Il faut, indéniablement, inventer des arbitrages évolutifs entre l'innovation scientifique croissante, qui laisse imaginer une interchangeabilité et une mécanique de plus en plus complète des organes — quand le cerveau était jusqu'à présent la « dernière frontière », celle de l'« âme », de la personnalité, que la chimie a aujourd'hui franchie —, et la préservation de la notion de « personne » et des droits de l'homme. L'exception française qui consiste à interdire de faire d'un élément du corps humain une invention brevetable, face aux perspectives grandissantes d'une commercialisation de l'humain et dans le contexte d'un développement croissant des biotechnologies, en est un exemple. Il n'est pas certain, d'une manière générale et compte tenu de l'industrialisation et de la mondialisation du secteur, que les nouvelles plasticités du corps ne tendent à déborder de part en part, dans la période à venir, les considérations éthiques attachées à la *personne humaine* — pour autant que celle-ci soit, par ailleurs, aisément définissable. En cela, la course est engagée, comme souvent, entre la faisabilité et la déontologie, l'emballement technique et l'éthique, quand ce n'est pas le profit et l'éthique. La fracture du corps humain s'accomplit par étapes, postulant un matérialisme technicien intangible. Les frontières sont mouvantes et doivent donc être d'autant plus réfléchies, entre les usages thérapeutiques — dont les contours eux-mêmes sont complexes — et ceux qui ne le sont pas d'un corps en pièces.

Dévoiement des avancées techniques concernant les greffes, le trafic d'organes, prélevés de manière violente ou non sur des individus, le commerce d'embryons ou de nourrissons, la prostitution aiguillonnent encore davantage les questions des droits de l'homme et de « propriété » du corps. Un article du *Monde* d'avril 2006, faisant suite à d'autres articles sur des trafics d'organes à partir de l'Amérique latine, du Mozambique ou encore de Moldavie, fait état du commerce d'organes en Chine, organes prélevés sur des cadavres de condamnés à mort et possiblement « réservables » à l'avance, presque « sur pied », ou proposés par des démunis par le biais de petites annonces. « 62 000 dollars pour un rein, une centaine de milliers pour un foie, un pancréas entre 150 000 et 170 000, un cœur 160 000, une cornée 30 000. [...] "Décembre et janvier, c'est la bonne saison" est une référence pudique au fait que le nombre d'exécutions est traditionnellement plus élevé durant les semaines précédant le Nouvel An chinois. [...] Comme l'a indiqué un rapport du département d'État américain datant de 2001, "de nombreuses informations qu'il a été jusque-là impossible de confirmer de manière indépendante font état de prélèvements d'organes sur des prisonniers encore vivants et des exécutions planifiées afin de répondre à des demandes spécifiques d'organes...". La dernière affirmation en date à ce sujet émane d'un médecin anglais, responsable du comité d'éthique de la Société de transplantation britannique, le professeur Stephen Wigmore, qui a affirmé mercredi 19 avril [2006] à la BBC : "En Chine, des prisonniers sont sélectionnés avant leur exécution ; les preuves se sont accumulées ces derniers mois au point que ces réalités ne font pas de doute..."[9]. »

Comme pour ceux de la traite des femmes et des enfants aux fins de prostitution, les circuits du trafic d'organes épousent, à s'y méprendre, ceux du commerce des matières premières. Flux du Sud vers le Nord pour l'Amérique ; du Sud au Nord et de l'Est vers l'Ouest pour l'Europe ; du Sud et de l'Ouest pour le Japon. Le « trafic de chair[10] » témoigne ainsi de modalités sans cesse étendues de la marchandisation humaine, de la machinisation du corps et de l'utilisation de la médecine à des fins d'exploitation d'un capital humain. Ce qui est en question est évidemment la mise à disposition, volontaire ou non, frauduleuse de toutes les manières au regard de la législation internationale et des droits de l'homme, d'un capital corps fracturé, *dépersonnalisé* et *désubstantialisé*, réduit au statut de marchandise commercialisable, empaquetée à destination d'un *autrui* consommateur, si ce n'est prédateur. En ce sens, la présomption existant, contre certaines firmes pharmaceutiques, de tests médicamenteux pratiqués sur des populations humaines sans défense relève du même « trafic de chair ». Le corps est alors là, comme en d'autres temps tragiques du XXe siècle, perçu dans sa matérialité la plus misérable, « chair à expérimentations », comme « chair à canons », matière triviale agencée par des statistiques, en déni de toute humanité.

À la limite du *commerce des corps* et du *commerce identitaire*, les formes récentes du dopage chez les sportifs s'ajoutent aux trafics d'organes et de tissus vivants. Le dopage sanguin, qui consiste en l'utilisation de produits sanguins autologues, homologues ou hétérologues, ou de globules rouges de toute origine, afin d'augmenter le transfert d'oxygène dans le muscle, le dopage génétique, permettant une véritable reprogrammation biologique de l'organisme — croissance des vaisseaux, poussée des neurones, prolifération des tissus osseux ou tendineux — par l'utilisation non thérapeutique de cellules, gènes, éléments génétiques, ou la modulation de l'expression génique, révèlent un commerce où la perméabilité du corps humain à l'artifice technique est centrale. Certains sportifs, notamment des culturistes, offrent parfois leurs services à de grands laboratoires afin d'expérimenter techniques ou substances nouvelles. La physiologie des athlètes, objet de science et en particulier d'une médecine omniprésente dans le sport, est soumise aux critères de l'optimisation maximale, dont la transgression des lois et de la santé est une conséquence. Elle témoigne aussi de l'instrumentalisation du corps à des fins de réussite aux faisceaux multiples, dont les limites ne cessent d'être repoussées par l'inventivité scientifique.

La *matière corps* s'objective donc, jusqu'à l'excès. Ainsi se décompose, à l'instar des spécialités médicales et avec parfois les mêmes effets sur la fragmentation du *sujet*, une analytique du corps performant soumise à la commercialisation de produits chimiques, comme de sang, d'hormones ou de cellules cartilagineuses. Prototypes, sortes de Robocop conçus par les laboratoires, les champions sportifs ne sont pas seulement les cibles d'un commerce publicitaire, mais aussi parfois les cobayes d'un commerce médical.

Le prix pour « être soi »

La notion de *commerce identitaire* suppose qu'on puisse « s'acheter un corps », c'est-à-dire autant une image, une apparence, qu'un possible bien-être, la santé, un réinvestissement de soi, comme on achète une voiture et comme si l'« objet corps » référait au seul registre de l'« avoir ». Or il réfère bien évidemment aussi à celui de l'« être ». C'est donc un processus identitaire qui est en marche, par lequel l'individu, sommé de créer ses repères dans une société où la verticalité des transcendances à laissé place à une égalité démocratique devant les choix, investit dans l'accomplissement corporel tout ou partie de son projet d'existence. Le démembrement opéré par la médecine trouve ici un curieux contrepoids, dans cette quête identitaire au travers d'un corps objet. L'image des sportifs ou mannequins, utilisée massivement par la publicité alimentaire, vestimentaire, technologique, témoigne du croisement entre une symbolique et une matérialité du corps. L'originalité de l'époque est probablement cette collusion permanente entre les deux registres, celui de l'instrumentalité et celui de l'identité, perceptible dans des domaines très variés, la mode, la sexualité, le sport, le don d'organes, la chirurgie esthétique, la procréation, etc. L'inventivité technique organise le passage d'un registre à l'autre, provoquant la confusion possible, faisant surgir de nouveaux pouvoirs, de nouvelles manières aussi d'individualiser et de personnaliser les choix. Les injonctions à « penser à soi », « cultiver l'estime de soi », « s'occuper de soi », « s'offrir ce que la science propose », l'offre sans cesse renouvelée des produits de la science, comme de ceux de la mode, de la beauté ou de la santé, suggèrent un étal infini pour l'individu en quête de soi, mais ancrent aussi l'objectivation du corps dans un commerce hétéroclite. Par où l'on voit, au passage, que la psychologisation des conduites et l'attention portée à l'intime et au sens interne n'excluent nullement, bien au contraire, l'objectivation la plus matérialiste d'un marché du corps.

Ainsi, le corps devient-il l'« ultime parure[11] ». Partant, il requiert un budget, un investissement au sens économique du terme, et s'égrènent en une liste infinie les options disponibles pour satisfaire à cette consommation. Le paradigme médico-sportif organise les « tendances ». À titre d'exemples, « alors que le marché des compléments alimentaires explose, les spas qui se multiplient deviennent les refuges aquatiques du bien-être. Dynamiser, raffermir, lisser, masser, désinfiltrer : au nom de la fermeté, de l'élasticité, le corps livré à sa bulle narcissique justifie un nouvel art de vivre, de manger, de consommer, qui met à nu tous les clivages, et s'impose comme le baromètre de l'allure[12] ». Le corps absorbe la mode, dont l'influence se morcelle, il est un indicateur du goût, un marqueur social dont l'importance ne cesse de croître. Le mode de vie agit comme une signature. « Mésothérapie, abdominoplastie, liposuccion. Dans leur bulle narcissique, les nantis surveillent leur poids comme une parure, gardienne d'un corps-sashimi qui ne cesse de s'étirer. On dénombre 100 000 adhérents dans les quarante-cinq "Gymnase Club" et autre "Waou" créés en France depuis 1978. [...] Le nombre de curistes de thalassothérapie a augmenté de 16,3% en 2001. Plus les défavorisés mangent mal, abreuvés dès l'enfance de sodas colorés, de pop-corn en sachets et de frites grasses, plus le corps "light" des autres s'assimile à un symbole de réussite, de mobilité physique et mentale[13]. » On compterait pas moins de 25 000 sites consacrés aux régimes sur Internet. Les boutiques spécialisées dédiées au corps ne cessent, elles aussi, de se multiplier.

Ainsi prospère un marché incluant les cosmétiques, la diététique, les appareils ou vêtements de la minceur ou de la « forme » — home-trainers, vêtements de sudation —, et bien sûr la chirurgie esthétique, qui étend sa palette et élargit ses publics, hommes, femmes, jeunes, vieux, en même temps qu'elle diversifie ses tarifs. En France, entre 150 000 et 200 000 personnes y ont recours et le nombre augmente de 10 % par an. Les opérations les plus courantes sont le lifting cervico-facial (coût entre 3 800 et 6 000 euros), la liposuccion (entre 760 et 4 600 euros), la pose d'implants mammaires ou le retrait mammaire (entre 3 000 et 4 600 euros), la rhinoplastie (entre 2 300 et 6 600 euros), la blépharoplastie (réduction des poches sous les yeux et dynamisation des paupières lourdes, entre 1 500 et 3 000 euros). L'injection de Botox permet de gommer les rides d'expression de façon temporaire (entre 300 et 500 euros la séance). La pose d'implants fessiers ou pectoraux redessine fesses et pectoraux au moyen d'une pose de prothèse en silicone ou d'une injection de graisse (entre 3 600 et 4 800 euros). La nymphoplastie consiste à retoucher les petites ou grandes lèvres vaginales (entre 1 000 et 2 000 euros). Chaque parcelle de corps semble susceptible d'être remodelée, fuselée, augmentée selon les désirs. Cet engouement suggère une accessibilité croissante à la transformation technique de soi. Chacun est son Pygmalion sur catalogue. L'interchangeabilité des « pièces » est admise. Comme pour un produit manufacturé, ce qui « ne plaît pas » peut (*doit*) être changé, pour peu, entre autres, qu'on y mette le prix. À la frontière entre œuvre d'art et médecine, la fétichisation du corps est bien enjeu identitaire : ce corps est *le mien* et ce *mien* est *moi*. Réparable, le corps est logiquement améliorable et transformable. Emblème du bien-être, il est vecteur du *mieux-être*, l'*objet identitaire* par excellence.

Or, dans ce registre comme dans d'autres, plus les individus démultiplient leurs capacités de choix dans tous les domaines, plus l'angoisse normative devient obsessionnelle. S'affirme la relation paradoxale déjà évoquée entre le souci des normes et du normal, et celui de la singularisation, dans un contexte où « il ne vous est plus demandé, pour être citoyen, que d'"être vous-même"[14] ». Le paradigme médico-sportif impose ses critères, de manière plus ou moins diffuse, dans ce jeu mouvant entre l'hyperchoix des moyens et la quête d'identification. La construction du corps idéal s'érige en ce point de cécité où l'on peut vouloir à la fois, consciemment ou non, *s'apparenter* — le processus est évident chez les adolescents — et revendiquer une singularité intransigeante. Avec cette variante que le pouvoir d'achat s'invite ici, de manière très prosaïque, dans la mise en œuvre du corps parfait. L'intégration sociale est conditionnée par les signifiants de cette apparence corporelle et informe sur les valeurs ainsi reconnues. Le corps est un marqueur social « subi », comme il l'est aussi de façon provoquée, programmée et donc assumée et responsabilisée. La subjectivation du processus de production de soi est ici déterminante.

10

Analyse wébérienne et instrumentalisation de soi

L'histoire des représentations du corps est une histoire foisonnante, celle de la médecine et du sport, émaillée de ruptures et de retournements. Aussi la production du corps rationnel est-elle opposable, sans doute, aux doctrines du « bien-être » revendiquant le repos, l'éloignement du désir, le retour à l'intériorité, ainsi peut-être qu'au corps émotionnel qui défie — et nourrit — la raison. Cependant, ce retour à l'intériorité ou à la « sensation pure » n'est pas exclusif d'une ambition de perfection, ni de contrôle, ni même de production. Les sportifs évoquent les « sensations », par exemple, comme une forme d'indicible. Elles sont, en réalité, le résultat et le terme recherchés d'un protocole de production de la performance. L'appréhension du *corps subjectif* suggère, par ailleurs, une thématique *intérieur/extérieur* au sein de laquelle la question du langage est centrale. Ainsi, tandis que s'affirmaient, sous l'impulsion freudienne, l'importance du *dire*, l'application à décrire et nommer ses émotions, ressentis, douleurs, à mesure que le travail d'introspection révélait le lien psychosomatique, la *psychologisation des conduites* s'est assortie de son vocabulaire, de ses registres opérationnels, c'est-à-dire du *langage des maux*. Or, pour le corps comme pour l'esprit, pour la médecine générale comme pour la psychiatrie, le langage des maux est aussi délimitation, localisation, territorialisation. Les *mots* indiquent les *maux*, tandis que les *maux* suggèrent de nouveaux *mots*, comme de nouveaux *territoires*. Le *dire* accentue la connaissance de soi, le langage verbalise l'autrefois indicible. Ainsi se sont enrichis, en miroir, la géographie de la douleur et le vaste champ des pathologies.

Il s'agit même d'un *jeu paradoxal* que cette ouverture au *non-dit* et à l'*irrationnel* par le canal de l'*analyse*, du langage qui extériorise et *publicise*, en somme, l'intériorité et le *soma*. Le souci de soi se signale au carrefour d'une ouverture à l'*intime*, de l'invention d'un langage se libérant de censures antérieures et enfin de l'accroissement des savoirs et techniques rapportés au corps. L'introspection émerge du romantisme pour qualifier les souffrances dans un langage qui se scientifise. La psychanalyse apporte aux mystères du sens interne une légitimité et une issue. À mesure que progresse la médecine dans tous ses champs, qu'une cartographie de l'humain se précise, une *démocratisation* du ressenti, du pensé, de la douleur comme du plaisir se dévoile. Elle suggère une affirmation grandissante de l'individu et de l'individualisme. Elle inspire et accompagne une libération dans la reconnaissance de soi et dans la libération des mœurs. Elle se nourrit, enfin, du perfectionnement des savoirs pour stimuler la banalisation d'une prise en charge de soi. Le progrès de la médecine se corrèle à sa vulgarisation progressive, d'où la pratique de l'automédication. La nécessaire définition de ses maux, de ses humeurs, de ses affects pour accéder à la définition de soi produit un effet d'*extériorisation du vécu corporel*, comme pendant à la *psychologisation des conduites*. Le corps est *nommé*. Autant redire à la fois l'imbrication la plus étroite entre l'*intérieur* et l'*extérieur*, dont le meilleur exemple est celui de la *peau*, et la territorialisation sémantique et scientifique qui sectorise le corps. *Langage* ici vaut *extériorisation*, au sens où *nommer* veut dire aussi *montrer*. On songe alors au lien fait par Hegel entre pensée et langage, insistant sur l'extériorisation nécessaire de la pensée. Le corps *su*, *dit*, *pensé* traduit bien la possibilité d'un corps *produit*.

« Étape nouvelle, sans aucun doute, dans l'histoire de l'individu : le travail sur l'intime se ferait pratique de masse, aventure disponible, entreprise d'autant plus saisissable que ses données sont pensées en objets tangibles et concrets[1]. » Cela ne signifie pas qu'il n'y a pas d'indicible dans le corps, d'insaisissable, ni de spontanéité, d'émotions, de fulgurances ou de souffrances échappant au contrôle rationnel. Le corps rationnel apparaît un continent découpé sur une terre plus vaste dont il révèle reliefs et cryptes. Mais il importe ici d'affirmer la corrélation d'une *psychologisation des conduites* et d'une *corporéisation des affects*. Ce processus de subjectivation, qui individualise l'intérêt porté à soi, intériorise et personnalise aussi une dimension d'*instrumentalisation* du corps. Les modalités d'une production rationnelle et techniciste impliquent la distinction de *territoires* identifiés et objectivés, favorisant une démarche programmatique. L'économie de cette instrumentalisation, rapportée à une liberté individuelle de planifier son existence, renvoie à un processus de type capitaliste, tel qu'analysé en particulier par Max Weber.

L'ÉTHIQUE CAPITALISTE APPLIQUÉE AU CORPS

Dans *L'éthique protestante et l'esprit du capitalisme*[2], Weber met en évidence une homologie de structure entre l'esprit du capitalisme défini de façon idéal-typique et l'éthique protestante. De la même manière, nous projetons d'établir une homologie de structure entre l'esprit du capitalisme défini de façon idéal-typique et la production du corps rationnel, *a fortiori* quand cette dernière se manifeste sous l'angle individuel et subjectivé d'une construction programmée de soi. L'éthique protestante peut se résumer dans les enseignements suivants : Dieu est unique, transcendant et incompréhensible pour l'esprit humain ; l'homme est prédestiné ; le monde et l'homme sont créés pour la gloire de Dieu ; les choses terrestres, comme l'homme, appartiennent à l'ordre du péché. Une telle doctrine exclut tout mysticisme, tout ritualisme, toute magie. Elle conduit à un désenchantement total du monde qui favorise la recherche scientifique. Ignorant s'il est élu ou damné, l'homme cherche à dépasser son angoisse et à acquérir une forme de certitude en déchiffrant les signes de son élection dans le travail ou dans la réussite économique notamment. Cette doctrine favorise l'individualisme et un comportement ascétique qui sont des conduites nécessaires au capitalisme. Elle exhorte aussi, assez paradoxalement, à cultiver un *présent* dont le lien avec un *futur* transcendant n'est pas du ressort de la connaissance humaine, lequel lien doit être, par conséquent et provisoirement, désinvesti.

Weber désigne par « affinité élective » « l'existence,

entre des phénomènes de la réalité sociale (formes d'activité, groupes sociaux, sphères de valeur, etc.), d'une relation de compatibilité qui se situe au plan interne, au plan de l'"esprit", et qui fait que ces éléments sont susceptibles d'entrer en résonance, de s'accorder et d'établir entre eux un rapport par lequel ils se facilitent, voire se renforcent mutuellement ; dans ce cas, Weber parle d'"adéquation", par "parenté interne", ou d'"affinité élective"[3] ». « Affinité élective », « résonance », « parenté interne » sont à entendre, pour nous, entre les modalités d'un calcul des biens, visé par le capitalisme, et celles de la constitution d'un *capital corps*. Il précise toutefois que ce rapport d'adéquation n'est pas une relation d'interdépendance qui aurait valeur de loi. Tout en reconnaissant la complexité du phénomène[4], il étudie, au travers d'exemples, « la congruence très frappante entre le protestantisme et le capitalisme moderne » et cherche à faire apparaître « que notre conception actuelle de la profession possède, d'une manière ou d'une autre, un fondement religieux[5] ». Ce terme de « profession » sonne ici de manière familière pour nous, habitués, dans cet esprit, à valoriser le côté « professionnel » d'un comportement, d'une activité, à commencer chez les sportifs, et à comprendre ce terme de « profession » comme un projet assumé. Nous pourrions dire aussi : un « sacerdoce ». Il propose, enfin, « de mettre au jour l'ancrage théorico-dogmatique de l'éthique propre aux différentes nuances de protestantisme[6] » et d'analyser « quelles motivations *psychologiques et pratiques* chaque variété de protestantisme dans sa religiosité particulière recelait pour le *comportement* éthique effectif[7] ».

Le travail du concept nécessite, comme le précise Weber, d'éliminer ce qui lui est « inessentiel », par une opération « d'isolation et d'abstraction » à partir d'un « donné concret[8] ». Nous tenterons ainsi de procéder, sachant la difficulté de la tâche et le fragile équilibre entre bien comprendre et tout embrasser. Ainsi nous faut-il, ici encore et tout en conservant les perspectives, saisir la production du corps rationnel dans l'histoire qui lui donne sens, sans embrasser, pour autant, le détail de cette histoire. Indéniablement, l'histoire de la philosophie occidentale, intriquée à celle du christianisme et dont la spécificité est de placer ses valeurs à la fin de l'action, préside à la constitution du *sujet*, tel que nous voulons le saisir dans son processus de *subjectivation*, et à l'évolution d'une société scientifico-technique qui ne cesse d'absorber le corps. Ce qu'Alexis Philonenko appelle « le phénomène de l'essence du Nord », comme aptitude à la prévision des risques, à la rationalité et à la mise en œuvre des moyens, dont l'exemple pourrait être l'impératif catégorique chez Kant, par opposition à une « essence du Sud » n'ayant pas ce mode de fonctionnement, peut s'appliquer, par « affinité élective », à la production du corps rationnel. Albert Camus ne dit rien d'autre après tout, dans les très beaux textes de *L'été*[9], que cette capacité d'une rationalité « nordiste », illustrée par la philosophie allemande dominante, à planifier l'existence et à suivre des règles. Aussi le corps performant est-il, naturellement, si l'on peut dire, d'abord le produit d'une histoire et d'une histoire de la pensée.

De même, l'implantation du protestantisme dans les pays anglo-saxons apporte un éclairage indispensable à la compréhension d'une éthique comme à la géographie d'une *essence* capitaliste, même si, un siècle après Weber, la mondialisation de ce capitalisme comme « arraisonnement » du monde, pour reprendre la formule de Heidegger, pose des questions infiniment plus complexes que celles de la connexion d'un profil éthique et d'un triomphe économique. Néanmoins, cette dernière réserve suscite trois remarques utiles à notre réflexion. Premièrement, on ne peut pas ne pas mettre en relation l'éthique protestante, l'esprit du capitalisme et le développement du sport dans l'Angleterre du XIXe siècle, puis, au XXe siècle, en Amérique du Nord, compte tenu de l'impact de cette *culture sportive* sur l'évolution ultérieure du sport. Des questions très actuelles comme la perception de la réussite individuelle, le professionnalisme des athlètes, précisément, ou la tolérance à l'égard d'un dopage qui signe l'expression d'une liberté et d'une gloire présentes relèvent de distinctions qu'on peut établir entre des pays de tradition catholique et d'autres de tradition protestante. La question de l'« élu » se perçoit différemment, celle d'un certain pragmatisme de l'action aussi, de même que la considération d'une temporalité liée à la douleur et subsumée, irréductiblement, dans le catholicisme, à son accomplissement dans l'au-delà. Le monde sportif anglo-saxon dominant est imprégné des valeurs d'une construction de soi dans une dimension présente et matérielle, même si la finalité religieuse protestante est évidemment conditionnée par la croyance en Dieu.

Deuxièmement, l'influence capitaliste mène à s'interroger sur la captation par une esthétique occidentale d'un idéal de production du corps qui peut conduire, en Chine par exemple, à user de la chirurgie esthétique pour correspondre à un profil occidentalisé. « Débridage » des yeux, allongement des jambes au prix d'opérations coûteuses et douloureuses, doit-on parler ici de domination économique, de domination culturelle ? La production du corps rationnel emprunterait-elle les canaux exclusifs du capitalisme, jusqu'à imposer, dans ce cas précis, une esthétique occidentalisée ? La différence, toutefois, perceptible entre ce phénomène d'occidentalisation de l'esthétique et l'instrumentalisation du corps que nous décrivons est que leur emprunt au capitalisme se situe à deux niveaux sensiblement distincts. La Chine, et d'autres cultures avec elle, réfère à l'impact *économique* du capitalisme, à une « séduction actuelle » et à une esthétique comme *effet*. L'instrumentalisation du corps, à l'œuvre dans la production du corps rationnel, réfère, elle, à l'*esprit* du capitalisme, en amont pourrait-on dire, et à sa manière *essentielle, causale,* de rationaliser les activités. Troisièmement, malgré l'évolution du capitalisme et malgré, notamment, la rencontre plus récente entre le capitalisme et l'individualisme hédoniste, ce que Daniel Bell a appelé « les contradictions culturelles du capitalisme », il semble que le profil ascétique de l'instrumentalisation de soi décrit par Weber demeure un axe tout à fait central.

Cela étant posé, il reste à lever un point d'ambiguïté, celui de la présence même du corps dans l'éthique décrite par Max Weber. Il est évident que le profil ascétique qui anime les courants du protestantisme suppose un contrôle du corps et une gestion des plaisirs conforme à une saine détente. Point d'exaltation du corps ni de jouissance pulsionnelle qui détournerait des mises en œuvre de fins rationnelles. L'économie de soi, ici, centre l'effort sur une production éthique et spirituelle, et non sur un culte du corps. En particulier lorsqu'il évoque la perception des sports par le puritanisme, Weber souligne l'aversion de ce dernier pour le sport. « Il fallait seulement qu'il [le sport] servît une fin rationnelle : la détente nécessaire à une bonne forme physique. En revanche, s'il n'était qu'un moyen de laisser se défouler spontanément des pulsions indomptées, le puritanisme le tenait pour suspect, et dans la mesure où il devenait un pur moyen de jouissance ou même éveillait l'ambition agonistique, les instincts bruts ou encore le plaisir irrationnel du pari, il était évidemment tout simplement répréhensible. La jouissance *pulsionnelle* de la vie, qui détourne tout autant du travail professionnel que de la piété, était précisément, en tant que telle, l'ennemie de l'ascèse rationnelle, que ce soit sous la forme du sport "seigneurial" ou de la fréquentation des salles de bal et des tavernes par l'homme du commun[10]. »

Cette considération confirme qu'une « affinité élective » puisse révéler compatibilité et « parenté d'esprit » sans nécessiter d'interdépendance ni avoir valeur de loi. Par ailleurs, cette conception du sport ignore, et pour cause, la dimension moderne et plus proprement contemporaine d'une élaboration « ascétique » de la performance. Le sport est perçu comme jeu de détente ou de pari, en dépit du fait qu'il puisse devenir, précisément, une « profession » ou engager un projet d'existence. Il nous revient donc à présent d'établir les convergences, les « congruences très frappantes[11] » susceptibles de relier une idéologie du profil ascétique où le corps n'apparaît qu'en abyme d'une maîtrise spirituelle de soi et le processus d'engendrement d'un corps rationnel, dans une société centrée sur le corps et sur le culte d'un corps surexposé. Ni loi ni systématicité dans les comportements, ce qui importe ici est le processus d'appropriation subjective d'une construction de soi, emprunté à l'éthique protestante telle qu'elle fonde l'esprit du capitalisme et apparaît transférable par « homologie de structure » dans la production contemporaine du corps. La subjectivation du processus de contrôle, là où elle existait à des fins spirituelles et religieuses dans l'éthique protestante, apparaît aujourd'hui dans la promotion d'un corps calculé où s'incarne l'identité du sujet. C'est donc bien cet « esprit » qui nous intéresse. En particulier, il est tout à fait emblématique que le sport, et en particulier le *sport de haut niveau*, se soit approprié les moyens, si ce n'est les motifs du contrôle de soi puritain qui lui étaient opposés lorsqu'il n'était que défoulement pulsionnel ou loisir[12]. L'élaboration scientifique de la performance rejoint en bien des points le profil ascétique et le rapport à la temporalité, dont Weber a fait les nœuds de convergence entre l'éthique protestante et l'esprit du capitalisme.

La construction sportive de soi

Le sport de haut niveau fournit une illustration de la production d'un corps rationnel dans la durée. Beaucoup de ses caractéristiques, visant à l'exceptionnel, sont néanmoins observables dans la *construction sportive de soi*, d'une manière générale, et dans une extension à d'autres secteurs de la *mise en œuvre corporelle*. Cela est vrai pour certains aspects de la production médicale — prévention, régimes, entretien de soi, etc. —, à moindre titre pour d'autres, comme la chirurgie esthétique, par exemple, qui répond précisément à l'exigence d'une modification rapide et technicisée du corps, même si celle-ci, dans la durée, contribue à la construction ou à la modification d'une identité. Le sport de haut niveau suppose la subjectivation d'un processus de production et de contrôle de soi, là encore au même titre que beaucoup d'éléments strictement médicaux — injonctions intériorisées par les individus —, mais en subvertissant, en quelque sorte, la *dialectique de la norme*. Voyons cela.

Le sport et le sportif de haut niveau se situent toujours *hors les normes*, de par les performances exceptionnelles accomplies et leurs conditions de réalisation. La performance relève de l'extraordinaire et du dépassement des limites humaines supposées. De la sorte, servant de modèle, elle ne peut toutefois être perçue comme valeur normative ni, conséquemment, comme injonction à valeur sociale. Plus avant, si, comme la production de la santé, la production du champion répond à un *système*, et en ce sens à une objectivation de données, critères, préceptes et connaissances scientifiques, néanmoins elle n'est pas — ou selon des modes bien différents — assortie d'une prescription morale collective. Ce qui s'y joue, même au sein de *structures*, relève davantage et *par essence* d'un processus individualiste et entièrement subjectivé que de la production collective des corps apparu dans le champ médical. Autrement dit, là où la *dialectique de la norme* révélait, selon le paradigme médico-sportif, le balancement d'une norme sociale vers une appropriation individuelle originale, la construction sportive de soi, en particulier dans le sport d'élite, insiste sur l'aspect individualisé, individualiste du processus. Il n'est plus là tant question de référer à des obligations en vigueur, tel l'impératif de minceur, par exemple, que d'inventer une dimension existentielle personnelle à même de repousser les limites. Cela est plus vrai pour le champion que pour le sportif « ordinaire », relevant pour une grande part des contraintes normatives du paradigme médico-sportif. Ce qui n'exclut pas, toutefois, la parenté entre les deux et donc la récupération, par les normes médico-sportives et souvent à tort, du modèle du champion. Dans les deux cas enfin, champion ou pas, s'exprime la volonté d'une temporalisation du projet et, à ce titre, là encore une dimension subjective forte, plus forte sans doute que dans la perspective strictement médicale. Ces remarques supporteront deux réserves : la première est l'évocation des *usines à champions* actuelles ou de la production nationale d'une élite sportive à fins étatiques ou nationalistes déjà évoquées ; la deuxième est que le champion est, *aussi*, et, en quelque sorte, à titre de prototype, le produit d'une médecine de pointe (*et d'une économie*) qu'il expérimente.

Partant, l'« homologie de structure » évoquée par Weber trouve une incarnation spécifique dans les traits qui président au progressisme sportif. Le champion, comme beaucoup de ceux qui s'attellent à la construction quotidienne d'un corps sportif, mêlant diététique, cosmétologie, entraînement physique, etc., s'inscrit dans un répertoire d'indices définissant le *profil ascétique* : obsession de l'agir (le *faire* déjà évoqué), valorisation du travail (la « *profession-vocation* »), rationalité, contrôle de soi, éthique référentielle, individualisme, utilitarisme, esprit de méthode et de sérieux, esprit de système, ascèse entendue comme un style de vie, enfin constitution et entretien d'un *capital*. Non pas que cette définition soit une définition *exhaustive*, une fois encore, des représentations possibles du sport, pas plus qu'elle n'épuise, évidemment, l'inventaire des rapports au corps. Néanmoins, elle est emblématique d'une capitalisation sur soi et de ses modalités, parmi lesquelles une relation particulière à la douleur et au temps. La construction du corps emprunte les schémas capitalistes de la thésaurisation et du calcul, ainsi que ceux d'une représentation du temps tout à fait fondamentale puisque le temps devient ici la mesure étalon d'un capital, qui peut être pécuniaire, comme il peut être un *capital corps*. Au cœur de cette éthique, trois questions centrales. La première porte sur la place et la définition de l'*hédonisme contemporain*. La seconde interroge un *narcissisme* allant de pair avec la peur de la mort et donc sur de *nouvelles temporalités du corps*. Cela mène à la question des *fins* : la capitalisme est-il un matérialisme ou la projection constante dans le futur suggère-t-elle une nouvelle transcendance ?

« Le temps, c'est de l'argent »

Qui dit « capitalisme » évoque nécessairement une certaine représentation de l'argent, ainsi que la corrélation constitutive entre le « temps » et l'« argent ». Qui évoque un *capital corps* suggère que ces représentation et corrélation puissent s'appliquer, par « homologie de structure » et « affinité élective », à la construction du corps. Citant quelques-unes des célèbres formules de Benjamin Franklin en exergue de sa description, Weber insiste tout d'abord sur cette première caractérisation de l'« esprit capitaliste ». « Songe, dit Benjamin Franklin, que le *temps*, c'est de l'*argent*. Quiconque pourrait, par son travail, gagner 10 shillings par jour, mais se promener ou paresser dans sa chambre pendant la moitié du jour, celui-là ne doit pas prendre seulement en compte, même si c'est le cas, le fait qu'il ne dépense que 6 pence pour son plaisir : il a en effet dépensé ou plutôt dilapidé 5 shillings. [...] Quiconque dilapide quotidiennement une partie de son temps qui lui rapporterait la valeur d'un sou (et cela peut ne représenter que quelques minutes) perd, un jour dans l'autre, le privilège d'user de 100 livres par an. Quiconque perd inutilement du temps pour la valeur de 5 shillings dissipe 5 shillings et pourrait aussi bien les jeter à la mer. Quiconque perd 5 shillings ne perd pas seulement cette somme, mais tout ce qu'il aurait pu gagner avec en l'utilisant dans le commerce — ce qui, quand un jeune homme atteint un âge avancé, se monte à une somme tout à fait considérable[13]. » Etc.

L'argent est, selon Franklin, « d'une *nature prolifique et féconde* ». Il contribue à la « promotion » d'un jeune homme et à son image d'honnêteté. Or Weber souligne que ce n'est pas tant une technique d'augmentation des gains qui est intéressante ici — quand bien même d'ailleurs elle suffirait à définir le capitalisme — que la maxime de vie, l'éthique en laquelle elle se constitue. La construction d'une existence agencée autour des objectifs de gain prend une coloration éthique davantage signifiante que les résultats qu'elle vise. Or, que dit cette éthique ? Qu'il ne faut pas, premièrement, *perdre* du temps. Elle introduit une dimension comptable dans l'existence, c'est-à-dire purement objectivable en apparence, comme si le temps dont dispose un individu était une matière première originairement inerte et qu'il s'agisse de faire fructifier. *Perdre* de l'argent signifie, en somme, *se* perdre, au sens de *se dilapider*, *s'égarer*, voire *se vider*, *se répandre*. Au passage, la psychanalyse, qui a explicité la symbolique du rapport à l'argent et du couple avarice/générosité en la reliant au « stade anal » du développement psychique, a placé en miroir : *faire* et *perdre*. Mais c'est aussi autour du rapport *utile/inutile* que s'articule l'affirmation de Franklin. Car en réalité, le temps perdu dont il est question est un temps supposé *utile*, c'est-à-dire un temps de production. Par suite, c'est comme si l'existence humaine était réductible à cette production chiffrable, bonifiée et justifiée par elle. L'existence est un *capital* dont il importe de tirer le meilleur parti, non pas du tout la quintessence, une dimension qualitative comme on pourrait croire, mais l'extraction d'une *quantité*, plus facilement évaluable. Ce qui fait dire à Max Weber que les prescriptions de Benjamin Franklin ont indéniablement « un tour utilitariste[14]. »

Le temps est présenté comme un outil de capitalisation. Il revêt ce double aspect d'être à la fois *objectivé* comme une matière qu'il s'agirait d'*informer*, dirait Aristote, bien davantage qu'une condition *a priori* de la perception du monde, comme chez Kant, et d'être supposé *subjectivé*, puisqu'on ne doute pas de son appropriation par le sujet qui conduit sa vie par rentabilisation du temps. Le temps est donc à la fois ici une *chose* et une *propriété du sujet*. La responsabilité de ce dernier est de faire coïncider les deux à partir d'un schème de rationalisation. Weber note d'ailleurs le caractère relatif de cette rationalité lorsqu'il évoque une remarque de Brentano faite à propos du passage suivant : « [le souverain bien] de cette "éthique" — à savoir acquérir de l'argent et toujours plus d'argent en évitant de la manière la plus stricte toute jouissance ingénue — est si complètement dépouillé de tout point de vue eudémoniste, voire hédoniste, il est si purement conçu comme une fin en soi que, mesuré au "bonheur" ou à l'"utilité" de l'individu singulier, il apparaît en tout cas comme quelque chose de tout à fait transcendant et de tout bonnement irrationnel[15] ». Brentano remarque que le rationnel peut donc conduire à de l'irrationnel. « Il en est effectivement ainsi, convient Weber. Quelque chose n'est jamais "irrationnel" en soi, mais toujours d'un certain *point de vue* rationnel. [...] Si cet essai voudrait contribuer à quelque chose, c'est à mettre au jour la multidimensionnalité du concept de "rationnel", dont l'univocité n'est qu'apparente[16]. »

Autrement dit, ce qui s'amorce là et que nous avions évoqué plus haut en catégorisant les sens de « rationnel », c'est une relativisation du terme et, en tout cas, sa distanciation de toute idée de progrès *dans l'absolu*. C'est aussi l'évocation discrète, par ailleurs, de ce que le supposé « matérialisme capitaliste » pourrait receler une dimension transcendante potentielle. Toutefois, ce que Weber décrit, c'est bien une instrumentalisation, et du temps, et de l'existence, au profit d'un gain, et surtout pas l'inverse. C'est-à-dire une circularité de l'effort, dont l'aboutissement conduit à le justifier et à le relancer puisque, selon le paradigme d'une rentabilisation de l'existence, *on peut toujours faire mieux*. Ainsi, le motif conducteur du capitalisme amène à ce que « l'homme [...] est rapporté au gain comme la finalité de sa vie, et non plus le gain à l'homme en tant que satisfaction de ses besoins matériels vitaux[17] ». On ne saurait mieux définir la *rationalité instrumentale*. Or, si nous remplaçons « gain » par « corps » dans cette citation, nous cernons la définition contemporaine du *culte du corps* et de la *centration de l'identité contemporaine sur le corps*. L'obsession de la minceur, du muscle, de la chirurgie esthétique réitérée, de la performance sportive évoque un *corps capital*, perceptible selon le paradigme du *gain* et capitalisable comme tel. La mise en œuvre subjective, c'est-à-dire programmée dans le temps et comptable du temps, réfère à cette dimension spécifique d'une temporalité égrenée selon le critère de l'accroissement et de l'accumulation du (des) bien(s). Un corps *subjectif* et *objectif*, ses sensations et apparences, sa réceptivité aux pouvoirs exercés sur lui, ainsi que ses pouvoirs propres accaparent le sens de l'existence. Comme dans le cas du gain capitalistique, un « mieux » est toujours possible, ce « mieux » du corps corrélé au temps qui, censé naturellement *défaire* le corps avec la vieillesse, peut être aussi le vecteur d'une maîtrise (*bien user de son temps, ne pas perdre de temps*), l'outil de la subjectivité (le *je* volontaire qui *fait sa vie*, comme il *fait son corps*) et le support de la technique (avec le temps, sculpture de soi, minceur, musculation, cicatrisation sont possibles).

Conformément à la distinction initiale entre « sportif ordinaire » et « champion », on nuancera deux registres dans la perception du temps et dans celle du *corps capital* : celui de la construction d'un corps santé, esthétisé, sportif, révélant une centration de l'identité sur le corps et un narcissisme confortant une *rationalité instrumentale* qui perd ses fins, autres que sa propre logique ; celui de la construction spécifique d'un corps de champion sportif. Dans le premier cas, la notion de *capitalisation* est susceptible de se diluer dans des *temporalités relatives* du corps, et distinctes — régimes, chirurgie, etc. — qui abandonnent une conception linéaire du temps. Ce qui n'empêche pas, par rapport à la démonstration de Weber, que le rapport *gain/corps* vaille comme fin et non comme moyen, ni qu'on puisse parler de *capital corps*. Dans le second cas, la vie du sportif de haut niveau est davantage assujettie à une *perception linéaire* du temps, dans laquelle il s'agit de grandir, de changer de catégorie, de se perfectionner, d'atteindre ses objectifs et de produire une accumulation d'efforts et, en ce sens, une *capitalisation*. La nuance est mince. Elle introduit au paradoxe d'une temporalité du corps contemporain oscillant entre l'investissement sur le présent, ou *des présents*, et la projection nécessaire vers le futur. La différence est que, dans le premier registre, le corps peut être sa propre fin, exclusive. Dans le second, le record, le palmarès sont au bout de l'effort. Mais, dans les deux cas, le corps est instrumentalisé et dans les deux cas, l'objectif est différé. Le corps (ou, en l'occurrence, la performance) peut toujours s'améliorer. Sans doute la performance sportive de haut niveau réfère-t-elle le plus étroitement aux critères de l'éthique et de l'« esprit du capitalisme ».

« Le travail paie »

Ce qui se joue est bien l'imbrication *présent/futur* d'un *travail*. La *rationalité instrumentale* évoque l'absorption dans le présent d'une circularité dans l'administration de soi. Le quotidien d'une attention portée à son alimentation, à son entraînement physique, à sa « ligne », à sa peau présente un trait paradoxal : se suffire à soi au sens où le souci de soi accapare toute fin, tout en sachant, plus ou moins implicitement, que cet accaparement réfère à un idéal repoussé, c'est-à-dire à un futur. Il s'agit en réalité de « vivre *pour* » une échéance projetée, ce qu'on pourrait, par une lecture rapide, traduire par « donner un sens à sa vie », si ce n'était le caractère énigmatique de ce sens, difficile à cerner, inscrit dans une dimension toujours différée : « vivre très vieux », oui, mais quand le saurons-nous et sera-t-il temps alors d'en profiter ? « Être en bonne santé », mais cette santé s'évalue-t-elle dans l'instant, dans une jouissance immédiate, ou s'inscrit-elle, en tant que *projet*, dans une temporalité et, en tant que *possible accroissement des performances*, dans une statistique sportive ? « Être mince », « être beau », « être en forme », mais sont-ce vraiment des *états* dont on serait détenteur une fois pour toutes, sans nécessité impérative de les *entretenir* ? « S'entraîner », mais le sport n'est-il pas l'exemple même d'une *activité construite*, d'une performance qui exige la réitération constante des moyens dans le temps ? Cette imbrication *présent/futur* crée une tension propre à la dimension capitaliste de l'existence, dont le sujet est finalement porteur *et* responsable puisqu'il est censé posséder la maîtrise de son temps.

Depuis la révolution thermodynamique au XIXe siècle et l'invention des machines à vapeur créant leur propre mouvement par transformation des forces en travail, la santé a été perçue en termes de capital énergétique, l'effort, le mouvement sportif compris eux aussi selon l'énergie dépensée et non plus seulement selon des principes mécanistes. L'accent a été mis sur les calories des aliments, la question de la dépense des forces en vue d'une meilleure efficacité, la récupération à l'effort, etc. Ce discours reste dominant aujourd'hui, d'autant qu'il s'est doublé, dans le vocabulaire sportif, de la notion de « charges de travail », et de celle de « travail », tout simplement. Les charges de travail, ce sont les quantités d'effort que l'athlète est susceptible d'accomplir — le jargon dit, de manière très évocatrice, « encaisser » — afin d'optimiser au maximum son entraînement et d'améliorer ses performances. Depuis la seconde partie du XXe siècle, le perfectionnement de la « science sportive » dans son ensemble — médecine, entraînement, appareils de l'effort, appareils de mesure — a connu un développement exponentiel, faisant aujourd'hui du champion un habitué des laboratoires et des centres d'entraînement sportif des lieux d'expérimentation de la performance humaine. Or, au-delà de cette objectivité scientifique accrue de la performance, la notion de charges de travail supportable par un individu renvoie à sa propre perception de lui-même dans un temps donné, qui est relativement court, celui d'une carrière. Chaque jour, il *doit*, ou il *devrait* être possible de *faire plus*. Chaque jour, il s'agit de *se vouer* à un objectif — ou à des objectifs intermédiaires — dont le terme final demeure relativement opaque : un titre, un record, mais aussi pourquoi pas deux, pourquoi pas *mieux* ?

Aussi, c'est bien à deux notions clés mises en évidence par Weber qu'il est fait référence ici : d'une part, celle d'un temps dont la rentabilisation maximum est la clé d'une réussite dont le terme, par ailleurs, n'est pas fixé ; d'autre part, celle d'un dévouement à une *profession-vocation* (Beruf), notion empruntée au dogme central de toutes les dénominations protestantes[18]. La maximisation du temps et l'augmentation des charges de travail ont conduit, logiquement, chez les sportifs de haut niveau à la professionnalisation de l'activité. Cette professionnalisation, si elle était liée, bien évidemment, à la marchandisation du sport et à son essor dans les années 1960-1970, à la médiatisation et à la commercialisation des espaces publicitaires — dont le corps même du sportif —, si elle a définitivement consacré le sport de haut niveau comme *sport spectacle*, est aussi la conséquence de la multiplication des heures consacrées à l'entraînement. Certains sports, la gymnastique, la natation, le patinage artistique, le tennis nécessitent, à haut niveau, plus de cinq heures d'entraînement quotidien. La plupart des sports se couplent aujourd'hui de séances de musculation, de cardio-training, de récupération, de massages, de soins. L'activité sportive de l'élite est, dans la majorité des cas et des sports, une activité à temps plein qui suggère une double représentation du temps : l'une, *objective*, appelant à être rémunéré à hauteur des efforts consentis et donc, mais pas seulement, du *temps passé* ; l'autre, *subjective*, interrogeant sur les manières *personnelles* d'accroître la rentabilité du temps, et donc aussi *de sa vie*. L'intériorisation de ces composantes est un facteur déterminant de la préparation des sportifs d'élite actuels, telle que certains d'entre eux se distinguent par un style de vie quasi « monacal ». Hicham el-Guerrouj, par exemple, Marocain double médaillé olympique à Athènes, en 2004, sur les distances du 1 500 et du 5 000 mètres, a toute sa carrière ébahi ses proches par son ascétisme, son abnégation, sa volonté, son dépassement de soi. « Le jour où je me lèverai sans avoir à courir, dit-il, je serai malheureux car je ne saurai pas ce que le lendemain me réserve[19]. » La captation du temps par l'activité physique est flagrante jusqu'à, dans certaines circonstances, la dépendance et, parfois, notamment après la carrière, la dépression.

La notion de *temps perdu* prend en sport un caractère obsessionnel, tel qu'il apparaît dans la citation de Franklin, puisque la vie même du champion est une matière exploitable à fin de performance. Il n'y a donc pas de limite, sauf celles de la blessure, de la pathologie chronique, du surmenage ou finalement de l'âge à cette instrumentalisation de soi. La précocité croissante requise dans certains sports, la création d'« académies » qui, dans le monde entier — États-Unis, Russie, Chine, France — recrutent des enfants de plus en plus jeunes afin de les soumettre à un entraînement et à une sélection féroces témoignent de ce pari sur le temps, sur une éclosion accélérée du champion, dans un domaine d'activité où la concurrence est mondiale et très peu réglementée. Du coup, l'intériorisation de ce facteur temps agit, impliquant d'ailleurs les ressorts de la culpabilité, sur le processus de subjectivation d'une capitalisation de soi. Plus de temps consacré à l'effort *égale* du temps gagné sur la concurrence, *égale* une optimisation accrue de soi. Quand on sait que Laure Manaudou, championne française de natation, nage en moyenne douze à seize kilomètres par jour, ce qui représente environ huit heures de sa journée commençant à six heures du matin, on perçoit bien que le facteur quantitatif est ici majeur et que les limites de l'exploitation de soi ne cessent d'être repoussées. Paraphrasant la formule de Franklin, les sportifs de haut niveau pourraient dire : *le temps, c'est du travail*, c'est-à-dire *un gain de performance* (et accessoirement d'argent aussi). Or, dans ce contexte concurrentiel qu'est le sport de haut niveau, il n'y a pas de limites à l'exploitation de son temps propre, ni de son corps, ni de sa vie. Ce qui est une définition capitaliste de l'économie de soi. Il est d'ailleurs tout à fait fréquent que sportifs et commentateurs évoquent le « travail » « bien fait » ou « mal fait », « important », « efficace », « qui paie », voire l'expression « il (elle) a fait le travail », concernant l'entraînement et la compétition sportifs.

Cela appelle trois conséquences. Il est premièrement possible d'assimiler cette manière de *se vouer* au sport comme profession d'une part à ce que Weber appelle *profession-vocation*, d'autre part, et dans un autre registre, à la prédisposition psychologique pour les addictions mise en évidence par Claire Carrier dans son étude des champions sportifs[20]. «L'un des éléments constitutifs de l'esprit capitaliste [moderne], dit Weber, et pas seulement de ce dernier, mais de la culture moderne, à savoir la conduite de vie rationnelle sur la base de l'*idée de la profession-vocation* (Beruf), est né [...] de l'*ascèse chrétienne*. Qu'on relise maintenant le traité de Franklin cité au début de cette étude : on verra que les éléments essentiels de la disposition d'esprit que nous avons dénommée "esprit du capitalisme" sont précisément ceux qui sont apparus [...] comme constituant le contenu de l'ascèse puritaine de la profession-vocation, simplement sans leur fondement religieux, lequel chez Franklin lui-même avait déjà disparu. L'idée que le travail professionnel moderne porte l'empreinte de l'*ascétisme* n'est pas vraiment nouvelle. Que la limitation à un travail spécialisé, avec le renoncement qu'elle comporte à l'universalité de l'homme de type faustien, soit dans le monde contemporain la condition absolue d'un agir ayant une valeur, que donc, aujourd'hui, "action" et "renoncement" se conditionnent inévitablement l'un l'autre : ce motif ascétique fondamental de style bourgeois [...] Goethe aussi, au sommet de sa sagesse, a voulu nous l'enseigner[21]. » Ce que décrit Weber, c'est bien une méritocratie de type bourgeois, parfaitement adaptée au sport et à son histoire, méritocratie dans laquelle *le travail paie* et *le meilleur gagne*. C'est aussi un type de rationalité qui emprunte à l'ascèse chrétienne et se combine, dans le sport, au juridisme des Lumières, pour aboutir, pour paraphraser Kant, à une *forme de l'ascèse sans sa fin*, c'est-à-dire sans la spiritualité associée et ce, même si, dans le monde sportif contemporain et en particulier aux États-Unis, nombre de sportifs associent la religion (ou de la religiosité) à leur réussite. La *profession-vocation* est ici la *forme ascétique* que prend la gestion quotidienne du temps dans la construction sportive de soi, c'est-à-dire dans une vision capitaliste et instrumentale de soi et de son corps.

Deuxièmement, le processus de subjectivation de l'impératif d'effort conditionne, dans le sport de haut niveau, mais aussi dans d'autres formes d'approches médico-sportives de soi, une instrumentalisation, c'est-à-dire une objectivation. Là encore, *corps subjectif* — celui des sensations, du vécu, du ressenti, du *soi* — et *corps objectif* — celui de la science, de la performance, de la *matière corps* — ne sont pas dissociables. Le corps est un objet ou un outil que les sportifs sont capables de juger, d'observer, de solliciter, comme s'il était extérieur à eux. Cette extériorité peut conduire à une « perte d'intimité corporelle[22] » lorsque dans la sexualité, par exemple, certains arrivent à « considérer l'acte sexuel comme une simple forme de gymnastique[23] ». Le corps est alors perçu, dans tous les actes de la vie, au travers de sa performance et santé, sexualité, esthétique, alimentation, sport sont alors absorbés dans la conception d'un corps fonctionnel. Ainsi se rassure souvent le sportif qui *œuvre* à son corps. À ce titre, la citation précédemment évoquée, « chaque repas est un entraînement invisible », relève de la rentabilisation des fonctions les plus élémentaires du corps et, au-delà d'une diététique performante, à l'aspiration vers la performance de toutes ces fonctions. Or, si l'identité contemporaine passe au travers d'un corps centre, d'un corps obsessif et cultivé narcissiquement, le fantasme de maîtrise peut dériver chez le sportif — et chez d'autres — vers des pathologies addictives — dépendance à l'oralité (manger et boire sans cesse, et apprendre à le faire *préventivement*, sans faim ni soif), des phobies de la passivité — phobie de l'avion ou des espaces clos, par exemple —, des symptômes de surentraînement ou l'anorexie mentale. « Ainsi peut-il en être de ceux qui s'adonnent à une pratique sportive intensive et manifestent à l'égard des exercices musculaires une avidité particulièrement aiguë qui se traduit par l'exclusivité d'une consommation excessive de l'action motrice. Leur corps devient un objet extérieur à eux-mêmes qui, en même temps les persécute et les séduit et dont l'excitation motrice comble leur besoin de satisfactions. [...] Ceci risque vite d'enclencher le cercle vicieux d'un syndrome de surentraînement et sa limite fatale[24]. »

Dans la reconnaissance de la valeur d'un sportif de haut niveau, et ce depuis qu'a été levée, dans la plupart des sports — mais pas dans tous —, l'ambiguïté entre *amateurs* et *professionnels, être professionnel* est une qualité. C'est aussi une *attitude.* Cela traduit la gestion économe de son temps, de son énergie, de ses entraînements et promet l'accès à une forme de nouveau salut : la performance. Dans sa manière de *se vouer* à son sport, le sportif contracte, en quelque sorte, une assurance-vie à teneur capitaliste, dans *l'esprit,* si ce n'est en espèces sonnantes et trébuchantes : *ne pas avoir perdu son temps.* Le voilà mériter la confiance de ceux qui investissent sur lui (version *objective* des choses) et s'assurer pour lui-même d'un bon *usage* de soi (version *subjective*). Ainsi s'imbriquent, comme nous le disions plus haut, la captation par le présent et le pari sur le futur. Or, et c'est là une troisième conséquence de cette dimension instrumentale de soi, on observe le transfert de ces caractéristiques du sport de haut niveau, de plus en plus souvent dans le comportement d'individus « ordinaires », pris dans cette logique de la maximisation de soi. L'obsession du corps, la conformité aux prescriptions médico-sportives qui promettent santé et vie longue se traduisent chez certains, qui ne sont pas sportifs de haut niveau, mais en ont parfois l'emploi du temps, par une gestion comptable de l'effort multiplié, une *diétocratie*, une automédication diversifiée qui va de la consommation de vitamines à l'injection d'hormones, en passant par la consommation de compléments alimentaires et autres *alicaments*. Si le champion sportif est un prototype de la production d'un corps rationnel par la technoscience, l'obsession médico-sportive se répand dans la société comme un néo-hygiénisme, selon une vision capitaliste du temps et de la gestion de soi. « L'une des caractéristiques de l'économie capitaliste privée [...] être d'être rationalisée sur la base d'un calcul strictement *comptable* et d'être froidement planifiée en vue du résultat économique visé, ce qui l'oppose à la vie au jour le jour du paysan[25]. » L'une des caractéristiques de l'économie privée du corps est d'être planifiable à l'aide d'outils scientifico-techniques, dont beaucoup sont, la plupart du temps, présentés comme étant *de confort*. Ce confort est indéniable et prouvé par l'augmentation constante de l'espérance de vie. Néanmoins, les injonctions qui l'accompagnent sont le plus souvent des invitations à *prévoir*. Ne pas commettre d'erreur : trouver le bon médecin, suivre le bon régime, calculer les calories. L'économie visée prime la jouissance immédiate, la vie « au jour le jour ». Là encore, il ne faut pas *se perdre de vue*.

Le profil ascétique

Le profil ascétique définit une vie méthodiquement rationalisée, dans laquelle économie et rigueur sont centrales. Nous ne rentrerons pas dans le détail établi par Weber des différentes doctrines protestantes dérivées du calvinisme et du luthéranisme et déterminant les influences dominantes des unes ou des autres quant à cet aspect, ni d'ailleurs dans les préventions légitimes qu'il expose quant aux interprétations causales du tissu complexe de ces influences sur la culture moderne[26]. Retenons seulement que l'ascèse s'inscrit initialement dans un mode de vie religieux, dont les fins sont religieuses, et apparaît comme valeur motrice de l'« esprit du capitalisme » progressivement épuré de cette finalité religieuse. Là encore — ou là *déjà* — la *forme de la finalité sans sa fin* constitue l'un des axes essentiels de l'ordre capitaliste s'imposant au monde. « En effet, passant des cellules monacales dans la vie professionnelle en commençant à dominer la moralité intramondaine, l'ascèse a contribué à édifier le puissant cosmos de l'ordre économique moderne qui, lié aux conditions techniques et économiques de la production mécanique et machiniste, détermine aujourd'hui, avec une force contraignante irrésistible, le style de vie de tous les individus qui naissent au sein de cette machinerie — et *pas seulement* de ceux qui gagnent leur vie en exerçant directement une activité économique[27]. » Une *rationalité instrumentale* s'est mise en place, délaissant le *principe de linéarité* d'une finalité transcendante, pour accorder la prime importance à l'administration du monde et de soi. Et ainsi, « tandis que l'ascèse entreprenait de transformer le monde et d'y être agissante, les biens extérieurs de ce monde acquéraient sur les hommes une puissance croissante et finalement inexorable, comme jamais auparavant dans l'histoire. Aujourd'hui, l'esprit de cette ascèse s'est échappé de cette carapace — définitivement ? Le sait-on ? Dans tous les cas, depuis qu'il repose sur une base mécanique, le capitalisme vainqueur n'a plus besoin de cet étai[28] ».

Le capitalisme s'est approprié l'un des cadres fonctionnels du puritanisme protestant — ascèse, méthodicité, rationalité, maîtrise de soi, usage du temps — pour structurer un modèle économique mais, bien au-delà de cela, pour imposer un modèle de rationalisation de l'existence qui a croisé, aux XIXe et XXe siècles, une instrumentalisation de l'homme, une architectonique technoscientifique du monde et un processus de subjectivation propre à l'individualisme croissant. Et, de fait, la conjugaison de ces facteurs contribue à la « mutation anthropologique » évoquée plus haut, puisque le sujet contemporain hérite d'une rationalité sans fins, d'une puissance technique sur le monde et sur lui-même — sur le corps en l'occurrence — et d'une liberté individuelle qui déjoue les analyses, précipitant l'herméneutique individualiste vers un émiettement des critères. Aussi, lorsqu'on réfère au profil ascétique concernant la gestion du corps, et en particulier *la construction sportive de soi*, faut-il bien percevoir que nous nous situons à la fois dans le registre d'une évolution historique et des principes de la rationalité occidentale, mais aussi dans celui d'une appropriation originale qui emprunte, par dérivation, d'abord à l'esprit puritain, ensuite à celui du capitalisme, des modes d'application *personnels* de la gestion rationnelle de soi. La construction du corps, si elle inclut de nombreux critères, dont ceux relevant de la mode, si elle recourt à de nombreux moyens aux effets diffus — diététique, cosmétologie, chirurgie, etc. —, doit prendre en compte, en premier lieu, la gestion irréductible du *matériau corps* et de ce qu'il induit du périssable de la vie, de sa précarité, de ses transformations. Non pas que cette donnée soit unique, loin de là. Non pas qu'elle réduise la production d'un corps rationnel, et encore moins la production de *soi*, au modelage, si sophistiqué soit-il, d'un *morceau de cire*. Néanmoins, nous avions signalé que la matérialité du corps distinguait, parmi l'*hyperchoix de soi* de l'individu contemporain, l'impératif de critères. Ces critères suggèrent bien une « homologie de structure » entre les éléments de l'analyse wébérienne et la production du corps rationnel.

La performance a ses lois. Elles ne sont pas strictement mécaniques, ni physiologiques, ni même, simplement, physiques. L'omniprésence de la psychologie et ses progrès dans ce domaine en témoignent. Ce qui frappe dans la préparation sportive, dans le commentaire par les sportifs de leur performance, dans le commentaire journalistique ou celui des spécialistes du sport, c'est l'*esprit de sérieux* qui s'en dégage. Pour de nombreuses raisons, dont des facteurs économiques parfois prédominants, le sport est devenu un jeu sérieux. L'entraînement sportif, les soins nécessaires, la récupération obligatoire, l'implication mentale suggèrent une ascèse. L'amateurisme de comportement en est de plus en plus exclu (*d'où la nostalgie de certains*), mais pas simplement parce que la concurrence est plus rude ou les enjeux économiques écrasants : parce que la construction scientifique de soi, la projection dans le temps, cet usage capitaliste dans l'esprit du temps et de soi exigent un rapport calculé du sujet à lui-même.

Ce constat se double immédiatement de sa possible contradiction. D'une part, la vogue croissante des sports de glisse ou sports « de rue » s'est posée en contradiction de cet esprit de sérieux et du cadre institutionnel des sports dits « classiques », autant sur le plan des modalités de pratique, que de celui des apprentissages et du *type de plaisir* recherché. Ils se sont donc affirmés très clairement comme des *sports plaisir* avant tout. Cette vogue a été analysée d'un point de vue historique et sociologique, dans son lien avec la contre-culture des années 1960-1970 aux États-Unis et dont elle hérite pour une grande part. Elle pourrait aussi, très logiquement, être reliée à l'individualisme contemporain et à la volonté hédoniste des individus de *se faire plaisir* avant tout, avec le minimum de contraintes structurelles et *comme bon leur semble.* D'autre part, on entend, depuis une période relativement récente, dans le discours des sportifs et de manière récurrente, la nécessité qu'ils éprouvent de *se faire plaisir*, peut-être, d'ailleurs, comme s'ils devaient lever le soupçon que ce ne soit pas, ou pas suffisamment, le cas. La question du plaisir éprouvé par les sportifs à pratiquer leur activité pose celle de la proportion *plaisir/douleur* dans la construction du corps performant. Ou, plus précisément, comment le profil ascétique que nous avons décrit comme central, en particulier dans la construction sportive de soi, s'articule-t-il avec la revendication hédoniste, d'abord dans cette perspective restreinte du sport mais aussi, de manière générale, dans la production du corps rationnel. Plaisir et douleur s'excluent-ils, se combinent-ils ? Qu'induisent-ils du rapport au temps ? Ainsi s'accentuent les questions de la *psychologisation* du corps et de l'existence d'un *corps subjectif*, organisé autour de la sensation.

11

Hédonisme et eudémonisme dans la production du corps rationnel

Les questions de l'hédonisme et de la temporalisation sont au cœur du processus de contrôle. Une époque caractérisée par un *individualisme hédoniste* exige leur examen. L'hédonisme suppose le plaisir, sa recherche et sa priorité, plaisir souvent décrit par son immédiateté et son opposition au processus analytique de *construction* — ici, rationnelle — d'une fin, comme par sa négation de la douleur. La correspondance est quasi analogique entre les couples *plaisir/douleur* et *médiat/immédiat*. D'un côté, le corps pour le plaisir, en quête de jouissance, si possible immédiate et sans contrainte ; de l'autre, le corps pour la performance incluant possiblement douleur et temps pour prix de sa création et de sa réussite. Partant, comment s'articulent ces corps plaisir et corps performance ? Comment penser la territorialisation du corps et l'attention portée au ressenti, le *corps objectif et* le *corps subjectif* ? Dans ce *processus individuel*, comment, et pour quelles fins, le corps est-il *produit* ?

Une revendication se fait jour, qui serait celle de l'*individu hypermoderne*, ou plutôt deux revendications : *tout, tout de suite* et *jouir à tout prix*. Nous serions tentés de les prendre pour équivalentes, considérant que le *jouir* revendiqué est un *jouir* de l'immédiateté et que *tout, tout de suite* et *jouir à tout prix* excluent, de fait, la décomposition d'un processus et la médiation, si ce n'est l'existence, de la douleur. Le plaisir, ici, semble s'opposer logiquement au calcul, la sensation à la raison. L'hédonisme fait front au capitalisme. Cela étant, la revendication d'hédonisme, comme thèse d'un refus des contraintes, des calculs, des projets et de la capitalisation sur soi pose problème dans la conception d'un corps rationnel. Si ce dernier est un corps *pensé,* l'hédonisme dénie-t-il toute réflexivité et toute *conscientisation* du corps ? Si le corps rationnel est un corps *maîtrisé,* l'hédonisme dénie-t-il cette maîtrise ? Refuse-t-il tout contrôle, toute scientifisation et toute technicisation ?

Nous avons mentionné le risque d'aplatir la compréhension de l'individualisme en le réduisant à un hédonisme défini comme *anomique* : *chacun fait ce qui lui plaît.* Si, effectivement, l'individualisme se réduit à cette formule, on peut penser que *tout est équivalent,* donc ininterprétable. Or le processus de subjectivation à l'œuvre dans la production du corps rationnel traduit l'appropriation de principes et critères, de même que la primauté de certains modèles sur d'autres (minceur, santé, etc.). Ces principes et critères réfutent-ils l'hédonisme ? Au fond, la question centrale est celle de la nécessité de la douleur dans la construction de soi et du caractère antinomique ou non de cette douleur avec l'hédonisme, perçu comme une doctrine du plaisir *avant tout.* Elle est aussi, et revient la question de la temporalité, celle de savoir si la *durée* (construire son corps dans la durée, compter sur le temps, *persévérer*) s'oppose à la *jouissance.* Quel est le type de plaisir possible par le corps rationnel et par quelles médiations éventuelles ce plaisir transite-t-il ?

HÉDONISME ET EUDÉMONISME ANCIENS

L'hédonisme est à distinguer de l'eudémonisme, le premier fait du plaisir le principe vecteur de l'existence, le second considère que le bonheur est la finalité de toute pratique. Ce n'est pas tout à fait la même chose. Dans le premier cas, la morale s'articule sur l'impératif de jouissance, l'existence est perçue comme une succession de plaisirs, dont l'ensemble peut — c'est-à-dire aussi *peut ne pas* —, dans la durée, constituer un *souverain bien*, c'est-à-dire le bonheur. L'idée d'un hédoniste *finalement* malheureux est donc concevable, à cause de l'assujettissement de l'individu à ses appétits, par exemple. Tout dépend par conséquent de la place accordée au désir. Pour l'École cyrénaïque, fondée par Aristippe, vers 435-350 avant J.-C., la jouissance ou volupté, quelles qu'en soient les causes, est principe et mesure de toute valeur, et donne tout son contenu au bonheur. L'épicurisme développe l'idée d'un plaisir « en repos », d'une ataraxie, comme forme de sagesse. Pour Nietzsche, en revanche, les hédonismes anciens, qui sont « des philosophies superficielles et des naïvetés[1] », posent mal le problème d'une existence dont la créativité fondamentale suppose un possible excédent de douleur. Abolir la souffrance est donc une ambition « folle[2] ». Il faut pouvoir imaginer, non pas que le plaisir annule la douleur ou se déploie en retrait d'elle, mais qu'il puisse exister *avec* elle, *à travers elle* même, la transcendant par la « volonté de puissance. »

Dans le cas de l'eudémonisme, la perspective d'ensemble prime la fragmentation des plaisirs. Le bonheur est un tout. « Le Bien, dit Aristote, est ce à quoi toutes les choses tendent[3] » et « la fin des affaires humaines[4] ». Ceci explique que la vertu elle-même puisse en constituer le principe, puisque susceptible de procurer une béatitude. Toutefois, dans le cas des philosophies grecques, hédonisme et eudémonisme ne sont pas foncièrement incompatibles, dans la mesure où le plaisir est défini comme une absence de douleur, d'une part, et comme une maîtrise des désirs, d'autre part, éléments « vertueux » si l'on peut dire. Ainsi, l'épicurisme est à la fois un hédonisme dans sa *revendication* du plaisir, et un eudémonisme dans sa *définition* du plaisir, puisque l'ataraxie des adeptes du Jardin est un état de perfection réalisé par la suppression de toute douleur. Il en va différemment pour le christianisme, pour lequel le bonheur devient une réalité de l'au-delà, devant être méritée par une vie juste et conforme aux enseignements des Pères de l'Église et du pape. La douleur ici peut être constitutive du bonheur, puisque la félicité est différée, historicisée et fait l'objet d'un « jugement dernier ».

Aussi, avant même d'examiner ce dernier point et son incidence dans la construction de notre hypothèse, il importe de clarifier la double question qui se pose dès lors qu'on évoque la pensée grecque du plaisir et du bonheur, telle qu'elle est énoncée, par exemple, dans l'épicurisme. Premièrement, que présuppose l'idée de « conformité à la nature » ? Deuxièmement, quel est le rapport du plaisir à la douleur ? Épicure affirme, dans la *Lettre à Ménécée*, que vivre conformément aux prescriptions de la nature consiste d'abord dans la recherche du plaisir. Celui-ci nous est connaturel et en lui réside la fin de toute notre nature. On sait l'attachement de la pensée grecque, dans sa quasi-unanimité, à la représentation d'une nature normative, finalisée, vis-à-vis de laquelle la sagesse humaine est dans un devoir d'observation et de compréhension. L'ordre des choses ne saurait subir l'ordre de la pensée. L'idée d'agir *contre nature*, en dépit d'elle, dans un mouvement de transformation et de transgression, n'est pas une idée antique, mais bien une idée moderne fondée sur une représentation du monde et des outils scientifico-techniques très distincts. Aussi, lorsque Épicure fait du plaisir « le commencement et la fin de la vie bienheureuse [, car] il est le premier des biens naturels[5] », il inscrit l'action humaine dans le registre de cette fidélité à la nature. Le plaisir s'exprime dans une concordance. Il est, dirait-on, *dans la nature de l'homme de suivre la nature.*

La vision des modernes est différente. Il est plutôt, explique par exemple Rousseau, *dans la nature de l'homme de dépasser sa nature*, et de viser par là une perfectibilité qui est amélioration de soi et accès pour l'homme à sa nature rationnelle. L'accord avec la nature n'est plus la fin, mais le *moyen* — non plus nécessaire — d'un projet d'accomplissement de soi qui est tout sauf un ensauvagement. En écho à l'injonction cartésienne de « nous rendre comme maîtres et possesseurs de la nature », les modernes conçoivent donc les fins de l'homme comme possiblement transgressives d'un ordre naturel objectivé et désubstantialisé. Dans la distinction kantienne entre la liberté et la nature, on perçoit déjà la disjonction possible des deux. Aussi, quand l'épicurisme prévoit l'accord du désir et de la nature, encourage même l'extinction du désir comme ferment de sagesse, les modernes que nous sommes ne voient pas d'inconvénient à ce que le désir puisse s'affronter à la nature, la contredire, à ce que le plaisir même surgisse de cette lutte, de cette tension devenue antinomique entre la volonté humaine et l'ordre naturel. Or cette tension est à l'œuvre dans la production du corps performant, qu'il soit celui de la médecine ou celui du sport, puisqu'il s'agit de *construire* — dans toute la force du mot — un corps idéal selon des paramètres *humains* — esthétique, longévité, dynamisme, aptitudes physiques, principalement —, y compris en outrepassant s'il le faut les lois de la nature. Ce point est crucial pour envisager, d'une part, que le projet d'un *corps rationnel* puisse s'articuler sur le désir, d'autre part, pour admettre que ce désir fasse fi, le cas échéant, des lois de la nature.

Le deuxième point, non moins crucial, concerne l'agencement du rapport plaisir/douleur. On connaît la division posée par Platon, dans le *Philèbe*. Soit les plaisirs sont impurs, mélangés et, à l'instar des plaisirs du corps, sont perçus à leur tour, soit comme une réplétion, la cessation d'une douleur ou le sentiment d'un état neutre, soit comme associant deux mouvements qui peuvent appartenir au corps (lorsqu'on se gratte), à l'âme (quand tragédie et comédie nous font jouir de nos pleurs ou souffrir de nos rires), ou à l'un et l'autre. Sous les deux aspects, ces premiers plaisirs impurs se positionnent par rapport à une douleur ou par rapport à une dépendance (dans la démangeaison, par exemple). Ils sont donc définis dialectiquement par leur autre. Dans cette perspective, on comprend qu'Épicure ait pu définir le plaisir comme une absence de douleur, de la même manière que le médecin René Leriche a défini « la santé [comme] la vie dans le silence des organes[6] ». Il s'agit d'une définition négative du plaisir, ce qui n'ôte rien à sa recevabilité. Soit, deuxième possibilité, les plaisirs sont définis comme *purs* par Platon, auxquels cas ils n'émanent ni d'un manque, ni d'une dépendance, ni de l'annulation d'une douleur, mais d'une surabondance, de la beauté des formes, des sons, des sciences. Ils sont mesurés, vrais et réels, et Platon insistera sur ce caractère de vérité qui suit la santé et la tempérance. Beauté, proportion, vérité, justesse et mesure qualifient les plaisirs les plus purs.

PLAISIR *ET* DOULEUR

On doit, toutefois, à cette double définition du plaisir chez Platon, ajouter une troisième possibilité qui est celle de pouvoir trouver le plaisir *au travers* de la douleur. Nietzsche considère que la vie ne doit pas s'articuler autour d'une économie du plaisir et de la douleur, qu'en somme l'œuvre créatrice dépasse ses possibles conséquences en termes de satisfaction/insatisfaction et que l'excédent de douleur peut même être un moteur pour la création. « Seule la grande douleur est libératrice de l'esprit, dit-il dans *Le gai savoir*, le pédagogue du *grand soupçon* qui de chaque U fait un X, un X vraiment authentique c'est-à-dire l'avant-dernière lettre avant la dernière... Seule la grande douleur, cette longue et lente douleur qui prend son temps, et dans laquelle nous sommes consumés comme avec du bois vert, nous contraint, nous autres philosophes, à descendre dans notre dernier abîme, à nous dépouiller de cette confiance, de toute bienveillance, de toute solution moyenne, où nous avions peut-être placé auparavant notre humanité. Je doute que pareille douleur "améliore" — mais je sais qu'elle nous *approfondit*[7]. » L'œuvre créatrice, l'approfondissement de la psychologie humaine sont transcendés par la douleur, la « grande santé » se couple de la « grande douleur » comme dans une stimulation réciproque et le moteur de la volonté. Loin d'une gestion économe de soi, et en cela en contradiction avec l'effervescence rationaliste de son temps (elle-même en opposition au romantisme), Nietzsche réhabilite la dépense, l'effusion, la violence d'où peut surgir l'idée, la libération du corps des catégories étroites posées par l'esprit, refusant le dualisme corps/esprit. Par là il introduit, au cœur même de l'apologie des sens et comme indispensable à la recherche de la vérité, la possibilité d'une douleur constitutive, médiatrice entre la perte de soi et l'exaltation de soi.

Quant à Freud, il étudie, dès les *Trois essais sur la sexualité* (1905) et *Pulsions et destins des pulsions* (1915), les questions de l'agressivité et du sadomasochisme. À partir du « tournant de 1920 », avec *Le problème économique du masochisme* (1924), il élabore la notion de *pulsion de mort (Thanatos)*, pulsion en lutte avec les *pulsions de vie (Éros)*, et fusionnant parfois avec les pulsions libidinales pour donner le *masochisme*. « Les historiens de la pensée de Freud, et Freud lui-même, admettent que, après 1920, ce qui est considéré comme le temps premier est le temps réfléchi, masochiste : se faire souffrir ou se détruire soi-même. C'est de ce "masochisme primaire" que dériverait aussi bien, par retournement, le sadisme que le masochisme pervers : trouver un autre susceptible de me faire souffrir[8]. » Autrement dit, « dans ces deux types d'intériorisation : le repli sur la zone érogène et le rebroussement dans le fantasme[9] », l'idée de prendre du plaisir dans la douleur se dessine, d'abord comme une pulsion primaire, puis comme une variante de l'activité sexuelle dans laquelle le sujet recherche les situations de douleur physique et d'humiliation. L'antinomie entre le plaisir et la douleur est ici revisitée à la lumière des ambivalences, constitutives pour Freud du psychisme humain, entre *pulsions de vie* et *pulsions de mort*, comme entre *principe de réalité* et *principe de plaisir*. L'agressivité, intriquée aux formes les plus primitives de la sexualité dans le psychisme humain, l'agressivité comme pulsion, mais aussi comme forme « réfléchie », auto-agression, apparaît comme axe possible d'accession au plaisir, de valorisation du moi et de valorisation « auto-érotique » de son propre corps.

L'idée d'un plaisir mêlé de douleur, constitué par elle ou transitant par elle s'ajoute donc à la conception platonicienne de plaisirs *dépendants* (impurs) et de plaisirs *surabondants* (purs). Le plaisir n'est plus, ici, exclusif de la douleur. Il la comprend en lui au moins à deux titres : celui d'une intrication pulsionnelle qui réfère, comme chez Freud, à la construction psychique autour des pulsions agressives et sexuelles ; celui d'une médiation, temporelle ou pas, qui conditionne l'accès au plaisir ou, dans les termes d'un bilan de vie, au bonheur. Dans ce deuxième cas, d'autant plus si l'on prend en compte la notion de culpabilité comme pivot de l'intériorisation des normes par le sujet, on n'est évidemment pas très loin d'une conception du plaisir et du bonheur selon une méritocratie de type chrétien : le bonheur se paie des efforts et souffrances d'une vie, qu'il soit admis sur cette terre (*élection* de type protestant), ou définitivement repoussé dans l'au-delà (*paradis* de type catholique). Le plaisir et le bonheur se méritent. La méfiance quant au corps et la connotation de péché associée au désir ont renforcé dans l'influence chrétienne cette nécessité que plaisir et bonheur s'équilibrent, en quelque sorte, de leur contrepoids de douleur et de malheur. D'où l'idée que les plaisirs du corps devront être *rachetés*. D'où l'idée, également, d'une beauté suspectée (*trop beau ou belle pour... être honnête, être intelligent,* etc.) ou d'une faveur corporelle durement acquise (*il faut souffrir pour être belle, ou beau*).

« IL FAUT SOUFFRIR POUR ÊTRE BELLE »

L'idée de *souffrir pour être belle* est un lieu commun du paradigme esthétique, mais pas seulement. La minceur, en particulier, voire la maigreur, se paie d'une attention constante à la diététique, aux régimes et de privations censées conduire aux résultats escomptés. D'autant plus que les spécialistes affirment que, compte tenu du métabolisme de chacun et *dans la durée,* très peu de régimes parviennent à leurs fins, c'est-à-dire une minceur définitive, du moins durable, en tout cas *idéalisée.* De même, la chirurgie esthétique et les différentes modifications du corps qu'elle propose s'accompagnent d'un temps de cicatrisation et d'adaptation à son *nouveau corps* qui ne vont pas sans douleurs, physiques et psychologiques. L'entraînement physique, la sculpture d'un corps musclé ou endurant ou souple, l'acquisition des habiletés motrices minimales requises pour *prendre du plaisir* dans un sport *quel qu'il soit* — et malgré la volonté forte, ici, de se démarquer des sports *fun* — nécessitent effort, persévérance, courbatures, etc. La souffrance physique n'est pas rare. Elle est souvent perçue, notamment par les sportifs, comme un gage du *bon effort*, attestant le mérite et le dépassement de soi. Et, d'une certaine façon, la douleur apparaît, dans la production du corps rationnel, comme le corollaire de la volonté exercée, la preuve de la maîtrise de soi, accentuant même cette *conscientisation* du corps qui en fait un objet pensé et modelé selon le vouloir. Notons enfin que l'accouchement « sans douleur » est une invention relativement récente, de même que la prise en compte systématique, médicale et psychologique, de la douleur des malades, comme si persistait un relent de culpabilisation chrétienne selon laquelle santé, bien-être, enfantement, beauté devaient toujours se payer d'une douleur, comme l'aune d'un bonheur quasi indu.

Pour reprendre un exemple type de cette construction du plaisir autour de la douleur, la vie du sportif de haut niveau est ponctuée d'une souffrance quasi quotidienne[10]. « Aller au bout de sa souffrance », « au-delà de l'épuisement », « être un monstre de volonté », « s'être arraché » ou « déchiré » sont des expressions familières de la pratique sportive de haut niveau, mais pas seulement, traduisant la performance conquise sur ses propres limites, sur sa résistance à la douleur ou au découragement. Dans un article évocateur de ce compagnonnage entre la production sportive de soi et la douleur, l'athlète française Muriel Hurtis, spécialiste du sprint, établit un parallèle entre son accouchement sans péridurale et ses entraînements sportifs : « Il y a peut-être de ma part une accoutumance à la douleur, un élément qui nous accompagne tous dans notre carrière, avec les blessures, l'entraînement difficile... Je dois dire que certaines séances lactiques[11] m'ont parfois fait autant, voire plus souffrir. [...] Je m'étais [...] entretenue lors de ma grossesse. Jusqu'au septième mois, j'ai utilisé un vélo d'appartement et un appareil elliptique. Ensuite, j'ai suivi des cours d'aquagym destinés aux femmes enceintes. Quand vous êtes athlète, votre temps est fait d'obligations et de contraintes[12]. » À la question « qu'est-ce qu'un champion ? », Jacques Anquetil ne répondait-il pas : « sa capacité à souffrir » ? Quant à l'entraîneur de Laure Manaudou, il estime que le sportif de haut niveau est celui « capable d'aller au-delà du mal » !

La production du corps performant intègre donc l'expérience familière de la douleur comme une condition de possibilité de l'excellence. Si le plaisir est présent, s'il est indéniable au terme de l'effort récompensé, de la victoire, s'il transparaît dans cet accomplissement de soi qu'est une carrière sportive, la médiation de la douleur, du sacrifice, de la blessure parfois, des cicatrices, existe comme un passage obligé de cet accomplissement. D'autant que des phénomènes de dépendance à l'effort peuvent survenir, soit du fait de la production d'endorphines, les *hormones du plaisir*, lors d'épreuves longues comme le marathon, soit dans le cadre d'une symptomatologie où le corps instrumentalisé du sportif traduit l'obsession de maîtrise jusqu'à l'auto-agression. Là se retrouve le masochisme décrit par Freud, dans cette forme d'auto-érotisme vécu au travers du corps bolide, du corps narcissisé, mais aussi du corps malmené comme un jouet prodigieux, à la fois satisfaisant et insatisfaisant. « Une certaine dynamique violente est attendue du sportif de haut niveau. Il doit avoir envie d'attaquer son propre corps pour se transformer et aboutir à l'efficacité de son geste performant. Mais cette violence n'est pas si simple à maintenir à l'extrême des limites de la structuration sans qu'elles basculent dans l'agression de l'athlète lui-même (auto-agression) ou de ses partenaires voire adversaires (hétéro-agression). Le jeu sur la violence est un jeu subtil entre le "juste assez" et le "trop"[13]. » Pathologie de la maîtrise rationnelle de soi, l'anorexie mentale appartient au tableau clinique de ce masochisme affleurant à la surface de la performance.

Ce qui est ici décrit est une douleur acceptée, relevant de l'adage selon lequel « on n'a rien sans rien ». Si l'on admet que ce principe est communément transférable — avec un spectre d'intensités variables évidemment — à nombre de ceux portant à leur corps une attention constante et une volonté de construction, on est loin, dans cette perspective, de l'hédonisme univoque présenté comme trait principal de l'individu contemporain. Car l'emprise des normes, les conditions de la performance, celles de la sculpture de soi et de la production du corps brouillent cette univocité par la résurgence de critères, l'attachement porté à des modèles et l'acceptation de la médiation d'une douleur étalon, d'une douleur prix du plaisir et de la réussite. Une certaine *forme* de l'eudémonisme chrétien perdure, si ce n'est son *contenu*, dans le principe de cette médiation et d'un terme différé jusqu'au jugement *final*. Le corps idéal peut *figurer* l'œuvre d'une vie, de même que la santé parfaite peut *figurer* l'œuvre d'une société.

Ceci amène trois remarques finales. Premièrement, il n'est pas question d'ignorer les revendications de bien-être, de bien vivre, d'une nourriture plaisir, d'un sport loisir, de techniques de relaxation et de soin porté à son environnement (la mode du *feng shui*, par exemple), nombreuses dans les témoignages, la presse spécialisée et la publicité. Indéniablement, la question du plaisir est au cœur des préoccupations contemporaines, d'autant plus qu'elle se couple avec la *tentation matérialiste,* celle de remédier à ses manques et de combler ses désirs par la consommation : d'où le *tout, tout de suite* et le *jouir à tout prix* évoqués. Il n'est pas question non plus de nier que ce matérialisme de consommation soit lié à la multiplication de l'offre, des moyens, de même qu'à une urgence du présent et à une sollicitation par la vitesse. Ce qui nous oriente, à nouveau, dans deux directions : la question des normes et celle de l'importance croissante du *sens intime.* Ni l'hédonisme ni l'*hyperchoix* proposés à nos contemporains ne dissolvent dans une diffraction des désirs ou un émiettement des modèles le jeu dialectique du renvoi des normes du social à l'individu, et de l'individu au social, en l'occurrence ici celles d'un corps performant. Ces normes demeurent. Santé, minceur, forme, jeunesse, dynamisme fournissent des critères durables que, certes, chacun est libre d'aménager à son gré, mais qui sont intériorisés et constituent à ce titre des *limites.* D'autre part, la question du *sens intime* révèle que le bien-être résulte d'une attention nouvelle portée à soi, par le biais d'une plongée en soi, et en particulier par la prise de conscience d'un *corps de sensations.* Nous avions signalé le lien indissociable entre *corps objectif* et *corps subjectif.* Le *corps subjectif* révèle, à ce stade, que le désir d'être « bien dans sa peau », « en équilibre », de se connaître intimement, répond, en quelque sorte, non pas comme une contradiction, mais comme en miroir, à la production d'un corps rationnel décrit comme performant.

Deuxièmement, il nous faut préciser les sens de *conscientisation* et de *psychologisation.* Nous avons utilisé *conscientisation* dans le sens d'un corps *pensé,* mais le terme signifie aussi le corps pris comme *conscience*, c'est-à-dire le *corps subjectif*. Dans l'attention extrême portée aujourd'hui à la *sensation*, même si nous repérons la volonté de territorialiser le corps, et donc de le nommer, et donc, en un sens, de l'*extérioriser* par ce langage et cette connaissance, nous voyons également l'émergence d'un statut nouveau du *corps intime*, celui qui recèlerait tous les degrés infinitésimaux de la perception de soi, émergence en lien avec l'individualisme et le narcissisme contemporains. La *conscientisation* du corps évoque donc bien, non seulement cette réflexivité qui *fait prendre conscience de son corps*, mais aussi le statut offert au corps d'être le lieu d'un savoir de soi, et d'une identité *sentie*. Quant à la *psychologisation*, elle désigne cette référence croissante des expériences humaines à leur *psychologie*, à l'explication psychologique des maux, des conduites et des maladies. Elle réfère aussi, comme la *conscientisation*, à un statut psychologique du corps. *Conscientisation* et *psychologisation* ne s'opposent donc pas, comme le *rationnel* au *sensoriel*, sauf à vouloir signifier, dans le premier cas, une *pensée* du corps au sens d'une intellectualisation de type cartésien, tandis que, dans le second cas, on s'attacherait exclusivement à un *vécu sensitif* du corps.

Enfin, il faut spécifier, en réponse à l'une des questions initiales et à la lecture de Freud, que la médiation de la douleur dans l'accession au plaisir ne correspond pas nécessairement à une médiation *temporelle* et que l'équivalence analogique entre médiat/immédiat d'une part, revendication hédoniste/médiation de la douleur d'autre part, ne vaut pas systématiquement. Cette médiation de la douleur est une imbrication, elle est aussi une composante essentielle de nombre d'axes de la construction de soi, lorsque sont évoqués le mérite, la volonté de progresser, le « prix à payer » et autres « sacrifices » qui semblent justifier — moralement, rationnellement, techniquement ? — plaisir et bonheur. Toutefois, et pour rester dans le registre de la psychanalyse, on peut remarquer qu'il y a, dans la description du « stade oral » et du « stade anal » par Freud, comme étapes du développement psychique, l'évocation d'exigences d'accéder « immédiatement » (sans la médiation d'un tiers, dans le cas du « stade oral ») au plaisir, ou au contraire « médiatement » (puisqu'il faut penser à ce qu'on « fait », dans le cas du « stade anal »), par le biais d'une analytique de l'effort par exemple, ou de l'acquisition d'une technique s'il s'agit d'un sport. On trouverait beaucoup d'exemples de cette distinction entre *intuition* et *cérébralité*, entre *sensations* et *réflexion* désignant des modes d'approche du plaisir corporel et susceptibles de référer à cette distinction freudienne. Ceci permet, semble-t-il, de mettre en perspective la notion d'hédonisme telle que nous l'avions évoquée initialement.

*

Aussi se confirme qu'une économie instrumentale de soi révèle l'inscription du corps dans l'histoire du sujet, comme dans un faisceau de normes et de contraintes historiquement et idéologiquement posées. L'impact de la rationalité occidentale est certain, notamment dans le transfert d'aspects éthico-religieux tels que mis en évidence par Max Weber, lorsqu'il explique l'avènement et la domination du capitalisme. Ainsi se font face, de manière possiblement contradictoire, des interprétations du contemporain. L'*individualisme hédoniste* fréquemment évoqué se complexifie d'une approche des conditions de production du corps rationnel. L'obsession d'un *corps capital* échappe en partie à l'aplatissement des valeurs. Des critères perdurent, impliquant moyens et fins. La revendication du plaisir sous-tend des imbrications serrées avec la douleur. Aussi le *corps rationnel* n'est-il pas directement assimilable au *corps hédoniste,* malgré le bonheur final escompté. D'ailleurs, ce *bonheur final* pose la question de sa temporalité, de sa *capitalisation,* puisque l'investissement massif sur le présent réfère toujours à la prévision d'un avenir : vivre plus vieux, plus sain, plus performant, etc. *Matériau constructible,* le corps rationnel s'inscrit dans un matérialisme, celui de l'univers technique contemporain. Il est même au centre de *la question de la technique* puisque, bien que reconnu et investigué au titre d'un *corps conscience,* source de nos émotions et de notre identité, et sans doute à cause de cela aussi, il pose la question des limites de l'humain, de la place de l'humain et de ses interactions avec l'artifice.

IV

Le corps technique : nouvelles passions de l'artifice

12
L'homme matériel

L'interaction entre la *production subjective de soi* et la *production objective du corps* met en scène le progrès technique. Le corps ne cesse ainsi d'être plus scientifique et plus technique. Son artificialisation s'accroît jusqu'à entretenir, non seulement le fantasme d'un corps toujours plus rationnel, mais aussi celui d'une genèse totalement artificielle du corps. Par là se pose évidemment la question de ce que l'on entendra par *corps* si, à l'inventaire d'organes susceptibles d'être réparés ou produits par la technique, s'ajoute à présent celui des localisations cérébrales conditionnant nos conduites. L'antique question philosophique de la distinction entre l'âme et le corps s'absorbe dans une approche presque exclusivement matérialiste de l'homme, au moins dans la médecine, selon laquelle la maîtrise d'une géographie complète des fonctionnements psychiques et organiques humains n'est qu'une question de temps et de moyens. En outre, le *matériau corps* apparaît, sous cet angle, non plus seulement comme suscitant une *maîtrise* ou *programmation* de soi selon la *chair*, mais comme fusionnant avec l'objet artificiel, lui-même maîtrisable et programmable, dont il est le mime ou l'inspiration. Partant, les *techniques du corps* sont autant *techniques de soi* qu'*artifices* émanant de l'imaginaire scientifique. C'est à une vraie *question de la technique* que confronte la production du corps rationnel sachant que, pour la première fois dans l'histoire, l'homme se place, de par l'inventivité et les pouvoirs de ces artifices, devant les lignes constituantes de sa propre identité.

Alors que s'écrivent ces lignes, laissant supposer, à leur parution, de nouvelles évolutions, des chirurgiens s'efforcent de rendre la vue à des aveugles ou de faire remarcher des paraplégiques, combinant la biologie cellulaire à l'électronique. Ainsi, des pionniers implantent une rétine artificielle à des non-voyants, tandis que d'autres reconnectent les nerfs de la moelle épinière avec des cellules olfactives, censées la restaurer[1]. Inaugurant l'ère postgénomique, une équipe américaine a réussi à contraindre des bactéries génétiquement modifiées à agir selon une logique purement informatique. Cela implique de parvenir à intégrer dans un même tableau les acteurs intracellulaires (gènes, protéines, ARN, etc.) afin de dénouer les très complexes réseaux d'activation biochimiques donnant vie aux cellules. Conçu comme des « ordinateurs naturels », ce réseau de bactéries génétiquement programmées promettrait des applications passionnantes : détecter des produits chimiques ou des organismes, par exemple une faible concentration d'anthrax ou d'une bactérie pathogène impliquée dans la mucoviscidose. D'autre voies sont aussi envisagées : développer des cellules qui sécréteraient des molécules utilisables pour fabriquer des matières biologiques ou des médicaments ; imaginer une « ingénierie programmée des tissus », les cellules guidant des cellules souches dans le corps et leur ordonnant la réparation ou la construction de cellules nerveuses ou de structures osseuses. D'un point de vue théorique, les « bactéries ordinateurs » seraient ainsi un outil indispensable à l'étude des interactions entre cellules, signant la naissance de la biologie synthétique[2].

L'investigation savante du corps a ainsi pour corollaire l'intégration croissante de l'invention technique, sous la forme du matériau artificiel, dans les microstructures du corps humain. Elle autorise donc une appropriation du corps par la science, ici la médecine, au cœur d'un projet matérialiste : soigner le corps par un dévoilement de ses mécanismes les plus secrets et une connaissance accrue des localisations, fonctionnements, répercussions, transmissions de la maladie ; soigner le corps, aussi, par une programmation ou une reprogrammation du capital génétique. Ainsi s'enrichit, jour après jour, le grand inventaire de l'efficacité médicale. Découverte de nanoparticules susceptibles de déceler les plus petites tumeurs cancéreuses, de molécules anti-âge ou contre l'excès de fer, identification de gènes de la dyslexie, d'anticorps contre le diabète, projet de vaccins contre le paludisme, le zona, le cancer du col de l'utérus ou les mélanomes, bactérie OGM protégeant des caries, localisation chimique ou génétique des causes de la dépression, progrès de l'imagerie médicale et de la neurobiologie du cerveau, travail et programmation de cellules souches, culture d'os ou de peau en prévision de greffes, médicaments contre l'évolution de la maladie d'Alzheimer ou l'obésité, la liste est quotidiennement augmentée attestant l'étendue des champs de recherche et des moyens scientifiques, économiques et humains impliqués.

Cette investigation suscite trois interrogations

liées : la première sur le matérialisme en jeu ; la deuxième, au sein du rapport nature/culture, sur le sens de ces techniques ; la troisième, sur le lien indissoluble entre l'esprit et le corps et la question de l'*identité humaine*.

MÉDECINE ET MATÉRIALISME : LA TENTATION DU MONISME

En publiant une *Histoire naturelle de l'âme* et *L'homme machine*, La Mettrie affirme, au XVIIIe siècle, la matérialité totale de l'homme et de toutes ses fonctions intellectuelles, niant l'existence d'une âme distincte du corps. Croisant des inspirations diverses (Locke, Leibniz, les atomistes...), toutes subordonnées à la primauté de l'expérience médicale, il s'applique à démontrer non seulement que toutes les idées viennent des sens mais, par implication, que toutes les facultés, y compris intellectuelles, s'expliquent par l'âme sensitive, matérielle chez l'homme comme chez l'animal. L'homme, d'ailleurs, ne diffère, selon lui, de l'animal que par une organisation plus perfectionnée. Tenant d'une conception moniste, empruntée pour l'essentiel à Diderot et d'Holbach, Cabanis construit lui aussi son image de l'homme à partir de la sensibilité. Souvent réduit à la formule selon laquelle « le cerveau sécrète la pensée comme le foie sécrète la bile », il propose une construction complexe, attentive à tout ce qui retentit de la vie psychique sur le corps comme de ce qui retentit du corps sur la vie psychique. Travaillant sur les activités de l'imagination et du rêve, il s'exprime déjà en termes associationnistes et anticipe des questions que posera Freud. L'idée qui préside à ces monismes est celle d'un métabolisme de la pensée, dont la postérité fera florès, dès le XIXe siècle, avec la localisation des aires cérébrales. Au XXe siècle, au travers des progrès réalisés depuis trente ans en neurosciences, biochimie, génétique ou imagerie médicale, la science ne cesse d'approfondir la connaissance du lien unissant psychisme et organisme.

Car la question du matérialisme en médecine n'est pas tant celle de la compréhension du corps au travers des maladies, si le corps est entendu comme agrégat d'une matière corruptible, périssable et malléable, donc réparable, que celle de la mise en cause du psychisme dans l'origine des maladies, soit sous la forme d'une localisation physique des fonctionnements psychiques, soit sous la forme d'une psychosomatique. Le primat du matérialisme se fonde sur une cartographie de plus en plus sophistiquée du corps, celle-ci préparant la compréhension des maladies et comportements humains. Aussi se pose la question de la limite ou de l'absence de limite à la naturalisation de la pensée. Dans le premier cas, il est difficile de ne pas réintroduire un dualisme, mais il peut aussi s'agir du point de départ d'un questionnement éthique ou spirituel sur la spécificité de l'humain. Dans le second cas, la primauté du corporel absorbe, en quelque sorte, les mystères traditionnels de la « conscience » ou du « psychisme » ou encore de l'« esprit », et le corps apparaît comme la seule réalité, on serait tenté de dire « pour le meilleur et pour le pire ». Ainsi affirme Nietzsche, « le phénomène du corps est un phénomène plus riche, plus explicite, plus saisissable que celui de l'esprit. Il faut le placer au premier rang, pour des raisons de méthode, sans rien préjuger de sa signification ultime. [...] En effet, la conscience n'est rien qu'un instrument [...] ni le plus nécessaire, ni le plus admirable. [...] Il faut donc renverser la hiérarchie [...] et conserver le spirituel comme un langage chiffré du corps[3] ».

Cette perspective, éminemment moderne, n'en résonne pas moins paradoxalement aujourd'hui, à l'heure de la *psychologisation des conduites* et de la *mentalisation des sensations*. Nous soulignions plus haut l'extension des territoires de la médecine et une *pathologisation de l'existence* avec, en parallèle et comme en miroir, la *psychologisation croissante des conduites*. *Psychologisation* et *mentalisation* peuvent être ici entendues en deux sens : soit comme un processus d'intériorisation qui signe une évolution marquante dans l'histoire du *sujet* ; en ce sens, nous avons évoqué plus haut la notion de « corps subjectif » ; soit, aussi, comme la désignation d'une cartographie mentale dont résulte l'absorption, par un monisme matérialiste, de processus psychosomatiques. Dans le premier cas, et sans revenir nécessairement à un dualisme, la notion de *sujet* demeure la clé de voûte de la compréhension de l'être humain. Dans le second, la notion d'un sujet défini par son intériorité est évidemment plus problématique, puisque l'explication matérielle des processus mentaux inclut toute référence au rôle du psychisme.

Les localisations cérébrales ou l'ambition cartographique

Illustration de cette matérialisation du psychisme, la théorie des localisations cérébrales est la théorie selon laquelle chaque région du cerveau possède une fonction spécifique. Elle a pour ancêtre une doctrine défendue au début du XIXe siècle par le médecin Franz Josef Gall, la phrénologie, bientôt incluse dans la craniologie inaugurée au XVIIIe siècle par les travaux de Daubenton et Camper, collaborateurs de Buffon. La craniologie consiste en l'étude scientifique du crâne de l'homme et des primates (cubages de la capacité crânienne, détermination d'angles, de diamètres...) et se poursuit avec les travaux de Paul Broca au siècle suivant. Ce dernier, en compagnie de Karl Wernicke et de leurs collègues neurologues, donne des fondements anatomo-cliniques à la théorie des localisations en repérant, après autopsie, la lésion cérébrale responsable du trouble neuropsychologique. À la fin du XIXe siècle, la théorie des localisations cérébrales est généralement acceptée. La spécialisation fonctionnelle du système nerveux central est unanimement admise aujourd'hui. Les spécialistes du cerveau en décrivent des cartes de plus en plus précises dont le cortex visuel est un bon exemple. Toutefois, les méthodes anatomo-physiologiques peuvent aussi être appliquées à d'autres régions moins connues du cerveau, comme le cortex préfrontal ou les aires du langage. Les progrès de l'imagerie médicale en ce domaine ne cessent d'enrichir cette cartographie qui lie des incapacités intellectuelles, sensitives ou motrices à des lésions de certaines parties du cerveau, comme elle induit un déterminisme physique autorisant la détection en temps réel des zones du cerveau activées, permettant de « voir » les processus chimiques à l'intérieur des neurones.

Les débats philosophiques et idéologiques suscités par la théorie des localisations cérébrales n'ont pas manqué depuis le XIXe siècle. Au-delà des questions portant sur la vérité scientifique et ses évolutions, à partir d'un postulat selon lequel « il n'y a pas de maladie sans une lésion correspondante des organes », au-delà de l'opposition entre les tenants des différentes variantes de l'associationnisme (*le cerveau est perçu comme un ensemble de centres reliés entre eux*), puis du connexionnisme (*le cortex cérébral est conçu comme une mosaïque d'aires fonctionnellement spécialisées reliées par des connexions parallèles*), c'est l'opposition traditionnelle entre spiritualisme et matérialisme qui est ici revisitée. Emblématique de ce débat, Bergson s'oppose, en 1896, dans *Matière et mémoire*, aux neurologues associationnistes, refusant de réduire l'esprit au cerveau et la mémoire à un dispositif cérébral de conservation de souvenirs. Il distingue notamment le cerveau, comme moteur adéquat pour recevoir les souvenirs, et la « mémoire pure ». Pour lui, le souvenir pur est d'essence spirituelle et c'est la dégradation des régions sensorielles et motrices qui l'empêche de s'incruster, plus qu'une affectation de la mémoire en tant que telle. À l'heure actuelle, le problème des localisations cérébrales d'opérations cognitives comme le langage et la musique est d'une complexité inouïe. Celles-ci ont fait l'objet de travaux multiples accréditant la thèse de *L'homme neuronal*[4].

Précurseur des thématiques récentes, Jean-Pierre Changeux prétend déconstruire des oppositions réductrices relevant, selon lui, de présupposés idéologiques. La première est celle entre le *corps* et l'*esprit*, dont le programme de la neuroscience contemporaine projette d'abolir la « distinction archaïque », fondée sur une « ignorance délibérée » des progrès de la connaissance scientifique. Il s'agit d'établir une relation de causalité réciproque entre l'organisation neuronale et l'activité qui s'y développe et se manifeste par l'actualisation d'un comportement (ou un processus mental) défini. La seconde est celle du *naturel* et du *culturel*, dans laquelle le culturel apparaît comme la conséquence épigénétique des réseaux nerveux en développement, c'est-à-dire comme une trace biologique, ou plutôt neurobiologique. Il n'y aurait donc pas opposition entre naturel et culturel, bien au contraire, puisque l'enveloppe génétique propre au cerveau de l'homme — ce que l'on appelle parfois « la nature humaine » — inclut cette ouverture épigénétique à l'environnement et donc à la genèse des cultures. La singularité de l'histoire des populations humaines et de leurs histoires individuelles se matérialiserait donc sous la forme d'« objets neuro-historiques », sans lesquels l'histoire n'a pas d'existence et qui distingueraient, de ce point de vue, les hommes des animaux. La troisième opposition est celle du *spirituel* et du *matériel*. Changeux affirme le caractère archaïque de ce dualisme et se réfère à Diderot pour avancer que les activités les plus élevées de l'homme sont en réalité la manifestation de l'organisation de notre cerveau, sans que cela diminue en rien, poursuit-il, les qualités d'une spiritualité ainsi sécularisée.

Réduit à ses schémas neuronaux, l'homme l'est de fait à ses conduites ou à ses maladies. La création artistique, musique et peinture par exemple, fait l'objet d'une « neuroesthétique », comme la religion d'une « neurothéologie[5] ». La tendance « dure » des neurosciences s'exprime dans la « neurophilosophie[6] ». L'identification des mécanismes cognitifs, l'introduction des chercheurs dans les arcanes complexes des circuits neuronaux et de l'action des molécules ancrent l'humain dans une territorialité toujours accrue de ses fonctions et comportements. Exhibé parce que expliqué, le corps humain démultiplie l'infiniment petit de ses mécanismes, prolongeant en cela et avec d'autres outils l'entreprise clinique systématisée au XIXe siècle sur la table d'autopsie. On perçoit le double sens de cette investigation : à la légitimité heuristique s'adjoint la tentation déterministe. La prévention et la remédiation aux maladies voisinent avec le fantasme d'une définition de l'humain par ses gènes et organisations neuronales. La spiritualité est dès lors perçue selon un processus d'emboîtement dont le point d'origine est irréductiblement le corps, plus encore la matière, comprise en une combinatoire dont les modèles empruntent aux mathématiques et à l'informatique.

Le modèle computationnel des sciences cognitives

Emblématiques de cette entreprise, les sciences cognitives contemporaines, âgées seulement d'un demi-siècle, forment un ensemble composite de disciplines, de théories et de méthodes partiellement compatibles. Six disciplines, ou groupes de disciplines, en sont les membres constituants officiels : neurosciences, psychologie, linguistique, philosophie (dont logique), anthropologie, informatique (dont intelligence artificielle, y compris robotique). Sur le modèle computationnel et selon l'hypothèse initiale, « l'esprit est un système de traitement de l'information[7] », et les entités mentales comprennent des états et des processus. Les états sont des entités dont la fonction est d'être des porteurs d'informations, les processus des entités dont la fonction est d'être calculatoire ou algorithmique. Partant, « l'hypothèse cognitiviste [...] consiste à conjecturer tout à la fois 1) que le mental possède une nature matérielle non mystérieuse et s'intègre dans une vision scientifique moniste du monde ; 2) le mental possède une autonomie conceptuelle ou logique qui permet et nécessite de l'étudier en tant que tel, à un niveau propre de description qui porte sur la fonction des entités mentales ; 3) la nature matérielle du mental relève de la compétence des neurosciences ; 4) la nature fonctionnelle du mental relève de la compétence d'une nouvelle discipline, sorte d'extension de la logique, qui étudie des univers informationnels régis par des transformations effectives (algorithmiquement réalisables), et qui méritera, lorsqu'elle sera réellement constituée, le nom de "science cognitive" au singulier[8] ». Ce modèle revendique donc une ambition résolument matérialiste, fondée sur l'appartenance du mental à des schémas physiques et mathématiques.

Les sciences cognitives ne pouvaient naître qu'à partir du moment où la notion de calcul matériellement réalisable était désolidarisée d'une vision étroite du mécanisme, ce qu'opère, en 1936, le mathématicien Alan Turing. Celui-ci invente l'idée de la machine universelle et établit la possibilité d'un système qui, comme l'esprit, passe d'une tâche à l'autre par un simple changement de disposition interne, sans changer de nature profonde. Dans la décennie 1943-1953, la phase cybernétique des sciences cognitives, dont le projet était de créer une science de la pensée, produit « un éventail extraordinaire de résultats concrets [...] : l'application de la logique mathématique dans la compréhension du fonctionnement du système nerveux ; l'invention des machines à traitement d'information (telles que les ordinateurs numériques), qui allaient servir de base à l'intelligence artificielle ; la création de la théorie systémique, métadiscipline dont l'empreinte a marqué de nombreuses branches de recherche telles que le génie civil (l'analyse systémique, les théories du contrôle), la biologie (la physiologie régulatoire, l'écologie), les sciences sociales (la thérapie familiale, l'anthropologie des structures, la gestion, l'urbanisme), l'économie (les théories du jeu); l'utilisation des théories de l'information en tant que théories statistiques des signaux et des voies de communication; enfin, les premiers exemples de systèmes auto-organisés complexes[9] ». Forte de ces succès, la mathématisation du cerveau est en marche et, avec elle, l'appétit d'une connaissance aiguillonnée par les progrès informatiques.

Aussi, en 1956, la première phase des sciences cognitives en tant que discipline visible, le cognitivisme ou le « computationalisme », s'appuie-t-elle sur l'intuition que la cognition est une question d'intelligence et que, ressemblant à tel point aux caractéristiques essentielles d'un ordinateur, elle peut être définie comme un ensemble de calculs portant sur des représentations symboliques. Le modèle informatique s'affine. La formation des idées actuelles concernant le cerveau, c'est-à-dire la quasi-totalité de la neurobiologie, s'est imprégnée, année après année, de cette perspective du traitement de l'information. Le meilleur exemple de ces travaux est, sans aucun doute, les études portant sur le cortex visuel, où la possibilité de détecter des réactions électriques provenant de neurones permit une classification de type logique des neurones corticaux, ceux-ci étant perçus comme des détecteurs de « traits caractéristiques » : orientation, contraste, couleur, vitesse, etc.

Donnant une consistance biologique à l'idée selon laquelle les représentations mentales sont les manifestations d'un système formel et l'activité de la pensée, ce qui donne à ces représentations leur couleur comportementale, le cognitivisme initial fut toutefois progressivement remplacé, dans les années 1970, par le connexionnisme, insistant sur les fonctions « distributives » du cerveau. Selon cette approche, le cerveau présente une capacité d'auto-organisation qui excède la simple perspective logique et semble plutôt fonctionner d'une manière « distribuée », grâce à des agglomérats d'interconnexions. De la sorte, le nombre et la structure de ces connexions (connectivité) changent avec l'expérience. Ainsi, dans l'exemple du cortex visuel, « il est devenu de plus en plus nécessaire d'étudier les neurones en tant que membres d'ensembles plus larges qui apparaissent et disparaissent constamment du fait de leurs interactions coopératives, et à l'intérieur desquels chaque neurone présente des taux de réactivité à la stimulation visuelle multiples et variables, selon les différents contextes[10] ».

Toutefois, la nécessité d'élargir encore le champ des deux approches précédentes, la critique de l'emploi classique de la notion de « représentation » comme affirmation d'une correspondance entre le monde et les états internes d'un système cognitif, la volonté, enfin, d'insister sur les arrière-plans ou le bon sens permettant la configuration d'un monde d'objets, faisant ainsi écho à la phénoménologie, ont donné naissance à une troisième voie, la cognition incarnée ou située (*embodied or situated cognition*), ou *enaction* (*to enact*, faire émerger). Remettant en question le postulat selon lequel le monde tel que nous le vivons est indépendant de l'être connaissant, cette voie affirme une relation de spécification ou de définition mutuelle, de corrélation, entre connaissant et connu, sujet et objet. Dans l'exemple de la perception des couleurs, celles-ci n'apparaissent pas comme un corollaire des caractéristiques du monde, mais au travers de leur codéfinition avec une certaine manière d'être une espèce vivante : humain, oiseau, etc. De la même manière, l'espace apparaît-il selon certains critères sensori-moteurs, lié à nos schémas et gestes corporels. Une forme de globalité est réintroduite et avec elle, d'une certaine façon, une spécificité humaine de la connaissance. Il n'en reste pas moins que le schème directeur, tout en s'enrichissant et se complexifiant, demeure ancré à l'intuition initiale d'une explication matérielle de la perception et de sa mentalisation.

Les trois vagues marquantes des sciences cognitives, cognitivisme, connexionnisme et incarnation (« les capacités cognitives sont inextricablement liées à une histoire vécue, tout comme le chemin qui n'existe pas mais qui est tracé lorsque l'on marche[11] ») attestent la plurivocité des réseaux actuels de recherches, comme la grande distance qui les sépare, voire leur opposition. Elles ont toutefois en commun la volonté d'affiner, au-delà des phénomènes cognitifs, la compréhension du cerveau humain et, à travers elle, une analytique de l'homme matériel. D'où le succès actuel de ces recherches — dont un succès social lié à une sorte de fascination pour le décryptage de l'invisible, ou la *visibilité de l'invisible* —, et la gageure, consistant dans l'étude du phénomène de la conscience.

Cheminement vers le corps rationnel : l'exemple de la vision

Dans la vaste entreprise d'exploration et d'explication du cerveau, la vision tient une place privilégiée. Les enjeux philosophiques sont évidents : pour dire les choses sommairement, la vision relie l'homme et le monde, elle est la clé de voûte des représentations, c'est-à-dire des connaissances. Elle est même à l'origine d'*un* monde, celui du *visible*. Sa complexité alimente le débat entre tenants du spiritualisme ou de l'idéalisme, et tenants du matérialisme. Pour cette raison, la plupart des grands systèmes de pensée en ont donné leur interprétation. À notre époque, les sciences cognitives et en particulier les neurosciences s'efforcent de produire une explication de la vision enrichie de toutes les données nouvelles concernant la chimie et la physiologie du cerveau. Comme souvent, la multiplication et la force des moyens grise l'ambition des fins : ici encore, produire un corps rationnel et accréditer la thèse d'un homme matériel. Par là, il ne semble pas inutile de retracer une brève histoire de la vision, afin de comprendre par quels mécanismes les sciences cognitives superposent, précisément — et on pourrait dire *à leur tour* — présupposé philosophique et explication scientifique. Telle est l'idée : la vision est explicable par des processus matériels complexes ; sur ce modèle, le cerveau dans son entier doit l'être aussi, et l'*humain* par extension.

L'Antiquité se partage entre trois théories, toutes relevant d'une conception philosophique d'ensemble, où interviennent les éléments reconnus fondamentaux dans un système physique donné : l'eau, l'air, le feu, ou les atomes dans le cas des épicuriens. Pour Démocrite et Épicure, quelque chose de l'objet, pression de l'air ou simulacres, provient jusqu'à l'œil. Pour Empédocle ou Platon, ou encore les stoïciens et Galien, un flux visuel jaillit de la pupille pour aller au contact de l'objet. Pour Aristote, la transparence des milieux intermédiaires (eau ou air), soit passe à l'acte sous l'effet d'un feu comme celui du soleil, soit reste en puissance dans les ténèbres. Aucune de ces théories ne conçoit la lumière comme cause, ou stimulus de la sensation, mais seulement comme une condition ; une seule permet une interprétation géométrique qui sera celle d'Euclide, puis de Ptolémée, celle qui suppose l'émission d'un flux (cône) de rayons à partir de l'œil. Ainsi Ptolémée conçoit-il la vue comme un calcul conscient et immédiat, par lequel nous estimons les formes et les reliefs d'un objet à partir de la distance de chacun de ses points. Une première psychologie des facultés apparaît, sans qu'elle puisse néanmoins différencier parmi les causes de la vision défectueuse.

Il faut attendre la fin du premier millénaire et les travaux d'Ibn al-Haytam, connu sous le nom d'Alhazen, pour que s'amorce une physique de la lumière et que le système antique s'élargisse à trois termes : la source lumineuse, l'objet et l'organe sentant. « Pour la première fois le traitement géométrique de la vision prend en compte ce qui se passe à l'intérieur du corps, en synthétisant très consciemment les connaissances des physiciens, des médecins et des mathématiciens[12]. » Cette vision intellectualiste inspirera Roger Bacon, John Pecham et surtout Vitellion (fin du XIIIe siècle). C'est toutefois au XVe siècle que se modifie la conception de la vision et de sa valeur de vérité à partir d'une perspective picturale, établie sur des rapports géométriques. Les astronomes du XVIe siècle, Copernic, Tycho Brahe spéculèrent sur elle, mais c'est Kepler, au siècle suivant qui, par sa théorie de la chambre noire, créa un modèle pour l'œil et fit de la rétine un véritable récepteur sensoriel. Descartes, dans sa *Dioptrique*, distingue trois phases distinctes, l'une lumineuse jusqu'à la rétine, l'autre nerveuse jusqu'au cerveau, la dernière proprement mentale et la seule consciente. Newton décomposera la lumière blanche en plusieurs rayonnements colorés, faisant de la couleur une réaction psychique à la lumière, et montrera ensuite que chacun est réfrangible à un degré différent des autres. Ainsi s'inscrit la difficile question du rapport de l'âme au corps, que Descartes explique en termes d'« union », Spinoza par un parallélisme psychophysique, Leibniz par une « harmonie préétablie » dès la Création, ou Malebranche par sa « vision en Dieu », tandis que Locke insiste sur notre ignorance de ce que sont âme et corps et que Berkeley s'oriente vers l'immatérialisme. William Molyneux, quant à lui, pose en 1686 la question de l'innéisme de la vision, question qui occupera jusqu'à la fin du XVIIIe siècle attestant le lien persistant entre l'âme, la pensée et l'expérience.

Le développement d'une neuro-physiologie de la vision accompagne, au XIXe siècle, celui d'une expérimentation véritable. Les excitations se mesurent grâce à une instrumentation spécifique, la loi logarithmique de Weber-Fechner relie sensations et excitations, Bergson consacre son *Essai sur les données immédiates de la conscience* à l'homogénéité et à la mesurabilité des sensations. La physiologie comparée permet de comprendre la loi de l'énergie spécifique des nerfs, tandis que Helmholtz explique la sensation colorée. Les progrès conjugués de l'anatomie pathologique, de la vivisection animale et des techniques expérimentales (dont celle de l'excitation électrique du cortex) conduisent à une meilleure connaissance du système nerveux central et périphérique, tandis qu'à partir des années 1930 s'impose le caractère chimique de la transmission nerveuse. À partir des années 1960, l'analyse fine des voies nerveuses montre la sélectivité fonctionnelle des structures qui détectent les caractéristiques des stimulus et l'organisation du cortex visuel en réseaux de neurones extrêmement spécialisés, substituant à la vieille idée d'une réception centrale de la forme visuelle accompagnée du jugement perceptif, le recueil d'informations toujours plus nombreuses concernant l'image fournie par le système optique de l'œil. Captées et combinées par un équipement neurologique diversifié, organisées en modules et réseaux, ces informations portent vers l'usage du modèle informatique dans les recherches contemporaines des neurosciences de la vision, tout en laissant ouvertes d'une part la question de l'apprentissage de la vision chez l'enfant, d'autre part la critique d'orientation phénoménologique sur la nature du processus d'élaboration du fait perceptif. Ainsi Husserl, puis Merleau-Ponty montrèrent-ils les limites de l'objectivation liée à une psychologie de laboratoire, en dépassant l'opposition entre la conscience et le corps.

Dans les années 1910-1920, l'école gelstatiste avait initié de nombreuses expériences portant sur la reconnaissance des formes et des objets, l'apprentissage visuel, les illusions d'optique ou le comportement animal, introduisant l'idée d'une distinction entre le phénomène visuel conscient, ou induisant le comportement, et les processus physiologiques de son élaboration. D'une certaine manière, c'est cette distinction, reprise par les phénoménologues, qui préfigure, dans l'apport des neurosciences, la définition de deux thèmes majeurs : le premier, « dur » si l'on veut, réfère avant toute chose au cerveau ou au système nerveux humain, comme à des milliards de neurones et de connexions synaptiques à l'origine, entre autres, de nos perceptions et de la vision ; le second, « souple », admet la progression des sciences cognitives vers une explication contextualisée des apprentissages, c'est-à-dire l'importance de l'interaction, à la fois interne au cerveau et avec le milieu. Quel est ici l'enjeu ? Il est celui de percevoir la marge de différenciation séparant une conception du cerveau comme « l'objet physique réputé le plus complexe de l'univers[13] » et une prise en compte de l'expérience consciente subjective ou introspection en première personne. Précisons encore : nul doute que le point de départ de l'explication des expériences cognitives de l'homme est toujours le corps. Les sciences cognitives, et les neurosciences en particulier, ancrent leur explication du phénomène humain, et dans ses cognitions, et, par là, dans cet objet computationnel privilégié, fait de chair, mais surtout de neurones et d'aires corticales qu'est le cerveau. Simplement, l'affinage de certaines recherches parmi les plus récentes inclut dans cette approche cognitive des aspects contextuels, culturels et d'individualisation de l'approche cognitive qui laissent une marge de subjectivité au sein d'un matérialisme néanmoins résolu. Voyons ce qu'il en est.

On peut classer les neurosciences en trois grands ensembles de disciplines complémentaires : les neurosciences moléculaires et cellulaires (biologie moléculaire, histologie, neuroanatomie, neurophysiologie) permettant de cartographier les différentes aires du cerveau humain et les voies de communication entre elles ; les approches évolutionnistes et développementales qui insistent sur les processus d'évolution phylogénétique et ontogénétique présents chez tout individu ; les neurosciences cognitives qui établissent des corrélations entre les aires cérébrales et les fonctions cognitives. Dans le cas de la vision, ce faisceau d'approches permet de définir la vision, non seulement comme la perception d'objets pouvant être manipulés, mais aussi de substances liquides ou gazeuses, de nuages, de trous d'ombre, d'événements et d'actions, ce qui suppose que percevoir un objet, c'est *en être conscient*. Par là, la conception classique selon laquelle le monde est *donné* ou s'offre directement aux sens est notablement complexifiée. Il est d'ailleurs paradoxal, à ce premier stade, que ce soit l'explication matérialiste contemporaine de la vision qui récuse le simplisme mécaniste d'une tradition plus ancienne, cela au nom des complexités précisément de la *conscience* qu'est l'acte de vision. Néanmoins, c'est à partir de trois catégories de problèmes que la vision, comme tâche perceptive, est désormais conçue : 1) *Les ambiguïtés et indéterminations :* vision non simultanée de tous les objets contenus dans une scène ; existence d'un « point aveugle » sur la rétine ; saccades accomplies sans cesse par l'œil ; illusions de la perception. 2) *La ségrégation des objets :* découpage de la scène en objets distincts entre eux se détachant sur un arrière-plan ; étude des transformations des cadres de référence ou de systèmes de coordonnées servant à représenter la localisation d'un objet. 3) *Le problème du liage :* synchronisation des aires cérébrales responsables du traitement des attributs d'un même objet.

À cela s'ajoute la fonction de cognition sociale que joue le système visuel, chez l'homme, comme chez les primates en général, présupposant que « voir, c'est agir[14] ». Partant, si « la vision humaine commence toujours par l'impact des photons sur la rétine de l'œil[15] » et si « par définition, l'introspection ne nous donne accès qu'aux résultats conscients des processus visuels[16] », les controverses les plus vives dans la philosophie contemporaine de la perception tournent autour de la question de savoir si le concept de ce qu'on voit est nécessaire à l'*expérience* de ce qu'on voit. L'approche qui conclut notamment que l'étude des déficits visuels atteste l'interaction de différentes aires corticales nécessaires à la perception d'un objet ou, en d'autres termes, que « voir n'est pas toujours voir[17] », ouvre également à l'idée, et d'un principe général de ces interactions dans les activités cognitives, et, plus largement, de l'importance de ces interactions dans la conception même d'*un monde*. Le monde n'est pas *donné*, il est *construit*, disait Gaston Bachelard. Les neurosciences apportent ici leur contribution médicale, matérialiste et déterministe à cette idée, y compris si, dans le registre « souple », elles admettent de nombreux principes d'interaction, pas seulement entre aires corticales, mais aussi dans le lien de l'individu avec son environnement.

Il n'en reste pas moins que l'ancrage majeur reste une cartographie matérielle de plus en plus détaillée du cerveau. La rationalisation du corps, entendue dans le sens d'une objectivation de ses données se couple, nécessairement, dans le registre scientifique, à un matérialisme, *i.e.* à un monisme, ce qu'on ne peut s'empêcher de qualifier de réductionnisme. Ce qui associe à des explications plus précises des déterminations plus grandes. Ce qui suggère aussi, toujours, tel un spectre attaché aux neurosciences, dont les succès médicaux vont croissant, la tentation d'anticiper, de prédire, de classer comportements et personnes. Les effluves nauséabonds laissés au XIXe siècle par les explications physicalistes du « mental » et leurs conséquences discriminatoires — phrénologie, physiognomonie —, puis, au XXe siècle, par la « racialisation » des comportements, entretiennent le soupçon sur toutes les réductions de l'homme à son *physique*. Les neurosciences, par certains de leurs présupposés ou fantasmes, donnent prise à ce soupçon. Si elles n'échappent pas au matérialisme ambiant, elles en sont surtout le fer de lance d'une version scientifique et techniciste, au poids social considérable. Par là se réitère la question de la subjectivité, c'est-à-dire aussi de la liberté et, d'une manière générale, de la conscience humaine comme *spécificité*, à mesure que s'absorbent dans l'explication mécaniste les actes les plus subtils, dont la perception. En outre, l'idée d'une explication neuronale de la conscience crée l'appel d'air pour une nouvelle étape de la production du corps rationnel — dès lors non plus seulement *explicative* —, celle qui verrait la production possible, puisque matérielle et matérialisée, de cette même conscience (humaine ?). L'artificialisation du corps deviendrait alors, réellement, *invention*. Telle est la ligne de crête où se situent aujourd'hui les travaux sur l'*intelligence artificielle*.

LE CORPS AUTOMATE ET L'INTELLIGENCE ARTIFICIELLE

Le matérialisme que présupposent les neurosciences et, par voie métonymique, une médecine du cerveau qui prétend aspirer à elle toutes les manifestations psychiques et en lien avec le psychisme, s'articule historiquement, à la fois en amont et en aval, avec les questions posées par le corps machinique et l'intelligence artificielle. D'une part, le corps rationnel, dans sa version technicienne, puise une grande part de son inspiration dans les modèles du corps automate. D'autre part, la fascination historique pour les « machines intellectuelles », extension de l'automatisme, débouche aujourd'hui, avec les moyens modernes de l'électronique, sur l'ambition de (re)créer une « intelligence », si ce n'est une « conscience » artificielle. Le lien se fait donc, de part en part, au travers de cet homme matériel, entre le physique et le psychique liés par une même effervescence technicienne.

La perception d'un corps matière, exploré, réparé, prolongé, hérite du déplacement initialement effectué par Descartes, d'une conception qualitative de la matière, liée à l'aristotélisme, à une conception quantitative, issue du modèle mathématique. Et, si la première tentative de construction d'une physique céleste moderne a été, chez Kepler, l'objet d'une modélisation machinique, c'est bien chez Descartes que se généralise l'usage du modèle machinique à tous les domaines scientifiques. À sa suite, bien des physiologistes s'engageront dans cette voie, les « iatro-mécaniciens » (Baglivi) s'opposant aux « iatro-chimistes » (dans la tradition de Paracelse). Plus avant, c'est dans l'application de ce modèle au corps humain et aux animaux que Descartes introduit une rupture décisive. Avec cette réserve, toutefois, que si l'animal se réduit à n'être qu'une machine, il est impossible de réduire l'homme à n'être qu'un automate, d'une part parce qu'il use de paroles pour communiquer des pensées, d'autre part parce qu'il possède suffisamment de raison pour faire face à des situations entièrement nouvelles.

Seul le corps peut donc être pensé comme une machine, selon un modèle que la médecine se doit de mettre en œuvre. Néanmoins, l'application du modèle machinique au corps humain entraîne une modification profonde de la représentation que l'homme possède de lui-même. Ainsi, à la double opposition de l'homme et de l'animal et de l'homme et du divin, s'en ajoute une troisième, celle de l'homme et de la machine. Il faut en établir la différence spécifique, ou mesurer toutes les conséquences d'une similitude[18]. Malebranche tranche en distinguant l'homme des animaux-machines, grâce à la possession d'une âme raisonnable qui lui ôte jusqu'à l'apparence de la machine et le doue de volonté. Leibniz, lui, affirme une différence de degré entre l'homme et l'animal dans la composition des monades mais, bien que la compréhension du monde soit irréductible au modèle mécaniste, concède que l'agencement de monades, préfigurant ainsi un «paysage panoptique[19]», peut être considéré comme une machine. «Ainsi, dit-il, chaque corps organique vivant est une espèce de machine divine, ou un automate naturel, qui surpasse infiniment tous les automates artificiels[20].»

Le modèle de la machine s'était concilié jusque-là avec la théologie, puisqu'il fallait bien admettre l'existence d'un mécanicien (ou d'un horloger) pour en assembler les pièces et régler le fonctionnement. Il devient, au XVIIIe siècle, le fer de lance du matérialisme. En conservant l'hypothèse d'un fondement mécanique de la matière, mais en rompant avec le dualisme cartésien, La Mettrie affirme que l'homme se réduit à n'être qu'une machine. Helvétius étend l'application de ce modèle à la sphère de la vie pratique et propose de comprendre les phénomènes de la vie psychologique de façon mécanique. Le baron d'Holbach achève de réduire l'ensemble des processus naturels et culturels à une vaste machinerie. La métaphore de l'État-machine, initiée par

Hobbes, sert aussi à Mandeville. Hors même le contexte matérialiste, la notion de machine envahit, au XVIIIe siècle, tous les domaines de la pensée.

Le modèle androïde

L'idée du corps-machine réfère à l'automate et pas seulement parce que celui-ci s'élabore, à la grande époque des automates androïdes, avec l'aide des chirurgiens. C'est que l'automate image à plein titre le rapport liberté/servitude. Il illustre, en quelque sorte, les deux extrêmes de l'acte technique, la création démiurgique, la liberté, selon son étymologie grecque *auto-matizô*, « faire quelque chose de son propre mouvement », et l'extrême nécessité de la mécanicité contraignante, l'autonomie et la fatalité. Ainsi le conçoit-on dans l'Antiquité, lié à la causalité naturelle chez Platon ou au hasard chez Aristote, désignant déjà l'automaticité machinique des « portes de l'Olympe » et des « trépieds d'Héphaïstos » chez Homère[21]. Plus avant, l'automate androïde, désigné par ses « automatismes » donc, suggère les automatismes corporels qui s'acquièrent dans et par le sport par exemple, avec leur ambivalence constitutive, celle d'une aisance acquise au prix d'une répétition inlassable. Ainsi s'exprime en filigrane l'idée-force qu'a magistralement développée Ravaisson dans *De l'habitude* : l'habitude aliène et libère. Ceux qui se sont efforcés de soumettre leur corps aux principes de l'entraînement, du régime ou de la posture, connaissent cette expérience. Logiquement, l'automate illustre la production du corps rationnel. Image du corps, machine à comprendre l'humain, support des anciennes investigations médicales, l'automate ouvre aujourd'hui, non seulement à l'idée du corps maîtrisé et compris, mais aussi à l'ère du robot, de la reproduction de l'homme en exemplaires informatisés, de la création d'une intelligence artificiellement conçue, sur le modèle des connexions synaptiques. Ainsi le corps automate et l'automate intellectuel ont-ils en commun, issu d'une même fascination pour l'automaticité et ses ambivalences, l'idéal d'une production matérielle de l'homme.

Chaque culture possède son image technique de l'automate, de l'Antiquité grecque à l'informatique contemporaine. Les automates de l'Antiquité égyptienne et gréco-romaine fonctionnaient de par les principes simples de la physique, mouvement des liquides et compression de l'air. Ceux du Moyen Âge sont essentiellement les horloges animées des grandes cathédrales, qu'agrémentent les petits personnages stylisés de Villard de Honnecourt. À la Renaissance, les mécanismes des jardins merveilleux sont actionnés par une force hydraulique. Rabelais définit le terme « automate », qui apparaît dans la langue française : « petits engins automates, c'est-à-dire se mouvant eux-mêmes[22] », tandis que Vésale fait le lien avec les médecins anatomistes. « L'automate s'affirme [...] comme une curiosité, une pièce de collection, un jeu pour les princes. Giovanni della Porta dans sa *Magie naturelle* de 1589 conçoit un dragon volant d'après l'observation du vol des oiseaux — rêve mécanique que Léonard de Vinci reprend dans son langage précis. Campanella, autre icarien, est à la fois expérimentateur et magicien[23]. »

C'est au XVIIe siècle, et plus encore au XVIIIe siècle où dominent l'esprit scientifique et une conception biomécanicienne de l'homme, que se développent les automates androïdes et les animaux artificiels.

Avec Descartes, l'automate entre dans les sciences, peu distinguable de la machine et désignant le corps mécanique. L'horlogerie sert alors de schème à l'autorisation intellectuelle de décomposition du corps humain. La systématicité, la régularité du temps, l'ordre en un mot qui préside à l'automaticité, sont à l'étude. À la fin du XVIIe siècle, l'automate devient individu. Sa relation avec le vivant s'affirme et par là l'ambivalence originaire de la dépendance et de la liberté. Condillac et Diderot insistent sur les vibrations sensibles, comme celles d'un automate, qui relient l'homme au monde par le biais des sensations. Soucieux du détail des différents organes artificiels, les grands automatistes de l'époque essaient de découvrir le secret de la vie en s'entourant de médecins et de chirurgiens. Ils donnent naissance à des créatures extraordinaires, d'une très grande complexité mécanique : androïdes de Jacques de Vaucanson — flûteur, joueur de tambourin —, par ailleurs créateur d'un célèbre « canard », de Leschot et de la famille Jaquet-Droz — écrivain, dessinateur, joueuse de clavecin —, têtes parlantes de l'abbé Mical, machines parlantes du baron von Kempelen, automates à pendule des frères Maillardet, joueuse de tympanon de Pierre Kintzing, automate-écrivain de Friedrich von Knauss, automates truqués de Robert Houdin, automates « pygmées » de Pierre Stèvenard, etc. Vaucanson, qui collaborait avec le médecin Le Cat, rêvait d'un homme artificiel. Son *Mémoire*[24], qui nourrit l'article « Androïde » de l'*Encyclopédie*, écrit par d'Alembert, préfigure les attentes des deux siècles suivants : « [...] simulation de la vie, [...] répétition du travail, [...] imitation de la pensée[25] ».

Au XIXe siècle, le modèle automatique prend une coloration psychologique, biologique et sociale.

Dans un contexte où l'on s'interroge sur la dégénérescence, les causes de la folie et les critères de la normalité humaine, où de nouvelles sciences mesurent les capacités humaines à des fins statistiques, c'est-à-dire aussi scientifiques et politiques — anthropométrie, sociométrie, économétrie, criminologie, etc. —, le médecin Charcot nomme « automates ambulatoires » les miséreux qu'il présente, en 1888, à ses « Leçons du mardi », à la Salpêtrière. L'automate rejoint ici le versant de l'aliénation, sous-tendu par les conceptions neurologiques de l'époque, la théorie de l'arc réflexe en particulier, et réfère à des comportements répétitifs, hypnotiques, inconscients. Aliénés aussi, mais à l'échelle sociale cette fois, ces prisonniers d'un univers panoptique décrit par Michel Foucault, sur le modèle de l'univers carcéral, et victimes d'une bio-politique comme gestion de la vie et des corps. Si le XIXe siècle inaugure le travail à la chaîne, s'il voit s'affiner la physiologie et profite des études sur le mouvement humain, celles de Helmholtz ou de Marey, si la rationalité pénètre toutes les sphères de l'organisation humaine — travail, économie, techniques, médecine —, c'est donc aussi qu'un grand automate social régit les existences, tantôt empreint d'eugénisme, tantôt versé dans l'industrialisation des corps. Ainsi la machine automatique fait-elle désormais face à l'homme, aide, soutien, prolongement, mais aussi rivale, toujours au cœur des utopies technologiques.

« La simulation de la vie, programme antique s'il en fut, devient chaque jour un enjeu exemplaire : non seulement le vivant se fabrique comme dans une usine depuis la connaissance des systèmes héréditaires mais il se répare ou se reproduit en serre, en laboratoire. L'automatisme désigne la reprise de ces pratiques par un néomécanisme qui se colore quand il le faut d'un organicisme nouveau — autrement dit, quel est le premier terme : la greffe ou la prothèse, l'homme (en morceaux) ou la machine (supposée totale)[26] ? » La question du monde contemporain est celle de la réciprocité des modèles entre l'homme et l'automate. L'homme sert de modèle à sa réplique automatique qui elle-même pourra pallier le corps déficient. La machine modélise le fonctionnement technique et systématique, la régularité, une certaine fiabilité entendue ici comme une liberté, sans qu'on sache très bien de la machine ou de l'organisme lequel désormais détient cette autonomie fonctionnelle. L'automate médical moderne est le modèle, la maquette, la reconstitution, la réimplantation, c'est-à-dire le prélèvement de peau, d'organes et les greffes qui s'ensuivent. Il adresse à la biologie la double question d'un savoir complet du corps et des contrôles et techniques qui permettent de le réparer. Il approche au plus près l'« assimilable au vivant[27] », tandis que la science s'interroge sur le redoublement de l'homme. « De prothèse en prothèse, ne rêve-t-on pas de fabriquer un double technique plus solide, plus durable [...] ? Ainsi ce sont des "corps-machines" qui seraient notre avenir — semblables à ces "animaux à pattes" qui accomplissent automatiquement des tâches délicates en des lieux impropres à la vie... De meilleurs vivants imitant mieux la machine[28] ? »

Aliénation ou liberté : l'ambivalence propre à l'automate traduit une nouvelle porosité du naturel et du culturel. Construit sur le modèle du corps humain, l'automate androïde, au travers des émerveillements provoqués, disait une forme d'imperfection, celle de la science se penchant par nécessité sur une décomposition horlogère, celle de l'objet qui imite le vivant tout en reflétant en quelque sorte sa face obscure, la froideur et la mort. Conçu pour réparer le corps humain, pour se substituer à ses organes, pour s'immiscer dans l'intimité charnelle du vivant par des artifices électroniques ou chimiques, pour ouvrir aux utopies d'une substitution à l'homme lui-même, l'automate moderne instruit le dessein d'une liberté complexe : celle qui procéderait d'une fusion du corps avec la machine, d'un effacement même de cette distinction fondatrice, c'est-à-dire d'une *bionicité*. Aussi est-ce bien sur cette ligne de faille, d'une technicité du corps libératrice ou aliénante, et d'un rapport nature/culture nouvellement à penser, que s'articule la production du corps rationnel, d'autant plus lorsque s'ouvre la dernière frontière : celle de la (re)production artificielle du cerveau.

Les machines intellectuelles

La notion d'intelligence artificielle (IA) fait débat, y compris dans le choix même de cette expression pour désigner les tentatives humaines de reproduire l'intelligence au travers de machines, voire de décupler considérablement certaines formes d'intelligence, comme le calcul, en produisant et en confiant à des machines des tâches à la fois automatisées et autonomes. Issue de la même histoire que celle des automates, se confondant même en de nombreux points avec l'approche du corps-machine, la question de l'intelligence artificielle a acquis une résonance nouvelle avec les développements de l'électronique — et parmi eux de l'informatique — et la capacité réelle et/ou fantasmée qu'auraient désormais les hommes à déléguer leurs calculs ou à produire des opérations de conscience grâce et chez des machines. Si, depuis cinquante ans, la diversité des préventions contre ce rêve futuriste (ou ce cauchemar pour certains), n'a eu d'égales, à la fois que la multiplicité des découvertes attestant son rapprochement, et l'abondance de la création artistique et littéraire de science-fiction, c'est que se profilent, là encore, les conditions d'une bionicité de l'homme par le biais, non plus seulement d'une exploration du cerveau et de son «appareillage» interne, mais d'une reproduction «externe» du cerveau humain dans ses tâches les plus complexes. Toutefois, «cerveau» ne signifie pas nécessairement «esprit», de même qu'aptitudes «cognitives» ou «motrices» ne signifie pas nécessairement «humaines» et c'est donc sur cette ligne de partage, qui préserverait l'homme de l'assimilation à son clone technique, que s'opposent les partisans d'une spécificité humaine définitive (et donc d'une «primauté», quelle que soit la teneur qu'on lui donne) et ceux d'une alternative technicienne à la conscience humaine.

Car le débat, en réalité, ne porte pas sur l'accomplissement de tâches «physiques» par la machine. Après deux siècles d'automatisation intensive des tâches humaines «manuelles» ou «physiques», en particulier dans la sphère du travail, il est aisé de convenir, indépendamment de la réflexion sur les conditions socio-économiques et l'impact psychologique qu'a entraînés cette automatisation, de la valeur plurivectorielle — force, technique, habileté, endurance, miniaturisation, etc. — acquise par la machine. Le problème est bien celui posé par l'intellect humain, ses aptitudes opérationnelles, mais aussi les ressorts intimes de la *personnalité* — mémoire, apprentissage par l'erreur, réflexion, autonomie, sentiments, imaginaire, désir, créativité, etc. — interrogeant sur une spécificité humaine, sur une *nature humaine*, une dignité, une inviolabilité humaines, sur des droits humains légitimant les réserves à l'égard des machines intellectuelles de plus en plus sophistiquées. C'est bien l'ancienne question de l'*âme*, aussi, qui est nouvellement convoquée. Comme toujours, mais ici d'une manière spécialement aiguë et en raison de ces « qualités » attribuées à l'homme, s'articule au problème de la faisabilité technique, celui de son présupposé philosophique et de ses conséquences éthiques. Si l'intelligence égale le cerveau et que le cerveau égale l'esprit, la production de l'intelligence artificielle connote la production de l'homme artificiel. Réciproquement, la production du corps rationnel, lorsqu'elle envisage l'investigation savante du corps, non restreinte à une sorte de dernière frontière que serait le *psychisme* pour dire les choses encore dans un autre terme, implique une réflexion sur la production rationnelle, c'est-à-dire ici scientifique, de la conscience.

La réflexion sur l'intelligence artificielle a historiquement deux acceptions, aujourd'hui pour une grande part convergentes. La première désigne une interrogation sur les processus cognitifs, leur réduction possible à un simple (!) calcul et, le cas échéant, les symboles et les règles à employer. Il est donc postulé que la pensée humaine se réduit peu ou prou à ces processus cognitifs et que ceux-ci relèvent d'une compréhension à la fois logique et biologique. La seconde acception, plus récente et en partie futuriste, envisage la possibilité d'une conscience artificielle, c'est-à-dire d'un cerveau électronique, capable à la fois d'excéder en puissance les capacités actuelles des ordinateurs, mais aussi de dépasser un certain seuil de complexité, afin de reproduire des aptitudes parmi les plus « humaines », créativité, autonomie, adaptation, par exemple. Proches l'une de l'autre, ces deux voies ne sont en réalité distinguées que par l'émergence de progrès techniques et de découvertes, notamment en matière de biologie moléculaire, permettant de franchir le seuil d'une *compréhension* du cerveau humain, pour envisager celui de sa *reproduction*; *reproduction* étant sans doute ici un terme impropre, puisqu'il s'agit bien à présent d'une véritable *production*. Autrement dit, le modèle de l'automate a trouvé de nouveaux stimulants avec l'électronique et les biotechnologies.

« L'automate contemporain a, comme toutes les "machines scientifiques" (depuis celles de Pascal et de Leibniz), redécouvert le langage, sa puissance syntaxique, sa capacité de codage, de traitement de l'information, ses multiples réseaux de sens et de traduction[29]. » Ceci se combine avec les découvertes modernes en matière de psychologie, neurophysiologie ou psychanalyse, révélant le schématisme de nos perceptions du monde, ainsi que la part d'automatisme mental qui préside à nos acquisitions éducatives et culturelles. Si Pascal avait inventé une machine à effectuer des additions et des soustractions, Leibniz eu l'idée d'une machine capable de raisonner, c'est en 1834 que l'économiste Charles Babbage, soucieux d'automatiser certaines tâches intellectuelles, imagine une machine apte, non seulement aux calculs arithmétiques, mais aussi à la manipulation des calculs algébriques. En 1847, George Boole parvient à réaliser le projet leibnizien d'algébrisation de la logique, offrant un outil mathématique encore utilisé aujourd'hui pour concevoir les circuits électroniques des machines modernes. Au début du XXe siècle, des mathématiciens comme David Hilbert proposent des modèles formels du raisonnement mathématique, susceptibles d'applications automatiques. Mais c'est Alan Turing qui, en 1936, théorise l'intelligence artificielle. Comme Carnot l'avait fait pour les machines thermodynamiques, Turing conçoit une machine idéale très simple, qui est l'équivalent théorique de toutes les machines à calcul logique concrètes. Il se sert pour décrire sa machine des mêmes systèmes symboliques que ceux qui permettent de formaliser les mathématiques. Pendant la Seconde Guerre mondiale, il réalise l'un des premiers calculateurs électroniques. En 1950, dans l'article « Computing Machinery and Intelligence[30] », Turing explore le problème de l'intelligence artificielle et propose une expérience maintenant connue sous le nom de « test de Turing[31] », dans une tentative de définition d'un standard permettant de qualifier une machine de « consciente ».

Si la machine de Turing se contente de parcourir toutes les possibilités d'un problème donné, sans stratégie propre, en 1956 les pionniers de l'informatique associent aux programmes des méthodes heuristiques, consistant à orienter la machine dans des directions privilégiées. « C'est avec Wiener et von Neumann que l'automate contemporain trouve sa nouvelle "personnalité"[32]. » Norbert Wiener fonde la cybernétique et conçoit des systèmes « feedback », c'est-à-dire capables de s'autoréguler et de surveiller leur propre développement. John von Neumann donne son nom à l'« architecture de von Neumann » utilisée dans la quasi-totalité des ordinateurs. Le modèle de calculateur à programme auquel son nom reste attaché, et qu'il attribuait lui-même à Alan Turing, possède une unique mémoire qui sert à conserver les logiciels et les données. Ce modèle extrêmement innovant pour l'époque est à la base de la conception de nombre d'ordinateurs. «Les premiers automates à information reposent sur deux exigences : unifier le code sémiotique de la machine ; quantifier l'information en question pour qu'elle soit bien utilisée par la machine ; ces deux opérations ont été rapportées à la même procédure, celle du langage binaire, le seul que la machine peut comprendre et communiquer. [...] Le "reste" de l'informatique est une question de traductions, de programmes, de mises en miroir, de rapports à des idéographies adaptées pour les images et les icônes[33]. »

La postérité de von Neumann est, depuis cinquante ans, plurielle et la théorie de l'information toujours d'actualité. Alors que la puissance des ordinateurs ne cesse de croître, que l'informatisation des services, des moyens de communication et d'information se développe, faisant de l'Internet le modèle d'une structure mondialisée en réseaux au sein de laquelle s'échangent chaque jour des milliards d'informations, alors que les notions de calcul, d'algorithme, de codage dominent la conception de technologies les plus variées, l'idée même que l'univers ne serait qu'un gigantesque réseau d'informations fait son chemin, allant même jusqu'à faire vaciller la théorie du «Big-Bang[34]». Deux sciences auront ainsi dominé la seconde moitié du XXe siècle et, par leurs avancées théoriques et pratiques, pris une part active à la transformation du monde : la science des ordinateurs ou informatique et la biologie moléculaire. Elles partagent un certain nombre de termes : information, message, code, mémoire. La biologie procède à un usage constant des concepts de la théorie de l'information, soit sous une forme «dure» — c'est la notion de code génétique —, soit sous une forme métaphorique — information génétique, message, messager. Elle puise aussi dans la théorie des systèmes régulés ou cybernétique — boucle de régulation, rétro-inhibition, réseau —, la linguistique — texte génétique — ou l'informatique — programme, mémoire. Ainsi se développent, sous le sceau de la rationalité, à la fois l'explication du vivant et l'imbrication des modèles — informatique, biologie, physique, linguistique — menant sur la voie d'une production artificielle de l'homme.

L'idée de conscience artificielle repose sur deux attentes, la première quant à la rationalité de la machine, la deuxième quant à la capacité de la machine à ne pas effectuer, précisément, « que » des tâches rationnelles, la ligne de partage étant ici incertaine, autant d'ailleurs que celle qui séparerait, lors de certains jugements, la machine du cerveau[35]. La première attente vient en miroir de la réduction de la « pensée » humaine aux fonctions cognitives, la deuxième, en miroir de la question de la spécificité humaine du « penser ». Le problème de la rationalité de la machine est, d'abord, celui de sa « puissance » : puissance de calcul, rapidité de ces calculs, pertinence et résultats de ces calculs. Elle se mesure ensuite relativement à la manière dont la machine se comporte pour résoudre des problèmes sur lesquels elle dispose d'une information parfaite. C'est en somme, non plus seulement la question de la puissance, de la rapidité ou du résultat des calculs qui est en jeu, mais déjà celle de leur finalité et, plus encore, de l'éventuelle autonomie de la machine dans l'orientation de ces calculs. Ainsi, « une machine aura une rationalité calculée dans la mesure où elle saura donner des buts à ses opérations de calculs. Ces buts existeront alors indépendamment des mécanismes qui les mettront en œuvre. [...] Une machine aura une rationalité délibérée si elle est capable de communiquer ses intentions à une autre machine et si elle sait intégrer les résultats qui lui sont renvoyés dans sa propre démarche de résolution de problèmes. [...] Enfin, comme le temps imparti à un calcul est fini, une machine aura une rationalité limitée dans la mesure où elle préférera des comportements lui permettant d'agir en dépit de ressources limitées. [...] C'est dans ce contexte qu'il faut comprendre comment une machine pourra faire équipe avec une personne dans une activité de résolution de problèmes : elle interviendra pour l'aider à résumer, recevoir, organiser et assimiler de grands volumes d'informations. Faire équipe implique de nombreuses fonctionnalités comme celles de communiquer selon des actes de langage, de s'attribuer ces rôles, de réagir à la critique, d'apprendre à ne pas reproduire des erreurs[36] ».

Dans la description des conditions de rationalité d'une machine et de son avancée, et vers l'autonomie, et donc vers ce que l'on est forcé d'appeler l'« intelligence », au sens à la fois le plus général et le plus « humain » du terme, se dessine, à titre de transition vers la conscience artificielle, le robot intelligent. Sa présence occupe la littérature et le cinéma, de *Metropolis* de Fritz Lang en 1927, à *I, Robot* d'Alex Proyas en 2004, inspiré des romans de science-fiction d'Isaac Asimov, en passant par *2001, Odyssée de l'espace* de Stanley Kubrick en 1968, *Blade Runner* de Ridley Scott en 1981, *War Games* de John Badham en 1983, *AI — Artificial Intelligence* de Steven Spielberg en 2001, la trilogie des *Terminator* ou encore celle des *Matrix*. La conception par IBM de l'ordinateur Deep Blue qui, en 1997, battit le champion Gary

Kasparov aux échecs, laissant supposer une « explosion de l'intelligence[37] », a toutefois révélé ses limites. Une fois sa victoire acquise, Deep Blue, incapable de jouer à autre chose qu'aux échecs et *ne sachant même pas qu'il jouait aux échecs*, fut reconverti en machine classique utilisée pour le *data mining*[38]. Dans les perspectives actuelles, l'idée d'une machine supérieurement intelligente et capable de créer d'autres machines meilleures qu'elle-même, développant ainsi l'intelligence machinale alors que l'intelligence humaine stagnerait[39], ou celle d'un programme connecté à Internet et susceptible de construire, dans un langage naturel, une base de connaissances immense, sont envisagées, sans pourtant que soit franchi, soit quantitativement, soit qualitativement, le pas d'une « autonomisation de type humain » des machines, toute réserve étant posée ici sur la délimitation fixe de cette formule.

Vers une éthologie machinale ?

La question de cette « autonomisation » pose le problème de ce que l'on peut entendre par *intelligence artificielle*. Nous signalions en ouverture les ambivalences propres à l'emploi de cette expression. À l'évidence, la généralité du terme « intelligence » complique sa projection dans une machine. *Quid* de l'« intelligence animale », avec sa part d'instinct et d'initiatives encore imparfaitement connue et relevant de l'éthologie ? Doit-on développer une *éthologie machinale* ? De quelle autonomie s'agit-il, s'il faut comparer l'« autonomie » humaine, l'« autonomie animale » et l'« autonomie machinale » ? Comment mesurer l'« autonomie », hors des critères d'une rationalité opératoire qui tendent à la réduire à une puissance de calcul ? La question n'est plus seulement épistémologique, mais bien philosophique, puisqu'elle évoque les statuts ontologiques de ces différentes « intelligences ». Et, précisément, l'antique question d'une différence *de nature* ou *de degré* entre l'homme et l'animal s'augmente ici d'un nouveau paradigme ou, plus exactement, ce paradigme existant depuis Descartes revêt une dimension modifiée par le progrès technologique : différence *de nature* ou *de degré* entre l'intelligence humaine et l'intelligence machinale, entre la *conscience humaine* et la *conscience artificielle* ?

La différence *de nature* entre l'homme et l'animal situe, dans l'histoire des idées, les « philosophies du sujet » dans le registre d'une spécificité humaine propre, désignant une frontière infranchissable entre l'être humain et les autres êtres vivants. Cette spécificité peut prend plusieurs noms : « nature divine de l'homme », « immortalité de l'âme », « dignité humaine », « droits de l'homme », « liberté », « autonomie ». Elle signale toujours une *transcendance*, celle-ci référant à un « destin humain » non réductible à la seule condition *matérielle* d'être vivant. Aussi, poser une différence *de nature* entre l'homme et la machine, c'est s'inscrire dans cet univers de pensée attaché aux fondamentaux d'une *humanité*, voire d'un *humanisme*, récusant l'absorption de l'homme dans un néo-mécanisme ou un matérialisme explicatifs. Ce qui n'est pas sans poser quelques problèmes, entre autres celui de buter sur la définition d'une *nature humaine*, ou celui d'opposer *humanisme* à *matérialisme*, dans une confrontation « morale » — sous-entendu censée distinguer le « propre » ou le « bien » de l'homme — pas forcément à l'avantage du premier. Ainsi Jürgen Habermas s'appuie-t-il sur la notion de *nature humaine* pour définir une ligne de partage éthique permettant d'envisager les nouveaux modes de production et de reproduction de l'humain[40]. Ainsi les tenants d'un « matérialisme fort[41] » arguent-ils des méfaits d'un humanisme aveugle, sacralisant un homme brutal, ignorant et destructeur, et/ou servant les religions et l'obscurantisme scientifique, voire à l'origine des totalitarismes — c'est par ailleurs la thèse des grandes critiques de l'humanisme au XXe siècle.

La différence *de degré* entre l'homme et l'animal s'origine en particulier chez Aristote et postule un accroissement des complexités des êtres vivants les plus simples à l'homme selon un principe de continuité. Ainsi, dans le *De Anima*, Aristote distingue-t-il entre *âme végétative*, *âme sensitive* et *âme intellective* et introduit-il ces différents niveaux de « conscience » dans une physique qualitative, vitaliste, et donc animiste. « Principe de continuité » signifie ici : appartenance à un monde unique, celui du vivant, dont les différents niveaux de complexité régissent les « règnes » ou l'organisation des espèces, l'homme étant l'une d'elles. Darwin concrétisa cette vision avec la théorie évolutionniste, qui fait apparaître l'homme en bout d'une chaîne du vivant et en termes de parenté avec les grands singes. Les travaux d'éthologie animale ne cessent de révéler, par ailleurs, aujourd'hui, la proximité, non seulement génétique, mais comportementale — ceci expliquant peut-être cela — de l'homme avec les grands singes. Ainsi s'alimentent nombre de thèses écologistes visant à accorder des droits aux autres vivants — animaux, voire végétaux —, ainsi que les controverses opposant les partisans d'un radicalisme intégrant l'homme dans la nature au même titre que tout autre vivant, et ceux ménageant à l'homme une place spécifique, parce que non réductible, parce que douée de transcendance et empreinte de droits spécifiques[42].

La question d'une éthologie machinale excède évidemment cette problématique, tout en en empruntant les termes. Supposer une différence *de degré* entre l'homme et la machine et, là en particulier, entre la conscience humaine et la conscience machinale, c'est supposer que la conscience machinale, ou *artificielle*, ait acquis non seulement la puissance technique, mais aussi l'autonomie, la créativité et la liberté, en un mot une forme d'*indiscernabilité* par rapport aux comportements humains qui l'affranchiraient (définitivement ?) de son concepteur. Plus encore, on le voit chez les précurseurs Turing et Good, l'idée est que la machine acquière le pouvoir de se créer elle-même et ainsi, non seulement de s'autoreproduire, mais aussi de s'auto-éduquer, de s'auto-enrichir de ses apprentissages, nous serions tentés de dire, usant d'une connotation vitaliste qui n'était d'ailleurs pas étrangère aux travaux de von Neumann, de *vivre*. Par là, s'ouvrent les espaces aujourd'hui infréquentés autrement que par l'imaginaire de « parcs de vie » mêlant hommes, machines et hybrides. La création récente, par un chercheur japonais, de son clone robotisé et tenant la conversation laisse à penser que l'entrée en société des robots intelligents est imminente, de même que la question de leur statut.

La conscience artificielle ou la dernière frontière

La production de « conscience(s) artificielle(s) » apparaît comme le terme, ou l'un des termes, d'une compréhension matérialiste de l'homme progressivement orientée, historiquement, vers une compréhension matérialiste du cerveau et supposant l'assimilation de l'esprit au cerveau. Elle est l'une des dernières frontières de la production du corps rationnel, convoquant de manière certaine la réflexion éthique, puisqu'il est ici question des limites d'une « nature humaine », de l'unicité de l'humain ou de la pluralité d'« espèces » « mixtes » ou coexistant avec l'humain. Elle s'inclut dans l'interrogation plus générale sur l'« homme bionique ». À titre d'exemples, et parmi une riche littérature de science-fiction, les romans de Maurice G. Dantec donnent une assez bonne représentation de ce que pourrait être une société du futur peuplée de diverses « consciences artificielles », face auxquelles l'homme « naturel » apparaît comme une espèce inférieure et en voie de disparition[43].

L'idée de « conscience artificielle » conjugue les deux conceptions évoquées plus haut : celle d'une réduction de l'homme à ses opérations cognitives et donc la « pensée » à des calculs ; celle d'initier chez la machine des activités « humaines » ou « posthumaines » qui la rendraient autonome. Le fait que l'un des spécialistes français de l'intelligence artificielle, de la robotique et de la réalité virtuelle, Jean-Gabriel Ganascia, réfère au *De Anima* d'Aristote, à la fois pour expliquer et justifier l'idée de conscience artificielle n'est, à ce titre, évidemment pas anodin[44]. La différence *de degré* entre « âmes » ou « intelligences » prime ici pour expliquer les projets en cours ou à venir dans le domaine de la conscience artificielle. D'ailleurs, un autre spécialiste de ces questions, Alain Cardon[45], pose en ces termes sa vision du futur : « [...] je vois un monde binaire. Quelques personnes qui pourront comprendre cela, qui en tireront avantage, et des masses d'autres personnes, qui s'enfermeront dans la peur et dans le refus. Ce que ces gens refuseront, ce ne sera pas que des machines pensent, c'est qu'elles aient des sensations et en éprouvent des émotions. Eux seuls ont droit aux émotions. Ils dénient d'ailleurs à l'animal le droit à l'émotion. Le monde est mis en coupe réglée, l'animal est une chose exploitable à merci. Or l'animal pense, il a des émotions et de la mémoire. [...] Mais l'être humain normal se refuse à voir cela. Pour lui, l'animal est seulement de la viande[46] ».

Fantasme ou réalité ? Le glissement de la relation homme/animal à la relation homme/machine est établi. Les termes en sont ceux, d'ailleurs, employés par les tenants de l'écologie radicale (*deep ecology*), en particulier aux États-Unis[47]. Ceux-ci, aussi qualifiés d'*antispécistes*, n'hésitent pas à parler de « génocide » concernant la consommation de viande dans l'alimentation ou à prédire que nous devrons aux grands singes le même *mea culpa* que celui légitimement adressé aux Indiens plusieurs siècles après l'Inquisition[48] ! Une barrière, au moins intellectuelle, tombe. Si la subordination de la machine à l'homme est comparée à celle de l'animal à l'homme, alors l'enjeu est bien celui de la place de l'humain dans le monde du futur et de sa différence *de degré* avec les « êtres » divers susceptibles de l'entourer. Au-delà des préoccupations éthiques et philosophiques afférentes, la question politique, au sens du pouvoir et de la conquête d'espaces vitaux, est également présente puisque sont évoquées la « domination » ou la « rivalité » qui pourraient opposer hommes et machines.

Plus avant, et déplorant le retard de la France dans ce domaine de recherche, par rapport aux États-Unis ou au Japon notamment, Alain Cardon définit, dans plusieurs de ses ouvrages[49], le projet de « Réalisation d'un système de comportement intelligent, intentionnel et autonome avec production d'émotions destiné à divers types de robots[50] ». L'idée est de concevoir les éléments indispensables à « la construction de systèmes générateurs de faits de conscience artificiels[51] » afin, non pas seulement de comprendre le *comment*, mais bien le *pourquoi* qui oriente la pensée dans telle ou telle direction. Inspiré du « test de Turing », le projet est alors de trouver l'architecture et le mode de fonctionnement d'un système « cerveau artificiel — corps de robot[52] », ainsi que le lien entre les techniques du calculable et les hypothèses de spécifications sur l'architecture et le fonctionnement des cerveaux. Ainsi se définit, dans ses grandes lignes, la conscience artificielle imaginée par Alain Cardon et son équipe :

« Par robot capable de comportements intentionnels basés sur des émotions, il faut entendre un robot capable :

1. De se représenter la situation contextuelle perçue à l'aide de tous ses capteurs actifs.
2. D'obtenir un construit mental artificiel adapté en temps réel aux évolutions de l'environnement.
3. De décider de lui-même de points de focalisation de son attention sur certains éléments de cette représentation.
4. D'éprouver des émotions sur les points focalisés et donc de s'y intéresser "subjectivement" pour y agir.
5. De concevoir des plans d'actions comportementales à tous les niveaux de granularité en vue d'interagir intentionnellement avec les objets d'attention reconnus dans l'environnement.
6. De réagir à la réaction des objets manipulés

(boucle systémique de l'attention et de l'action).

Le système à réaliser est le suivant :

1. Disposer d'un robot avec capteurs — effecteurs sans cesse opérationnels [...].
2. Construire entièrement un cerveau artificiel : architecture, structures, algorithmes, codage parallèle sous le paradigme système multiagent massif.
3. Coupler fortement les deux : corps du robot et cerveau artificiel.
4. Valider l'architecture du cerveau sur base de tests pour affiner le paramétrage au niveau minimal agent.

Ce cerveau artificiel doit générer des représentations mentales à propos de choses de l'environnement de la façon suivante (description du processus gros grain) :

1. Il a un vécu, en partie artificiel, constitué d'événements mémorisés [...].
2. Il génère un souci à propos de quelque chose remarqué dans l'environnement ou en lui-même (trace mentale émergente).
3. Il analyse cette chose en en faisant un objet mental caractérisable, sur lequel il peut agir (action interne).
4. Il génère intentionnellement une posture d'action mentale par rapport à cet objet selon son état sensible (le fait de conscience avec volonté, sous l'émotion courante).
5. Il génère éventuellement une posture d'action physique sur cet objet (le couplage avec le corps).
6. Il agit immédiatement (passage à l'acte intentionnel).
7. Il mémorise, par ancrage dynamique, ce qu'il

a généré (mémorisation et auto-apprentissage par mémoire organisationnelle et par nécessité).

8. Il retourne, avec rémanence (continuité éventuelle du souci), à l'étape de génération du souci suivant.

9. Il dispose d'un proto-soi et d'un soi artificiel propre, lui permettant de construire de son fait des raisonnements avec temporalité. [...].

Le module central ou cerveau du robot ne sera pas, dans un premier temps, embarqué sur le corps robotique mais implanté sur un micro-ordinateur qui le pilotera par des liaisons Wifi. L'opérateur humain pourra suivre sur écran les cartes mentales exprimant les différents sentiments se développant dans le robot et conduisant à ses intentions d'action, d'une façon voisine de ce que permet l'exploration fonctionnelle cérébrale des cerveaux vivants. Plusieurs robots équipés du même module autocomportemental pourront travailler en groupe ou en essaim, ce qui est généralement demandé pour les applications en milieu hostile. Cette architecture logicielle est totalement générique et peut évidemment être appliquée à différents types de corps robotiques : robots animaloïdes ou androïdes, robots industriels adaptatifs, robots d'exploration de milieux hostiles, drones à application militaire. On pourra aussi développer un robot exclusivement logiciel, par exemple pour opérer au sein du réseau Internet ou de réseaux de communication d'entreprise[53]. »

On le devine, la conception de telles machines trouverait(ra) des domaines d'application nombreux, inscrivant, tel que l'ont décrit, depuis maintenant presque un siècle les œuvres de fiction, l'homme dans l'univers de la robotique, mais surtout, signant l'apparition d'un univers de plus en plus autonome, celui des robots : robotique ludique (tous les robots autonomes, robots autonomes affectueux, robots pilotables par conformation mentale) ; robotique en essaims (groupes et équipes de robots émotionnellement sociables) ; jeux vidéo (jeux éprouvant des émotions selon l'évolution de la situation entre les joueurs) ; armes « intelligentes » prenant des décisions comportementales motivées ; groupes de robots militaires (reconnaissance ou combat) et de drones ; surveillance (logiciels de surveillance multi-échelles prenant des décisions motivées avec sensations) ; guerre de l'information (logiciels auto-adaptatifs de mise en œuvre de communautés sur le web), etc. Néanmoins, dans l'expression « domaines d'application » réside en filigrane l'idée d'une ustensilité du robot, selon une vision du monde qui demeure « humaine », conçue et programmée par l'homme. Par ailleurs, il est difficile de faire l'économie ici du concept de « vie » ou de « vivant » séparant jusqu'à présent l'homme des artifices et distinguant notamment le « biologique » et l'« artificiel » ou « êtres de carbone » et « êtres de silicium ». Le robot demeure un « être électrique ». Certes, d'aucuns imaginant une vie extra-terrestre anticipent que cette « vie » pourrait être celle, précisément, d'« êtres de silicium ». Pour autant, la vie telle que nous la connaissons aujourd'hui — *et que nous appelons « vie »* — et dont les humains que nous sommes sont les produits naturels et culturels, est une vie « de carbone », dont les composants terrestres sont spécifiques. De cette vie, nous n'avons, jusqu'à présent, au travers des robots, qu'une imitation fonctionnelle, si prometteuse soit-elle, et sans doute se puisent dans cet écart l'autonomie et l'inventivité comme marques d'humanité.

Le projet Cardon rejoint, entre autres, ceux de la société STARLAB qui, à Bruxelles, s'est engagée, elle aussi, dans la construction de « cerveaux électroniques ». Selon un concept inventé au Japon, une « machine à créer des cerveaux » appelée CAM-Brain Machine doit être utilisée pour développer et tester des connexions neuronales artificielles se reproduisant elles-mêmes et créant de nouvelles espèces de circuits au moyen de techniques ultra-rapides, à la vitesse d'environ un circuit par seconde[54]. Les neurones apparaissent ici clairement comme le fondement de la pensée. Leur multiplication dans les cerveaux artificiels conditionnera l'efficacité de ces machines, dont les applications, là encore très étendues, pourraient concerner en particulier la médecine, avec le traitement de la maladie d'Alzheimer. Car l'un des programmes futurs de STARLAB pourrait porter sur la tubuline, une protéine qui s'assemble en agrégats afin de former des filaments creux particuliers, appelés microtubules et indispensables dans le développement du cerveau de l'embryon humain, car régulant le trafic dans toutes les parties du neurone et générant la force nécessaire à la division cellulaire. Le lien entre la biologie et l'informatique est plus que jamais étroit, le matérialisme de la pensée réaffirmé. « La créativité, avance par ailleurs Hugo de Baris, le directeur du programme, n'est qu'un mécanisme neurologique, un comportement que nous saurons un jour analyser et donc modéliser[55]. » Appuyés sur les travaux des neurosciences, par exemple la localisation cérébrale de la créativité chez les « autistes intelligents » atteints du syndrome d'Asperger, les critères permettant de rapprocher l'homme de la machine et de les comparer s'affinent. Compréhension et production se complètent, animées comme jamais d'un fantasme démiurgique. La production du corps rationnel est aussi celle du cerveau, mais d'un cerveau désormais exportable dans d'autres êtres que les humains et donnant naissance, le cas échéant, à d'autres espèces.

Toutefois, soucieux, et non sans ambivalences, le chercheur alerte : « Le milieu du XXIe siècle sera marqué par l'apparition de véritables intelligences artificielles, que j'appelle les Artilects, ce qui pose purement et simplement le problème de la survie de l'espèce humaine. De la même façon que nous écrasons d'un geste un moustique, qui constitue une mécanique très complexe par rapport au monde animal, on peut imaginer que les Artilects, très largement plus intelligents que les êtres humains, pourront décider un jour de nous éliminer, comme s'il s'agissait d'une espèce nuisible et sans intérêt [...]. Le risque est bel et bien la pérennité de l'espèce *humaine*. [...] Dans vingt ans, prédit-il, les ordinateurs seront mille fois plus intelligents que l'homme[56]. » Soit. Encore faudrait-il s'entendre, pour bien mesurer le péril, sur une définition de l'« intelligence » qui, au-delà de la puissance calculante, engloberait la totalité des capacités humaines. Évoquant cette perspective et relatant la victoire, en 2006, du successeur de Deep Blue, Deep Fritz, sur le champion du monde d'échecs Vladimir Kramnik, un article du *Monde* conclut ceci : « La victoire, mardi, de Deep Fritz face à l'actuel maître incontesté de la planète échiquéenne rend peu probable l'organisation future de tels chocs au sommet entre l'homme et la machine. Au vu de la rapidité du progrès technique et de la puissance impressionnante des outils informatiques, les experts considèrent en effet la victoire des humains comme de moins en moins probable[57]. »

Qu'est-ce que *penser, vouloir, projeter, ressentir, regretter, compatir, exulter* ? Rousseau ne plaçait-il pas l'une des spécificités humaines dans la *pitié* ? L'ambiguïté sur le terme d'« intelligence » n'est pas levée. L'adaptabilité humaine, sa formidable variété au travers des civilisations, demeure en particulier difficilement modélisable dans son exhaustivité. L'habileté technicienne du robot, sa puissance de calcul sont des pans restreints comparés au profil humain, *a fortiori* si l'on évoque les notions d'*inconscient*, d'*histoire*, les abstractions que sont la *liberté*, le *droit*, l'*égalité*, la *justice*. Néanmoins, concrétisant l'imbrication biologie/physique, la notion de conscience artificielle ancre davantage la nécessité d'une réflexion sur les liens plus que jamais indissolubles de l'humain avec la technique. La porosité du naturel et du culturel exige d'être pensée. Quelles limites apporter à ces « intelligences » concurrentes de l'humain, bien qu'émanant de lui, et faut-il d'ailleurs en apporter ? Doit-on se contenter du constat selon lequel cette concurrence est aujourd'hui imparfaite et ses effets éthiques et politiques réels reportés dans un avenir non immédiat ? Faut-il balayer d'un revers de main les perspectives futuristes d'une *humanité naturelle* en déclin, face à l'amélioration artificielle d'elle-même ? À la limite de la production du corps rationnel, la production de l'intelligence artificielle signale une fracture déjà opérée dans les définitions traditionnelles de la *nature humaine*. Elle porte l'humain aux confins, et de ses pouvoirs techniques sur lui-même, et des conséquences possibles de cette *invention de nouvelles « consciences »*. Par là, les questions qui auront été celles du XXe siècle, conséquemment aux rationalisations du XIXe siècle, portant sur l'administration des corps et des esprits, trouvent de toute évidence une vigueur nouvelle alors que les thèmes de l'*administration* laissent place à ceux de la *substitution* ou de la *disparition*.

13
Comment penser la technique ?

L'HOMME ET LA CHOSE : POROSITÉ DU NATUREL ET DU CULTUREL

La production du corps rationnel ancre le corps dans l'univers de la technique. Le corps *est* technique dès lors que ses habiletés sont prises en compte. Il l'est de par son environnement ou la proximité toujours plus grande, voire la fusion, avec les matériaux artificiels qui composent prothèses et puces électroniques. Il l'est, enfin, lorsque le fantasme extrapole la réalité technicienne pour projeter une production entièrement artificielle du corps et, au cœur de ce projet, une production d'« intelligence », celle-ci supposée matérielle. Aussi la réflexion sur la technique oscille-t-elle entre deux questionnements. Il s'agit, d'une part, de ne pas céder à l'emballement qui, porté par l'enthousiasme électronicien ou la science-fiction, prédit la disparition de l'humain naturel au profit de ses clones électrifiés ou d'hybrides futuristes et exterminateurs. Sur ce point, la distinction entre *intelligence naturelle* et *intelligence artificielle* demeure pertinente, ce qui ne signifie pas seulement *différence de degré*, dans la puissance notamment, engendrant à terme une infériorité de l'homme, mais aussi bien *différence de nature* (re)créant une partition quasi kantienne entre l'organisme et la machine. À savoir, les subtiles compositions et recompositions, adaptations, sentiments, inventions du cerveau humain relèvent d'une « autonomie » propre, permettant subjectivité et liberté, d'origine « naturelle » — on voit le paradoxe —, quand les cerveaux artificiels produisent des puissances de calcul d'origine « électrique », dont on perçoit mal, outre ces calculs, la dimension d'« autonomie ».

Mais, d'autre part, un second questionnement nous conduit à envisager la constitution profondément « naturelle » et « culturelle » de l'homme et, par là, à relativiser l'extériorité, voire l'étrangeté de la technique. Le paradoxe qui consiste à rapporter le cerveau humain à du « naturel », par opposition à de l'« électrique » ou de l'« électronique », apparaît lorsqu'on sait précisément la dimension éminemment « culturelle » du développement de ce cerveau et de ce qu'il manifeste de l'intelligence et de la sensibilité humaines. Sous cet aspect, il est difficilement tenable d'affirmer la « naturalité » de la subjectivité ou de la liberté, qui transcendent le « naturel » pour projeter l'homme dans la civilisation. Aussi doit-on être attentif aux lignes de partage qui, d'un côté, situent l'humanité dans une dimension très spécifiquement « naturelle » de par son ancrage environnemental, ses sources d'énergie et son engendrement, en cela distincts de ceux des androïdes, de l'autre, définissent l'humanité comme cet entremêlement de « nature » et de « culture », spécifiquement « humain », dans lequel la technique prend place. Ou, dit autrement, il faut, pour penser la technique, pouvoir tenir ensemble ces deux caractéristiques : que la technique soit bien l'*autre* de l'humain, lorsqu'il s'agit d'établir leurs identités; que l'homme soit profondément *technique* dans ses manières de vivre et d'imaginer. Ici encore, *fusion* n'est pas *confusion*. La partition qui oppose habituellement, parfois sans autre forme de débat, « technophiles » et « technophobes » gagne à s'enrichir de cette spécification.

Partant, la technique s'entend comme l'*artificiel*, c'est-à-dire ce qui est à la fois *objet*, *savoir* et *savoir-faire*. Il y a donc *des* techniques, impliquées à des titres divers dans l'ensemble des actions humaines et il y a *la* technique comme domaine désigné de la réflexion sur les différentes *praxis* et *poiésis* humaines. Cette distinction, entre *techniques* et *technique*, pose d'une double manière la question de l'*altérité*. Dans le premier cas, l'émiettement des techniques et leur multiplication dans le quotidien humain invite à penser le rapport nature/culture d'une manière qu'on ne saurait dire nouvelle — car ce rapport est intrinsèque à la vie humaine — mais en tout cas nouvellement éclairé par la familiarité avec les technologies : une porosité croissante entre le naturel et le culturel. Dans le second cas, l'évocation même de *la* technique au singulier, et par là d'un domaine reconnu — bien qu'assez récent — de la réflexion philosophique et politique, suggère une spécificité légitime. Cette réflexion, aiguisée dans sa version moderne, révèle donc soit un statut constitutif jusqu'alors sous-estimé, soit un nouveau statut nécessitant de poser des limites, nommer des dangers, (re)spécifier le propre de l'humain. Elle désigne les rapports et notamment les modes d'appropriation de l'homme avec ce qui n'est pas lui, tout autant qu'*avec ce qui est lui*, en particulier son corps. Par là, la question de l'*altérité* est complexe puisqu'elle réfère à l'extériorité comme à l'intériorité, à l'artifice comme à la nature. La technique désigne le rapport de l'homme à la chose, sachant que la chose, l'instrument, ce peut être *lui*.

La traditionnelle distinction entre la nature et la culture établit la séparation conceptuelle entre ce qui ressortit de l'« inné », du « vital », de l'« animal » en l'homme — sans qu'aucune équivalence stricte soit bien sûr posée entre ces termes —, et ce qui relève des apprentissages, des « acquis », de l'« artifice » et des « contextes ». D'un côté, l'ordre du besoin, de l'autre, celui du désir, ou d'une part, la « survie », d'autre part, l'« existence » perpétuellement enrichie des inventions et créations humaines. Cette séparation est « conceptuelle », parce que en réalité, l'effort de distinguer en l'homme le naturel et le culturel révèle plutôt l'imbrication étroite des deux, leur fusion dans les actes les plus simples. « Posons donc [...] que tout ce qui est universel, chez l'homme, relève de l'ordre de la nature et se caractérise par la spontanéité, que tout ce qui est astreint à une norme appartient à la culture et présente les attributs du relatif et du particulier[1]. » Par suite, si la distinction nature/culture est peu opérante pour qualifier de manière concrète la séparation de l'homme et de *la technique* au sens le plus large, du moins permet-elle de saisir cette spécificité humaine qui est de vivre *avec*, *dans* et *par* la technique. L'homme est *artifice*, non *par définition*, mais *par existence*. Toutefois, la *technologie* contemporaine ne met pas en scène le même rapport d'extériorité de l'homme par rapport à la machine que les débuts du machinisme industriel, par exemple. L'homme s'est en quelque sorte « technologisé », au point d'évoquer un « homme technique » ou un « corps technique ». D'où la nécessité d'observer cette mutation et celle d'une vigilance quant aux définitions — nouvelles ? — de l'*humain*.

Définir la technique permet d'en apprivoiser l'*étrangeté*. Elle est d'abord un *savoir-faire*, celui de la *technè* aristotélicienne, dont le but est un comportement efficace et approprié aux circonstances. Par là, elle s'inscrit dans l'ordre des apprentissages humains, d'une telle manière constitutive qu'elle ressortit aussi de la spécificité humaine, et donc de sa naturalité. L'homme est défini dès l'origine par ses savoir-faire, défini donc par ses *techniques*, même les plus sommaires, les plus imparfaites, les plus originales et les plus oubliées. La technique apparaît comme un mode d'approche du monde, de saisie du réel, de transformation qui n'est pas, sans doute, à l'origine, *appropriation*, mais dont le statut est celui du *faire*, indissociable par conséquent de l'être-au-monde de l'homme. Avant même de pointer l'extériorité menaçante des pouvoirs de la technique sur l'homme, avant d'opposer la matérialité charnelle et *naturelle* du corps aux artifices de la machine, de la chimie ou des nanotechnologies, ou aux contraintes d'un monde techno-saturé, il faut rappeler que l'homme *est* technique de par ces savoir-faire liés à son existence, et que le corps *est* technique de par ses postures, adaptations au milieu, défenses ou plaisirs. Que l'*outil* soit le premier mode *extériorisé* de la technique n'oblitère donc pas la permanence de ce fond. Par là, il y a une permanence de la technique, une humanité de la technique et, *ipso facto*, une *technicité de l'humanité*.

Cette technicité de l'humanité caractérise un processus d'adaptation, mais à partir d'une inadaptation fondamentale qui distingue l'homme des autres espèces. C'est le sens du mythe de Prométhée dans lequel il apparaît que la technique est avant tout *compensation* et que le propre de l'humanité réside précisément dans ce potentiel de *compensa-*

tion ouvert sur des horizons qu'on pourrait penser infinis. Or, si « l'inadaptation physique (et mentale) de l'homme est son trait génétique significatif[2] », « toute l'évolution humaine concourt à placer en dehors de l'homme ce qui, dans le reste du monde animal, répond à une adaptation spécifique[3] ». C'est la naissance de l'*outil*. « J'appelle exodarwinisme, dit Michel Serres, ce mouvement original des organes vers des objets qui externalisent les moyens d'adaptation[4]. » La création de l'outil apparaît alors comme un deuxième sens de la technique, outil initialement conçu comme le prolongement de la main, du corps et faisant médiation, non seulement entre l'homme et la nature, mais aussi entre l'homme et *les créations humaines* à partir de la nature, c'est-à-dire entre *l'humain* et *de l'humain*. « Le fait de *ne pas* se spécialiser, de placer en dehors de lui ses capacités nouvelles sans se rendre pour ainsi dire dépendant de l'une de ses excroissances, sans s'aliéner par rapport à l'un de ses organes, a permis à l'homme de garder intact un potentiel de libre développement ou de création dans diverses directions[5]. » D'où l'ambivalence des *pouvoirs de la technique*, à la fois force de création aux développements multiples et *extériorité* susceptible, le cas échéant, d'échapper à la maîtrise humaine qui l'a toutefois engendrée.

La *machine*, troisième sens de la technique, concrétise cette extériorité en déployant le pouvoir de fabrication hors du corps humain. Elle utilise, pour ce faire, les différentes formes d'énergie et se distingue en cela des outils qui restaient associés aux forces musculaires humaines. Le propre de la machine, dont le fonctionnement est autonome, est d'exister par soi-même et donc de pouvoir se substituer presque entièrement à l'homme. Partant, les deux difficultés qui surgissent à l'évocation de ces spécificités résident, d'une part, dans la nature de cette « autonomie » acquise par la machine, d'autre part, dans cette « substitution » possible de la machine à l'homme. Dans le premier cas, la question des différences entre la machine et l'organisme vivant est posée, mais aussi celle de l'invention de machines autonomes, d'*automates intelligents* susceptibles de développer une existence à part de l'homme. Dans le second, l'existence de l'homme dans un univers machinal pose la distinction entre *utilisation* et *immersion*, l'*utilisation* définissant un rapport instrumental aux objets, l'*immersion* pointant la possible instrumentalisation de l'homme et, en premier lieu, de son corps, à partir de conditions de vie qui se modifient. Ainsi, quand « l'outil le plus raffiné reste au service de la main qu'il ne peut ni guider ni remplacer[...], la machine la plus primitive guide le travail corporel et éventuellement le remplace tout à fait[6] ». Rousseau, déjà, peu certain que le progrès technique engendre un progrès dans les relations humaines, supposait que la technique ne se contenterait pas de modifier notre manière de vivre, mais encore nos manières de penser et de sentir. Heidegger, quant à lui, voit dans cette propagation de l'univers technicien le signe de l'« arraisonnement » (*Ge-stell*) du monde par la technique.

Le quatrième et dernier sens est celui de la *technologie*. Elle est la théorisation d'une technique qui est elle-même la codification d'une pratique. En ce sens, les premiers traités de technologie sont grecs et cherchent en priorité à situer les machines par rapport à la nature à travers la distinction explicitée par Aristote au livre II de sa *Physique* entre le *naturel* et l'*artificiel* : les premières ne sont que des manières ou des moyens d'utiliser la seconde et de ruser avec elle. Mais la technologie signe aussi, à compter du XIXe siècle, la coupure entre les machines et les biens qu'elles permettent de produire. À ce titre, le *Traité sur l'économie des machines et des manufactures* de Babbage — le premier à énoncer le principe de l'ordinateur — est le meilleur symptôme de cette situation : en opposant le faire (l'artisanat) et le fabriquer (l'industrie), sa technologie est une théorie de la gestion industrielle des machines. Ainsi se forme un discours non sur la technique, mais sur la machine et le machinisme, à la fois comme source de la misère des uns et de la richesse des autres, comme source d'aliénation autant que de salut pour l'humanité. À compter des années 1970, la notion de technologie s'est généralisée, exprimant l'expérience collective d'une mutation du système technique qui réoriente de proche en proche l'évolution des sociétés industrielles. Aujourd'hui, l'informatique et l'informatisation transforment non seulement les machines et les biens de consommation, mais aussi l'organisation du travail, les modes de vie et les façons de penser. Par là, la technologie se présente comme une *structure,* autant que comme une *technique,* développant son univers propre dans lequel la place de l'humain est en question. Elle justifie la réflexion sur de possibles *déshumanisation* ou *transformation* de l'homme, dans la mesure où l'espace, le temps, la communication, le travail, l'amour, entre autres, sont *technologisés.*

L'ARTIFICE EXTERNE : PROLONGEMENT DE L'HOMME OU ALIÉNATION ?

Ces définitions préliminaires signent le *déploiement qualitatif et quantitatif d'un réseau de techniques dans le monde humain*, ainsi qu'un processus d'individuation de la technique qu'il faut entendre, et comme *un processus d'individualisation des êtres techniques*, et comme *un processus d'appropriation subjective des techniques par les individus*. Voyons cela.

La globalisation d'un monde technique interroge les conséquences et limites de l'*extériorisation* posée par Leroi-Gourhan comme essence de l'invention technique. Il s'agit de comprendre la place de l'homme dans ce déploiement et les rapports qu'entretient le corps avec ces dépassements de lui-même. Cette extériorisation peut être envisagée de deux manières. Premièrement, dans une formulation qui remonte à Hegel, et bien auparavant à la distinction aristotélicienne de la puissance et de l'acte, l'extériorisation définit le *passage à l'acte*, le mode d'être de la réalisation concrète et sa condition même. Deuxièmement, l'extériorisation, selon la thèse chère à Heidegger, fait le lit de l'aliénation. La thèse de Hegel est bien connue : « de même que les aspirations subjectives de chacun ne valent que par les actes auxquels elles donnent lieu[7], l'esprit en général n'est que ce qu'il fait[8] ». *S'extérioriser* signifie, dès lors, venir à l'ex-sistence, « sortir de soi-même, dépasser sa forme *pour soi essentielle* et devenir un être-là plus élevé, une détermination concrète ancrée dans l'histoire[9] ». Par là, l'*extériorisation technique* apparaît comme la réalisation et le mode concret d'existence des pouvoirs, créations, inventions, adaptations ou désadaptations humains. Sans le *dire*, le *faire*, le *modeler*, le *transformer*, l'*appareiller*, pas d'*acte*, d'*ex-sister*, de *créer*, pas de trace ou d'*effectuation* de l'intelligence humaine.

Cette conception se complète d'une compréhension de la technique comme *projection organique* ou encore comme *phénomène biologique universel*. L'idée, avant d'être reprise par Canguilhem dans son texte sur « la machine et l'organisme » de 1947[10] et par Leroi-Gourhan dans *Le geste et la parole* en 1965, est développée par Ernst Kapp, dans sa *Philosophie de la technique* en 1877. La projection organique est une extériorisation des forces vitales de notre corps rendue possible par l'objet technique. Kapp emprunte cette notion aux physiologistes de son temps, dont von Helmholtz, qui définissent la projection comme l'acte de concevoir que nos sensations correspondent à un ou plusieurs objets indépendants, situés dans l'espace hors de nous. Toutefois, « [il] élargit considérablement le champ de cette définition : la projection devient l'acte non plus seulement de concevoir un objet, mais de le construire, de le créer réellement ; et de le faire en conformité non plus seulement avec nos sensations, mais avec une forme ou un événement *quelconques* de notre corps[11] ». Par là, une certaine « mesure » commune à l'organisme humain et aux objets techniques est affirmée, une parenté, un *dialogue*. S'exprime la porosité du naturel et du culturel qui, sans renier les singularités de chacun, mêle l'homme et l'objet, l'homme et l'artifice : un crayon, une bicyclette, une machine-outil, un téléphone, une prothèse de hanche, une puce RFID[12], etc. Concevoir la technique comme une extériorisation, en quelque sorte *naturelle,* du corps, c'est concevoir, d'une part, le destin technique de l'humain, d'autre part, l'imbrication qui lie, aujourd'hui de manière toujours plus étroite et jusqu'à la fusion, le corps et la technique.

Cela a deux conséquences : la première situe la question de l'*altérité* homme/technique au cœur d'une multiplicité d'inventions qui créent une succession (par exemple historique) et une simultanéité d'univers, renvoyant les uns aux autres, de sorte qu'on peut évoquer une *hypertextualité* de la technique. Un exemple : la performance sportive, en son sens physique, technique et psychologique le plus large, imbrique une multitude de savoirs théoriques (entraînement sportif, médecine, tactique, etc.), d'expériences pratiques (sensations), d'actes techniques (gestes sportifs) et de productions techniques (matériels, matériaux, en constante évolution), dont le dopage sous ses formes modernes (chimie, biotechnologies, nanotechnologies) est le point limite. Ces savoirs, expériences, actes et productions renvoient incessamment les uns aux autres. Cette « saturation technique » est imperceptible dans la fluidité ou la rapidité du geste. Elle n'en atteste pas moins l'omniprésence de la technique et *des* techniques dans un champ de pratiques où la porosité du naturel et du culturel est flagrante. Qu'est-ce qu'un sport *naturel* ? Que serait donc un *sportif* exclusivement *naturel* ? Le monde inventif humain est, pour une grande part, mais pas seulement, un monde de *techniques.*

La deuxième conséquence pointe cette limite de l'extériorisation qu'est l'*aliénation.* Si la technique en tant que *projection organique* tend à l'*extériorisation,* par là le danger se dessine que cette *extériorisation* ne se fasse *étrangeté.* Un monde étranger à l'homme, un assujettissement de l'homme à des machines ayant envahi et transformé le monde « naturel », une essence même de l'humanité pervertie et perdue en raison de l'autonomie proliférante gagnée par les machines, les « critiques de la technique » puisent toujours à ces sources d'une *extériorisation* de la technique, en quelque sorte affranchie de l'humain et devenue aliénante. Telles s'affirment l'aliénation marxiste des conditions de travail des ouvriers au XIXe siècle, la critique heideggerienne de l'« arraisonnement » du monde par la technique ou la critique arendtienne de cette amputation en l'homme de la dimension fondamentale de la *compréhension*. « Tout se passe comme si en conquérant les conditions d'une libération de l'humain, la technoscience était condamnée à perdre les conditions rendant sensée une telle libération (cette condition étant une compréhension et une autocompréhension de l'humanité comme de ce qui est plus que ses dimensions malléables, manipulables, objectivables, maîtrisables)[13]. » Surgit ainsi l'idée que la technique cesserait, en un point qui reste à définir — est-il historique ou économique, ou encore sociologique ? — d'être *humaine*. Non pas humaine au sens de bienfaitrice, ou encore au sens d'une dimension reconnaissable par l'humain — d'ailleurs quelle serait-elle ? —, mais humaine au sens le plus originel de la production d'une *humanité par essence technique*.

Cette extériorisation se fait aussi aliénation dans le danger d'une *dénaturation* de l'homme. Voici la médecine en question, et ses nouvelles possibilités *techniques* de procréation artificielle, de clonage thérapeutique, de diagnostic préimplantatoire. Voici sur la sellette les bio- et nanotechnologies orchestrant des corps soignés ou transformés pour réparer ou modifier la nature, et prévenir le hasard. Voici la réflexion sur les conditions environnementales de l'homme — écologie, alimentation —, sur la modification du rapport au temps et à l'espace — communications, transports, information —, et du rapport à autrui — virtualité, décorporéisation — convoquée en alerte face à la technicisation du monde. Pourtant, rappelle Michel Serres, « les dangers baissent avec la science, non l'inverse ; les nouvelles annoncées dans les médias ne changent pas l'entêtement des faits : les intoxications alimentaires ne cessent de diminuer ; bien des médicaments dérivent aujourd'hui d'OGM. Et nous ne cessons d'apprendre à nos dépens ce que nous risquons d'essayer l'ignorance[14] ». Néanmoins, la question de l'*identité humaine* dans ce monde technologisé est entêtante, justifiant mises en garde et réflexion éthique, quand ce n'est pas rejet pur et simple de la consommation, du progrès sous toutes ses formes vagues ou de certains objets, en particulier informatiques, emblématiques, semble-t-il, de cet univers humain en mutation. Par là se pose la spécificité contemporaine de la *technologie* : interroger sur les *limites* de l'*humain* et du *monde humain*.

L'*extériorisation* technique serait donc à la fois *phénomène biologique universel* et *phénomène biologique de « dénaturation »*. Si Rousseau démontrait qu'il est dans la nature de l'homme de dépasser sa nature, on peut avancer qu'il est dans la nature de l'homme, aussi, de se « dénaturer » dans la création technique. Est-ce là, pour autant, une *aliénation* ? L'*extériorisation* technique pose bien la question de sa limite, lorsqu'il s'agit d'évoquer une *projection du corps* hors de lui-même, jusqu'à la dépossession, jusqu'à la création des « cerveaux » techniques visant à rendre l'homme caduc ou la crainte d'une « disparition » du corps. On peut également se demander « si l'on n'aboutit pas à reconnaître que seule la société profite pleinement du progrès ; l'homme individuel serait déjà un organisme désuet, utile... comme le pied et la main, mais laissé à l'arrière-plan[15] ». Car s'« il est en réalité peu à craindre de voir les machines à cerveau supplanter l'homme sur la terre, [...] il est seulement à craindre un peu que dans mille ans l'*homo sapiens*, ayant fini de s'extérioriser, se trouve embarrassé par cet appareil ostéo-musculaire désuet, hérité du Paléolithique[16] ». Disparition de l'homme, asservissement, hybridation « dénaturante », l'idée d'un monde technique dévorant l'homme ou d'un univers peuplé d'espèces rivales, dont l'homme, inférieur à ses clones techniques, est le symptôme d'unc crainte nouvellement étayée par la science : que le monde, ou la nature, puisse « se passer » de l'homme ou que l'homme se détruise lui-même et ses conditions de vie. Là encore, fantasme ou réalité ? Peut-être l'idée de la destruction de l'homme par la technique est-elle une sorte de principe régulateur, pouvant servir à guider l'action, ou à la borner, mais sans réelle effectivité scientifique. Elle est une *peur*, connexe à l'existence même de la technique, puisque la technique est l'*autre* de l'homme, donc potentiellement menaçante. D'autant que ces questions en appellent une autre : se pourrait-il que la technique cesse d'être *pensable par l'humain* et issue d'un univers humain ? Si les significations n'adviennent qu'en présence d'un sujet ou d'une conscience, partant la question de la technique *est* humaine, ou *n'est pas*. Plus avant, la technique ne peut rompre radicalement, *et d'elle-même*, avec l'humain qui lui a donné sens.

Les ferments de cette aliénation vont de pair avec la difficulté à percevoir les points de non-retour qui rendraient l'homme étranger à lui-même, ou le verraient disparaître. La thèse de Heidegger, dissociant radicalement l'*être de la technique* du *destin* humain — en hypothèse basse — ou du *choix* humain — en hypothèse haute —, et faisant de l'« arraisonnement » un processus intrinsèque à la modernité et qui échappe à tout mode de contrôle humain, nie de manière catégorique l'*humanité de la technique*. Point ici d'interaction, d'évolution, d'invention, d'appropriation, de modification des conditions de vie qui signent, au travers de la technicité humaine, cette humanité de la technique, cette spécificité humaine *d'être technique* en amont de tous les déploiements manifestés historiquement par la modernité. Or, « admettre que les techniques ne se réduisent pas à de purs moyens au service de nos désirs semble aller de soi : elles contribuent en effet à modeler les sociétés et offrent leurs propres résistances. Affirmer qu'elles ne peuvent être considérées comme des moyens au service de nos fins et échappent à toute espèce de contrôle social et politique est en revanche problématique[17] ». Pour Heidegger, les machines n'importent guère par elles-mêmes, elles ne sont que la conséquence de la relation moderne au monde, selon laquelle la nature n'est qu'un ensemble de forces maîtrisables par le calcul, qu'un stock d'énergies, fussent-elles humaines, à exploiter. Ce mode d'apparition des choses se serait imposé tel le destin, sans décision humaine. Autrement dit, la technique serait bien l'*autre* irréductible de l'humain, cette altérité signifiant péril, sans demi-mesure. Nous ne partageons pas la position de Heidegger qui fait de *la technique*, dans sa globalité et son *essence*, le processus même de l'aliénation.

Cette conception d'une extériorité radicale de l'homme et de la technique, signe d'un processus de déshumanisation, est le point ultime, et contestable dans les conséquences qu'en tirent les technophobes, du phénomène d'extériorisation. Car la production du corps rationnel s'objective dans cette extériorisation technicienne qui atteste une évolution « exodarwinienne » de l'humain. Par là se construit un *corps technique,* pétri d'artifices, dont les formes internes et externes dessinent une mosaïque de représentations et transformations, *qui font sens* et s'inscrivent dans des temporalités *hypertextuelles.* « La révolution d'aujourd'hui, dit Michel Serres, consiste en ce que les nouveaux vivants deviennent, en partie, des objets techniques. Or, au contraire des premiers, les seconds émergent d'un projet[18]. » La technique *appareille* de l'homme. En cela, redisons-le, elle est *humaine.* Doit-on envisager qu'elle puisse dans le futur appareiller d'elle-même ? En partie, sans doute, pourtant la question du *sens de la technique* demeurera question humaine. Quels sont les critères d'évaluation d'un tel processus ? Au regard de l'évolution, l'homme vit plus longtemps et mieux, ce que contredit évidemment aussitôt l'immense disparité qui sépare les êtres de par le monde. La mortalité infantile régresse dans les pays riches et *industrialisés.* La médecine, chaque jour, sauve des vies et en prolonge d'autres. Les transports et télécommunications relient les individus. Les travaux pénibles se restreignent. L'information se diffuse, etc. Sans angélisme, il est difficile de soutenir que la technique aliène l'homme, d'une manière générale et principielle. Au regard de l'histoire occidentale, le processus de rationalisation qui concourt à la production du corps révèle, d'une part une extériorisation technique bordée par les questions de l'aliénation et de la déshumanisation — ou de la « transhumanité[19] » —, d'autre part, une intériorisation technique qui met le sujet en posture d'appropriation de soi. *Rationalité instrumentale* et subjectivation se font face, avec pour enjeu la liberté individuelle et celle des peuples. Au regard de l'histoire du sujet, enfin, la technique demeure ce qui fait sens dans un monde humain, *par* la subjectivation des projets.

Ainsi l'extériorisation technique provoque-t-elle une sorte de « totipotence[20] » humaine. Non pas que l'homme soit devenu surpuissant — même s'il l'est par certains côtés —, ni que sa force l'emporte sur la nature. Mais il a, par les développements techniques, cultivé une omnivalence, une ouverture multiple de ses capacités, une virtualité dans ses choix. À la différence des anciennes techniques — un levier, un treuil —, définies par leur utilité, c'est-à-dire par leur finalité, les nouvelles technologies ne servent à rien ou servent à mille choses, transférant la finalité dans le choix et devenant, à ce titre, *virtuelles*. C'est dans la mesure où la société est une extériorité d'organes que l'homme peut en disposer par représentation, et donc par choix. Différenciées, universelles, les nouvelles technologies transfèrent le projet d'utilité du constructeur vers l'utilisateur, qui les emploie comme bon lui semble. « Elles n'ont pas de finalité directe. Sans intentionnalité initiale, leur fonction se découvre *a parte post*[21]. » Par là, elles ressemblent à la vie parce que, « loin de ressembler à une machine formée de machines classiques, qui "servent", en effet, à des fonctions uniques et précises, comme Aristote, Descartes et tant d'autres le dirent, [la vie] se construit comme les nouvelles technologies, elles-mêmes algorithmiques et sans finalité[22] ». Où le hasard est ici convoqué, paradoxalement, comme signe de la « vie », « virtualité sans fin », alors même que le processus rationnel, *i. e.* la production technicienne, projette de le réduire au profit du savoir !

Cette virtualité, ce choix s'opère au carrefour de la *programmation* qui élimine le hasard et de la liberté qui surgit de fins multipliées. « Comment la technique déshumaniserait-elle l'homme puisqu'elle en extrapole la meilleure caractéristique corporelle[23] ? » Au travers de l'extériorisation comme virtualité, le *corps technique* se révèle un corps lié consubstantiellement aux techniques qui appareillent de lui, le prolongent, le réparent ou décuplent ses performances. Loin de l'étrangeté à soi, cette malléabilité révèle une singulière parenté entre la nature et l'artifice. Le processus d'extériorisation spécifie donc bien à la fois l'*humanité de la technique*, l'*altérité* qui en procède et doit être questionnée et le pouvoir propre de subjectivation révélé en miroir[24].

INDIVIDUALISATION ET SUBJECTIVATION DES ÊTRES TECHNIQUES

Complément de cette approche, advient l'idée d'*un processus d'individualisation des êtres techniques*. Quel est ici l'enjeu ? Montrer comment, à l'extériorisation de l'*humain naturel* dans l'artifice technique, répond la « naturalisation » ou la « biologisation » de l'objet technique. La formule de Gilbert Simondon désigne le « processus de concrétisation » par lequel « un objet technique existe [...] comme un type spécifique obtenu au terme d'une série convergente. Cette série va du mode abstrait au mode concret: elle tend vers un état qui ferait de l'être technique un système entièrement cohérent avec lui-même, entièrement unifié[25] ». Par exemple, par rapport au moteur ancien, « dans un moteur actuel, chaque pièce importante est tellement rattachée aux autres par des échanges réciproques d'énergie qu'elle ne peut pas être autre qu'elle n'est[26] ». Autrement dit, non seulement l'objet technique « concret » se rapproche de l'être naturel de par l'autonomie qu'il acquiert dans son fonctionnement et l'adaptation à un milieu que, simultanément, il crée, non seulement il possède une « fécondité », une « non-saturation qui lui donne une postérité[27] », mais il s'individualise dans ce « milieu techno-géographique[28] » qu'il crée et par là conditionne une « lignée technique[29] ».

Ce qui s'exprime là, c'est l'évolution de l'objet technique jusqu'à son « point de concrétisation », mais aussi la « naturalisation » ou la « biologisation » de l'objet technique, une fois ce point de concrétisation atteint. La question de l'*individualisation* devient alors celle de la grande mouvance qui caractérise les rapports entre l'homme et la technique, de leur interactivité, de leur compagnonnage, excluant une approche catégorique concluant à des rapports d'exclusive. Nous disions plus haut: *humanité de la technique* et *technicité de l'humain*. D'une part, les machines tendent à se rapprocher du mode d'existence des objets naturels, par l'intégration constante des éléments et des fonctions (« *naturel* » *signifiant ici* « *humain* », *c'est-à-dire* « *vivant* »). D'autre part, le génie génétique rapproche l'univers du vivant de celui des outils et des machines: enzymes servant à découper l'ADN ou à en recombiner les morceaux, micro-organismes servant à la production industrielle de molécules diverses ; bactéries reprogrammées pour fabriquer à grande échelle des protéines rares, « biomachines » aptes à produire un travail mécanique, etc.

La création par un objet de son propre « milieu techno-géographique », ce dernier incluant le fonctionnement de l'objet lui-même, les réactions de l'utilisateur, l'impact sur l'environnement et sur les autres objets, la stimulation d'autres inventions techniques, etc., ouvre à l'idée d'une mobilité permanente de la technique, de ses créations et sens. Elle suggère aussi l'interactivité qui lie l'objet et l'usager, l'un modifiant l'autre, agissant sur lui, le rejetant ou l'adoptant, l'adaptant aussi, parfois, à des finalités non prévues à l'avance. *Individualisation* et *adaptabilité* vont de pair. Ainsi, la miniaturisation des composants électroniques a favorisé l'entrée de l'informatique dans la vie « personnelle ». Le développement d'appareils sans fil et par ailleurs « pluriels », téléphones, consoles de jeu, lecteurs de musique ou de vidéo, ajoute à cette dimension « personnelle » — singularisée, donc, même si beaucoup possèdent le même appareil —, celle de la mobilité et de la création d'« espaces ». *Je* suis à la fois seul et multiple dans l'utilisation de ces appareils, qui peuvent fonctionner en réseaux, seul dans ma préhension manuelle et multiple dans les lieux où j'utilise l'objet. De nouveaux espaces-temps se créent où l'*urgence* prime (répondre « tout de suite » au téléphone ou au message SMS, joindre « tout de suite » son correspondant par e-mail), la *vitesse* (communications, transports), l'*ubiquité* (être ici et « ailleurs » dans une visio-conférence, une compétition de jeux vidéo sur Internet, une opération de chirurgie à distance), la *maîtrise* (contrôler son trajet par GPS, suivre « en temps réel » les opérations de bourse, l'actualité et, par le biais de caméras vidéo, surveiller le trafic d'une rue, le sommeil d'un nourrisson, etc.).

Ces créations d'espaces-temps ne sont d'ailleurs pas sans suggérer l'idée d'une nouvelle *panoptique*. Ainsi les fichiers de renseignements informatisés, « dossiers patient », administration sur Internet, puces électroniques (RFID) intégrables au corps et comprenant des données bancaires ou médicales, tracent-ils le paysage d'un contrôle invisible sur l'individu. Se développe aussi un maelström d'usages qui « simplifient » ou « compliquent » l'existence, selon une « sélection naturelle » des objets techniques dépendant de paramètres multiples : facilité ou détournement possible d'usage, coût, tranche d'âge s'emparant de l'objet, compétition entre les marques, etc. En retour, l'intervention des usagers ou des citoyens modifie en profondeur certains protocoles technologiques — de la bicyclette aux réseaux *on line* en passant par le traitement du sida —, suggérant la possibilité d'une « rationalisation démocratique[30] » de la technique. Aussi les objets techniques ne sont-ils pas des « choses » au sens habituel du terme, mais des nœuds dans un réseau qui inclut aussi bien des humains que des dispositifs jouant des rôles enchevêtrés. La « théorie des réseaux d'acteurs » affirme ainsi que les alliances sociales par lesquelles se construit la technique sont liées par les artefacts mêmes qu'elles créent. Ainsi, les groupes sociaux ne précèdent pas et ne constituent pas la technique, mais émergent avec elle, suggérant un nouvel aspect de la symétrie — ou de la coexistence imbriquée — de l'humain et du non-humain[31]. Aussi l'*individualisation des objets techniques* apparaît-elle, à la fois, comme le processus d'évolution de l'objet et comme le processus d'existence de l'objet dans les réseaux sociaux, confirmant ainsi la porosité du rapport nature/culture et le caractère foncièrement humain de l'*usage technicien.*

Par ailleurs, s'observe un *processus d'appropriation subjective des techniques par les individus.* Cette formule a deux sens qui se répondent. Premièrement, les technologies *s'individualisent.* La multiplication des objets techniques à usage individuel atteste la parcellisation de la technique et sa diffusion dans le grand public, sous la forme d'une consommation *redondante* et *éclatée. Redondante* parce qu'on peut posséder plusieurs télévisions ou ordinateurs, ou téléphones ; *éclatée* parce que toutes les couches et tous les âges de la population des pays industrialisés sont concernés selon des modes qui varient, des usages qui se personnalisent, des préférences qui accentuent, par exemple, la dépendance à tel objet plutôt qu'à un autre. L'idée-force est la suivante : à chacun l'objet le plus approprié à son mode de vie, ses choix professionnels ou privés, ses goûts, dans une individualisation forcenée qui souligne, paradoxalement, des modes (*collectives*) et des volontés de singularisation (*individuelles*). Les adolescents et les jeunes adultes représentent la catégorie de la population la plus révélatrice de ce phénomène. L'aisance de maniement de certains objets les plus prisés — consoles de jeu, lecteurs de musique MP3, téléphones portables avec appareil photo intégré, Internet et la télévision —, est travaillée en vue d'une consommation immédiate, entretenant les repères, créant des codes, ainsi que des « familles » de machines très vite identifiables. La « facilité », la « convivialité », l'« intuitivité », l'« ergonomie », l'« interactivité » sont des critères de succès. La « mobilité » de ces objets engendre des sociabilités nouvelles: piétons qui téléphonent en parlant dans un micro fixé à leur oreille, réseaux de joueurs en chambre engagés dans des parties «mondiales», lycéens pianotant des SMS pendant leurs cours, en réponse à l'appel vibrant (mais non «sonnant») de leur téléphone, albums photos transmis par Internet à une communauté familiale ou amicale géographiquement dispersée, etc.

Loin de signer une «disparition du corps», ces techniques en modifient l'implication. Les jeux vidéo, qu'on accuse communément de produire un monde virtuel — et, en ce sens, minoré ou dangereux au regard d'un monde «réel» —, développent la concentration, les compétences motrices dont la coordination œil-main, les compétences spatiales, les réflexes, le sens des stratégies et l'imagination. Contrairement à la télévision, le joueur n'est pas un consommateur de représentation: il est aussi acteur. Il crée des représentations dynamiques dans les jeux d'action. Dans les jeux de simulation, il participe à la construction de mondes, dans les jeux de rôle à la création de caractères. Certains jeux recomposent des sensations «physiques»: tenue d'un volant «retour de force» lors d'une course automobile, simulateurs de «glisse» dans des jeux de ski ou de skate-board, intégration «personnelle» du joueur dans le jeu par le biais d'une webcam ou d'électrodes. La console WII, de la marque Nintendo, commercialisée en France en 2006, nécessite l'effectuation des gestes sportifs par le joueur à l'aide de la manette de jeu, supposant une «vraie» dépense physique, conseillée dans certains régimes amaigrissants. À l'autre bout du spectre des usages de l'informatique et du lien corps-machine, la commande d'un ordinateur par le biais d'un capteur de clignements de paupières ou de souffle ou grâce à l'invention d'un système de caméras centré sur l'œil de l'utilisateur, permet à certains malades gravement handicapés de réintroduire leur corps dans le champ du savoir et de l'expression. La « sensation » est bien alors au cœur de ces relations entre l'homme et l'ordinateur. Le corps stimulé, imité, compensé développe de nouvelles virtualités « techniques », que le processus d'individualisation révèle comme *interaction*.

Deuxièmement, les techniques s'individualisent en *se subjectivant*. L'*extériorisation* décrite devient prolongement de soi par un sujet qui inclut la technique dans son mode d'être. Les objets techniques évoluent selon des « choix d'usage » qui en modifient les finalités initiales. La machine à tisser ou encore l'automobile traduisent un usage qui n'est qu'indirectement pourvoyeur d'identité. L'objet est délaissé dès lors que l'usage cesse. Le téléphone portable est un complément, si ce n'est un créateur d'identité, l'ordinateur aussi qui, par le biais d'Internet, inscrit l'individu dans des réseaux, dans des relations spatio-temporelles spécifiques et *permanentes*. La personnalité se fait par la communication, par les modes variables de cette communication, par le lien à des objets qui, absents, modifient notablement notre rapport au monde. « Je ne pouvais pas te joindre » : autrefois, cette phrase était une fatalité, aujourd'hui elle apparaît comme un scandale. Les messages téléphoniques laissés sur répondeur, par « texto » ou les e-mails tissent un réseau de liens avec autrui, d'accessibilité, voire d'appropriation de la liberté d'autrui qui modifie la notion de solitude. Autrui est « joignable », tout comme moi-même, sauf à rompre la toile, à pourfendre le maillage serré de nouveaux codes sociaux. De la même manière, l'information disponible par des canaux multiples rend tenace la présence du monde, parfois jusqu'à la nausée ou l'indifférence. Au-delà même de cette saturation, l'important est d'être *relié*, dans un *style* qui semble personnel et choisi, malléable, interchangeable, manière contemporaine de souscrire aux modes et de sculpter sa propre identité. Ainsi se subjective un rapport à la technique qui, là encore, traduit la porosité du naturel et du culturel, comme de l'humain et de l'artifice.

Techniques du corps rationnel : trois exemples

Cette analyse confirme la conjonction de processus d'*objectivation* et de *subjectivation* dans la production, l'existence et l'usage des techniques et leur lien historicisé avec les individus. Alors que le sujet tend à s'*autoproduire*, la science ne cesse de développer les outils d'un corps technicisé et d'une nature requalifiée. Trois exemples révèlent une symbiose entre nature et culture mise en œuvre par les technosciences : la procréation médicalement assistée, la création d'exosquelettes, la pratique du dopage.

La procréation médicalement assistée

La question « comment fait-on des enfants » peut entraîner aujourd'hui des réponses techniques inattendues puisque, depuis les premiers traitements de la stérilité datant du XVIIIe siècle, le rapport sexuel n'apparaît plus comme l'unique moyen de concevoir les êtres humains. La technique médicale ouvre à une forme originale de thérapeutique palliative : celle qui, luttant contre ce symptôme qu'est l'infécondité, a directement pour objet la conception d'un être humain. Deux techniques sont privilégiées, avec leurs variantes : l'une, ancienne, l'insémination artificielle ; l'autre, plus récente, la fécondation *in vitro*. Cette dernière révèle une spécificité anthropologique et symbolique : la conception hors du corps de la femme, en laboratoire. Dans ce processus de conjuration de la nature et du hasard, les repères charnels de la fécondité sont ébranlés. « L'insémination artificielle a depuis longtemps [...] "désexualisé" la procréation. La fécondation *in vitro* vient ensuite "décorporéiser" tout au moins la conception — mouvement qui pourrait être prolongé par le recours à un utérus artificiel[32] (ectogenèse). L'éventualité du clonage laisse entrevoir la perspective d'un affranchissement de la procréation de ce qui reste encore de son réquisit biologique fondamental : la participation de personnes de sexes différents[33]. » Par là s'esquisse une transformation des conditions anthropologiques de l'engendrement. « L'instrumentation de l'acte fécondant crée des rôles et des compétences reproductives sans précédent qui font basculer dans un domaine non encore balisé le cadre symbolique de la procréation[34]. » Ainsi se posent les questions de l'*agir bien*, des fonctions normatives de la médecine et du droit, des formes nouvelles de la famille et de l'identification sexuelle, que suscite le désir d'enfant.

Ce sont des repères familiers, intimes, corporels, au fondement des représentations les plus inébranlables de la condition humaine, qui sont bouleversés : la différence des sexes, la succession des générations et les limites entre les morts et les vivants. Le rapport technique à la procréation change, changeant par là même la situation de ceux qui souhaitent procréer. Monoparentalité, homoparentalité, transsexualité de l'un des conjoints, la distinction entre demandes recevables et demandes «hors normes», en principe régie par la loi du 29 juillet 1994[35], qui réglemente l'assistance à la procréation, est loin d'être évidente. Et, même dans le cadre de la loi, lorsque l'infécondité ressortit à des problèmes sexuels, lorsque les couples ont déjà des enfants de mariages précédents ou lorsque l'un d'eux est porteur d'une maladie qui compromet son pronostic vital, la réponse médicale procède d'une décision complexe. La lutte contre la stérilité induit à la fois des sentiments de pouvoir et d'anxiété devant les choix, d'anxiété aussi de devoir partager l'intimité du projet parental avec une équipe médicale. Les manières de disposer de son corps en vue de la procréation ne sont plus explicitement sexuelles. Le temps et l'espace se morcellent, d'autant plus lorsqu'il y a *extériorisation* du processus de fécondation et de gestation. Or, s'«il est peu probable que le rapport sexuel fécondant puisse servir encore longtemps de référence normative efficace[36]», les conceptions traditionnelles de la nature sont débordées par les nouvelles possibilités techniques, que n'encadrent qu'incomplètement — ou, tout du moins, dans une nécessité de refonte fréquente — les pouvoirs normatifs de la loi.

Plus avant, un faisceau de significations — philosophiques, anthropologiques, médicales, morales, juridiques — convergent vers ce constat d'une technicisation du corps — *à la fois abandon du corps et production du corps* — et d'une symbiose entre le naturel et l'artificiel. Le corps technique de la PMA est un entrelacs de savoirs et de pouvoirs, de mises en œuvre culturelles et symboliques. L'*extériorisation* technique, ici transmuée en *extériorisation de la conception du corps humain hors du corps humain*, modifie la perception de ceux qui usent de ces techniques, ces modifications entraînant à leur tour des attentes et perceptions de la technique. Au fond, chaque société intervient pour redéfinir ce qui est naturel chez l'homme. Les critères biologiques sont toujours réévalués à la lumière des normes sociales. L'apport de la technique se situe à l'interface du biologique et du social, stimulant en amont la réflexion qui tente de la comprendre et de légiférer, en aval de nouvelles élaborations d'un naturel requalifié. L'hypermédicalisation de la naissance n'empêche pas les incitations à l'allaitement au nom du «naturel». Aussi, rien de plus naturel que le corps, et rien de moins naturel. L'humanité se constitue en se technicisant.

Les exosquelettes

Sur le modèle de la carapace de la tortue ou de l'armure du crustacé, l'*exosquelette* ou *squelette externe* est une structure articulée en métal ou en plastique (les médecins orthopédistes parlent aussi d'*orthèse*) animée par des muscles artificiels appelés « actuateurs » et fixée sur les principaux segments du corps : bassin, cuisse, jambe, bras, avant-bras. Son usage vise à décupler la force et les capacités musculaires des individus dans un processus de dépassement des limites humaines, soit chez des individus valides — pour l'instant, des soldats essentiellement —, soit chez des individus handicapés. Combinaisons du futur, les premiers exosquelettes développés aux États-Unis ont permis de marcher avec 35 kilos de charge utile, en plus des 40 kilos de l'exosquelette lui-même, sans que le porteur ressente plus de 2 kilos sur son dos. La deuxième génération (à compter des années 2006) doublera la charge utile, tout en divisant par deux le poids du système[37].

L'intérêt des exosquelettes pour les handicapés est évident: exosquelette des membres inférieurs permettant une vitesse de marche de 4 kilomètres-heure et de monter les escaliers; exosquelette pour membre supérieur à fixer sur un fauteuil roulant et démultipliant la force du bras. Détecté par une batterie de capteurs, l'effort produit par l'utilisateur est transmis à un centre de calcul intégré au squelette. Là, des algorithmes préprogrammés calculent la réponse à donner au mouvement détecté et envoient en retour des ordres à des muscles artificiels qui amplifient l'effort originel. Pour l'instant, tous les problèmes de «fusion» avec le corps humain ne sont pas résolus: degré de liberté des articulations créant du «jeu», réduction du nombre des «actuateurs», commandes en «temps réel» permettant la synchronisation, poids et autonomie des batteries, l'idée est évidemment de réduire au minimum les marges de désynchronisation ou de déséquilibre susceptibles de nuire à l'usage.

La création d'exosquelettes affiche ses ambitions. Elles sont militaires, civiles (services d'urgence: pompiers, secouristes), médicales, industrielles (robotique, télémanipulation, dangerosité des tâches, etc.). Elles dessinent le profil d'un homme bionique plus sophistiqué que celui d'aujourd'hui, en lequel la matérialité du corps, avec ses limites et défaillances, se conjugue à l'artificialité de la machine. La prochaine génération d'exosquelettes, forcément plus performante, annonce le perfectionnement et la multiplication des usages. Elle combinera aussi l'artificialité *externe*, celle du «costume» et l'artificialité *interne*, celle de la connaissance des processus nerveux et de l'action sur eux, renouvelant ainsi la thématique *intérieur/extérieur* précédemment évoquée. Ainsi, prédit un chercheur, «les progrès parallèles de la robotique et des neurosciences rendent envisageables des exosquelettes capables de redonner des membres aux tétraplégiques complets en récupérant l'influx nerveux au niveau du cerveau[38] ». On imagine également passer de la marche à la course, voire au saut assisté et, pourquoi pas, organiser des « compétitions » d'exosquelettes !

Le corps apparaît ainsi *eso-* et *exo-*plastique, transformable, constructible par l'absorption, l'ingestion, la perfusion, perméable à l'onguent, son anatomie, sa musculature, modifiables par le régime, la gymnastique, la chirurgie, ici la biomécanique. Aux deux extrémités du spectre de l'intériorité et de l'extériorité, de la divisibilité « à l'infini » — le code génétique, les molécules du cerveau — à l'appareillage — greffes et prothèses —, il manifeste « l'empan de sa plasticité[39] ». Une forme originale, si ce n'est *originelle* d'humanité, se révèle — mais puisant ses modèles *dans la nature* — au corps augmenté, réparé, complété, optimisé, hypertrophié. La mixité *naturel/culturel* réactualise la question antique des *justes proportions*, du dosage qui trace le spectre allant de l'homme à la machine. *Quid* de l'homme et de son futur ? Évidemment ce « mariage technicien » entre le *naturel*, le savoir et la machine, problématisant néanmoins l'*identité humaine*.

Le dopage

Le dopage s'inscrit en droite ligne dans ces pouvoirs *eso-* et *exo-*plastiques du corps. Aujourd'hui stigmatisé comme l'un des maux principaux du sport de haut niveau — un autre, corrélé, étant la précocité croissante et le surentraînement des athlètes —, il apparaît en réalité comme l'artifice ultime d'une activité par essence artificielle. Ceux qui tranchent entre un *sport naturel* et un *sport artificiel*, pensant ainsi identifier et éloigner le spectre du dopage, méconnaissent cette essence artificielle du sport, définissable à ce titre comme n'importe laquelle des activités humaines. Science des entraînements, matériaux, matériels, médecine — dont diététique et psychologie —, techniques gestuelles, le principe de l'optimisation de la performance est commun, la différence, elle, de deux ordres, conventionnel et, provisoirement peut-être, médical : le dopage est la transgression d'une règle convenue, celle de l'égalité ; il tue ou provoque des pathologies chroniques. Néanmoins, du point de vue d'une logique évolutionniste, qui est fondamentalement celle du sport d'élite, il apparaît comme l'accompagnement ou le prolongement d'un processus de dépassement de soi et de dépassement des limites humaines supposées. Par là, si le dopage se démarque aujourd'hui des autres moyens de la performance — pour des fins identiques —, en fonction de critères essentiellement *techniques* — une chimie et une pharmacologie nocives —, c'est en fonction des mêmes critères qu'il pourrait devenir indécelable ou moins, voire plus nocif, redistribuant ainsi les cartes de son interprétation et des législations idoines. Un dopage génétique est envisageable, techniquement possible et probablement indécelable, sans qu'on en connaisse les conséquences sur la santé. L'intrusion des nanotechnologies est, elle aussi, dans les perspectives d'une assistance et d'une stimulation techniciennes à la performance.

Aux questions posées par ces deux dopages du futur — indécelabilité, réduction de la nocivité — s'ajoutent celles posées par l'usage des prothèses. Celles-ci sont utilisées par des sportifs handicapés, pour compenser la perte d'une jambe ou d'une demi-jambe en particulier. Les progrès de la biomécanique et la création d'exosquelettes ou orthèses laissent imaginer la multiplication de ces remèdes aux déficiences du corps, pouvant peut-être un jour servir aux valides. Si les performances des sportifs handicapés dépassaient celles des sportifs valides[40], ce qui n'est pas une absurdité au vu des records dans certaines disciplines, la question de l'usage d'exosquelettes dans le sport de haut niveau — même si elle fait sourire aujourd'hui — prendrait, au même titre que l'usage d'implants de produits *naturels* ou *techniques*, toute sa pertinence. Rappelons que l'essence même du sport de haut niveau est le dépassement de la performance et que l'histoire du sport atteste tous les moyens, y compris les plus farfelus ou illicites, pour parvenir à cette fin. Autrement dit, la question de l'homme bionique est directement celle du dopage. Celui-ci, dans ses différentes variantes — vaste liste de produits chimiques, manipulations génétiques, implants de cartilages, de tendons, de « patchs », de puces électroniques, etc., usage éventuel de prothèses non thérapeutiques —, propose, en réalité, un inventaire de l'artifice lui aussi sur le registre de l'*intérieur/extérieur*. La porosité du *naturel* et du *culturel* révèle ici une *fusion*, puisque tout savoir à propos du corps, toute ingestion d'aliments ou de médicaments, tout usage de *techniques du corps* — et le sport en est friand —, tout recours à l'assistance technique, que ce soit celle d'un guidon de vélo profilé ou d'une « pilule de la performance » ou d'une prothèse de jambe, signifie la *technicité du corps*.

Ce constat provoque une sorte de vertige : le corps *serait* la technique qui le parfait et voué à devenir toujours plus technique, toujours plus artificiel. Et par là, rien ne viendrait trancher à l'avenir dans le paysage de science-fiction confondant les hommes «naturels» et les robots, les «hybrides[41]» et les machines, paysage dont le sport de haut niveau est peut-être le précurseur. En cela, des deux questions initiales que nous disions être celles de la technique, le *remplacement* de l'homme par la technique ou des *êtres techniques* et la *fusion* de l'homme avec la technique, nous voici renvoyés à la première. Ce vertige est révélateur du problème philosophique et moral posé. Les certitudes, le *bon sens* sont bousculés dès lors qu'on envisage que tout usage du corps *est technique*. Ils le sont d'autant plus lorsque les technosciences laissent entrevoir l'intrusion de la technologie dans l'*identité humaine* ou la menace de cette identité par une «concurrence»: machines, robots, clones, etc. La question de la *nature humaine*, de ses «limites» éventuelles ou à poser, se double donc d'une interrogation sur la notion d'*identité humaine: pour qui* ou *au nom de qui* le corps rationnel? Par là, l'examen du *corps technique* s'inscrit bien dans une histoire du *sujet*.

14
L'identité humaine en question

BIOÉTHIQUE
ET TECHNICITÉ DE L'HOMME

L'approche des questions concernant l'*identité humaine*, et il faut définir cette dernière, doit se frayer un chemin parmi un ensemble de notions toujours connotées, de présupposés philosophiques, religieux ou politiques. Comment parler de l'homme et de son futur sans référer, dans l'instant, aux *conceptions* de l'homme, aux *théories* sur l'homme qui engagent partis pris et systèmes philosophiques ? Comment évoquer l'*homme* sans se heurter à la polysémie du terme, cette polysémie qui rappelle celle du *corps*, à la fois corps du désir et de la science, corps subjectif et corps objectif, corps de l'*être* et de l'*avoir* que n'épuisent pas les définitions ? Voici l'homme en question, confronté aux évolutions techniques qu'il a lui même engendrées et sommé de faire face aux dangers potentiels, aux *dérives* de ce monde technique dont il est essentiellement et historiquement partie prenante : mais quel homme, sous lequel de ses aspects, à partir de laquelle de ses différenciations irréductibles et constituant son *identité?* La simplicité du questionnement requerrait celle des définitions: d'un côté, une technique purement objectale et machinale, de l'autre une humanité intangible et pérenne. En réalité, nous l'avons vu, la porosité du naturel et du culturel, l'humanité de la technique et la technicisation de l'humain interdisent de trancher ainsi l'opposition. Si la question de l'*identité humaine* se pose, c'est au cœur de rapports mouvants — et parce qu'ils le sont —, de définitions revisitées et d'un maillage subtil entre *humanité* et *technicité* qui invitent à la nuance. La saisie théorique des notions est aiguillonnée par l'intuition sans pouvoir se résorber en elle.

Ainsi faut-il dire ce qu'est l'*identité humaine* mise en jeu par un *corps technique,* en tenant compte des complexités définitionnelles, mais sans qu'elles empêchent. Que dit l'intuition? Elle porte l'attention sur un rapport homme/technique historiquement avancé. Elle pointe le développement d'un monde où urbanisation, industrialisation, informatisation, réseaux de transports et de communication, mécanisation du travail tissent une toile qui éloigne le *naturel* et les relations ancestrales de l'homme avec son environnement. Elle désigne la recherche médicale comme l'espace/temps d'où peuvent surgir les malléabilités du corps, les nouvelles manières de concevoir et de naître, de soigner à partir d'embryons humains, de cloner, de réparer le corps avec des matériaux artificiels, électroniques, animaux, de programmer avant la naissance des profils génétiques en laissant poindre une menace eugéniste. Le hasard recule. L'intuition résume, d'une certaine manière, qu'il faudrait pouvoir assurer la définition de l'homme et garantir ainsi l'humain contre son débordement par tous les univers techniques créés à partir de lui. Sont alors invoqués les termes d'*homme*, de *personne*, d'*identité humaine*, les notions de *droits de l'homme*, de *dignité humaine*, d'*intégrité*, toujours susceptibles d'abstraction, mais propres à tracer un périmètre inviolable par les *dérives de la science* ou les *apprentis sorciers*. De la sorte, l'intuition étaie un questionnement spécifique à la période contemporaine et que la prise de conscience, au XXe siècle, de la destruction possible de la planète par les engins atomiques avait inauguré : celui qui porte sur la *disparition de l'homme*.

Ainsi s'impose la *bioéthique*, néologisme apparu dans les années 1970. La structuration de son approche vient de la rencontre, ou plutôt des retrouvailles de la médecine et de la philosophie consécutives à la pression des événements et aux développements techniques qui se sont succédé depuis la fin de la Seconde Guerre mondiale. Déjà, le tribunal de Nuremberg avait rédigé un ensemble de dix prescriptions visant à circonscrire ce que Michel Foucault nomme le « biopouvoir ». Dès lors, devenue champ de questionnements, la bioéthique se caractérise par sa pluridisciplinarité, ses fonctions normatives et une analyse éthique orientée vers la prise de décision. Ses thèmes principaux se recensent ainsi : 1) La relation patient-médecin (équipe soignante), la santé et la société. 2) L'expérimentation humaine et la régulation de la recherche avec les êtres humains. 3) Les techniques concernant la procréation et le début de la vie humaine. 4) Les techniques entourant le vieillissement et le mourir. 5) Les interventions sur le patrimoine génétique des individus. 6) Les interventions sur le corps humain. 7) La manipulation de la personnalité et l'intervention sur le cerveau. 8) Les techniques et les approches concernant l'environnement et les êtres non humains[1]. Elle se propose de rendre compte de tous les secteurs d'activité technoscientifique qui ont pour objet l'être humain en tant que tel. « Néanmoins, comme le souligne Dominique Lecourt, la conjonction au sein du même terme, du préfixe "bio" avec le terme "éthique" n'est pas sans ambiguïtés et pourrait être la source de malentendus lourds de conséquence en médecine, laquelle exerce un monopole incontesté sur cet objet particulier qu'est l'homme dans son existence biologique[2]. » Ainsi le corps s'avère-t-il point de centration des questions sur l'identité. D'où la vigilance plus que jamais nécessaire quant aux conceptions strictement matérialistes de l'homme, aux *réductionnismes*, qui suggèrent que la malléabilité du corps puisse être aussi celle de l'*humain* ou que celui-ci se résorbe dans une vision moléculaire de lui-même. D'où la lucidité, aussi, sur le fait que la bioéthique ne comble pas tous les manques liés à l'oubli du sujet au sein de pratiques obnubilées par la technique.

Le XVIIIe siècle avait été celui de la croyance dans les progrès indéfinis de l'homme, sur fond de sa peur corollaire : le spectre de la *dégénération*. Le XIXe siècle avait accéléré le processus de rationalisation des activités humaines et, parmi elles, la prise en charge ergonomique, médicale et gymnastique du corps, cherchant l'*homme moyen* en contraste d'une fascination pour l'extraordinaire et multipliant les statistiques pour rejeter loin, sur les rives de la folie et de l'anormalité, les individus suspects de *dégénérescence*. Le XXe siècle et, aujourd'hui, le XXIe siècle, prenant conscience de leur pouvoir de destruction sur la Terre et sur l'espèce humaine, développent, avec un activisme accru, la *production* de l'homme, et la production du corps rationnel susceptible de mettre à distance la maladie et la mort. Il est assez frappant de constater le mouvement de cette spirale dialectique, construite de *vie* et de *mort* de la manière dont Freud l'a décrite, animant le processus de la découverte scientifique et convergeant ici vers un questionnement plein d'ambivalences : la production d'un corps rationnel, c'est-à-dire, au sens large, *technique* ou du moins *technicisé*, dont les fins sont, dans une acception assez vaste, la *maîtrise de la vie*, pourrait-elle donc, aussi, par le même mouvement qui révèle une *centration de l'identité contemporaine sur le corps*, menacer cela même qui est son œuvre, le *corps humain* et l'homme qui par lui s'identifie ? C'est en partie l'idée développée par Foucault dans *La volonté de savoir*. Faut-il imaginer que l'homme *se perde* dans l'univers technique qu'il a imaginé et notamment dans ces inventions médicales qui ont aussi, et avant tout, permis le *confort du corps* et des vies plus longues en bonne intelligence avec lui ? Dit autrement, enfin : la production du corps rationnel conduit-elle à l'aliénation du corps et, par là, à l'aliénation de l'homme menacé de n'*être plus lui*, voire de disparaître ?

C'est l'intrusion de la technique médicale, plus encore que l'urbanisation ou l'industrialisation, qui provoque l'urgence du questionnement. Le thème de l'aliénation n'est pas neuf. Apparu au XIXe siècle, il enveloppe depuis deux siècles de son halo les bouleversements exponentiels de la société humaine, notamment la société humaine riche, alimentant les critiques de la technique et forgeant l'opposition homme/technique. Toutefois, ce thème trouve une acuité toute particulière et renouvelée dans une individuation du propos, si l'on peut dire, lorsqu'il s'agit d'envisager la modification technique du corps, le bouleversement des conditions possibles d'engendrement ou les manipulations génétiques. Au point de vue *macrocosmique* décrivant de grandes entités telles que la société, le travail, les villes, les transports, les communications et situant l'homme par rapport à elles avec une marge d'incertitude concernant son rôle d'agent ou de patient, se superpose aujourd'hui un point de vue *microcosmique,* en phase avec le *fait* de l'individualisme, qui centre sur l'entité humaine ses inquiétudes et dont la clé de voûte est le *corps.* Si l'entité humaine n'est plus close, *sûre,* si la question se pose de savoir ce que sera l'homme de demain, c'est avant tout *par le corps.* L'individualisation des conduites et des usages de la technique a en quelque sorte pour emblème cette individualisation de la modification corporelle, de la production du corps rationnel qui interroge sur l'*identité humaine.*

L'ENTITÉ CORPORELLE FRACTURÉE

Depuis le XIXe siècle, l'entité corporelle humaine a été *fracturée.* Le corps a été ouvert, par la clinique, la dissection, l'implant de greffes, de prothèses, aujourd'hui de « patchs » ou de puces électroniques, par l'intervention sur la reproduction et l'investigation portant sur le génome. Cette évolution a ses conséquences médicales : *déshumanisation* de la médecine, au sens strict, c'est-à-dire celui d'une médecine qui ne *voit* que le corps et un corps fragmenté ; psychologisation accrue des conduites et médicalisation de l'existence comme remparts à cet « oubli » de l'homme dans la technicité médicale. Un processus est ainsi engagé qui fait jaillir avec une évidence aveuglante l'appareillage de la technique à partir de l'homme et l'appartenance de l'homme à un univers technique. Le corps est le lieu de cette évidence parce qu'il signe l'identité et l'intimité humaines. Il est le point focal de toutes les perspectives, lui-même perspective infranchissable dès lors que la notion d'homme est appréhendée à partir de l'espèce, comme à partir de l'individu. *Je suis mon corps*, disent les phénoménologues, soulignant cette fusion de la subjectivité et de l'objectivité propre au corps qui excède toutes les objectivations d'un corps investigué. Il n'est pas surprenant, dès lors, au-delà des conditions philosophiques ou sociologiques qui amènent à cette *centration de l'individu sur son corps*, que la question de l'identité se fragilise à partir de lui, le corps, que l'avenir de l'homme et des structures humaines — la famille, la société — puise une grande part de ses interrogations dans les bouleversements du corps. *Objet technique*, le corps contemporain renvoie logiquement au face-à-face — au moins théorique — entre l'homme et la technique.

Nous avons vu que ce face-à-face est théorique et produit, en grande partie, par l'évolution historique de la technique. Ou, plus exactement, l'évolution *des* techniques a modifié les perspectives ancestrales d'un rapport lui-même originaire entre l'homme et le *fait* technique. Que les techniques aient évolué, jusqu'à modifier considérablement le monde humain ne change rien, intrinsèquement, à l'*humanité de la technique*, y compris lorsque ce monde peut être qualifié de *déshumanisé*. Ce qui change, c'est l'éclairage, la modification des proportions, celle des relations, le déploiement exponentiel de certaines techniques, le privilège acquis de la vitesse, des télécommunications, l'invasion de l'informatique qui modifient — en apparence ? — *la place de l'homme*. Plus avant, la *divisibilité à l'infini* de l'investigation savante s'est emparée du corps comme d'un matériau en construction et *re*-construction, comme l'objet d'une production possible, d'un mélange, d'une optimisation de l'humain. Ce déplacement quantitatif et, de fait, qualitatif des perspectives aiguillonne le questionnement sur ce qui menace l'homme, sur ce qui pourrait le faire disparaître et, dans la technique, retrouvant là une opposition classique même si ses fondements doivent être critiqués, sur *ce qui le dénature*. C'est un peu comme si l'être dont l'essence et l'histoire sont de *s'arracher à la nature* — c'est en tout cas une définition moderne de la liberté, à défaut d'en être une antique — devait affronter, au terme d'un long périple, le péril ultime constitué par sa *dénaturation*, qui serait en conséquence transgression et *déshumanisation*. Les notions, comme leurs vocables, méritent ici d'être examinées.

Revenons sur l'*aliénation* : elle a deux sens. Dans le premier cas, l'homme *se perd* dans un monde qui lui devient étranger en modifiant ses conditions d'existence *initiales, naturelles* — lesquelles ? — et en l'éloignant de ce qui aurait pu être perçu comme *un bonheur originaire*. On voit d'emblée le caractère subjectif de telles qualifications et les options philosophiques — pas forcément concordantes, d'ailleurs — qu'elles suggèrent. On trouve chez Rousseau une critique de la société, chez Marx une critique de l'industrialisation du travail, chez Heidegger une critique de la technique comme oubli de l'Être. Que l'homme *se perde* ici désigne un sens figuré qui fait référence à *une idée de l'homme*, on pourrait dire à *un idéal d'humanité* plus ou moins soudainement corrompu ou perverti. Pour dire les choses sommairement, l'homme ne vit plus (ou pas encore) dans des conditions *dignes* de l'homme, encore faut-il évidemment pouvoir définir de telles conditions et les éprouver à la lumière des diversités historiques et géographiques qui sont celles de l'humanité. L'aliénation évoque toujours, dans ce cas, un *avant* et un *après*. Soit l'*avant* apparaît comme préférable et fait l'objet d'une nostalgie. Soit l'*avant* désigne une condition présente qui devra être dépassée dans un *après* salvateur et parfois indéfiniment repoussé, voir à ce titre l'échec des grandes idéologies politiques du XXe siècle. Dans le sujet qui nous occupe, la *critique de la technique* joue le rôle de point de focalisation, de seuil à partir duquel s'expriment les angoisses quant à l'aliénation de l'homme. Cette *critique* se développe donc relativement à un processus et cherche des *limites* : celles-ci peuvent être philosophiques, éthiques ou juridiques (protection de l'environnement, par exemple, ou droit du travail).

Le deuxième sens de l'aliénation est le risque de perte, de *défiguration* de la définition elle-même de l'homme. Ce n'est plus l'*idéal de l'homme* qui est menacé, ou un *idéal pour une vie humaine digne de ce nom*, mais ce que l'on entend par *homme* au sens le plus initial, voire biologique du terme. Que des robots, des êtres bioniques, des hybrides puissent s'intégrer dans et constituer des communautés interroge sur cette définition de l'humain, sur la place de l'homme dans un univers technicisé et sa « concurrence » vitale avec des êtres qui ne sont pas des *homo sapiens*. Que des enfants puissent venir au monde hors de toute référence à un rapport sexuel, ou après que leurs parents « biologiques » sont décédés, ou après gestation dans un utérus artificiel, que des clones humains puissent être créés ou des embryons génétiquement programmés interroge sur la filiation et la parenté, sur la signification de la famille et la succession des générations, sur la constitution de sociétés où les notions de droits de l'homme, d'égalité des droits ou de liberté aient ou non un sens. Dans la première catégorie d'exemples, c'est la notion d'*espèce* qui est en question. Dans la deuxième, un sens plus large se dessine qui réfère à une *nature humaine*. Celle-ci suppose qu'on attente à l'homme dès lors que certaines limites sont dépassées et inclut à la fois la problématique liée à l'intégrité physique (*espèce*) et celle liée aux conditions d'existence et de génération des êtres humains. On s'aperçoit d'ailleurs que les législations relatives à ces manipulations du corps et de la vie humaine présupposent, la plupart du temps, ce sens élargi qui accorde à une *nature humaine* des contours non seulement physiques, mais moraux et juridiques.

ESPÈCE HUMAINE, NATURE HUMAINE

Contrairement à l'*espèce humaine* que paléontologistes, biologistes et anthropologues situent assez nettement sur « la grande échelle de l'évolution » — ce qui n'exempte pas, par ailleurs, d'une réflexion sur le statut d'hybrides éventuels, ou sur la manipulation génétique des cellules séminales, par exemple —, la notion de *nature humaine* pose problème, en particulier depuis que Sartre en a dénié toute pertinence. Le débat est le suivant : d'un côté les tenants d'une *nature humaine*, kantiens et postkantiens, par exemple, exprimant, entre autres, les différences spécifiques (*de nature*) entre l'homme et les animaux, mais surtout des droits universels reposant sur des qualités générales de l'homme, par exemple la *raison* ; de l'autre, les critiques de cette *nature humaine*, les existentialistes en premier, pariant sur l'individualité irréductible de chacun et l'inventivité inaliénable et imprévisible de chaque existence. Ce qui n'empêche pas les seconds, d'ailleurs, d'être en accord avec les premiers sur la spécificité de l'homme au sein de la nature et l'existence d'une *subjectivité*, comme d'un *sujet*. Toutefois, dans le premier cas, l'*Homme* avec un grand *H* est pourvu de qualités qui le distinguent dans la nature, qualités qui, universelles, justifient l'idée d'une communauté appelée *humanité*. Cette humanité, susceptible de moralité, de progrès, de liberté et d'intelligence mérite les espoirs portés en elle et les sacrifices éventuels faits en son nom. Dans le second cas, la généralité d'une *nature humaine* est un carcan qui masque des déterminismes attribués à l'homme — caractères, décisions, comportements — niant une liberté totale et absolue de *se faire chacun et individuellement* et servant de prétexte à des oppressions de masse au nom d'un idéal toujours différé. Établie en référence à plusieurs paradigmes, *biologique*, *existentiel*, *politique* et parce qu'elle inclut donc une *idée naturelle de l'homme (biologique)* et une *idée rationnelle de l'homme (morale)*, la notion de *nature humaine* n'échappe ni aux ambivalences ni aux contradictions.

Or les lois de bioéthique sont des lois qui prennent en compte, au moins philosophiquement si ce n'est dans la terminologie, cette notion de *nature humaine*. Elles présupposent également normativité et universalité. La notion d'*éthique* suppose une *dignité humaine* qui n'est pas une catégorie biologique. Les limites posées à telle ou telle expérimentation ou avancée médicale sont des limites posées *au nom de l'homme* comme catégorie morale et non pas seulement comme matériau biologique d'investigation. Ceci a au moins deux conséquences. La première est que les lois se faisant la plupart du temps au fur et à mesure que les découvertes médicales lèvent de nouveaux pans de possibilités techniques et d'interrogations, on voit bien que la notion de *nature humaine* recèle une marge d'indétermination, une part de *conventionnel* qui, à la fois, fait la part belle à ceux qui la critiquent ou veulent passer outre, et à la fois trahit — c'est aussi sa faiblesse — cette porosité du naturel et du culturel qui ne peut faire fi de la malléabilité du corps humain, ni de l'évolution tout simplement de l'humanité. Ainsi, alors que dans *L'avenir de la nature humaine*[3], prenant l'exemple du diagnostic préimplantatoire, Habermas s'appuie sur cette notion de *nature humaine* (et bien qu'il emploie l'expression *espèce humaine*) pour dénoncer la transgression de l'égalité des droits et du droit de chacun à l'autodétermination, Dominique Lecourt, dans *Humain post-humain*, critique ce fondement précis du raisonnement d'Habermas, taxant son « éthique de l'espèce humaine » de « bizarrerie naturaliste[4] » ! La marge d'indétermination joue ici qui fait de la *nature humaine* autant un idéal abstrait qu'une position technophobe. La part d'ambivalence de la notion de *dénaturation* se révèle.

C'est précisément comme si la difficulté à cerner par une approche morale ces problèmes se heurtait à la réalité matérielle et triviale du *fait technique*, l'invoquant comme prétexte et parvenant difficilement à le circonscrire dans une *approche globale de l'homme*. La notion de *nature humaine* suppose immanquablement ce «jeu» entre la considération strictement scientifique et biologique et la prise en considération de la réalité humaine dans son ensemble. Il s'agit du «jeu» déjà révélé par la polysémie du terme «homme», comme du terme «corps». La loi, comme toujours et par ailleurs, repose sur une marge d'appréciation qui implique jugements humains et notions abstraites, ainsi que la possibilité d'évoluer et d'être remaniée. Ainsi en va-t-il, par exemple, de l'autorisation de commercialiser sous condition des cellules souches humaines qui, comme la commercialisation de certains produits thérapeutiques issus du don du sang, ouvre une brèche dans le principe de non-commercialisation des éléments du corps humain, de même que de la mise en œuvre en France de la pratique du «bébé-médicament» plus de deux ans après la promulgation de la loi de bioéthique du 6 août 2004. Ces évolutions suivent ou anticipent, quand elles le peuvent, les évolutions techniques, révélant les imbrications étroites entre considérations biologiques et anthropologiques et prescriptions morales. Là encore, la frontière qui sépare angélisme technophile et biocatastrophisme s'édifie en requérant sagesse et concertation face à des urgences pratiques.

La deuxième conséquence à cette proximité de catégories morales et de savoirs biologiques dans les lois de bioéthique est la possible contradiction interne de ces dernières. Ainsi, faisant référence à l'article 16 du Code civil et à la directive 98/44/CE du Parlement européen qui légifèrent sur les usages du corps, Maria Michela Marzano Parisoli remarque que «d'un côté, le corps est protégé en tant que personne, et il est donc inviolable, et, de l'autre, il n'est qu'une réalité *tangible*, une espèce d'instrument, car ses éléments peuvent être utilisés et transplantés, même quand ils sont qualifiés de "hors commerce"[5] ». Ainsi se télescopent, en quelque sorte, les valeurs du corps, comme fin et comme moyen. « La non-patrimonialité du corps humain ne résout pas en effet l'incohérence interne des positions juridiques contemporaines[6]. » Celles-ci traduisent plutôt la difficulté à légiférer sur cette dimension d'*être* et d'*avoir* qui spécifie le corps, à la fois personne et objet. Elles admettent le principe d'une *nature humaine* dont la notion inclurait les principes d'autonomie, de propriété de soi, de dignité inaliénable et, dans le même temps, de par la marge d'indétermination de cette notion et sous l'évidence du *fait technique,* elles admettent la malléabilité du corps humain qui, devant accompagner l'évolution scientifique, désigne aussi une vision autre de l'humanité, paradoxalement à la fois plus triviale (*ouvrir le corps*) et plus abstraite (*combattre les maladies*). C'est ainsi que se superposent, dans cette notion de *nature humaine,* à la fois la partie et le tout, le proche et le lointain, l'individu et la société, d'après des niveaux de lecture qui n'échappent pas aux contradictions[7].

Aussi n'est-il pas simple d'invoquer la *nature humaine* pour protéger en l'homme ce qui excède son *corps technique.* Cette difficulté, incarnée par l'ambiguïté même du corps, a ses avantages et ses inconvénients. Parmi les avantages, on compte cette complexité qui stimule la réflexion, la rend nécessaire et implique que les lois de bioéthique élargissent leurs considérations à des dimensions variées de la vie humaine, intégrant passé et futur de l'humanité sous des angles qui multiplient les approches, les disciplines convoquées et les cas de figure. Parmi les inconvénients, il y a cette marge d'indétermination qui peut parfois laisser penser que la définition de l'homme est approximative — ce qui, de tous ces points de vue généraux, n'est pas tout à fait faux —, ou la référence à des idéaux susceptibles de se combattre ou d'alimenter l'opposition entre l'homme et la technique. Cette opposition, lorsqu'elle est schématiquement présentée et ne tient pas compte de la porosité entre le naturel et le culturel, manque, à notre sens, une dimension fondamentale de l'évolutivité de l'homme et de son adaptabilité. Néanmoins, ces évolutivité et adaptabilité ne doivent pas non plus servir de prétextes à une anarchie des expérimentations et des mises en pratique, ni à un déni de la *personne humaine*. D'où la nécessité de définir cette dernière notion.

LA PERSONNE

Tout comme la notion de *nature humaine*, celle de *personne* a une histoire longue et confuse que ce travail n'a pas pour objet de retracer. La *personne* ou *personne humaine* — mais, précisément, peut-on imaginer d'autres catégories de *personne* qu'*humaine* ? — reflète une connotation morale, davantage encore que la *nature humaine* qui inclut bien encore *la nature*. Cela ne signifie pas pour autant qu'elle revêt un degré d'abstraction supérieur. Par *personne*, on entendra cette entité dont la *dignité* est autant physique que morale et qui, à ce titre, appelle le *respect*. Notons que cette mention du *respect* suggère, dans notre contexte, que l'*intégrité* ou la *dignité* de la *personne* soit remise en cause par la technique, ce qui renvoie à la représentation schématique initiale du rapport homme/technique déjà évoqué : d'un côté, une entité homme, corporelle ; de l'autre, une investigation technique intrusive ou corruptrice. La *personne* est à la fois un « *locus* de responsabilité[8] », « un être pensant et intelligent, capable de raison et de réflexion, et qui peut se considérer comme étant *le même*, comme étant la même chose pensante, en différents temps et en différents lieux[9] », c'est-à-dire comme un être capable de conscience et de mémoire, capable de s'identifier comme tel et constituant une entité morale. Elle définit par là ce que nous avons appelé un *sujet*. Elle pose, par essence, des droits, lesquels droits sont éprouvés lors des réflexions et législations sur l'avenir de l'humain et sur les expérimentations, commerces, modifications dont celui-ci est susceptible de faire l'objet.

L'*humain* est une notion plus facilement maniable que la *personne*. Celle-ci n'échappe pas à ses arrière-fonds, en particulier kantiens, personnalistes ou théologiques que récusent ceux, tel Nietzsche, qui dénient l'existence d'un centre unifié de choix et d'action, « jugeant qu'une telle idée repose sur une pure illusion ou une mystification, ou même qu'elle constitue une sorte d'écran défensif dissimulant une mauvaise foi très répandue[10] ». Ces présupposés pèsent de leur signification morale, alors que la fonction des lois de bioéthique est précisément d'adjoindre une dimension morale à l'expérimentation scientifique et de considérer que l'*humain* n'est pas qu'un strict agrégat de matière biologique en évolution. D'où, là encore, une marge d'indétermination nécessaire au *jugement*, mais qui ajoute à la complexité des définitions précises de ce que l'on veut protéger par ces lois et de ce que l'on entend par *personne, personne humaine* ou encore *être humain*. Le simplisme de l'intuition se dissout dans l'obligation de mettre en lien ce qui fait l'objet de droits et ce qui menace éventuellement ces droits, plutôt que de s'arrêter à une opposition tranchée et définitive qui ne traduit pas la réalité. Précisément, il faut saisir dans la *personne* le fait qu'elle est une *valeur* et que cette valeur, selon la formulation kantienne, doit être considérée toujours comme fin et non comme moyen, ce qui, on l'a vu dans l'exemple du don d'organes n'est pas exempt de contradictions.

Ces caractéristiques de la *personne* ne sont pas suffisantes, dès lors qu'elles sont énoncées, pour embrasser les cas de figure présentés par les modifications techniques ou les pathologies de l'*humain*. Ainsi, si l'on admet que la capacité générale de mémoire est une condition nécessaire pour être une *personne*, la perte de cette capacité dans les derniers stades de la maladie d'Alzheimer conduit d'aucuns à estimer que la personne elle-même disparaît. « En effet, ce n'est pas simplement la capacité de se souvenir qui est ainsi cruciale, mais la capacité très générale de s'intégrer (ou de se synthétiser) dans le temps[11]. » Sartre souligne, par exemple, combien il est important, pour être pleinement un être humain, de pouvoir se projeter en avant dans son futur probable, d'avoir des projets à court et long terme et de s'imaginer réalisant certains de ces projets. De même, les bébés, les déficients mentaux et les personnes séniles, entre autres, ne peuvent pas être considérés comme des *loci* de responsabilité. Or on accordera qu'ils doivent tous, néanmoins, être traités comme des fins en eux-mêmes, « c'est-à-dire comme des porteurs de valeur dans ce sens, car ce sont eux aussi des personnes[12] ». Aussi le terme *personne* est-il imparfait, dans ces exemples, pour désigner des êtres sans doute dépourvus de

« conscience » ou de « jugement » ou de « mémoire », aux sens kantien, sartrien ou intellectualiste du terme. Il n'en reste pas moins qu'en tant qu'*êtres humains*, ils méritent que leur soit accordée la valeur de fin qui préside à la réflexion bioéthique. Ce qu'interroge en particulier le progrès médical, c'est une capacité à préserver l'intégrité humaine, à la fois dans sa corporéité et dans ses dimensions morales, juridiques ou anthropologiques, ce que nous appellerons à présent l'*identité humaine*.

L'IDENTITÉ HUMAINE

La réflexion bioéthique et juridique a pour but de soumettre les évolutions techniques à une réflexion pluridisciplinaire qui embrasse l'humain dans sa définition et son destin les plus larges. Sa gageure, et sa nécessité, sont de présupposer l'homme comme une *entité* confrontée à des risques ou à un renouvellement de ses éléments. Il s'agit d'une gageure car le défi est grand de penser l'humain tout en tenant compte de ses évolutions passées et, surtout, à venir, selon le principe d'une *unité* et, par conséquent d'une *identité*. Il s'agit d'une nécessité, car il n'y a évidemment rien à penser si l'on ne peut pas définir et *identifier*, ce qui suppose en retour l'idée, plus ou moins générale, d'une *entité*. La notion d'*identité humaine* est intéressante en ce qu'elle exprime à la fois *le même* et *celui qui se reconnaît comme sujet*, l'*idem* et l'*ipse*. Elle affirme l'importance de l'*identité physique* comme support de l'*identité morale* et, par conséquent, du *corps*, à la fois dans sa permanence et son changement dans le temps. « En d'autres termes, lorsqu'il n'y a pas d'*idem* — ou identité physique — que l'*ipse* serait capable de reconnaître ou de se rappeler, il ne peut pas non plus y avoir d'*ipse* — ou identité réflexive par conscience de l'identité[13]. » Par là, le problème des modifications corporelles ou des conditions d'engendrement est au cœur de la réflexion sur l'humain, ce qui ne signifie pas que ce dernier *se résume* aux déterminations corporelles. La bioéthique se préoccupe néanmoins, comme son nom l'indique, de l'encadrement éthique, philosophique et juridique, de pratiques qui s'exercent avant tout *sur et à partir du corps*.

La question de l'identité du corps à travers le temps, c'est-à-dire de l'*identification du corps* et de *l'identification de soi dans une temporalité*, rappelle le paradoxe jadis posé par Plutarque à propos du « bateau de Thésée[14] ». Thésée répare son bateau en en modifiant une à une les pièces ou en les changeant. À partir de quand le bateau nouvellement construit devient un « nouveau bateau » qui n'est plus « celui de Thésée », en ce sens que tout ou partie a été modifié ? En quoi le bateau initial demeure-t-il « envers et contre tout » le bateau de Thésée ? Qu'est-ce qui en assure la permanence ? Qu'est-ce qui assure la permanence de l'*identité humaine* à travers le temps ? Outre le corps, la conscience, la mémoire, tout ce qui constitue la subjectivité. Mais lorsque celle-ci n'est pas encore adulte ou qu'elle est déficiente, l'*identité humaine* réfère à un genre, à l'espèce, à la fois spécificité de l'individu et communauté des qualités. Toutefois, le paradoxe se durcit à l'évocation des possibilités futures. D'aucuns voient, en effet, l'arc de l'évolution se prolonger au-delà de l'homme, par des hybrides ou des androïdes, des *cyborgs* et l'*intelligence* voyager bien au-delà de notre planète et sous des formes nouvelles. Êtres de chair ou de silicium ? La partition, là encore, pourrait être la *vie*, ce qui n'est pas le moindre des paradoxes si l'on définit celle-ci, entre autres, par le *hasard*, dans un contexte où, précisément, la science moderne s'efforce de réduire celui-ci pour parvenir au rationnel ! Ce qui demeure, de toute évidence, c'est la nécessité de penser pas à pas, d'abord cette dimension de *fusion* de l'homme avec la technique, dont nous avons vu qu'elle ne pouvait raisonnablement être niée, eu égard à l'histoire de la civilisation, et y compris les problèmes qu'elle pose aux temps à venir, mais aussi la *spécificité humaine* dans ses critères si l'éventualité d'autres formes de « vie » ou d'« intelligence » se précisait.

C'est donc bien à la fois la question du sujet unique qui *demeure le même* et celle d'une espèce communément définie qui sont en jeu dans les modifications et critères de l'humain. À ce titre, nous définirons donc la notion d'*identité humaine* selon trois axes : *le sujet* ; *l'espèce* ; *la conjonction d'une dimension philosophique, morale et juridique spécifique à l'homme et d'une entité physique objet de centration*. Partant, l'objet de la bioéthique est bien le rapport évolutif de ces trois axes avec une dimension technique propre à l'humanité. La teneur récente de cette dimension technique exige un travail constant de réflexion et de précisions quant à ce qui est susceptible de détruire l'équilibre entre ces trois axes. La mission première de la bioéthique est donc un travail de *définition* qui porte, non pas sur la confrontation de l'homme et de la technique, mais sur des *proportions* constitutives de l'*identité humaine*.

*

La perspective d'un corps technique est une donnée constitutive de l'homme. Elle affirme la technicisation originelle du monde et du corps humains, en même temps que l'humanité de la technique. Elle se présente, à l'heure actuelle, sous un jour nouveau, celui de progrès accomplis qui modifient notablement les conditions d'existence des hommes — urbanisation, transports, télécommunications, etc. —, et d'une appropriation du corps par la science modifiant les définitions de celui-ci. Produit d'une nouvelle porosité entre le naturel et le culturel, produit d'un projet rationnel qui en dessine et modifie les contours, le corps est à la fois objet de centration de l'identité contemporaine et lieu central d'interrogation sur cette identité. Le voilà ouvert, fracturé, mobile, investigué, qui traverse les frontières symboliques du sens, la philosophie, l'éthique, le droit, comme support des questionnements et enjeu de nouveaux pouvoirs. Il est au cœur de l'histoire du *sujet*, objet de focalisation des constructions identitaires, mais aussi port d'appareillage d'un futur indéterminé qui concerne l'identité individuelle, l'espèce humaine, les structures sociales. La malléabilité du corps a pour corollaire l'inventivité technique. Par là se noue l'imbrication qui éclaire l'histoire de l'humanité tout en spécifiant aujourd'hui des questionnements inédits, des percées apportant lumières et dangers. Le corps n'est pas l'*autre* de la technique, toutes les activités humaines attestent le contraire. Mais la technique qui produit des corps pointe au cœur de la dialectique du *même* et de l'*autre* : un corps amélioré mais toujours mien, un corps inventé mais familier, un corps rationnellement œuvré mais subjectivement assumé, un engendrement artificiel des humains, mais que la société adopte et reconnaît.

*

Le matérialisme qui pose problème en médecine est celui qui inclut les phénomènes psychiques. Rien ne choque, semble-t-il, à imaginer la chair découpée, curetée, recousue, greffée, l'os raboté et redressé, les prothèses ou organes artificiels insérés dans le corps humain. Le corps est irréductiblement matière de ce point de vue. L'idée d'une explication biochimique et génétique de nos pensées, angoisses, plaisirs, du caractère, de la volonté, de l'imagination et de la mémoire et, pourquoi pas, de la création artistique, de la religion ou de la philosophie, plus problématique, pose, elle, immédiatement deux questions : celle de la possibilité d'une expérience subjective unifiée et celle de la liberté humaine. Doit-on concevoir sans transition le passage d'un corps matière à un « corps esprit », si l'on peut dire, les deux mis au jour par un même monisme matérialiste ? Comment l'activité dans des réseaux nerveux dispersés peut-elle engendrer une expérience subjective unifiée, c'est-à-dire non seulement la perception unifiée d'un objet dans la conscience, par exemple, mais aussi la conscience d'un « moi », ou plus exactement d'un « je » à l'origine de l'identité et des volitions ? « Qui » parle, agit, sent, regrette, se souvient, projette, élabore, souffre, réfléchit, apprend ? Qui est le sujet de la psychologie et de la neuropsychologie ? À l'évidence, non seulement ces questions précisent la *nécessité du sujet*, mais, par là, éloignent aussi la tentation de confondre *sujets humains* et *intelligences artificielles*.

Par ailleurs, la technicisation du corps révèle deux tendances. Du point de vue scientifique, le corps se matérialise incontestablement. Du point de vue du *sujet*, il fait l'objet d'une appropriation qui peut tendre à contrer la première tendance. D'un côté, le corps s'« objective », de l'autre, il se « subjective ». Ainsi s'insèrent, sur cette question précise du corps et dans une société matérialiste, une construction et une représentation de soi porteuses d'ambivalences, à la fois subjectivation d'un projet et *rationalité instrumentale*. Le rapport au temps et aux nouvelles temporalités du corps est ici révélateur.

V

Les nouvelles temporalités du corps

15
La temporalité du corps sous l'horizon du destin

La marcheuse

Il y a des anecdotes qui fécondent le questionnement. C'est le cas de celle qui vient, qui me suggéra un rapport problématique entre un certain « culte du corps » et la temporalité dans laquelle il se déploie.

Une femme marchait chaque jour, un été, sur une plage, reliant un point à un autre, sur une distance d'environ deux kilomètres aller-retour. Son pas était plutôt rapide et cadencé. Elle marchait sans distraction, de préférence sur le sable mouillé — car c'est plus facile — et toujours portant des pierres. En réalité, elle *tirait* des pierres, enveloppées dans une serviette de bain, lorsque la marée était basse et la plage spacieuse, et elle les *portait* à la main, l'une de ses mains se servant de l'appui de l'épaule lorsque, à marée haute, l'écume longeant le sable sec et la foule s'amassant au bord de l'eau, elle était obligée de louvoyer au milieu des plagistes. Rien de très remarquable en apparence, sauf à noter la systématicité et la régularité du protocole : cinq à six heures par jour, tous les jours, matin et après-midi, temps ensoleillé ou couvert. Elle ramassait ses pierres en un point, toujours le même, les déposait en un autre, constituant donc un tas conséquent le soir, mais qui s'était évanoui le lendemain. À l'aller, elle transitait avec des pierres, au retour elle « voyageait » à vide, regardant droit devant elle et sans ralentir, tantôt la serviette, pleine de pierres, au bout du bras, tantôt, vide, sur une épaule, puis sur l'autre, toujours la même serviette, tout l'été.

Cette femme avait une soixantaine d'années, un corps uniformément bronzé, harmonieusement musclé, évoquant une ancienne danseuse. Rien à reprocher du point de vue esthétique — d'un *certain* point de vue esthétique, *médico-sportif* : minceur, souplesse, dynamisme, musculature — à une plastique de celles qualifiées familièrement, non sans ambivalence, de « bien conservée ». Son manège attirait l'œil et le questionnement. Autant le dire tout de suite, je n'adressai jamais la parole à cette femme, ni ne la suivis aucunement au terme de sa journée, ni ne guettai comment les pierres « disparaissaient » de la plage le soir, après avoir été accumulées le jour. En somme, la question était plus intéressante que la réponse : névrose *et/ou* extrême de l'entretien de soi ? La systématicité de l'exercice physique était frappante. Quelqu'un commençant à vieillir et préoccupé des recommandations *sportives* aurait voulu s'assurer de l'entretien quotidien de soi, se muscler les bras, le dos, les jambes, entraîner son cœur, ne s'y serait — peut-être — pas pris autrement. Avec ce doute : que faut-il faire, « rationnellement », c'est-à-dire selon le nouvel hygiénisme, pour ne pas vieillir ? Comment se déroule la vie quotidienne, l'âge venant, si l'on souhaite « méthodiquement » s'entretenir ? Tout cela ne prend-il pas toujours plus de temps ? Ce temps de vie, que l'on veut gagner en se préservant du relâchement, du renoncement, de la mollesse, de l'abandon de soi, ce temps de vie gagné sur la vieillesse n'est-il pas capté, c'est-à-dire, en un sens, *re*-perdu, par tout le temps consacré à l'entretien de soi, par la nécessité d'une pratique systématisée de l'effort qui, plus le corps vieillit, plus elle *prend* du temps ?

J'ai repensé au traité *De l'habitude*, de Ravaisson — sa thèse de 48 pages dans l'édition princeps — et au nœud problématique qu'il pose : l'habitude, à la fois, aliène et libère. Elle aliène par la répétition, l'enchaînement aux gestes et attitudes, à la routine. Elle libère par l'automaticité, l'aisance acquise, la liberté d'esprit de qui n'a plus à « penser » ce qu'il va faire ou doit faire. Les sportifs connaissent parfaitement ce processus et la paradoxale « acquisition » de « réflexes ». Plus le corps est entraîné, moins il exige d'efforts à performance égale, plus l'esprit se libère pour la concentration sur les objectifs, la tactique. Plus le pianiste, le danseur font de « gammes », plus leur technique paraît fluide, plus la facilité peut apparaître, ce qu'on appelle aussi la grâce. Michel Serres le dit brillamment dans son éloge de l'entraînement, à la fois dans *Variations sur le corps* et dans *Hominescence*. Dans le cas présent, l'observation de la « marcheuse » me suggéra l'idée que la production d'un corps rationnel engendrait nécessairement de nouveaux rapports à la temporalité, de multiples temporalités en réalité, celle de l'entraînement et celle de la chirurgie, celle du régime et celle des cosmétiques, et que cette technicisation, cette instrumentalisation possibles du corps impliquaient de plein droit le *sujet*, dans l'espace ouvert entre la liberté et l'aliénation. Névrose *et/ou* entraînement poussé au bout de sa logique ? Le fait que cette femme ait un corps « parfait pour son âge », s'il faut dire les choses ainsi, a maintenu jusqu'au bout le doute initial.

L'évidence d'une inscription du corps dans un type de rationalité, technoscientifique, productive et instrumentale, s'impose aujourd'hui. *Dessin* et *dessein* s'imbriquent dans une sorte d'innocence perdue, celle de l'ignorance et de la fatalité, de la nature et du hasard. Mais aussi, parmi les possibles de l'entretien du corps, il y a l'accaparement du temps, l'absorption de soi par soi, le renvoi incessant de durées courtes à des durées longues et réciproquement, c'est-à-dire une *hypertextualité* du corps. À l'extrême d'un *processus*, s'entretenir, pour être beau, en forme, toujours jeune, ne pas vieillir, peut prendre « tout son temps ». La liberté acquise du choix et de la construction de soi peut être happée par une *rationalité instrumentale* captive d'elle-même. Cette femme incarnait l'extrême d'une pratique corporelle dont j'ai ignoré les fins, sauf à constater que ce corps méticuleusement exercé — projet ou conséquence — exprimait en lui-même la *réussite* d'un *processus*, sans être, de toute évidence, son *terme*. L'inaccessibilité d'un corps idéal, sans cesse réinvesti, se pose ainsi en miroir du déploiement de pouvoirs objectifs, tandis que le *sujet*, toujours plus responsable, s'affronte à ses abîmes.

*

Le *temps de la nature* se distingue de la *temporalité*, temps de la conscience ou de l'existence, dont les moments s'extériorisent et cependant s'imbriquent, gardant une unité de déploiement. La temporalité implique mémoire et anticipation. Ainsi, les moments passés, au lieu de glisser au néant, sont retenus et peuvent revenir au présent.

Les moments à venir sont anticipés et donc, d'une certaine manière aussi, *apprésentés*. La mémoire et l'anticipation *présentifient* ce qui n'est plus présent ou ne l'est pas encore : elles font que le présent et l'avenir nous soient présents. Toutefois, le temps de la nature n'est pas seulement celui d'une nature extérieure, puisque nous sommes d'abord nature et qu'au fond de nous-mêmes travaille un principe de dispersion, de dissémination, d'annihilation de notre vie spirituelle, puisque opère en nous-mêmes et faisant abstraction de nous-mêmes la puissance annihilante du temps. « Le temps est d'abord cette extériorité qui nous est intérieure ; il est cette extériorité que nous portons en nous-mêmes pour la nier[1]. » L'esprit et son présent ne sont possibles que par la négation du temps de la nature. L'esprit est en son fond négation de la nature, négation de ce qui est la négation, c'est-à-dire la mort. Au travers de la temporalité, l'homme ne nie pas seulement une nature extérieure, il nie la nature en lui, il se nie lui-même. Ainsi, en tant que faisant partie de la nature, il est le lieu d'un changement dont il n'est pas maître — il est *changé* —, tandis qu'en tant qu'esprit ou volonté ou raison, il n'« est » pas changé, mais *se* change, *se* modifie, *se* fait lui-même, par exemple il se meut où il veut, exerce son corps, travaille, etc. : il agit. Aussi l'action humaine a-t-elle traditionnellement deux objets : agir sur le changement passif dont l'homme est la proie ; chercher à réaliser des œuvres durables et à se survivre dans ses œuvres.

Le corps est le lieu habituellement décrit de la passivité. Il est la nature en nous, tout en étant nous-mêmes. Ce n'est pas librement que j'ai faim, que je suis fatigué, que j'ai sommeil et ainsi de tous les besoins. Ce n'est pas librement que j'ai besoin et pourtant c'est moi qui ait besoin. Toutefois, de même qu'il y a deux « moi », celui, passif, de l'affectivité, du besoin, de la souffrance, de la crainte et celui, actif, qui réfléchit, examine, délibère, décide, raisonne ou agit, de même y a-t-il deux temporalités. Passive, la temporalité du besoin, de la douleur, de la crainte, du changement subi, c'est-à-dire une temporalité des *états du corps*, mais aussi celle de l'angoisse et notamment de l'angoisse devant la mort, c'est-à-dire une temporalité *du corps comme tel*. « Se sentir corporel, c'est sentir que quelque chose peut nous arriver sans que nous y puissions rien ; c'est, plus précisément, se sentir exposé à une mort inéluctable[2]. » Active, la temporalité du travail, de l'action, de la volonté, qui vise une appropriation du temps, jusqu'à « manquer de temps », la temporalité du *désir d'œuvre* et d'une vie *qui soit mienne*. D'un côté, la finitude, puisque ma liberté est toujours une liberté sous l'horizon du destin et que la notion même de destin signifie que je ne dispose pas d'un temps infini, mais d'une « part de temps ». De l'autre, la pensée de cette finitude et sa subjectivation, c'est-à-dire son appropriation par un sujet qui veut « en faire quelque chose », c'est-à-dire la possibilité de la création. Ainsi la notion de création commande-t-elle l'idée que l'homme moderne se fait de lui-même, tout en sachant que la mort vient toujours le rappeler à l'ordre de la nature.

Le *corps contemporain* se dessine à la frontière qui sépare le *temps de la nature* de la *temporalité*, l'actif du passif, la finitude de la création. En quoi est-il *contemporain*, précisément, puisque toujours soumis au besoin, à la souffrance et à la mort ? En ce qu'il tend à être une *œuvre*, produit de la volonté, de l'imagination et de la science humaines, en ce qu'il exprime les pouvoirs de la raison dans la domestication progressive des maladies, des odeurs et des formes, en ce qu'il bouleverse la linéarité d'une représentation du temps de la naissance à la mort en creusant des « niches d'espérance » dans d'infinitésimales ou maximales transformations de la matière/chair. Le corps était, au moins depuis la phénoménologie, *ce corps que je suis*. Il est, plus que jamais, *cette personne que je suis*, expression emblématique de la subjectivité, un corps sujet, un corps œuvre, un corps directement et volontairement en prise avec les représentations du temps et les représentations de *son temps à lui*. Si l'esprit nie la nature en ce qu'elle s'incarne dans le dépérissement corporel, voilà à présent le corps lui-même, non plus seulement objet ou vecteur de cette lutte, mais territoire de ses victoires et de ses défaites, instrumentalisé dans un véritable *corps à corps* avec la nature, outillé comme une armée en bataille, *personnifié* comme s'il dépendait de cette ultime lutte d'endiguer le flux inexorable du temps ou, à tout le moins, d'en masquer jusqu'à l'illusion les effets. Le destin actuel du corps est de contredire la nature et le hasard. Il est la figure de proue de cette ambition, alors qu'il en signifiait autrefois la vanité. Si la réalité humaine demeure celle de la finitude et de la mortalité, néanmoins se dresse devant ces spectres, non pas tellement des investissements intellectuels ou religieux décuplés, mais le rempart chaque jour consolidé d'un corps capital, d'un corps imaginé et imaginaire, subjectif et narcissisé.

Le corps est devenu destin dans une société déprise de ses transcendances antérieures. Il est le territoire d'une liberté conquise et conquérante que nourrit un imaginaire d'immortalité. Sur ce territoire se télescopent trois représentations du temps.

La première, issue de l'idéologie du progrès héritée des Lumières, présuppose le décompte organisé et quasi linéaire des progrès effectués, un « avant » et un « après » des triomphes sur la passivité du corps, voire sur la condition corporelle elle-même. La seconde prend cette représentation à rebours en prétendant « ralentir le temps » à tout prix, c'est-à-dire ses effets sur le corps qui dépérit, les forces vives qui décroissent, et projette de manière obsessionnelle un futur qu'il faudrait ne jamais atteindre, tel un juge de paix des actions entreprises. La troisième, enfin, brouille les cartes d'une temporalité ordinaire, celle des âges de la vie, l'enfance, la jeunesse, la maturité, la vieillesse, en usant, dans un renvoi incessant à des techniques nouvelles et à des parcelles différenciées du corps, de tous les moyens de la confusion des âges. Ainsi, le régime alimentaire, comme le sport, sont censés préserver de la vieillesse et, celle-ci venue sur le calendrier, de ses stigmates sur l'apparence corporelle. La chirurgie esthétique chiffre en « années gagnées » les prodiges de son action, confondant les mères et les filles et contribuant au succès du jeunisme dans la grille d'interprétation des relations sociales. La médecine obstétrique rend possibles des procréations programmées, différées, reportées à des âges très avancés, bousculant l'ordre biologique des générations et les représentations symboliques de la famille. Matière irréductible, le corps est devenu le lieu du dépassement de la matière. Paysage héréditaire, il est le lieu de l'invention de soi.

Il est pour le moins étrange, et significatif, que nos contemporains — ceux nantis, par ailleurs, d'autres richesses matérielles — choisissent de durer et d'incarner cette durée dans ce qui a le plus de chances — ou de risques — d'annihiler cette ambition. S'attaquer au temps de la nature à partir du corps relève à la fois d'une évidente logique du désespoir et des vertiges d'une croyance immodérée dans la technoscience. En ce sens, mais en ce sens seulement — et non en celui d'une prétendue « disparition du corps » dans des virtualités informatiques ou artistiques —, le corps est le lieu de la négation du corps. En lui, temps de la nature et temporalité de la conscience se superposent, en écho direct de l'avancée de la maîtrise humaine sur le monde. Mais, plus encore, il est devenu le refuge de l'identité. Microcosme ouvert sur le macrocosme, il désigne l'individualité et accompagne à ce titre les méandres de l'histoire du sujet. Ce sujet qui est « sorti du religieux », qui a rompu avec une représentation chrétienne de son histoire, dans laquelle le meilleur se situait au-delà de la vie, et donc au-delà du corps, se voit brutalement rendu à son existence corporelle comme seul destin matériel. Le corps est là, immédiat et en même temps projeté vers son imminente dégradation, présent jusqu'à la nausée et versé dans l'ivresse de son nouvel âge d'or, passage obligé de la construction de soi, de l'existence tout simplement, et nouveau prototype de l'imaginaire humain. Le corps contemporain signe les ambivalences d'une temporalité désarticulée qui oppose à la tragédie du destin humain la désertion des croyances en un *au-delà*, le pouvoir quasi illimité des artifices et l'effectivité d'une rationalité sans fin. À ce titre, la rationalisation du corps, dans le déploiement à l'infini d'une impossible perfection, est l'étendard masquant une impuissance contemporaine à *penser le temps*.

16
L'imaginaire paradoxal

L'extension des pouvoirs sur le corps alimente l'imaginaire du corps. Puisque le corps se projette, se dessine, se sculpte, puisque se multiplient les dimensions techniques permettant sa maîtrise, l'inventaire des possibles côtoie le rêve d'un corps idéal, voire l'interchangeabilité des idéaux. Rêver son corps ne s'inscrit plus dans l'hiatus séparant un corps subi d'un corps inaccessible : d'un côté, la naissance, la nature et le hasard, de l'autre, la grâce d'élus ou le mystère du don. Si cet écart persiste, bien entendu, ne serait-ce qu'entre un public consommateur d'images et les images elles-mêmes, aujourd'hui retouchées, qui proposent des corps idéaux, néanmoins l'implication de chacun dans la construction physique de soi n'a cessé de croître, faisant reculer la part du hasard précisément et s'imposant à la nature. Du coup, s'offre une palette de corps à portée proche ou lointaine et surtout une palette de moyens pour les atteindre, un registre de l'invention esthétique quotidienne et du plan de marche hygiénique. Le volontarisme est de mise, les angles d'attaque multiples. Il s'agit de « se prendre en charge » et, pour ce faire, d'organiser, de planifier, en fonction de ses moyens financiers, de ses dispositions psychiques ou du temps dont on dispose les dessins et destins de son corps. Jamais le terme de *programme* n'a connu un tel succès qu'il s'agisse de séminaires universitaires ou de régimes amincissants, de sessions de loisirs ou de doctrines gymnastiques. S'inscrire dans un *programme,* c'est souscrire à l'idéologie ambiante d'un progrès possible, d'une éducation par l'effort, par le groupe, par le respect de normes, une manière pour le sujet de s'affranchir d'une culpabilité dans le délicat débat de la responsabilité de ce qu'il est.

Par là, la question de la liberté se pose selon deux voies. D'une part, il faut revenir sur un ambivalent culte du corps ou même sur une libération des corps qui recèleraient ce potentiel d'aliénation aux normes. Normes sociales et/ou normes subjectivées, le paradigme médico-sportif qui prévaut dans la production du corps rationnel suggère des relations de pouvoir, économiques pour commencer, notamment par le biais des médias, mais aussi, plus insidieuses sans doute, des relations de domination entre hommes et femmes, populations aisées et populations défavorisées. La minceur, la qualité de la peau, la sportivisation du corps, la santé tout simplement sont miroirs de ces relations et signalent des inégalités discriminantes. Le choix de modèles prend valeur d'obligation, de condition d'intégration, de reconnaissance, de séduction. Autrement dit, l'activisme affiché par certains se double d'une interrogation sur la liberté des choix et sur le coût personnel de cet investissement. Si la permanence du paradigme médico-sportif contredit la thèse d'un hyperchoix des conduites lié à l'individualisme contemporain, l'inscription d'un imaginaire du corps au sein de structures technoscientifiques, économiques, politiques et sociales instruit le doute sur la liberté en œuvre. C'est à une première définition paradoxale de la liberté que mène le culte du corps : d'un côté, l'implication de la volonté signe incontestablement une vision moderne de la liberté ; de l'autre, la stimulation de cette liberté par la référence à des normes suggère un lien de subordination qui en contredit la définition même. Le combat de la liberté humaine contre l'enchâssement du corps dans la finitude se double de l'invention de modèles qui contraignent.

L'imaginaire du corps ouvre l'accès à des possibles autrefois réservés à l'art ou à la mythologie : silhouettes sylphides des mannequins confinant à l'étrangeté, hypertrophie musculaire de corps œuvrés méthodiquement, planification d'un temps compté qui suggère une maîtrise constante de soi, listes de prescriptions et de contrôles encadrant la santé idéale, la production des corps suggère un arrachement à la temporalité, à la finitude et à la mort. Par la science et la volonté, tout serait en quelque sorte possible, imaginable, jusqu'aux contours les plus précis d'un idéal de soi. Mais, dans le même temps, là réside le paradoxe, cette multiplication des possibles aliène le désir. Puisque l'on peut, ou que l'on pourrait, il faut donc entreprendre. Aiguillonné par la science et les nouvelles possibilités médicales, l'imaginaire du corps produit des modèles, des idéaux, des archétypes qui servent de lignes directrices et qui donnent sens aussi, parfois jusqu'à l'obsession, à une société obnubilée par le corps. Par là jouent les réflexes de la société de consommation : ce qui existe doit être acquis. L'imaginaire du corps devient menu existentiel qui prend valeur programmatique. Or cette valeur désigne aussi la perplexité contemporaine devant les ordres du temps, en particulier le présent et le futur. Ainsi faut-il prévoir le futur, celui de la vieillesse par exemple, et prévoir la construction du corps idéal, tout en tenant compte de l'extraordinaire opacité de ce futur pour nos sociétés et de l'effondrement des transcendances religieuses. D'où l'investissement massif sur le présent, d'où ce renvoi incessant d'une volonté de jouir tout de suite à une autre de programmer l'éloignement de la mort. L'imaginaire du corps se déploie dans une temporalité problématique.

Aussi la question de la liberté se pose-t-elle, d'autre part, par rapport au temps. Il est essentiel de rappeler que le rapport au corps s'orchestre entre l'immédiateté de la sensation et la médiation d'un processus temporel, sa lenteur. Le plaisir, notamment, présente cette ambivalence, puisqu'il peut se concevoir comme la fulgurance d'une jouissance instantanée ou comme un but projeté, un résultat, certes qui peut être éprouvé comme un instant final, mais dont la construction a nécessité la durée. « Tout tout de suite » ou « capitaliser pour plus tard » sont les deux pôles extrêmes d'une attitude vis-à-vis de soi et du monde, et spécialement vis-à-vis du corps, emblématiques de notre contemporain. Or la production du corps rationnel, qui suggère le déroulement d'un processus, plutôt que l'accès direct à l'objet du désir, laisse planer un doute quant à la place du plaisir dans ce processus. Ainsi, un corps mince est ardemment désiré, mais un régime est éminemment contraignant, de même pour un corps musclé qui suppose une attention quotidienne, une victoire sportive est une explosion de joie acquise au prix d'opiniâtres efforts, une santé parfaite se dessine qui nécessite quasiment une ascèse, au moins intellectuelle. Les tentatives actuelles de magazines féminins ou de publicités pour restaurer la place première du plaisir dans l'alimentation, l'image des « rondes » ou généraliser l'injonction de « se faire plaisir » dans l'activité physique ou l'approche globale de l'existence masquent mal en réalité les impératifs touchant au corps maîtrisé et sculpté qui demeurent comme des normes. Aussi la question du plaisir se pare-t-elle de non-dits — il peut y avoir une certaine réticence à dire que l'on « fait des efforts », parfois ces efforts sont au contraire clairement revendiqués — lorsqu'il s'agit de qualifier un processus en marche dont le but seul est clairement distingué. « Qui veut la fin veut les moyens », dit l'adage populaire. La production du corps rationnel privilégie une fin souvent payée d'âpres moyens.

Cette question d'un plaisir potentiellement en retrait d'un processus dont il est pourtant le terme souhaité — *obtenir le corps qui me plaît* — à la fois illustre et introduit à un paradoxe analogue en ce qui concerne le temps. Le paradigme médico-sportif projette que l'on puisse vivre « mieux ». Que signifie ce « mieux » ? Il désigne un corps plus sain, plus alerte, plus performant, esthétisé, pourvoyeur de sensations plus agréables que jadis et donc, inévitablement, plus *durable*. Le projet contemporain ayant cours dans les sociétés riches est de vivre vieux et de mieux vivre sa vieillesse. Ce qui justifie, d'ailleurs, une interrogation philosophique sur la valeur de cet aspect quantitatif de l'existence comme critère de progrès. L'allongement constant de l'espérance de vie atteste la faisabilité du premier point, le second connaît des disparités considérables. Nul ne contestera toutefois que l'on éprouve son corps, y compris en vieillissant, dans un plus grand confort qu'autrefois. Il s'agit donc de se projeter dans la durée, en prenant conscience que les efforts réalisés aujourd'hui auront un effet demain — ne pas fumer, manger des fruits et légumes, faire du sport, subir des examens médicaux —, que les prescriptions et normes respectées seront, on ne peut que le souhaiter, payées de retour. Ceux qui ont recours à la chirurgie esthétique d'une certaine manière transgressent ces règlent, « trichent », mais avec au fond le même souci, résister au temps et aux effets de l'âge et, par conséquent, être moins vieux lorsqu'il s'agira de l'être ou être vieux plus tard voire, on peut rêver, *jamais*. À ce titre, le matérialisme actuel qui nous somme d'investir massivement dans notre présent — acquérir des biens, les renouveler constamment, consommer des informations, cultiver son corps comme un précieux objet identitaire — se projette aussi dans un futur indéfinissable censé vérifier la réussite de cette entreprise. Il s'agit d'une *capitalisation*.

Le recul de la mort et celui de la vieillesse sont des obsessions contemporaines, d'autant plus qu'elles sont armées de moyens, avec cet aspect paradoxal, là encore, que cette obsession censée nous délivrer du temps l'accapare. On pourra toujours dire que les hommes ont été *de tout temps* obsédés, sous des modalités diverses, par la mort, il n'en reste pas moins que la période contemporaine, en fourbissant ses armes dans la gestion des corps, alimente comme jamais ces obsessions tout en œuvrant à s'en affranchir. Or ces obsessions ont leurs propres modalités, leurs propres manifestations. La première d'entre elles est, comme pour toute obsession, qu'*elles prennent du temps*. La production du corps rationnel suppose une organisation capitaliste du temps. Puisque le corps est un capital, dont les bénéfices peuvent être différés jusqu'à fort loin dans l'avancement de la vie, il s'agit d'avancer pas à pas en construisant cet investissement. Cette *rationalité instrumentale*, décrite par Max Weber et ses commentateurs, cet *esprit du capitalisme* ordonné autour du principe de Benjamin Constant, « le temps c'est de l'argent », trouvent un écho direct dans la notion d'un *temps dédié au corps*. En lieu et place de quelle(s) absorption(s) spirituelle(s) cet investissement prend-il forme ? Quel(s) temps de loisirs occupe-t-il, mais faut-il encore appeler « loisir » ce qui relève bien souvent d'un « travail sur soi », d'une « sculpture de soi », d'une somme d'efforts qui attendent d'être récompensés ? La gestion comptable du corps est une appropriation par le sujet de tout ou partie d'une longue — et probablement indéfinie — liste d'injonctions concernant le « mieux » vivre qui doit trouver place — on l'oublie parfois — *dans le temps*. Autrement dit, le *temps gagné* (différé) suppose un *temps investi* (occupé) qui est faussement du *temps libre*.

Ainsi la préoccupation d'un régime, les soins cosmétiques, l'entraînement physique, les bilans de santé sont des *occupations* au sens plein du terme. Ils sont aussi, bien entendu, des loisirs, des délassements, des obligations parfois, nées d'une prescription extérieure, ou encore des modes de relations sociales. Néanmoins, le trait dominant, celui qui donne sens à ces activités, qui assure leur cohésion, leur logique, c'est la magnification et la maîtrise du corps. Opérées dans le temps, celles-ci remplissent le présent tout en en masquant potentiellement le vide. Elles appellent un futur, incertain, avec lequel elles sont censées faire lien et qui en confirmera le sens. C'est ainsi que Marcel Gauchet a pu dire que le capitalisme était faussement un matérialisme, dans la mesure où le travail et le capital renvoyaient toujours à un au-delà d'eux-mêmes, créant par aspiration une forme de transcendance, laissant imaginer une béance spirituelle à combler, différant en somme la consommation strictement matérielle. Le corps passionnément cultivé est un corps imaginaire et, par ce fait, même, reporté au-delà de lui-même dans un ailleurs temporel indéfiniment repoussé. Qui avouera, sous couvert de « s'entretenir », qu'il ne souhaite « rien d'autre » ou « rien de plus » pour son corps ? Qui souhaite « s'en tenir » là et considérer que le corps idéal est atteint, jonction du corps réel et du corps imaginaire, ce qui le supposerait aussi « durable » éternellement ? Quel individu n'a pas imaginé son propre vieillissement, scrutant les visages de ses ancêtres et rêvé d'en endiguer la venue, de la retarder, se promettant qu'« on ne l'y prendrait pas » ? Accaparant le temps, le culte du corps trahit une angoisse devant l'avenir qui se traduit par une aliénation au temps — le thème aliénation/liberté qui traverse l'habitude — et par un relativisme qui, par le biais de l'imaginaire, appelle une forme de transcendance : d'une certaine manière, *je* me rêve hors du temps. D'une certaine manière, *je* m'interroge sur le sens de « demain ». Reprenant une formule célèbre, on pourrait ainsi résumer cette incertitude — et cette aliénation — devant le but, le bilan et le délai des efforts fournis : *l'avenir dure longtemps*.

17

Le corps hypertexte

Le corps contemporain bouscule les représentations du temps en superposant à la linéarité d'une création se déployant *dans le temps*, la relativité des lieux du corps où se manifeste cette création. Certes, *j'*avance *dans le temps*, selon un principe d'extériorité qui réfère à un échelonnement, un calendrier, à une irréversibilité du chiffrage des années passées et de ses correspondances sociales. Je vieillis d'abord *pour les autres*. Mais aussi la subjectivation de ce processus inéluctable introduit la temporalisation d'une conscience de soi par le travail du corps. Jamais parfait, mon corps est une œuvre *en cours*. Jamais accompli, conquis, mon corps est un absolu seulement *en puissance*, dirait Aristote, au destin ponctué d'innombrables actes induisant une perception différente. Ce corps nouvellement révélé comme un objet de construction est un inventaire de la création de soi par touches simultanées ou successives. Il est un patchwork coloré dont chaque touche incarne une temporalité spécifique. Ainsi le régime minceur a-t-il ses propres délais. On ne maigrit pas en un jour, même en jeûnant. Tout régime a ses règles, ses résistances, ses revirements, ses manifestations internes et externes, ses conditions de durabilité, ses échos pour soi et hors de soi, sa temporalité spécifique en fonction des individus — et des régimes —, il est donc un *processus*. De même le corps musclé ne peut l'être en un éclair, pas plus que le cœur entraîné, ni le corps souple. La cosmétique a aussi ses délais, « scientifiquement prouvés », qui reportent à quelques semaines les effets d'une crème ou d'un shampooing. Les médicaments sont prescrits sur des durées qui varient d'une journée au reste de la vie, les protocoles de tests, les expérimentations médicales nécessitant, eux aussi, un étalement programmé dans le temps. Même la chirurgie esthétique, censée *inverser le cours du temps* ou *raccourcir le temps*, se déroule bien évidemment dans une temporalité qui lui est propre : préparation, délais de cicatrisation, succès des effets escomptés, etc.

Une nouvelle temporalité du corps se crée, fondée sur une cartographie savante et aux replis subtils qui progresse au gré de l'investigation scientifique, multipliant les territoires et donc décuplant les consignes, les modes opératoires, les espoirs. De zone en zone, de projection en projection d'un corps perfectionné, de délai en délai, se dessinent les renvois incessants d'une temporalité à l'autre, telle une boule de billard rebondissant de bord en bord. Bien sûr, ce phénomène a toujours caractérisé la temporalité de la conscience et celle de l'existence. Précisément, la temporalité de la conscience se définit par ces infinies possibilités de la mémoire, par exemple, de rapprocher passé, présent et futur, d'opérer des allers et retours, de superposer des souvenirs provenant de temps distincts et de créer, par des sortes de distorsions du temps, cette matière mouvante et créatrice de l'esprit décrite par Bergson. « Le temps est invention ou il n'est rien du tout[1].» La conscience elle-même est une attention qui mêle l'immédiat au souvenir, qui crée ses espaces, qui fait qu'en fonction du plaisir ou de l'ennui, le «même» temps au décompte de l'horloge paraît long ou court. Par ailleurs, par le fait même de nos différentes occupations et de nos statuts sociaux, l'existence est elle aussi le lieu de temps simultanés : je suis fille et mère en même temps que je travaille, je lis tandis que mon corps récupère de ses fatigues passées, je danse alors que vieillesse et maladie creusent leur lit en moi, je suis dans l'urgence et dans la lenteur, dans l'action et dans la réflexion en même temps, etc. Toutefois, la spécificité de cette nouvelle temporalité du corps est d'induire une forme de circularité emblématique de notre rapport au temps et à l'avenir. Comme objet de centration de l'identité, le corps accapare le sujet dans l'attention portée à la divisibilité à l'infini de ses perfections. Il aspire à lui et incarne des modalités très particulières de la représentation du temps, qui autrefois lui étaient étrangères car il était passivité absolue, et qui aujourd'hui traduisent une relativité — comme une rationalité — sans fin.

Dans la première moitié du XXe siècle, la théorie einsteinienne de la relativité a remis en cause la représentation du temps comme une flèche. Einstein écrit même, dans sa correspondance privée, que «pour nous autres, physiciens convaincus, la distinction entre passé, présent et futur n'est qu'une illusion, même si elle est tenace[2]». La théorie de la relativité oblige à modifier des conceptions traditionnelles du temps, comme par exemple la simultanéité. Des événements qui sont dans le futur pour tel observateur sont dans le passé pour tel autre et dans le présent pour un troisième. Ce qui m'est présent à un certain instant n'existe plus ou pas encore pour quelqu'un d'autre en déplacement par rapport à moi. S'il existe autant d'horloges fondamentales qu'il y a d'objets en mouvement uniforme et qu'on ne peut les synchroniser, alors le mot « maintenant » devient ambigu. Chaque observateur a l'impression que le temps indiqué par les horloges autres que la sienne propre est dilaté en raison, précisément, du ralentissement des horloges. Si passé et futur gardent un caractère absolu selon le principe de causalité, le concept d'espace-temps est introduit en remplacement des concepts jusqu'alors séparés d'espace et de temps. Le temps se transforme en partie en espace, et l'espace se transforme en partie en temps. La relativité induit une élasticité du temps. Or, si le temps mathématisé du physicien n'épuise pas d'évidence le sens du temps vécu, si la véritable nature de la durée, comme l'explique Bergson, est invention continue qui constitue la pâte du « vrai temps », néanmoins la relativité, conjuguée à d'autres ruptures telle celle avec le temps chrétien par exemple, influence considérablement notre représentation du monde et, ici, du corps. L'existence ne renvoie plus à un au-delà d'elle-même, mais à elle-même. Le corps n'est plus seulement passage tragique vers une vie sublimée, mais lieu même de l'œuvre à accomplir, dans les variables territorialisées de ses temporalités relatives.

Ainsi se profile un corps *hypertexte*, signifiant de par ses renvois incessants d'une entreprise à l'autre : se faire refaire le visage ou le ventre, affiner sa silhouette, muscler ses jambes ou ses bras ou ses abdominaux, entretenir ses cheveux, blanchir ses dents, manger sainement et en prévention d'une liste de maladies dont chacune a ses prescriptions, gommer sa peau, la huiler ou la masser, sculpter ses ongles, dessiner les contours de sa pilosité ou l'extirper au prix d'un travail de longue haleine, médicaliser son quotidien pour le « supplémenter », programmer sa « forme », se doper. L'hypertexte est, au sens technique, une présentation de l'information, dans un document mis en ligne sur Internet, une encyclopédie par exemple, qui permet une lecture non linéaire grâce à la présence de liens sémantiques activables dans les documents. De l'une à l'autre, les informations s'appellent et constituent un réseau dont le principe directeur est d'élargir progressivement la documentation sur un thème donné, à partir de présupposés déterminants qui vont de l'association d'idées à la mise en perspective historique ou structurelle d'un problème. Ainsi en va-t-il du corps, cet abandon de la linéarité, ce refuge du contemporain dans l'incessant voyage vers l'amélioration de soi-même. Le principe directeur est la production d'un corps rationnel, selon le paradigme médico-sportif. Les informations toujours plus nombreuses touchant à la perfectibilité du corps s'appellent les unes les autres et renvoient aux temporalités respectives des mises en œuvre qu'elles suggèrent. Un maillage étroit se tisse, telle une carte du ciel indéfiniment complétée, et relie des points du corps avec leur projet propre, leur *programme*, supposant des durées particulières incluses par bribes enchevêtrées dans la « grande » durée de la conscience de soi et impliquant une sorte de mouvement perpétuel. Ainsi y a-t-il une *hypertextualité* des techniques du corps qui crée un langage par résonance d'une partie sur l'autre, d'un symbole à l'autre, d'une temporalité à l'autre.

Ce rebond permanent de ce qui ne peut être achevé désigne une rationalité sans fin, *instrumentale*, impuissante à accéder à son terme. La production du corps rationnel nomme « futur » ce qui justifie son activisme, mais dénie à ce futur une capacité à exister, à se réaliser. Peut-être est-ce le sens du «progrès en marche» de ne pouvoir se satisfaire des buts atteints et d'en refuser même la complétude, l'identification comme telle. Non seulement la production du corps rationnel capture le temps présent et nous aliène à son occupation au travers de tâches qui «capitalisent», mais elle se focalise sur la rationalité du processus jusqu'à y perdre sons sens premier. Ce corps que l'on peut engendrer à son gré, parfaire, embellir, sauver des maladies, ce corps idéal projeté et indéfiniment (re)dessiné suppose des processus dont les règles se multiplient et s'alourdissent. Ce qui compte est la rationalité des moyens occultant la lisibilité des fins. Comme si la méthode était la fin. Comme si l'inventaire des mises en œuvre se justifiait de lui-même, de par sa cohérence ou son exhaustivité. La rationalité sans fin est une rationalité prise dans les glaces de sa circularité, une rationalité *fonctionnelle*. La subjectivation de ces processus, c'est-à-dire leur appropriation personnelle par un sujet en charge de lui-même, est activée par un retour de la culpabilité. Sans la crainte de la faute, du projet avorté, de la vie gâchée, de l'opprobre social, la volonté de rationaliser la production d'un capital corps ne serait pas aussi aiguë ou addictive. Sans une éthique rentabiliste du temps, l'investissement méthodique sur soi ne serait pas temporalisé selon le décompte minutieux des moyens. Sans l'influence croissante de la technoscience, la toile d'un univers prescriptif ne se tisserait pas autour d'un sujet supposé libre, mais contraint à une autonomie écrasante. Le désir de rationalité augmente dans la production d'un corps incarnant plus que jamais l'identité, la dimension existentielle centrale de l'individu.

Ainsi la société individualiste masque-t-elle, sous la diversité de ses formes et de ses modèles, le trait directeur d'un corps rationnel, et sous les atours d'un choix permanent des apparences, le *crépuscule du hasard*.

CONCLUSION

Nous vivons plus vieux et désirons un corps sain. Les sociétés industrielles érigent leur nouveau totem. Force est de constater ce bouleversement de nos perceptions : *l'espoir vient par le corps*. Est-ce l'effondrement progressif des transcendances qui a orchestré le transfert des investissements sociaux et individuels dans la *matière corps* ? Il fallait pallier l'immense vacuité existentielle succédant aux religions, aux idéologies politiques et trouver de nouveaux enjeux personnels. Le corps est ce qui reste quand tout est perdu. Il est le terrain intime par lequel *j'ai un avenir*. Délié des *au-delà* et des euphories de masse, l'individu contemporain est son propre démiurge. Rester jeune, le plus longtemps possible, être sain, beau, « en forme » et moduler ces aspects tout au long de la vie, *dépend de moi*. Est-ce le progrès scientifique qui appelle inéluctablement le corps à devenir l'enjeu central des savoirs, prescriptions et projections les plus futuristes ? Indéniablement, les frontières de la science parcourent le corps et le réinventent, réinventant par là les visions ancestrales de la vie et de la mort. La médecine moderne nourrit le débat éthique : prolonger la vie, pour quelle vieillesse ? Appareiller le corps, jusqu'à quelle symbiose avec la technique ? Explorer le cerveau, pour quels déterminismes ? Naître hors de la sexualité ou hors du ventre maternel, pour quelle parentalité, quels rapports hommes/femmes ? Artificialiser, greffer le corps, pour quelle identité ? Programmer génétiquement les naissances, pour quelle humanité ?

La volonté d'un corps rationnellement conçu est le projet d'aujourd'hui. Ce modèle s'impose *socialement*, même si encore de manière diffuse, quarante ans après Mai 68. Au « jouir sans entraves » ont succédé, dans les années 1980-1990, un polissage des codes et une normalisation des désirs. Ce qui apparaissait comme scandaleux et transgressif, et source de jouissance par là même, s'absorbe peu à peu dans un discours aseptisé où priment le sécuritaire, le sanitaire, le « bio ». Au début du XXIe siècle, il s'agit toujours de jouir de son corps, bien sûr, comme d'un objet fétiche, mais cette jouissance, quand bien même elle se diversifie et se singularise, quand bien même étayée sur un « chacun fait ce qui lui plaît » tenace, emprunte les canaux plus que jamais balisés du *sanitairement correct*[1]. Ceci n'est pas sans contradictions. Par exemple, l'effraction corporelle pratiquée par les champions sportifs fascine, parce qu'elle est signe de performance et de contrôle de soi, y compris si elle déroge aux règles de la santé. La pornographie reconvertit ses vedettes et les pratiques sexuelles se télévisent en témoignages stéréotypés. Sans doute la psychanalyse, qui a contribué à *la libération des mœurs par le langage*, a-t-elle aussi participé, paradoxalement, à *la normalisation des mœurs par le discours*. Les émissions se multiplient qui inventorient toutes pratiques corporelles, où chacun est susceptible de se retrouver, banalisant le désir. L'obsession du bien-être aspire à elle tous les fantasmes de maîtrise. Qui voudrait la contester, refuser l'offre qui la promeut ? Ce modèle s'impose aussi *scientifiquement*. Comment nier l'amélioration de l'espérance et de la qualité de vie, d'une vie avec un corps moins souffrant, moins inéluctablement périssable, en tout cas moins vite, et support de vieillesses prolongées et actives ? Comment contredire l'investigation triomphante qui vient à bout des maladies, des handicaps en réparant le corps estropié ? Comment éluder l'incroyable puissance technologique qui tend les bras aux artisans du corps ?

Ceci conduit à une herméneutique révisée de l'individualisme contemporain. Là où le principe de non-contradiction est battu en brèche, notamment dans les comportements particuliers — « je fais ce que je veux », « je suis le même et l'autre », etc. —, le modèle du corps rationnel apporte un démenti structurant à la disparition des valeurs. Deux dynamiques se mêlent. Autour de l'axe médico-sportif, s'articule un individualisme nouvelle manière, non plus seulement *horizontalisé* (l'éparpillement des choix), mais *verticalisé* (la subjectivation des normes). « Tout est possible », mais *de préférence* dans un corps sain, beau, jeune et « en forme ». Le corps est un *capital*. Aux *bio-pouvoirs* qui organisent le nouvel hygiénisme — gestion de la naissance, de la mort, de la maladie, de l'anormalité —, s'adjoint une intériorisation par le sujet des critères d'un corps sain. Il s'agit de vouloir pour soi ce que la société veut pour tous et d'inclure dans son projet d'existence la construction du corps. Or, et c'est là la clé de voûte du processus, cette intériorisation n'est possible que par la médiation d'une représentation incitative et prescriptive, celle de la culpabilité. Si *mon corps se souvient de tout*, si *je suis ce que mon corps mange ou comme il court*, si *ma vie longue dépend de mon respect des règles de la vie saine*, alors je suis responsable, c'est-à-dire potentiellement coupable, de ces *échecs* que sont la maladie et la mort. Seule cette culpabilité rend compatibles la rationalisation de masse et le vécu corporel singulier et choisi, la prescription objective et l'assomption subjective. Le retour de la culpabilité, qui accompagne l'autonomie, est bien la marque des temps actuels.

Or la dimension temporelle est centrale. Elle l'est d'un point de vue technique : régimes, chirurgie, entraînement sportif, les attentions portées au corps supposent une durée. Elles révèlent aussi la complexité à se penser *dans le temps*. D'un point de vue existentiel, le fantasme d'immortalité rejoint la volonté de se parfaire sans fin. La peur de la mort, l'incapacité à la penser précipitent l'obsession sanitaire, au risque d'ailleurs d'escamoter les fins. Car quel est le terme, comment évaluer le succès ? *À quel moment* saurai-je que j'ai bien œuvré, que je ne pouvais faire *mieux*, que mon corps est optimisé et ma vieillesse repoussée ? Qu'est-ce qui tranchera entre la liberté gagnée dans l'aisance d'un corps sain et l'aliénation d'un temps accaparé par les soins ou l'entraînement ? D'où la contradiction, là aussi, entre un investissement massif dans le présent — immédiateté des plaisirs, refus du lendemain, matérialisme de la consommation — et une projection permanente dans le futur — visée du corps idéal, anticipation de la vieillesse, programmations ou *programmes*, en tout genre. « Aujourd'hui » se concilie à « plus tard », la quotidienneté studieuse au jugement dernier, sans doute d'ailleurs n'est-elle studieuse qu'en fonction de ce jugement dernier. Cette relativité des temps les uns par rapport aux autres, *puisque le corps est toujours en chantier, d'une manière ou d'une autre*, tranche avec une vision linéaire de la temporalité. Elle n'en maintient pas moins, toutefois, le principe d'une satisfaction différée.

Aussi est-on frappé par la tonalité néo-chrétienne de ce culte du corps. L'hédonisme est mis à mal par la peur de la faute, de la trajectoire erronée, celle qui contredirait la *possibilité* de vivre vieux et dans un corps sain, vieux *parce que* sain. Le «jouir sans entraves» prend de curieux détours, puisque le bien-être a un prix et des dictionnaires, et que le plaisir du corps s'obtient souvent dans la douleur: *il faut souffrir pour être belle* (ou *beau*, puisque la beauté masculine prend désormais toute sa part dans le grand marché du corps idéal). On a dit l'individu délesté des appartenances innées, plus léger dans l'appréhension des étiquettes. La responsabilisation de soi, au travers d'un corps vaisseau amiral de la vie bonne, l'étreint comme une angoisse. On a relevé l'immédiateté des désirs, comme un refus des lendemains, dans des sociétés où l'on ne sait plus ce qu'ils réservent. Or la construction de soi appelle une planification raisonnée visant un corps calibré. On a constaté, enfin, l'affranchissement des normes sociales. Or les normes d'un corps rationnel, en particulier dans la prévention médicale et l'esthétisation sportive s'imposent. La perspective d'être au principe de son corps agit comme un aiguillon. Du coup, le *corps capital* engendre des réflexes *capitalistes*. La sculpture de soi se fait ascèse et travail, organisation comptable. Le temps ne doit pas être *perdu*. Une *rationalité instrumentale*, focalisée sur les moyens, caractérise les *travaux du corps*. Elle puise au sein d'une offre croissante de prescriptions, soins, techniques, produits. S'assurer de n'être pas responsable de sa mort et d'avoir bien usé du temps imparti supposent une existence programmée. Curieux retour de la morale dans ce salut à trouver en soi, par soi, dans le corps. L'accentuation de la logique individualiste croise responsabilisation et culpabilité. Le propre, le sain, le pérenne, le méritoire sont, si l'on peut dire, de retour en grâce. Le jugement dernier du *corps-mémoire* se fait miette métaphysique.

Néanmoins, là où le puritanisme refoulait le corps, nous glorifions un corps sous contrôle, aseptisé, pesé, affiné, sculpté. Au carrefour d'héritages, *antique* avec le souci de soi, *chrétien* avec l'intériorité, *moderne* avec le technicisme, la production contemporaine du corps pointe ses contradictions : la puissance technique offre des libertés, de toutes parts encadrées par des contrôles. La liberté individuelle fait face à l'administration collective des corps. L'omniprésence de la médecine se renouvelle dans l'injonction morale. L'effervescence technicienne produit d'autres manières de vivre, de communiquer, de se déplacer, mais aussi de se soigner, de se transformer, de procréer. L'allongement de la durée de vie a pour corollaire un parcours fléché, désignant *bien* et *mal*, le mérite et la faute. Un nouveau périmètre de la normalité mesure l'intégration sociale à l'aune de la santé et de « techniques du corps » inédites, et parfois coûteuses. Quel avenir se profile-t-il ? Celui où l'administration de soi se muera en aliénation ? Où les discriminations s'opéreront entre corps outillés et corps abandonnés ? Où le technicisme ambiant achèvera de déshumaniser les relations interindividuelles ? Ou bien, fort des virtualités offertes par la science, est-ce un avenir de libertés multipliées qui se dessine, de solidarités inventées, de compensation des faiblesses ? Comme toujours, la science érige une colline aux deux visages.

Au cœur de ces options, des enjeux économiques inédits surgissent. Les pays riches doivent financer la santé et l'allongement de la durée de vie. Le coût des retraites, de la dépendance, des maladies chroniques engage à repenser les solidarités collectives. Les équilibres démographiques sont modifiés, bouleversant, entre autres, la perception du travail — jusqu'à quel âge doit-on travailler, quels sont les métiers pénibles, les « vieux » doivent-ils laisser la place aux « jeunes », etc. ? La vie longue obsède les assurances, autant par les aspects qui permettent d'éviter les maladies (*bonus*) que par ceux qui prolongent l'existence au-delà de son financement prévu (*malus*). Ce dernier point pourrait donner naissance à un nouveau concept. Après avoir tant fait sous l'angle préventif pour garantir la bonne santé, les compagnies devront-elles constater la paradoxale réussite de leur politique en se voyant dans l'impossibilité de financer, comme les États d'ailleurs, la trop longue vie ? L'idéal étant, naturellement, de « vieillir jeune[2] » ! Ira-t-on vers des *contrats de vie longue* qui offriront assistance et soins pour des durées contractuelles, au-delà desquelles les individus ne seraient plus couverts par leur mutuelle ou leur assurance privée par exemple ? Doit-on imaginer, à l'instar de certains prototypes aux États-Unis et comme l'ont compris depuis longtemps les tour-opérateurs pour les voyages, des résidences sécurisées, réservées aux personnes âgées, avec des services spécifiques et une garantie de voisinage intra-générationnel ?

L'économie du corps ne se réduit pas au coût de la vieillesse. Elle engendre un marché hétéroclite d'ampleur croissante qui va de la crème de soin à la chirurgie, de la greffe au trafic d'organes, de l'équipement sportif au dopage sanguin. Les nouvelles plasticités du corps stimulent l'imagination, pour le meilleur et pour le pire, attestant à quel point l'enjeu économique suggère l'emprise technique. Ce corps malléable, constructible, programmable, peut-être bientôt régénérable est la *matière centre* de sociétés en mal de repères et qui voient la santé parfaite, la beauté éternelle et la vie immortelle comme des défis *techniques*. Le recul de la mort est réalité *et* fantasme, même et y compris dans ses versions les plus extravagantes ou contradictoires, faire une guerre sans morts, acheter l'organe d'autrui, performer au risque d'en mourir. À portée de main, le corps rationnel suscite donc des emballements irrationnels, des programmations compulsives et des utopies. Le progrès médical est au cœur de ce tourbillon qui, chaque jour, gagne un terrain précieux sur les mystères du corps. À ses fonctions ancestrales, prévention et restauration de la santé, la médecine contemporaine ajoute la transformation du corps et la prédiction des maladies, la fusion avec l'artifice et l'invention de corps robotisés. Elle conforte la vision paradoxale d'un corps plus que jamais objet, mais support identitaire principal. *Qui suis-je,* si tout en moi a été transformé ? Mais *que pourrais-je être d'autre* que ce corps investi, soigné, paré, dopé, informatisé ?

Un matérialisme entêté croise un désir de transcendance. Le corps est une matière, mais cette matière est *moi*. La question philosophique fait face à un scientisme triomphant. Tous les problèmes humains semblent solubles dans la médecine. La psychologisation des conduites fait florès, quand les neurosciences, qui postulent l'équivalence corps/esprit, poursuivent la tradition matérialiste faisant de nos pensées, volitions, émotions, les produits de combinaisons moléculaires. Leur succès s'ancre dans une médecine du cerveau lancée à l'abordage d'une des frontières les plus hermétiques : le psychisme humain. L'investigation savante des électrodes produit une cartographie minutieuse. Des domaines autrefois retirés, la mémoire, l'imagination, le désir, la création, la spiritualité sont à présent conquis par cette approche physicaliste. Peu à peu, les mécanismes se dévoilent, accréditant une conception biologique et algorithmique de l'esprit. Une toile d'araignée se tisse, attirant à elle comportements et maladies et absorbant ce qu'on eût cru jadis dévolu à l'*âme*. Ainsi, à mesure que s'affirme cette causalité corporelle et que progresse le soin, la lecture matérielle et déterministe de l'homme s'impose. Elle tend à ce que tout s'explique — ce qui rassure *soignants* et *soignés* —, bientôt à ce que tout *se prévoie*. Elle abrite une heuristique légitime derrière un réductionnisme de principe et de fait. En cela, elle rejoint l'investigation génétique du mystère humain.

Il est toujours bon, toutefois, de se demander à qui profite le déterminisme. Est-ce la seule passion de la connaissance qui commande son succès ? L'urgence de soigner suggère l'ivresse de prédire. Redisons la légitime entreprise thérapeutique. Toutefois, muées en conceptions philosophique ou politique, les neurosciences, tout comme l'innéisme génétique, recèlent un danger programmatique et classificatoire. Par principe, elles supposent l'être humain réductible à son corps, c'est-à-dire au matériau décomposable qui le constitue. Dans les faits, elles induisent la possibilité de registres, non pas seulement médicaux, mais policiers, professionnels, bancaires, liés aux assurances ou même scolaires. La fascination sociale dont elles sont l'objet n'a d'égale que leur potentiel discriminatoire.

Un humain prévisible est un humain détectable. Un comportement expliqué est un comportement répertorié. Une prédisposition devient une inclination, terreau de transgressions possibles[3]. Ainsi se profile une société de l'information, médicale à la source, un genre nouveau de *société panoptique*, obsédée par les risques et sa sécurité. Faisant fi des facteurs mixés par l'histoire individuelle, l'éducation, les relations sociales et l'inventivité personnelle de chacun, au mépris du *hasard*, aussi, bien sûr, élément irréductible de la *vie*, les *théories de la prédisposition*, comme jamais armées, préparent leurs ravages si nous n'y prenons garde.

Fusionnés dans la création technique, le corps, le corps automate et l'automate sans corps sont devenus frères de sens. Mécanisé, le corps humain l'est dans sa compréhension et sa production. Le corps automate, jadis création mimétique, est aujourd'hui prothèse, exosquelette, machine informatique. Le brouillage s'est opéré, initié par la cybernétique : qui copie l'autre, de la machine ou de l'organisme, du corps naturel ou de l'artificiel ? Le corps au travail, le corps soigné, le corps communicant se prolongent en leurs extensions techniques et s'accomplissent en elles. À rebours, les machines, en particulier celles qui prétendent à l'*intelligence artificielle*, s'inspirent de la génétique et des neurosciences. Le corps rationnel trouve son double, modèle et clone, dans l'ordinateur. Aujourd'hui, le prolongement technique de l'homme, marque civilisationnelle majeure, franchit un nouveau palier : la mise à distance, la séparation. On ne se préoccupe plus de faire des sosies du corps. Le réseau Internet est un exemple d'« automate sans corps », de dématérialisation des échanges humains, faisant circuler des milliards d'informations, sans cesse étendues et régénérées, reliant des corps nouvellement perçus et socialisés et méritant peut-être à ces titres — le seul parmi les robots ? — le nom d'*intelligence artificielle*. Nouvel éther communicationnel enveloppant les corps, Internet est la résonance collective de la construction du corps individuel, une sorte de Léviathan. Quel est la place du corps dans la société des mondes virtuels ? La notion de « corps naturel » a-t-elle encore un sens ?

Instantanéité, ubiquité, virtualité, Internet illustre une société de l'informatique et des télécommunications fondée sur la modification des corps, leur contrôle, éventuellement leur sacrifice. Nous sommes en contact permanent sans contact physique. De nouvelles capacités motrices se sensibilisent à l'usage des ordinateurs, que ce soit dans le travail ou le loisir, d'autres disparaissent. Un contrôle omniprésent apparaît, des savoirs, des techniques, des informations, des identités. Le sacrifice des corps traditionnels, ceux du labour ou de la poignée de main, a pour corollaire l'émergence de nouveaux, à l'attention décuplée, à la motricité fine, spécialisée, aux sensations kinesthésiques aussi sollicitées que maîtrisées. Il ne faut pas mésinterprèter cette dématérialisation des échanges et des savoirs que compensent de nouveaux apprentissages corporels, postures, rapports au temps. En réalité, c'est une version inédite du rapport nature/culture qui se dessine, où l'imbrication se fait projection, délégation, engendrement par procuration. Pierre Quéau[4] rappelle que la cyberculture a modifié notre perception du corps, produisant quatre innovations majeures : 1) *le corps d'emprunt* que permettent les jeux vidéo et l'incarnation du joueur dans un personnage de plus en plus complexe ; 2) *le corps augmenté*, par l'ajout de périphériques comme les machines des chirurgiens ou les viseurs des pilotes de F-15 ; 3) *le corps interactivé*, lorsque le corps devient lui-même une forme de support utilisable (comme carte ou comme plate-forme d'information) ; 4) *le corps connecté*, que ce soit physiquement ou mentalement, à d'autres corps ou bien à un réseau. Ces formes inédites révèlent une coupure épistémologique : le langage, qui décrivait et signifiait de l'*extérieur*, vient s'inscrire dans notre corps et celui-ci supporte désormais les informations. Tel est un aspect nouveau du rapport *intérieur/extérieur*. Aux cinq sens « naturels » du corps s'adjoignent des sens augmentés, transférés, téléportés. Les distances sont réduites, le temps réel s'impose, la vitesse prime. L'information relie les corps, les traverse et les transforme, gonflant par vagues encyclopédies et forums. Le corps présent/absent de la cyberculture est aussi celui de l'expérimentation, où les choses sont réelles, mais sans conséquences, où l'on essaie des personnalités, des vies parallèles, des fantasmes, formant le creuset d'un imaginaire commun. Telle est la version optimiste de ces mutations : le corps est bien toujours au centre de l'action humaine, non plus un centre unique, mais plutôt *des* centres, ceux de cercles entremêlés incarnant une *hypertextualité*. Il est le pivot d'une fusion accentuée de l'homme avec la technique.

Toutefois, le progrès scientifique alimente aussi, à l'échelle de l'individu comme à celle du groupe, le fantasme de production *générique* du corps rationnel. Au-delà de l'assomption subjective du projet de sculpture de soi, au-delà des discriminations sociales fondées sur des corps décryptés, au-delà de la fusion croissante du corps avec les technologies, la maîtrise de la procréation ouvre à des horizons futuristes. Ils s'étaient sur trois plans : l'*anticipation* de maladies génétiques et la non-venue au monde des embryons porteurs ; la *sélection* des embryons sur des motifs médicaux et *non médicaux*, par exemple le choix du sexe ou la détection de tel ou tel trait de personnalité ou caractère physique *secondaire* dont nous connaîtrions le code génétique ; la *modification* profonde des structures de la parentalité et du rôle de la sexualité, recelée dans l'inventaire des nouvelles manières de naître, *in vitro*, après la mort des parents, voire dans un utérus artificiel. Ces trois aspects, *anticipation*, *sélection* et *modification* des critères de la reproduction humaine ne prêtent pas seulement, et bien qu'elles soient historiquement écrasantes, à des inquiétudes d'ordre politique, de type eugéniste. Ils interrogent également, et de manière de plus en plus pressante, sur les frontières de l'espèce, sur la définition d'une *identité humaine* et, ici encore, sur la place de la liberté et des droits humains au sein d'un maelström de pouvoirs techniques. Voici la version pessimiste des mutations du corps : paramétré et marchandisé, conçu pour répondre à des dictatures esthétiques ou sanitaires, aux lois du marché, aux ethnophobies, ou encore à la démesure de la performance sportive, le corps du futur pourrait être le nouveau morceau de cire des fanatismes de tout poil.

L'évolution de l'humanité est donc en question dans cette nécessité de *définir le corps*. D'autant que la lutte contre les corps naturels, *via* leur maîtrise, a aussi pour objectif la colonisation d'autres milieux naturels, autrefois interdits à l'homme : les grands fonds ou les très basses températures, sans parler de l'espace dont on ne sait si l'on peut — déjà ? — le qualifier de « milieu naturel ». Autrement dit, la « fin de la nature » projette vers d'autres « natures », comme la « fin » supposée du corps projette vers d'autres corps. Les lignes bougent, qui restreignaient autrefois l'*identité humaine* aux limites d'un corps donné une fois pour toutes, hérité, entité close servant de support. La médecine a ouvert le corps, l'a greffé, augmenté de prothèses et, du coup, a ouvert la possibilité d'autres corps à partir ou en dépit du premier. L'homme s'adapte et se modèle, se transforme. Il invente les conditions de sa vie hors des biotopes les plus favorables. Peut-être sera-t-il le premier « extra-terrestre[5] ». Aussi, au cœur de ces possibilités technoscientifiques, c'est bien à la réflexion philosophique, éthique et juridique qu'il ressortit de penser ces mutations et pouvoirs, et d'en définir les périmètres acceptables. L'*identité humaine* est en jeu, non seulement référée aux infinies mutations d'un corps plastique, mais conditionnée par les sens qu'on leur donne et par une spécificité qu'on voudrait inaliénable. Jamais l'homme n'a eu un tel pouvoir sur lui-même et sur le corps. Il lui revient donc de définir, comme en d'autres temps, mais avec un risque plus grand, ce qui sert ou dessert l'humanité en lui.

ENVOI

« Le malaise dans la situation relative de l'homme et de la machine provient du fait que l'un des rôles techniques, celui de l'individu, avait été tenu jusqu'à nos jours par des hommes ; n'étant plus être technique, l'homme est obligé d'apprendre une nouvelle fonction, et de trouver dans l'ensemble technique une place qui ne soit plus celle de l'individu technique ; le premier mouvement consiste à occuper les deux fonctions non individuelles, celle des éléments et celle de la direction de l'ensemble ; mais dans ces deux fonctions l'homme se trouve en conflit avec le souvenir de lui-même : l'homme a tellement joué le rôle de l'individu technique que la machine devenue individu technique paraît encore être un homme et occuper la place de l'homme, alors que c'est l'homme au contraire qui remplaçait provisoirement la machine avant que de véritables individus techniques aient pu se constituer. Dans tous les jugements qui sont portés sur la machine, il y a une humanisation implicite de la machine qui a comme source profonde ce changement de rôle ; l'homme avait appris à être l'être technique au point de croire que l'être technique devenu concret se met à jouer abusivement le rôle de l'homme.

Les idées d'asservissement et de libération sont beaucoup trop liées à l'ancien statut de l'homme comme objet technique pour pouvoir correspondre au vrai problème de la relation de l'homme et de la machine. Il est nécessaire que l'objet technique soit connu en lui-même pour que la relation de l'homme et de la machine devienne stable et valide : d'où la nécessité d'une culture technique. »

GILBERT SIMONDON,
Du mode d'existence des objets techniques,
Paris, Aubier, 1989, p. 81-82.

APPENDICES

NOTES

1. LA RÉVOLUTION DU CORPS

1. Michel Serres, *Hominescence*, Paris, Le Pommier, 2001, p. 29.
2. *Ibid.*, p. 38.
3. *Ibid.*, p. 49.
4. René Descartes, *Discours de la méthode*, VI, in *Œuvres et lettres*, Paris, Gallimard, « Bibliothèque de la Pléiade », 1953, p. 168.

2. LE SOUCI DE SOI

1. Michel Foucault, *Histoire de la sexualité*, t. II : *L'usage des plaisirs*, Paris, Gallimard, 1984, p. 126.
2. *Ibid.*, t. III : *Le souci de soi*, p. 79.
3. *Ibid.*, t. II, p. 123-124.
4. *Ibid.*, p. 323.
5. *Ibid.*, t. III, p. 94.
6. *Ibid.*, p. 122.
7. Alain Corbin, *in* Alain Corbin, Jean-Jacques Courtine et Georges Vigarello, *Histoire du corps*, t. II : *De la Révolution à la Grande Guerre*, Paris, Seuil, 2005, p. 8.
8. M. Foucault, *Histoire de la folie à l'âge classique*, Paris, Gallimard, 1972, p. 411-412.
9. *Ibid.*

10. Marcel Gauchet, *Le désenchantement du monde*, Paris, Gallimard, 1985, p. 292 *sq.*, et *La religion dans la démocratie. Parcours de la laïcité*, Paris, Gallimard, 1998.

11. Maria Michela Marzano Parisoli, *Penser le corps*, Paris, PUF, 2002, p. 71.

3. LE CORPS RATIONNEL : UN OXYMORE ?

1. Lénine, *Matérialisme et empiriocriticisme*, Paris, Éditions sociales, 1973, VI, 5.

2. Renaud Barbaras, « De la phénoménologie du corps à l'ontologie de la chair », *in* Jean-Christophe Goddard (dir.), *Le corps*, Paris, Vrin, 2005, p. 207.

3. Michel Henry, *Philosophie et phénoménologie du corps. Essai sur l'ontologie biranienne*, Paris, PUF, 1987, p. 20, cité *in* R. Barbaras, *op. cit.*, p. 211.

4. Maurice Merleau-Ponty, *Phénoménologie de la perception*, Paris, Gallimard, 145, p. 199, 239, 250, cité *in* R. Barbaras, *op. cit.*, p. 234.

5. Emmanuel Kant, *Critique de la faculté de juger*, Paris, Vrin, 1989, § 65.

6. *Ibid.*, § 66.

7. *Ibid.*

8. *Ibid.*

9. *Ibid.*, § 65.

10. *Ibid.*, § 66.

11. Georges Canguilhem, *Le normal et le pathologique*, Paris, PUF, 1999, 1re éd. 1966, p. 129.

12. Max Weber, *L'éthique protestante et l'esprit du capitalisme*, trad. fr. par Jean-Pierre Grossein, Paris, Gallimard, 2003, p. 106-107, et M. Gauchet, *Le désenchantement du monde. Une histoire politique de la religion*, Paris, Gallimard, 1985.

13. M. Weber, *L'éthique protestante...*, *op. cit.*, p. 132.

14. Michel de Certeau, *L'invention du quotidien*, t. 1 : *Arts de faire*, Paris, Gallimard, 1990, p. 59.

4. LE STATUT DU CORPS RATIONNEL

1. Cf. Nicole Aubert (dir.), *L'individu hypermoderne*, Ramonville-Saint-Agne, Érès, 2005 (1re éd. 2004).

2. M. Gauchet, *La religion dans la démocratie, op. cit.*, p. 90.

3. *Ibid.*

4. *Ibid.*, p. 91.

5. *Ibid.*

6. Vincent Descombes, *Le complément de sujet*, Paris, Gallimard, 2004.

7. Jean-Paul Sartre, *L'existentialisme est un humanisme*, Paris, Gallimard, 1996.

8. Alain Ehrenberg, *Le culte de la performance*, Paris, Calmann-Lévy, 1991, p. 169 *sq.*

9. M. Gauchet, *L'individu hypermoderne, op. cit.*, « Conclusion : vers une mutation anthropologique », p. 291 *sq.*

10. Pascal Bruckner, *L'euphorie perpétuelle*, Paris, Grasset, 2000.

11. Claire Carrier, « Sous l'emprise des sens », in *Science et vie*, « Le dossier du dopage », hors-série, n° 206, mars 1999, p. 118.

12. L'expression n'est pas employée ici au sens d'une définition ontologique ou phénoménologique du corps (cf. plus haut), mais au sens d'une psychologisation des conduites, cf. M. Gauchet, *L'individu hypermoderne, op. cit.*, « Conclusion : vers une mutation anthropologique », p. 294.

13. *Ibid.*

14. *Ibid.*

15. N. Aubert, « Intensité de soi, incandescence de soi », *in* Benoît Heilbrunn (dir.), *La performance, une nouvelle idéologie ?*, Paris, La Découverte, 2004, p. 79 *sq.*

16. David Le Breton, *L'adieu au corps*, Paris, Métailié, 1999.

17. Alain Renaut, article « Liberté », *in* Philippe Raynaud et Stéphane Rials (dir.), *Dictionnaire de philosophie politique*, Paris, PUF, 1996, p. 347.

18. Alexis de Tocqueville, *Œuvres complètes*, t. 1, *De la démocratie en Amérique*, vol. I et II, 1835 et 1840, Paris, Gallimard, 1951

19. A. Renaut, *L'ère de l'individu*, Paris, Gallimard, 1989, p. 92.
20. Gilles Lipovetsky, *L'ère du vide. Essai sur l'individualisme contemporain*, Paris, Gallimard, 1989, p. 323.
21. V. Descombes (interprétant A. Renaut), *Le complément de sujet, op. cit.*, « La liberté comme indépendance et comme autonomie », p. 334.
22. Jean-Pierre Dupuy, *Le sacrifice et l'envie. Le libéralisme aux prises avec la justice sociale*, Paris, Calmann-Lévy, 1992, p. 30.
23. N. Aubert, « Un individu paradoxal », in *L'individu hypermoderne, op. cit.*, p. 13.
24. Georges Balandier, *Le dédale: pour en finir avec le XXe siècle*, Paris, Fayard, 1994, p. 43.
25. Christian Arnsperger, *Vers un modèle de rationalité instrumentale critique. Analyse à partir de l'approche de Horkheimer*, Actes du séminaire du PICS franco-canadien sur la rationalité à l'IHPST, 17 janvier 2003, p. 2.
26. *Ibid.*
27. G. Lipovetsky, *L'ère du vide, op. cit.*, p. 323.
28. Article « Norme », in *Encyclopédie philosophique universelle*, t. II, Paris, PUF, 1990.
29. Michel Maffesoli, *Le temps des tribus : le déclin de l'individualisme dans les sociétés postmodernes*, Paris, La Table ronde, 2000.
30. A. Ehrenberg, *Le culte de la performance, op. cit.*
31. A. Ehrenberg, *La fatigue d'être soi. Dépression et société*, Paris, Odile Jacob, 1998.
32. Paul Yonnet, *Le recul de la mort. L'avènement de l'individu contemporain*, Paris, Gallimard, 2006, p. 404.
33. G. Lipovetsky, *L'ère du vide, op. cit.*, « Narcisse ou la stratégie du vide », p. 70 *sq.*
34. *Ibid.*, p. 75.
35. *Ibid.*, p. 76.
36. *Ibid.*
37. *Ibid.*
38. *Ibid.*
39. *Ibid.*, postface de 1993, p. 328.
40. *Ibid.*, p. 90.
41. *Ibid.*
42. M. Serres, *Hominescence, op. cit.*, p. 58 *sq.*
43. *Ibid.*, p. 59.

44. P. Yonnet, *Le recul de la mort, op. cit.*, p. 404.

5. PRODUIRE LE CORPS

1. Antoine Vallot, Antoine d'Aquin et Guy-Crescent Fagon, *Journal de la santé du roi Louis XIV*, Paris, Auguste Durand, 1862.
2. Jacques Ballexserd, *Dissertation sur l'éducation physique des enfants depuis leur naissance jusqu'à la puberté*, Paris, Vallat-La Chapelle, 1762.
3. Henri Bergson, *Matière et mémoire*, Paris, PUF, 1993, p. 20.

6. *SOIGNER, SE SOIGNER* OU DE LA MÉDICALISATION DE L'EXISTENCE

1. Jean Baudrillard, *La société de consommation*, Paris, Denoël, 1970, p. 218.
2. Anne-Marie Moulin, *Le corps face à la médecine, in* A. Corbin, J.-J. Courtine et G. Vigarello (dir.), *Histoire du corps*, t. III : *Les mutations du regard. Le XX*e *siècle*, Paris, Seuil, 2006, p. 17.
3. Lucien Sfez (dir.), *L'utopie de la santé parfaite*, Colloque de Cerisy, Paris, PUF, 2001, p. 11.
4. *Ibid.*, p. 11-12.
5. J. Baudrillard, *La société de consommation, op. cit.*, p. 218.
6. Roland Gori et Marie-José Del Volgo, *La santé totalitaire. Essai sur la médicalisation de l'existence*, Paris, Denoël, 2005, p. 61.
7. Sources : *Population et sociétés*, Bulletin mensuel d'information de l'Institut national d'études démographiques, nº 366, mars 2001, et nº 410, mars 2005.
8. *La Lettre des neurosciences*, Bulletin mensuel de la Société des neurosciences, automne-hiver 2005, nº 29, p. 7 *sq.*
9. A.-M. Moulin, *op. cit.*, p. 62.
10. *Libération* publie, le mardi 28 février 2006, deux articles aux titres et contenus évocateurs : pour Gilles de Robien, ministre de l'Éducation nationale, de l'Enseignement supé-

rieur et de la Recherche, « les neurosciences sont de "vraies sciences" [expliquant] pourquoi certaines méthodes de lecture sont moins efficaces dans les premiers pas vers la lecture ; quant à la Une du journal, elle est consacrée au projet de Nicolas Sarkozy, alors ministre de l'Intérieur et de l'Aménagement du territoire, s'appuyant sur une enquête de l'Inserm, de dépistage précoce des enfants "à problèmes" et potentiellement délinquants ». À quoi répondra la pétition : « Pas de 0 de conduite pour les enfants de trois ans », et finalement le retrait du projet Sarkozy.

11. G. Vigarello, *Histoire des pratiques de santé. Le sain et le malsain depuis le Moyen Âge*, Paris, Seuil, 1993, 1999, p. 287.

12. M. Serres, *Hominescence, op. cit.*, p. 100.

13. Cf. sur ces questions Hervé Juvin, *L'avènement du corps*, Paris, Gallimard, 2005.

14. « De la margarine ou des produits lactés Fruit d'or pro-activ pour MAAF Assurances, des yaourts Danacol de Danone pour les AGF : quasi simultanément, les deux assureurs s'engagent dans la prévention des maladies cardio-vasculaires. Ils annoncent leur intention de rembourser des produits anticholestérol aux effets reconnus scientifiquement » (*Le Monde*, 29 novembre 2005).

15. P. Yonnet, *Le recul de la mort, op. cit.*, p. 396.

16. François Ewald, « Responsable, mais pas coupable », Le *Magazine littéraire*, « La faute, le retour de la culpabilité », n° 367, juillet-août 1998, p. 46.

17. *Ibid.*

18. Et ce malgré la dénégation et la formule de Georgina Dufoix, alors ministre des Affaires sociales, prononcée en 1991 devant les caméras de TF1 à propos du sang contaminé : « responsable, mais pas coupable ».

19. Slogan utilisé par l'Inpes (Institut national pour la prévention et l'éducation à la santé) dans le cadre de la lutte contre l'alcoolisme et, plus généralement, contre les facteurs de risque cancéreux, 2004.

20. G. Vigarello, *Histoire des pratiques de santé, op. cit.*, p. 305.

21. Daniel Bell, *Les contradictions culturelles du capitalisme*, 1976, Paris, PUF, trad. fr., 1979.

22. J.-J. Courtine, « Les stakhanovistes du narcissisme. Body-building et puritanisme ostentatoire dans la culture

américaine du corps», *Communication*, n° 56, «Le gouvernement du corps», 1993, p. 241.

23. G. Vigarello, *Histoire des pratiques de santé, op. cit.*, p. 304.

24. P. Yonnet, *Le recul de la mort, op. cit.*, p. 407.

25. Claudine Auger et Laurent Lapierre, *L'industrie de la mode au Québec. Textiles intelligents, vêtements futuristes*, séminaire de management culturel, chaire de gestion des arts Carmelle et Rémi-Marcoux, Montréal, http://www.gestiondesart.com/index.php?id=542, 2007.

26. G. Vigarello, *Histoire de la beauté. Le corps et l'art d'embellir de la Renaissance à nos jours*, Paris, Seuil, 2004, p. 215.

27. G. Vigarello, *Le corps redressé. Histoire d'un pouvoir pédagogique*, Paris, Delarge, 1978, p. 85.

28. G. Vigarello, *Histoire de la beauté, op. cit.*, p. 238.

29. Célèbre slogan de la marque L'Oréal.

30. Dominique Caliandro, «Beauté : des rédactrices de magazines féminins encore pires que des publicitaires» (Acrimed, 18 janvier 2004, http://www.acrimed.org/article.php3?id article=1449, 2007).

31. G. Vigarello, *Histoire de la beauté, op. cit.*, p. 256.

7. *BIEN MANGER* OU DE LA DIÉTOCRATIE SCIENTIFIQUE

1. «Théophraste Bombastus von Hohenheim (1493-1541), dit Paracelse, représente, avec plus d'éclat qu'aucun autre, l'exemple d'un médecin qui peut passer, à bon droit, pour l'un des pères de la chimie pharmaceutique, mais qui continue de voir dans l'organisme humain un "microcosme", miroir infime du macrocosme; il pense ainsi que chaque viscère s'associe à un astre et entretient avec lui des rapports réciproques: le cœur répond au Soleil, le foie à Jupiter. Paracelse voit des "signatures" partout: les fleurs jaunes conviennent à la jaunisse, les terres rouges à l'hémorragie, etc.» (Dominique Lecourt, article «Vitalisme et mécanisme», *in* D. Lecourt [dir.], *Dictionnaire d'histoire et philosophie des sciences*, Paris, PUF, «Quadrige», 2003, p. 987).

2. Claude Fischler, «Quand les crises alimentaires réveillent les utopies», *in Actes de la 6e Université d'été de l'in-*

novation rurale de Marciac, Mission Agrosciences, communication du 9 août 2000.

3. *Ibid.*

4. François Ascher, *Le mangeur hypermoderne*, Paris, Odile Jacob, 2005, p. 163.

5. David Servan-Schreiber, *Guérir le stress, l'anxiété et la dépression sans médicaments ni psychanalyse*, Paris, Pocket, 2005.

6. http ://www.doctissimo.fr/html/nutrition/mag_2003/mag0919/dossier/nu_7062_omega3_emotionnel_schreiber_itw.html, 2007.

7. « Il existe actuellement une confusion notionnelle et terminologique marquée autour des aliments, produits ou substances réputés avoir un effet préventif ou bénéfique pour la santé. Cette confusion est en grande partie due à l'absence de consensus international sur le sens des différents termes qui ont surgi pour les désigner (*nutraceutiques, alicaments, aliments fonctionnels, nutraceuticals, functional foods, pharmafoods, designer foods*, pour n'en nommer que quelques-uns), de même qu'à l'inexistence de réglementation en cette matière » (*Grand dictionnaire terminologique*, Office de la langue française, Québec, 2002). Les yaourts enrichis au bifidus actif, les jus de fruits multivitaminés, les céréales aux fibres de betterave, les œufs aux acides gras Oméga 3, les barres vitaminées, le lait enrichi en fer et en calcium, le sel auquel on a ajouté de l'iode sont des exemples d'aliments fonctionnels.

8. http ://www.topnivo.com/lifting.html, 2007.

9. *Ibid.*

10. Essensis, Danone, 2007.

11. Isabelle Queval, *S'accomplir ou se dépasser. Essais sur le sport contemporain*, Paris, Gallimard, 2004, « L'ère du "quatre heures à moteur" ou une culture de l'adjuvant », p. 265-272.

12. BN, biscuits fourrés au chocolat, 2006.

8. *FAIRE DU SPORT* OU DE L'ACTIVISME KINÉTIQUE

1. Jacques Ulmann, *De la gymnastique aux sports modernes. Histoire des doctrines de l'éducation physique*, Paris, Vrin, 1977.

2. *Le Drapeau*, 9 mars 1882, *in* G. Vigarello , « Le corps travaillé. Gymnastes et sportifs au XIXe siècle », in *Histoire du corps*, t. II, Paris, Seuil, 2005, p. 368.

3. Alfred Collineau, *La gymnastique. Notions physiologiques et pédagogiques. Applications hygiéniques et médicales*, Paris, J.-B. Baillière et fils, 1884, p. 797, cité *in* G. Vigarello, « Le corps travaillé... », *op. cit.*

4. AN F^{17} 6918, discours du général Farre, ministre de la Guerre, à l'Assemblée nationale le 14 juin 1881, cité *in* G. Vigarello, « Le corps travaillé... », *op. cit.*

5. G. Vigarello, *op. cit.*

6. Colonel Jean-Claude Aumoine, *L'art de la natation et l'art de la guerre*, à propos du *Traité complet de natation* du vicomte de Courtivron (1836), *in* G. Vigarello (dir.), *Anthologie commentée des textes historiques de l'éducation physique et du sport*, Paris, Éditions Revue EPS, 2001, p. 76-80.

7. Slogan de l'Institut national de prévention et d'éducation pour la santé (Inpes), 2005.

8. Programme national Nutrition Santé (2006-2010) de l'Inpes.

9. Brouzet (de Béziers), *Essai sur l'éducation médicinale des enfants et de leurs maladies*, Paris, Vve Cavelier et fils, 1754.

10. Jean-Charles Desessartz, *Traité de l'éducation corporelle des enfants en bas âge, ou Réflexions pratiques sur les moyens de procurer une meilleure constitution aux citoyens*, Paris, J.-T. Hérissant, 1760.

11. Le terme « éducation physique » apparaît pour la première fois sous la plume du médecin Jaques Ballexserd, dans sa *Dissertation sur l'éducation physique des enfants depuis leur naissance jusqu'à l'âge de la puberté*, *op. cit.*

12. G. Vigarello, *Le corps redressé*, *op. cit.*, p. 10.

13. Francisco Amoros, *Nouveau manuel d'éducation physique, gymnastique et morale*, Paris, Roret, 1839, édition Revue EPS, 1998, t. I, p. x.

14. Christian Pociello, *Le sport, un fait social total, in* G. Vigarello (dir.), *L'esprit sportif aujourd'hui. Des valeurs en conflit*, Paris, Encyclopaedia Universalis, 2004, p. 101-116.

15. G. Vigarello, « Le corps travaillé... », *op. cit.*, p. 373.

16. Italique de l'auteur.

17. G. Vigarello, « Le corps travaillé... », *op. cit.*, p. 374.

18. Georges Hébert, *L'éducation physique, ou l'Entraînement complet par la méthode naturelle*, Paris, Vuibert, 1912.

19. Cf. ci-dessus, p. 107.

20. G. Vigarello, *Le corps redressé, op. cit.*, p. 11.

21. *id.*, p. 10.

22. *id.*, p. 12.

23. *Ibid.*, p. 298.

24. I. Queval, *S'accomplir ou se dépasser..., op. cit.*

25. Sur le thème argumenté par Norbert Elias et Eric Dunning (*Sport et civilisation. La violence maîtrisée*, Paris, Pocket, 1998) d'une émergence du *sport* au XIXe siècle, en parallèle d'une régulation de la violence sociale et du développement du parlementarisme européen, c'est-à-dire en rupture marquée avec l'Antiquité, se rejoignent beaucoup des analyses contemporaines du sport.

26. En opposition avec la thèse de N. Elias et E. Dunning, Jean-Paul Thuillier renouvelle l'analyse du sport antique en affirmant la préfiguration du *sport-spectacle* dans les pratiques romaines (*Le sport dans l'Antiquité*, Paris, Picard, 2004, IIIe partie, « Étrurie et Rome », p. 143 *sq.*

27. Jean-Claude Guillebaud, *La tyrannie du plaisir*, Paris, Seuil, 1998.

28. Laurent Courau, *Mutations pop et crash culture*, Rodez, Le Rouergue et Chambon, 2004, cité *in* Y. Michaud, *Visualisations. Le corps et les arts visuels*, IIe partie, « Body-builders, cyborgs, mutants », in *Histoire du corps..., op. cit.*, t. III, p. 427.

29. Y. Michaud, *op. cit.*, IIe partie, « La beauté, toujours, explosante-fixe », p. 427.

30. *Ibid.*, p. 428.

31. *Ibid.*

32. Anne Suquet, *Scènes. Le corps dansant : un laboratoire de la perception*, in *Histoire du corps...*, t. III, *op. cit.*, p. 414.

33. Sylvie Guillem, *Invitation*, Cercle d'Art, Paris, 2005, p. 16.

9. LE CORPS INSTRUMENTÉ

1. Marcel Mauss, *Sociologie et anthropologie*, Paris, PUF, 1966, p. 365.
2. J. Baudrillard, *La société de consommation*, *op. cit.*, p. 203.
3. Anne Fagot-Largeault, Valérie Gateau et Olivier Soubrane, « Les aléas du don d'organes entre vivants », *Le Monde*, 18 juin 2005.
4. *Ibid.*
5. M. M. Marzano Parisoli, *Penser le corps*, *op. cit.*, p. 118.
6. *Ibid.*
7. *Ibid.*, p. 128.
8. *Ibid.*, p. 119.
9. Bruno Philip, « Au cœur du trafic d'organes en Chine », *Le Monde*, 25 avril 2006.
10. Philippe Arnaud, « Trafic de chair », *Le Monde*, 26 avril 2006.
11. Laurence Benaim, « Le corps ou l'ultime parure », *Le Monde*, 15 mai 2002.
12. *Ibid.*
13. *Ibid.*
14. M. Gauchet, *La religion dans la démocratie*, *op. cit.*, p. 91.

10. ANALYSE WÉBÉRIENNE ET INSTRUMENTALISATION DE SOI

1. G. Vigarello, *Histoire du corps*, *op. cit.*, IIIe partie, « S'entraîner », p. 193.
2. *Op. cit.*
3. Présentation du texte par Jean-Pierre Grossein, p. XL-XLI.
4. M. Weber, « Anticritique finale à propos de l'"esprit du capitalisme" », in *L'éthique protestante...*, *op. cit.*, p. 418.
5. *Ibid.*
6. *Ibid.*, p. 419.
7. *Ibid.*
8. *Ibid.*, p. 418.
9. Albert Camus évoque également dans *Noces* « les prêches ennuyeux des naturistes, ces protestants de la chair », préci-

sant qu'« il y a une systématique du corps qui est aussi exaspérante que celle de l'esprit » (« L'été à Alger », in *Noces*, Paris, Gallimard, 1959, p. 36).

10. M. Weber, *L'éthique protestante...*, *op. cit.*, p. 225.

11. *Ibid.*, p. 418.

12. Pour une critique marxiste du « sport capitaliste », voir les travaux de Jean-Marie Brohm et notamment *Critiques du sport*, Paris, Christian Bourgois Éditeur, 1976.

13. *Ibid.*, p. 21-23.

14. *Ibid.*, p. 25.

15. *Ibid.*, p. 27.

16. *Ibid.*, note. « Notre vie sociale et économique européano-américaine est "rationalisée" d'une manière spécifique et dans un sens spécifique. Il en découle que l'une des tâches de nos disciplines consiste à expliquer cette rationalisation et à construire les concepts qui lui correspondent » (M. Weber, *Essais sur la théorie de la science*, Paris, Plon, 1965, p. 455, cité in *L'éthique protestante...*, *op. cit.*, « Présentation », p. XIV).

17. *Ibid.*, p. 27.

18. *Ibid.*, p. 71.

19. *Le Monde*, 28 août 2004.

20. « Ces conduites, pour demeurer sur le plan de l'observation, montrent l'existence d'organisations psychiques qui prédisposent au besoin de "se vouer à quelque chose ou à quelqu'un", de "s'accrocher" » (Cl. Carrier, *L'adolescent champion : contrainte ou liberté ?*, Paris, PUF, 1992, p. 99).

21. M. Weber, *L'éthique protestante...*, *op. cit.*, p. 249-250.

22. Cl. Carrier, « Ce corps qui vous hante », *L'Équipe féminine*, n° 2, avril 2006, p. 57.

23. *Ibid.*

24. Cl. Carrier, *L'adolescent champion...*, *op. cit.*, p. 100-101.

25. M. Weber, *L'éthique protestante...*, *op. cit.*, p. 61.

26. *Ibid.*, p. 252-254.

27. *Ibid.* p. 251.

28. *Ibid.*

11. HÉDONISME ET EUDÉMONISME DANS LA PRODUCTION DU CORPS RATIONNEL

1. Friedrich Nietzsche, *Par-delà le bien et le mal,* Paris, Gallimard, 1971, § 225.
2. *Ibid.*
3. Aristote, *Éthique à Nicomaque,* I, 1094 *a* 4, trad. Tricot, Paris, Vrin, 1983.
4. *Ibid.*, X, 1176 *a* 30.
5. Épicure, *Lettre à Ménécée,* § 11.
6. G. Canguilhem, *Le normal et le pathologique, op. cit.*, p. 52.
7. F. Nietzsche, *Le gai savoir*, Paris, Club français du livre, 1957, p. 43.
8. Jean Laplanche, *Vie et mort en psychanalyse,* Paris, Flammarion, 1970, « Agressivité et sado-masochisme », p. 138.
9. *Ibid.*, p. 148.
10. Cf. J.-M. Brohm, *Critiques du sport, op. cit.*, p. 30 *sq* : « La légende sportive est avant tout la légende de la douleur surmontée, de la souffrance jusqu'au bout des possibilités de résistance, de l'ivresse dans la fatigue "bestiale", de l'acharnement à jouir dans les meurtrissures, les coups et les blessures. »
11. Ces séances d'entraînement, où l'acide lactique se répand dans les muscles de tout l'organisme, suscitent un malaise général et des nausées (NDLR).
12. *L'Équipe féminine,* 15 octobre 2005, n° 1, p. 13.
13. Cl. Carrier, *L'adolescent champion, op. cit.*, p. 94.

12. L'HOMME MATÉRIEL

1. Philippe Chambon, Isabelle Cuchet et Caroline Tourbe, « Les nouveaux miracles de la chirurgie », *Science et vie,* n° 1056, septembre 2005, p. 51-63.
2. Isabelle Dumé, « Bactéries, on peut les programmer comme des ordinateurs », *Science et vie,* n° 1059, décembre 2005, p. 81-85.
3. F. Nietzsche, *Fragments posthumes,* XVI, in *Œuvres complètes,* Paris, Gallimard, « Bibliothèque de philosophie ».

4. Jean-Pierre Changeux, *L'homme neuronal*, Paris, Fayard, 1983.

5. Nicolas Revoy, « Notre cerveau est programmé pour croire », *Science et vie*, n° 1055, août 2005, p. 48-53. L'auteur cite notamment les travaux d'Andrew Newberg, neurobiologiste, directeur de la clinique de médecine nucléaire de l'université de Pennsylvanie et pionnier de ce nouveau champ scientifique.

6. Patricia Smith Churchland, *Neurophilosophy. Toward a Unified Science of the Mind/Brain*, Cambridge, MIT Press, 1986, trad. fr. Maryse Siksou (dir.) : *Neurophilosophie, l'esprit-cerveau*, Paris, PUF, 1999.

7. Daniel Andler, article « Cognitivisme », *in* D. Lecourt, *Dictionnaire d'histoire et philosophie des sciences*, *op. cit.*, p. 192.

8. *Ibid.*

9. Francisco J. Varela, article « Cognition et sciences cognitives », *in* D. Lecourt, *Dictionnaire d'histoire et philosophie des sciences*, *op. cit.*, p. 186.

10. *Ibid.*, p. 188.

11. *Ibid.*

12. Gérard Simon, article « Vision », *in* D. Lecourt, *Dictionnaire d'histoire et philosophie des sciences*, *op. cit.*, p. 983-984.

13. Pierre Jacob, *Neurosciences et philosophie : le cas de la vision*, *in* Élisabeth Pacherie et Joëlle Proust (dir.), *La philosophie cognitive*, Paris, Ophrys, 2005, p. 1.

14. *Ibid.*, p. 13 *sq.*

15. *Ibid.*, p. 13.

16. *Ibid.*

17. P. Jacob, « Voir n'est pas toujours voir », *La Recherche*, n° 309, mai 1998, p. 62-65.

18. R. Descartes, *Lettre à* ***, mars 1638, in *Œuvres et lettres*, *op. cit.*

19. Jean-Claude Beaune, article « Automate », *in* D. Lecourt (dir.), *Dictionnaire d'histoire et philosophie des sciences*, *op. cit.*, p. 83.

20. G. W. Leibniz, *La monadologie*, Paris, Delagrave, 1983, § 64.

21. J.-C. Beaune, *op. cit.*, p. 81-87.

22. François Rabelais, *Gargantua*, 1534, I, 24, cité *in* J.-C. Beaune, *ibid.*

23. J.-C. Beaune, *op. cit.*, p. 83.

24. Jacques de Vaucanson, *Le mécanisme du flûteur automate*, 1738, Paris, Montreux, Éd. des Archives contemporaines, 1985.

25. J.-C. Beaune, *op. cit.*, p. 84.

26. *Ibid.*

27. *Ibid.*

28. *Ibid.*

29. *Ibid.*

30. Alan Turing, « Computing Machinery and Intelligence », *Mind*, octobre 1950.

31. Le « test de Turing » a été imaginé pour tester les IA : un homme communique en aveugle [par écran et clavier] avec d'un côté un autre homme et de l'autre côté la machine. Si l'homme n'arrive pas à déterminer qui est qui, la machine est considérée comme intelligente.

32. J.-C. Beaune, *ibid.*

33. *Ibid.*, p. 86.

34. Mihai Draganescu, *L'universalité ontologique de l'information*, trad. fr. Yves Kodratoff, Bucarest, Editura Academiei, 1996.

35. Cf. Jacques Bouveresse, *La parole malheureuse. De l'alchimie linguistique à la grammaire philosophique*, « Conclusion », Paris, Minuit, 1971.

36. Claude Boksenbaum et Jean Sallantin, article « Informatique », *in* D. Lecourt, *Dictionnaire d'histoire et philosophie des sciences*, *op. cit.*, p. 536.

37. Irving John Good définit ainsi la « singularité » : « Mettons qu'une machine supra-intelligente soit une machine capable dans tous les domaines d'activités intellectuelles de grandement surpasser un humain, aussi brillant soit-il. Comme la conception de telles machines est l'une de ces activités intellectuelles, une machine supra-intelligente pourrait concevoir des machines encore meilleures ; il y aurait alors sans conteste une "explosion d'intelligence", et l'intelligence humaine serait très vite dépassée. » Irving John Good (1965), Franz L. Alt and Morris Rubinoff ed., « Speculations Concerning the first Ultraintelligent Machine », Advances in Computers (Academic Press) 6 : 31-88, p. 33.

38. Le *data mining* s'emploie en marketing pour l'analyse des données dans le but de sélectionner différentes infor-

mations à propos, par exemple, des habitudes d'achat des consommateurs sur le web.

39. Cf. Irving John Good, *Good Thinking, The Foundations of Probability and Its Applications*, Univ. of Minn. Press, Minneapolis, 1983.

40. Jürgen Habermas, *L'avenir de la nature humaine*, Paris, Gallimard, 2002.

41. Jean-Paul Baquiast, *Pour un principe matérialiste fort*, « Conclusion », éd. Jean-Paul Bayol, 2006.

42. Cf. Luc Ferry, *Le nouvel ordre écologique. L'arbre, l'animal et l'homme*, Paris, Grasset, 1992 ; Jean-Yves Goffi, *Le philosophe et ses animaux. Du statut éthique de l'animal*, Nîmes, éd. Jacqueline Chambon, 1994.

43. Cf. notamment, Maurice G. Dantec, *Cosmos Incorporated*, Paris, Albin Michel, 2005 et *Grande Jonction*, Paris, Albin Michel, 2006.

44. Jean-Gabriel Ganascia est chercheur et professeur à l'université Paris VI-Pierre et Marie Curie, où il dirige l'équipe de recherche ACASA, qui travaille sur l'intelligence artificielle. Il est intervenu dans l'émission *C dans l'air*, « L'homme bionique », animée par Yves Calvi, France 5, 26 octobre 2006.

45. Alain Cardon est professeur des universités et membre du laboratoire d'informatique de l'université Paris VI-Pierre et Marie Curie (LIP6 UMR 7606).

46. A. Cardon, propos recueillis par Jean-Paul Baquiast et Christophe Jacquemin, *Automates intelligents*, 1er février 2002.

47. Cf. Peter Singer, *La libération animale*, Paris, Grasset, 1993.

48. Élisabeth Hardouin-Fugier, David Olivier et Estiva Reus, *Luc Ferry ou le rétablissement de l'ordre*, Paris, éd. Tahin Party, 2002.

49. A. Cardon, *Modéliser et concevoir une machine pensante. Approche de la conscience artificielle*, Paris, Vuibert, 2004 ; J.-P. Baquiast et A. Cardon, *Entre science et intuition. La conscience artificielle*, éd. Automates intelligents, Paris, 2003 ; A. Cardon, *Conscience artificielle et systèmes adaptatifs*, Paris, Eyrolles, 2000.

50. A. Cardon, *Automates intelligents*, 22 juillet 2005.

51. *Ibid.*

52. *Ibid.*

53. *Ibid.*

54. C. Jacquemin, « STARLAB, premier constructeur mondial de cerveau électronique », *Automates intelligents*, 5 août 2000.

55. *Ibid.*

56. Hugo de Baris, propos recueillis par C. Jacquemin, « STARLAB, premier constructeur mondial de cerveau électronique », *Automates intelligents*, 5 août 2000.

57. *Le Monde*, 6 décembre 2006.

13. COMMENT PENSER LA TECHNIQUE ?

1. Claude Lévi-Strauss, *Les structures élémentaires de la parenté*, 1947, Mouton, 1971, p. 10.

2. André Leroi-Gourhan, *Le geste et la parole*, t. II : *La mémoire et les rythmes*, Paris, Albin Michel, 1965, p. 48.

3. *Ibid.*, p. 34.

4. M. Serres, *Hominescence, op. cit.*, p. 51.

5. Benoît Timmermans, *L'influence hégélienne sur la « Philosophie de la technique » d'Ernst Kapp*, *in* Pascal Chabot et Gilbert Hottois (dir.), *Les philosophes et la technique*, Paris, Vrin, 2003, p. 107-108.

6. Hannah Arendt, *La condition de l'homme moderne*, Paris, Calmann-Lévy, 1961, p. 165.

7. G.W.F. Hegel, *Encyclopédie des sciences philosophiques*, § 40 ; *Phénoménologie de l'esprit*, Paris, Gallimard, 1993, p. 319, cité *in* B. Timmermans, *op. cit.*, p. 100.

8. *Ibid.*, *Principes de la philosophie du droit*, § 343.

9. *Ibid.*, *Phénoménologie de l'esprit*, *op. cit.*, p. 333.

10. G. Canguilhem, *La connaissance de la vie*, Paris, Vrin, 1952, p. 122-123.

11. B. Timmermans, *op. cit.*, p. 103.

12. La radio-identification, de l'anglais *radio frequency identification* (usuellement abrégé RFID), est une méthode pour stocker et récupérer des données à distance en utilisant des marqueurs appelés « radio-étiquettes ». Les radio-étiquettes sont de petits objets, telles des étiquettes autoadhésives, qui peuvent être collés ou incorporés dans des produits, voire dans le corps humain. Les radio-étiquettes comprennent une antenne associée à une puce électronique qui leur permet de recevoir et de répondre aux requêtes radio émises depuis l'émetteur-récep-

teur. Outils potentiels de surveillance, elles sont dénoncées par ceux qui refusent l'avenir d'une société de surveillance. Cf. Michel Alberganti, *Sous l'œil des puces, la RFID et la démocratie*, Arles, Actes Sud, 2007.

13. Anne-Marie Roviello, *La perte du monde dans la technique moderne selon Hannah Arendt*, *in* P. Chabot et G. Hottois (dir.), *op. cit.*, p. 206.

14. M. Serres, *Hominescence, op. cit.*, p. 95.

15. A. Leroi-Gourhan, *Le geste et la parole, op. cit.*, p. 58, cité *in* B. Timmermans, *op. cit.*, p. 108.

16. *Ibid.*, p. 52.

17. Dominique Bourg, article « Technique », *in* D. Lecourt, *Dictionnaire d'histoire et philosophie des sciences, op. cit.*, p. 916.

18. M. Serres, *Hominescence, op. cit.*, p. 56.

19. Cf., sur le concept de « transhumanisme » et le courant de pensée qui le représente, J.-P. Baquiast, *Automates intelligents*, 13 octobre 2005 : « Le transhumanisme pose en principe que l'espèce humaine n'a pas atteint son état définitif et ne l'atteindra sans doute jamais car elle subit, comme toutes les autres espèces, des évolutions multiples. Ceci donne à l'homme la possibilité de se transformer en s'enrichissant de tous les apports des nouvelles sciences et technologies. On retrouve là le concept d'homme augmenté (*enhanced*) de plus en plus utilisé aujourd'hui. L'homme augmenté abandonnera beaucoup des formes et des comportements qui le caractérisent aujourd'hui, mais ce devra être, souhaitent les transhumanistes, au profit de nouvelles valeurs prolongeant celles qui font le meilleur de l'humanisme actuel. »

20. M. Serres, *Hominescence, op. cit.*, p. 155.

21. *Ibid.*, p. 80.

22. *Ibid.*, p. 81.

23. *Ibid.*, p. 156.

24. Cf. ci-dessous, « Envoi », p. 415.

25. Gilbert Simondon, *Du mode d'existence des objets techniques*, Paris, Aubier, 1989, p. 23.

26. *Ibid.*, p. 21.

27. *Ibid.*, p. 43.

28. *Ibid.*, p. 50 *sq.*

29. *Ibid.*, p. 43.

30. Andrew Feenberg, *(Re)penser la technique : vers une technologie démocratique*, Paris, La Découverte, 2004.

31. Bruno Latour, *Nous n'avons jamais été modernes. Essai d'anthropologie symétrique*, Paris, La Découverte, 1991.

32. Cf. Henri Atlan, *L'utérus artificiel*, Paris, Seuil, 2005.

33. Simone Bateman-Novaes, article «Procréation assistée», *in* D. Lecourt (dir.), *Dictionnaire de la pensée médicale*, Paris, PUF, «Quadrige», 2004, p. 902.

34. *Ibid.*, p. 904.

35. «L'assistance à la procréation est destinée à répondre à la demande parentale d'un couple. Elle a pour objet de remédier à l'infertilité dont le caractère pathologique a été médicalement diagnostiqué. Elle peut aussi avoir pour objet d'éviter la transmission à l'enfant d'une maladie d'une particulière gravité. L'homme et la femme formant le couple doivent être vivants, en âge de procréer, mariés ou en mesure d'apporter la preuve d'une vie commune d'au moins deux ans et consentants préalablement au transfert des embryons ou à l'insémination» (art. L. 152-2 du Code de la santé publique).

36. S. Bateman-Novaes, *op. cit.*, p. 906.

37. Pierre Grumberg, «Exosquelettes — La force ne nous manquera plus», *Science et vie*, n° 1050, mars 2005, p. 72-77.

38. Philippe Gorce, responsable de l'équipe biomécanique du laboratoire d'ergonomie sportive et performance de l'université de Toulon, *in* P. Grumberg, *ibid.*

39. M. Serres, *Hominescence*, *op. cit.*, p. 29.

40. Voir à ce titre les questionnements suscités par l'athlète sud-africain Oscar Pistorius, né sans péronés et souhaitant concourir aujourd'hui avec les valides. En 2008, la fédération internationale d'athlétisme a refusé à Pistorius de pouvoir concourir avec les valides aux J.O. de Pékin, au motif que ses prothèses lui procuraient un «avantage». Toutes les techniques et tous les matériels du sport, hors dopage ou prothèses, ne sont-ils pas précisément conçus pour procurer un avantage? Comment évaluer ce que Pistorius aurait accompli avec ses «vraies jambes»? Incontestablement, vient de s'ouvrir une nouvelle ère dans la législation sportive.

41. La question des hybrides tend à sortir de la mythologie et de l'agriculture pour accoster sur les rivages de la recherche médicale concernant l'homme. Cf. Jean-Yves Nau et Marc Roche, «La Grande-Bretagne s'interroge sur la création d'embryons hybrides humains-animaux», *Le Monde*, 12 janvier 2007.

14. L'IDENTITÉ HUMAINE EN QUESTION

1. Marie-Hélène Parizeau, article « Bioéthique », *in* Monique Canto-Sperber, *Dictionnaire d'éthique et de philosophie morale*, Paris, PUF, 2004, p. 186-187.

2. Antoine Courban, article « Bioéthique », *in* D. Lecourt, *Dictionnaire d'histoire et de philosophie des sciences*, *op. cit.*, p. 115-116.

3. J. Habermas, *L'avenir de la nature humaine*, *op. cit.*

4. D. Lecourt, *Humain post-humain*, Paris, PUF, 2003, p. 36.

5. M.M. Marzano Parisoli, article « Corps », *in* M. Canto-Sperber (dir.), *Dictionnaire d'éthique et de philosophie morale*, t. 1, *op. cit.*, p. 417.

6. *Ibid.*

7. « S'il y a la possibilité de donner un organe ou un élément du corps, le corps n'est plus la personne et alors on peut bien s'interroger sur la raison pour laquelle on ne peut pas non plus le vendre et le faire objet du droit patrimonial. Soit le corps est la personne et alors aucun don d'organes ne peut avoir lieu, parce que l'intégrité et l'intangibilité de la personne ne le permettent pas ; soit, en donnant un organe, et donc une chose qui lui appartient, on opère un transfert de propriété et le corps devient un objet comme les autres dont chacun pourrait disposer comme il veut, en choisissant ainsi de le vendre, le supprimer, le louer, le prêter, gratuitement ou contre rémunération, pour quelque finalité que ce soit aux conditions du marché » (*ibid.*).

8. Amélie Rorty, *The Identities of Persons*, Berkeley/Los Angeles, Univ. of California Press, 1976, cité *in* Alan Montefiore, article « Identité morale », *in* M. Canto-Sperber, *op. cit.*, p. 884.

9. J. Locke, *Essai sur l'entendement humain*, II, XXVII, cité *in* A. Montefiore, *op. cit.*

10. A. Montefiore, *op. cit.*, p. 885.

11. *Ibid.*, p. 884.

12. *Ibid.*, p. 885.

13. *Ibid.*, p. 884.

14. Plutarque, *Vies parallèles*, « *Vie de Thésée* », XXIII, 1, Paris, Gallimard, coll. « Quarto », p. 76 et Stéphane Ferret, *Le*

bateau de Thésée. Le problème de l'identité à travers le temps, Paris, Minuit, 1996.

15. LA TEMPORALITÉ DU CORPS SOUS L'HORIZON DU DESTIN

1. Marcel Conche, *Temps et destin*, Paris, PUF, 1992, p. 109.

2. *Ibid.*, p. 113.

17. LE CORPS HYPERTEXTE

1. H. Bergson, *L'évolution créatrice*, 1916, Paris, PUF, 1970, p. 341.

2. Albert Einstein, lettre écrite le 21 mars 1955 après la mort de son ami Michele Besso à la famille de ce dernier, cité *in* Étienne Klein, article «Temps», *in* D. Lecourt (dir.), *Dictionnaire d'histoire et philosophie des sciences, op. cit.*, p. 927.

CONCLUSION

1. «Le développement des sites de rencontres et de socialisation sur Internet a donné l'idée à une société américaine de développer le premier passeport "safe sex", un label qui garantit que l'internaute n'a pas de maladie sexuellement transmissible. "L'idée m'est venue que nous avions besoin d'un moyen indépendant pour vérifier l'état de santé de quelqu'un. Certains savent ce qu'ils ont, mais ils ne le disent pas", affirme Gonzalo Paternoster, le patron de Safe Sex Passport BioAnalytics (SSP) basée en Floride (sud-est). [...] "Certains disent que ça va donner davantage de liberté sexuelle mais en fait, les gens vont être conduits à se comporter de façon responsable", ajoute-t-il» (*Le Monde*, 28 novembre 2007).

2. D. Servan-Schreiber, «Vieillir jeune», *Psychologies.com*, janvier 2007.

3. En Angleterre, depuis mai 2007, un programme d'analyses détecte dès la seizième semaine le degré de criminalité

des fœtus. « L'information fait la "une" du *Guardian* : Tony Blair va annoncer, ce mercredi, le lancement d'un programme visant à identifier, seize semaines après leur conception, les bébés les plus à risque en termes d'exclusion sociale et de potentiel criminel. L'objectif de cette "stratégie gouvernementale de parentalité" est de "redonner le contrôle aux parents", d'améliorer les conditions de vie de leurs enfants, et d'essayer de leur éviter de finir délinquants » (*Le Monde*, 16 mai 2007).

4. Pierre Quéau, « Corps virtuel. Utopies de la cyberculture », *Les rendez-vous de l'imaginaire*, CEAQ (Centre d'études sur l'actuel et le quotidien), université Paris-Descartes, 15 mai 2003.

5. Cf. « L'homme extra-terrestre », *Les Cahiers de l'espace*, n° 6, janvier 2004.

INDEX DES NOMS*

* Établi par l'auteur.

IV. LE CORPS TECHNIQUE : NOUVELLES PASSIONS DE L'ARTIFICE 267

DANS LA COLLECTION FOLIO / ESSAIS

349 Robert Castel : *Les métamorphoses de la question sociale (Une chronique du salariat).*
350 Gabriel Marcel : *Essai de philosophie concrète.*
351 J.-B. Pontalis : *Perdre de vue.*
352 Patrick Chamoiseau, Raphaël Confiant : *Lettres créoles.*
353 Annie Cohen-Solal : *Sartre 1905-1980.*
354 Pierre Guenancia : *Lire Descartes.*
355 Julia Kristeva : *Le temps sensible (Proust et l'expérience littéraire).*
357 Claude Lefort : *Les formes de l'histoire (Essais d'anthropologie politique).*
358 Collectif : *Narcisses.*
359 Collectif : *Bisexualité et différence des sexes.*
360 Werner Heisenberg : *La nature dans la physique contemporaine.*
361 Gilles Lipovetsky : *Le crépuscule du devoir (L'éthique indolore des nouveaux temps démocratiques).*
362 Alain Besançon : *L'image interdite (Une histoire intellectuelle de l'iconoclasme).*
363 Wolfgang Köhler : *Psychologie de la forme (Introduction à de nouveaux concepts en psychologie).*
364 Maurice Merleau-Ponty : *Les aventures de la dialectique.*
365 Eugenio d'Ors : *Du Baroque.*
366 Trinh Xuan Thuan : *Le chaos et l'harmonie (La fabrication du Réel).*
367 Jean Sulivan : *Itinéraire spirituel.*
368 Françoise Dolto : *Les chemins de l'éducation.*
369 Collectif : *Un siècle de philosophie 1900-2000.*
370 Collectif : *Genre et politique (Débats et perspectives).*
371 Denys Riout : *Qu'est-ce que l'art moderne ?*
372 Walter Benjamin : *Œuvres I.*
373 Walter Benjamin : *Œuvres II.*
374 Walter Benjamin : *Œuvres III.*

375 Thomas Hobbes : *Léviathan (ou Matière, forme et puissance de l'État chrétien et civil).*
376 Martin Luther : *Du serf arbitre.*
377 Régis Debray : *Cours de médiologie générale.*
378 Collectif : *L'enfant.*
379 Schmuel Trigano : *Le récit de la disparue (Essai sur l'identité juive).*
380 Collectif : *Quelle philosophie pour le XXIe siècle ?*
381 Maurice Merleau-Ponty : *Signes.*
382 Collectif : *L'amour de la haine.*
383 Collectif : *L'espace du rêve.*
384 Ludwig Wittgenstein : *Grammaire philosophique.*
385 George Steiner : *Passions impunies.*
386 Sous la direction de Roland-Manuel : *Histoire de la musique I, vol. 1. Des origines à Jean-Sébastien Bach.*
387 Sous la direction de Roland-Manuel : *Histoire de la musique I, vol. 2. Des origines à Jean-Sébastien Bach.*
388 Sous la direction de Roland-Manuel : *Histoire de la musique II, vol. 1. Du XVIIIe siècle à nos jours.*
389 Sous la direction de Roland-Manuel : *Histoire de la musique II, vol. 2. Du XVIIIe siècle à nos jours.*
390 Geneviève Fraisse : *Les deux gouvernements : la famille et la Cité.*
392 J.-B. Pontalis : *Ce temps qui ne passe pas* suivi de *Le compartiment de chemin de fer.*
393 Françoise Dolto : *Solitude.*
394 Marcel Gauchet : *La religion dans la démocratie. Parcours de la laïcité.*
395 Theodor W. Adorno : *Sur Walter Benjamin.*
396 G. W. F. Hegel : *Phénoménologie de l'Esprit, I.*
397 G. W. F. Hegel : *Phénoménologie de l'Esprit, II.*
398 D. W. Winnicott : *Jeu et réalité.*
399 André Breton : *Le surréalisme et la peinture.*
400 Albert Camus : *Chroniques algériennes 1939-1958 (Actuelles III).*
401 Jean-Claude Milner : *Constats.*
402 Collectif : *Le mal.*
403 Schmuel Trigano : *La nouvelle question juive (L'avenir d'un espoir).*

404 Paul Valéry : *Variété III, IV et V.*
405 Daniel Andler, Anne Fagot-Largeault et Bertrand Saint-Sernin : *Philosophie des sciences, I.*
406 Daniel Andler, Anne Fagot-Largeault et Bertrand Saint-Sernin : *Philosophie des sciences, II.*
407 Danilo Martuccelli : *Grammaires de l'individu.*
408 Sous la direction de Pierre Wagner : *Les philosophes et la science.*
409 Simone Weil : *La Condition ouvrière.*
410 Colette Guillaumin : *L'idéologie raciste (Genèse et langage actuel).*
411 Jean-Claude Lavie : *L'amour est un crime parfait.*
412 Françoise Dolto : *Tout est langage.*
413 Maurice Blanchot : *Une voix venue d'ailleurs.*
414 Pascal Boyer : *Et l'homme créa les dieux (Comment expliquer la religion).*
415 Simone de Beauvoir : *Pour une morale de l'ambiguïté* suivi de *Pyrrhus et Cinéas.*
416 Shihâboddîn Yahya Sohravardî : *Le livre de la sagesse orientale (Kitâb Hikmat al-Ishrâq).*
417 Daniel Arasse : *On n'y voit rien (Descriptions).*
418 Walter Benjamin : *Écrits français.*
419 Sous la direction de Cécile Dogniez et Marguerite Harl : *Le Pentateuque (La Bible d'Alexandrie).*
420 Harold Searles : *L'effort pour rendre l'autre fou.*
421 Le Talmud : *Traité Pessahim.*
422 Ian Tattersall : *L'émergence de l'homme (Essai sur l'évolution et l'unicité humaine).*
423 Eugène Enriquez : *De la horde à l'État (Essai de psychanalyse du lien social).*
424 André Green : *La folie privée (Psychanalyse des cas-limites).*
425 Pierre Lory : *Alchimie et mystique en terre d'Islam.*
426 Gershom Scholem : *La Kabbale (Une introduction. Origines, thèmes et biographies).*
427 Dominique Schnapper : *La communauté des citoyens.*
428 Alain : *Propos sur la nature.*
429 Joyce McDougall : *Théâtre du corps.*

430 Stephen Hawking et Roger Penrose : *La nature de l'espace et du temps.*
431 Georges Roque : *Qu'est-ce que l'art abstrait ?*
432 Julia Kristeva : *Le génie féminin, I. Hannah Arendt.*
433 Julia Kristeva : *Le génie féminin, II. Melanie Klein.*
434 Jacques Rancière : *Aux bords du politique.*
435 Herbert A. Simon : *Les sciences de l'artificiel.*
436 Vincent Descombes : *L'inconscient malgré lui.*
437 Jean-Yves et Marc Tadié : *Le sens de la mémoire.*
438 D. W Winnicott : *Conversations ordinaires.*
439 Patrick Pharo : *Morale et sociologie (Le sens et les valeurs entre nature et culture).*
440 Joyce McDougall : *Théâtres du je.*
441 André Gorz : *Les métamorphoses du travail.*
442 Julia Kristeva : *Le génie féminin, III. Colette.*
443 Michel Foucault : *Philosophie (Anthologie).*
444 Annie Lebrun : *Du trop de réalité.*
445 Christian Morel : *Les décisions absurdes.*
446 C. B. Macpherson : *La theorie politique de l'individualisme possessif.*
447 Frederic Nef : *Qu'est-ce que la métaphysique ?*
448 Aristote : *De l'âme.*
449 Jean-Pierre Luminet : *L'Univers chiffonné.*
450 André Rouillé : *La photographie.*
451 Brian Greene : *L'Univers élégant.*
452 Marc Jimenez : *La querelle de l'art contemporain.*
453 Charles Melman : *L'Homme sans gravité.*
454 Nûruddîn Abdurrahmân Isfarâyinî : *Le Révélateur des Mystères.*
455 Harold Searles : *Le contre-transfert.*
456 Le Talmud : *Traité Moed Katan.*
457 Annie Lebrun : *De l'éperdu.*
458 Pierre Fédida : *L'absence.*
459 Paul Ricœur : *Parcours de la reconnaissance.*
460 Pierre Bouvier : *Le lien social.*
461 Régis Debray : *Le feu sacré.*
462 Joëlle Proust : *La nature de la volonté.*
463 André Gorz : *Le traître* suivi de *Le vieillissement.*
464 Henry de Montherlant : *Service inutile.*

465 Marcel Gauchet : *La condition historique.*
466 Marcel Gauchet : *Le désenchantement du monde.*
467 Christian Biet et Christophe Triau : *Qu'est-ce que le théâtre ?*
468 Trinh Xuan Thuan : *Origines (La nostalgie des commencements).*
469 Daniel Arasse : *Histoires de peintures.*
470 Jacqueline Delange : *Arts et peuple de l'Afrique noire (Introduction à une analyse des créations plastiques).*
471 Nicole Lapierre : *Changer de nom.*
472 Gilles Lipovetsky : *La troisième femme (Permanence et révolution du féminin).*
473 Michael Walzer : *Guerres justes et injustes (Argumentation morale avec exemples historiques).*
474 Henri Meschonnic : *La rime et la vie.*
475 Denys Riout : *La peinture monochrome (Histoire et archéologie d'un genre).*
476 Peter Galison : *L'Empire du temps (Les horloges d'Einstein et les cartes de Poincaré).*
477 Georges Steiner : *Maîtres et disciples.*
479 Henri Godard : *Le roman modes d'emploi.*
480 Theodor W. Adorno/Walter Benjamin : *Correspondance 1928-1940.*
481 Stéphane Mosès : *L'ange de l'histoire (Rosenzweig, Benjamin, Scholem).*
482 Nicole Lapierre : *Pensons ailleurs.*
483 Nelson Goodman : *Manières de faire des mondes.*
484 Michel Lallement : *Le travail (Une sociologie contemporaine).*
485 Ruwen Ogien : *L'Éthique aujourd'hui (Maximalistes et minimalistes).*
486 Sous la direction d'Anne Cheng, avec la collaboration de Jean-Philippe de Tonnac : *La pensée en Chine aujourd'hui.*
487 Merritt Ruhlen : *L'origine des langues (Sur les traces de la langue mère).*
488 Luc Boltanski : *La souffrance à distance (Morale humanitaire, médias et politique)* suivi de *La présence des absents.*

[illegible] Marcel [illegible]

[illegible] Marcel [illegible]

[illegible]

[illegible]

[illegible]

Michel [illegible]

[illegible]

[illegible]

[illegible]

[illegible]

[illegible]

[illegible]

[illegible]

[illegible]

[illegible]

[illegible]

[illegible]

Composition Interligne.
Impression Bussière
à Saint-Amand (Cher), le 7 avril 2008.
Dépôt légal : avril 2008.
Numéro d'imprimeur : 081176/1.
ISBN 978-2-07-035678-2./Imprimé en France.